안고서 가득 너를

권초이 장편

Contents

※ 『』는 프랑스 어, “”는 한국어입니다.

1. 달콤, 쌉싸래한

많은 예술가들이 사랑한 나라, 프랑스. 그곳의 수도인 파리에서 미론은 프랑스 태생의 한 남자에게 온 마음이 저당 잡혀 버렸다. 예술가들이 왜 그토록 프랑스를 사랑했는지, 그녀는 그로 인해 완벽하게 체득했다.

"배고파."

미론은 파리의 외곽에 있는 게스트하우스에서 아르바이트를 하며 생활비를 충당하고 있다. 젊어서 고생은 사서도 한다는 말을 몸소 실천 중인 까닭은 사실 별거 없었다.

타고난 유전자가 자유분방함을 지닌 것인지 그녀는 틀에 박힌 삶을 끔찍하게 싫어했다. 어릴 때부터 청개구리 습성이 은연중에 툭툭 튀어나오곤 했다. 이 길로 가라고 하면 저 길로 가고 싶었다. 남들이 정해 놓은 규격에 순응하며 살지를 못하고 힘들더라도 스스로 삶을 뚝딱뚝딱 설계해 나가고 어려움을 헤쳐 나가야 직성이 풀렸다.

그녀의 이러한 성품은 모친이 가졌던 교육 철학 덕분이기도 했다. 그녀는 공부만 시키는 것보다는 다양한 분야들을 접하면서 스스로가 좋아하거나 잘하는 것이 무엇인지 깨닫게 하고 싶어 했다.

그래서 미론은 유년 시절부터 많은 것들을 배울 수 있었다. 태권도, 미술, 피아노, 발레 등등. 물론 억지로 한 건 하나도 없었다. 모든 것들이 흥미로웠고, 그런 다양한 체험 속에서 생각보다 빨리 자신에게 맞는 분야를 찾았다.

그것은 바로 미술. 천재적인 재능까지는 아니었지만 보통 이상의 수준이었고, 스스로도 가장 큰 흥미를 느꼈다.

진로를 정하고 나서부터는 쭉 외길 인생을 살았다. 예고를 나왔고, 미대에 진학했다. 성적이 뛰어난 편은 아니었지만 중상위 정도에 속했고, 무엇보다 또래의 친구들에 비해 그림 실력이 뛰어난 편이어서 꽤 알아주는 미대에 진학할 수 있었다.

원하는 학문에 열중할 수 있다는 사실은 좋았지만 초등학교 6년, 중학교 3년, 고등학교 3년, 도합 12년 동안 다람쥐 쳇바퀴 돌 듯 반복되는 삶에 염증을 느꼈다.

대학에 진학하면 무언가 달라지리라는 기대가 있었는데, 막상 다녀 보니 변한 건 없었다. 그저 미성년을 탈피했다는 보상으로 술이나 외박 등이 가능하다는 것 정도. 모든 것이 똑같은 일상이었다.

너를
가득
안고서

너를 가득 안고서

1판 1쇄 찍음 2017년 7월 5일
1판 1쇄 펴냄 2017년 7월 12일

지은이 | 권초이
펴낸이 | 고운숙
펴낸곳 | 봄 미디어

기획·편집 | 김민지, 김지우, 홍주희, 김현주

출판등록 | 2014년 08월 25일 (제387-2014-000040호)
주소 | 경기도 부천시 원미구 소향로17, 304(두성프라자)
영업부 | 070-5015-0818 편집부 | 070-5015-0817 팩스 | 032-712-2815
E-mail | bommedia@naver.com
소식창 | http://blog.naver.com/bommedia

값 9,000원

ISBN 979-11-5810-345-3 03810

※파본은 구입하신 서점에서 교환하여 드립니다.

때문에 떠나고 싶었다. 어디든 한국만 아니면 괜찮을 거라고 생각했다. 그러던 중에 교환 학생을 신청했던 것이 운 좋게 합격하면서 파리에 있는 학교로 오게 됐다.

집안 사정이 가난한 편은 아니었지만 그렇다고 유복한 편도 아니었다. 샐러리맨인 아버지와 가정주부인 어머니를 둔 지극히 평범한 가정에서 성장했기 때문에 비행기 티켓과 약간의 생활비만 챙겨 이곳으로 왔다.

넉넉하지 않은 살림이지만 자식을 위해서라면 아낌없이 투자했던 부모님 덕분에 그나마 지금까지 무시무시한 비용이 드는 미술을 배울 수 있었다. 부모님께는 늘 감사하고 미안한 마음이 들었다.

파리는 낭만이 가득하지만 그만큼 위험한 도시다. 하지만 그 위험을 상쇄시키는 아름다움이 분명 존재하는 곳이었다. 이런 생각을 하게 된 데에 아르노가 한 몫을 하기는 했지만.

"힝, 이 큰 집에 먹을 게 하나도 없네."

먹이를 찾아 산기슭을 헤매는 한 마리의 하이에나처럼 냉장고를 뒤지던 미론은 마땅히 배를 채울 만한 것을 찾지 못하자 잔뜩 실망했다.

"이럴 줄 알았으면 빵이라도 사 오는 건데."

다시 나가기가 귀찮았다. 현재 미론이 머물고 있는 곳은 그녀의 남자, 아르노의 집으로 어마어마한 규모의 2층집이었다. 넓은 마당이 마음에 들었지만, 상점들이 있는 곳까지 걸어가기에는 굉장히 버거웠다.

안타깝게도 그녀는 운전면허증이 없었다. 과거에 교통사고를 목격한 트라우마 때문이다.

고등학생 시절, 가족 여행을 간 날에 벌어졌던 일이었다. 그날의 하늘은 당장이라도 폭우가 쏟아질 것처럼 청회색 구름이 잔뜩 끼어 있었다.

흐린 날씨에 실망했지만 그래도 오랜만에 네 식구가 함께하는 여행이기 때문에 일정을 취소하지 않았다. 날씨 탓인지 고속도로는 주말인데도 불구하고 꽤 한산했다. 여유로운 도로 위를 차들이 쌩쌩 내달리고 있었다. 어린 미론은 차창으로 먹구름 낀 하늘을 쳐다보며 제발 비가 내리지 않았으면 좋겠다고 기도했다.

그러나 야속한 하늘은 그녀의 소원을 들어주지 않았다. 보란 듯이 천둥이 흉포하게 내리치더니 굵은 빗줄기가 쏟아지기 시작했다.

사납게 쏟아지는 비를 참담하게 쳐다보고 있던 그때였다. 옆 차선에서 관광버스 한 대가 미처 속도를 줄이지 못하고 달리다가 앞에 가던 승용차를 치고 말았다.

그게 끝이 아니었다. 통제를 벗어난 관광버스는 승용차를 삼킨 것도 모자라 3대의 차와 연달아 충돌했다. 큰 굉음이 연이어 터졌고 일대는 아수라장이 되었다.

혹시라도 차선을 변경했었더라면, 혹은 관광버스가 비틀거려 가족들이 탄 차를 쳤더라면 사고의 피해자는 그녀와 가족들이 될 수도 있었다.

그날의 끔찍했던 사고는 쉽게 잊혀지지 않은 채 트라우마를 남겼고, 종종 사고 현장이 악몽으로 나와 꽤 오랜 시간을 괴로워했다. 한동안 차도 타지 못했었는데 독하게 노력한 덕분에 공포를 극복할 수 있었다.

이제 차를 타는 일에 큰 어려움은 없었지만, 아직 운전까지는 좀 한계가 있었다.

먹을 것을 찾겠다는 미련을 완전히 버리지 못한 미론이 부엌을 뒤지기 시작했다.

아르노는 한국인의 피가 섞여 있고 한국말도 능숙했지만 식습관만큼은 완전 프랑스 인이 따로 없었다. 태어난 곳이 프랑스이니 그럴 만도 하지만 아무리 그래도 그렇지, 어떻게 라면이나 김치 같은 것조차 없는지.

전형적인 한국인 입맛의 그녀로서는 그와 연애를 한 지 1년 반이 넘도록 그 점만큼은 도통 이해하기 어려웠다. 그렇다고 미론이 양식을 못 먹는 건 아니었다. 어느 정도는 먹지만 주식이 되면 조금 힘들 뿐.

"눈 씻고 찾아봐도 먹을 게 없네."

"먹을 게 왜 없어?"

"엄마, 깜짝이야!"

까치발을 들고 찬장 안에 뭐가 있나 기웃거리는데 등 뒤에서 갑자기 아르노의 목소리가 들려와 화들짝 놀랐다.

너무 놀라 뒤로 넘어갈 뻔한 것을 그가 용케 받아 냈다. 미론이 그의 품에서 벗어나 똑바로 마주 보고 섰다.

씻고 나온 듯 촉촉하게 젖은 머리카락에 샤워 가운을 입은 그의 몸에서 상쾌한 향기가 났다. 디자이너가 아닌 모델이라고 해도 이상하지 않을 이 훌륭한 남자에게 미론은 또다시 반하고 말았다.

시도 때도 없이 타고난 매력을 뽐내는 그로 인해 그녀의 심장은 도무지 쉴 틈이 없었다.

그가 그녀를 지나쳐 찬장 안을 보더니 레토르트 수프를 꺼내 그녀의 눈앞에 보란 듯이 흔들어 보였다.

"이건 먹을 게 아니고 뭐야? 몸에 바르는 건가?"

순간 뽀얀 살결 위에 아르노가 수프를 쭉 뿌리고 입맛을 다시는 모습이 머릿속으로 그려졌다. 그는 즐거울지 모르겠지만 당하는 자신은 그렇지 않을 것이다. 미론이 이맛살을 찌푸리며 팔을 문질렀다.

"생각만 해도 끈적끈적해."

아르노가 느닷없이 미론의 허리를 한 팔로 끌어당기더니 입술을 가까이했다. 입술과 입술의 거리는 겨우 1cm. 숨결이 뒤섞여 가슴을 후볐다.

"내가 입술로 닦아 주면 되지."

아르노의 섹시하고 느른한 음성이 미론의 입술을 덮었다. 몸에 열기가 돌면서 그녀의 얼굴이 홧홧해졌다. 그녀의 붉어진 얼굴을 보며 그가 장난기 가득한 목소리로 물었다.

"상상했어?"

짓궂은 아르노. 미워 죽겠어. 미론은 입술을 깨물며 고개를 도리도리 저었다. 강한 부정은 긍정의 의미라던데. 그는 그녀를 놀리는 데 있어서 선수였다.

"한 번 해 볼까?"

미론의 두 눈이 놀란 토끼 눈이 됐다.

설마 수프를 몸에 바르고, 그걸 아르노가 핥아 먹는다는 건 아니겠지?

제멋대로 상상의 나래가 펼쳐졌다. 그녀는 빨개진 얼굴을 도리도리 저었다.

"뭐, 뭐를 해?"

아르노의 장난기와 음흉함이 뒤섞인 눈빛이 이미 질문에 답하고 있었다. 그는 친절한 목소리로 다시 짚어 주었다.

"네가 방금 상상한 거."

아, 이 남자의 친절함이 이럴 때는 야속하다. 흠칫 놀란 미론이 뒷걸음질을 치려고 했지만 아르노가 재빨리 그녀의 허리를 더 조여 왔다. 당황한 그녀가 팔을 바동거렸다.

"놔줘."

"싫어."

아르노의 단호함이 미웠다. 평소에는 꿀이 떨어지는 그의 눈빛과 말투가 이럴 때만 유독 카리스마가 넘쳤다.

이미 충분히 매력적이지만 성마른 기세로 덤벼드는 그가 야성미가 넘치면서도 지독하게 섹시해 그녀의 가슴을 두근거리게 만들었다.

하지만 지금은 배고파서 그를 받아 낼 기운이 없었다.

"배고프단 말이야."

"나 먹어."

"그건 내 배가 먹는 게 아니잖아."

그럴듯한 투정이었다. 8살 어린 연인의 귀여움은 아르노의 카리스마를 녹이기에 넘치면 넘쳤지, 조금도 모자람이 없었다.

"배가 먹는 게 아니면?"

그러나 어디로 튈지 모르는 자유분방하고 생기발랄한 미론을 어쩌지 못하게 속박할 수 있는 건 오로지 아르노뿐이다.

그는 적당한 장난과 짓궂은 말로 그녀를 꼼짝 못하게 만들었다.

이 남자 때문에 프랑스를 사랑하게 됐다. 그가 머무는 파리가 미치도록 좋았다. 떠나기 싫을 만큼. 한국으로 다시 돌아가지 못하게 붙드는 이 정열적인 남자에게 매혹당했다.

"몰라."

그런 질문에 어떻게 대답을 해. 미론은 곤란해하며 아르노에게서 빠져나가고자 몸을 비틀었지만 그의 힘은 놀라울 정도로 강했다. 한두 번 겪는 것도 아닌데 매번 놀랍다.

"여기?"

미론이 대답을 회피하자 아르노가 직접 답을 찾아 나섰다. 그의 검지가 그녀의 입술에 닿았다. 여전히 대답이 없는 그녀였으나 더욱 붉어진 얼굴만으로도 그는 만족스러워했다.

"아니면 여기?"

아르노의 손이 가랑이 사이에 닿자 미론이 경악했다. 긴장으로 뒤덮인 그녀의 몸이 빳빳했다. 더 놀렸다간 그녀의 숨이 넘어갈까 걱정돼 팔을 풀어주자 기다렸다는 듯이 달아났다.

"서운하네."

서둘러 달아나는 모습에 아르노는 서운함이 들어 쩝, 입맛을 다셨다. 그때 발 구르는 소리가 들리더니 그의 입술에 말랑한 것이 닿았다가 순식간에 떨어졌다.

아르노가 입술을 매만지며 미론을 봤다.

"서운해하지 말라고. 싫어서 그런 게 아니고, 쑥스러워서 그런 거야!"

아, 이 사랑스러운 연인을 어쩌지. 어딜 깨물어도 꿀이 흐를 것 같았다. 아르노가 기습 뽀뽀를 하고 다시 달아나려던 미론을 붙잡았다.

"잠깐만 있어 봐."

"왜?"

"줄 거 있어."

말을 마친 그가 잠시 어디론가 사라졌다. 이윽고 다시 나타난 아르노의 손에는 꽃다발이 들려 있었다.

눈앞에 달걀노른자 색을 지닌 금잔화가 풍성한 아름다움을 뽐내고 있었다. 흔하지 않은 꽃을 선물해 주고 싶어 그가 꽃집에서 직접 고른 것이었다.

"졸업 축하해, 미미."

미미. 마치 어릴 때 갖고 놀던 인형 같은 애칭이 낯간지러워서 썩 마음에 들지 않았지만 아르노에게만 들을 수 있어 특별했다.

"고마워."

"졸업식 못 가서 미안해."

아르노는 현재 프랑스에서 가장 핫한 인물로 독창적인 디자인과 감각적인 콘셉트로 파리 컬렉션에서 엄청난 주목을 받고 있는 세계적인 디자이너다.

풀네임은 'Arnaud Edmund Kang(아르노 에드몬드 강)', 자신의 이름을 따서 'EDMUND'라는 브랜드를 론칭해 큰 성공을 거머쥐었다. 파리 프레타 포르테 컬렉션에 매 시즌마다 참가하여 브랜드의 인지도도 급부상하고 있었다.

그는 프랑스에서도 인기가 있지만, 국내 패션계에서도 그에 못지 않은 관심을 받는 인물이었다. 한국인 아버지와 프랑스인 어머니 사이에서 태어난 혼혈인으로 한국에 대한 애정을 시시때때로 드러냈다. 그 애정은 디자인에서도 고스란히 나타나 한국적인 패턴을 이용한 시즌 컬렉션이 극찬을 받은 바 있었다.

뿐만 아니라 파리에서 태어났지만 초등학교와 중학교를 한국에서 다녔으며, 현재는 여유가 생길 때마다 한국으로 여행을 떠나기도 했다. 미론과 사랑에 빠진 이후로 한국에 대한 애착은 더더욱 커졌다.

하지만 디자인 쪽의 업무 환경이 그렇듯 밤을 새는 날이 허다했고 나날이 커져 가는 사업에 최근에는 더 바빠져 제 연인에게 소홀했다. 졸업식에 가서 축하해 주고 싶었지만 시간이 통 나지 않아 그러지 못했다.

"괜찮아. 예쁜 꽃다발 받았잖아. 난 이거면 돼."

미론은 웃는 얼굴로 말했지만 내심 그에게 서운했다. 아닌 척하면서도 가슴 한구석에는 저에게 소홀한 아르노에게 섭섭한 마음이 남아 있었다. 가슴에서 밀어내고 싶은데 생각만큼 잘 해소되지 않았다.

하지만 내색하고 싶지 않다. 투정을 부리면 그가 미안해할 테고, 그러면 그녀는 그보다 더 미안해질 테니까.

"뭐 갖고 싶은 건 없어?"

"없어. 난 아르노만 있으면 돼. 그리고 지금은 배고파서 아무 생각 안 나. 우리 밥 먹자."

"여기 있잖아, 밥."

아르노가 수프를 다시 한번 흔들어 보였다. 미론은 성에 안 차는 듯 입술을 삐죽이며 고개를 저었다.

"그건 밥이 아닌데."

먹기 싫어하는 것을 뻔히 알면서 계속 강요할 수는 없다고 생각한 아르노가 미론이 원하는 식사를 하기 위해 외출을 결심했다.

"그럼 나갈까?"

그의 결정이 아주 마음에 드는 듯 미론이 해맑게 웃었다.

"진짜?"

그게 뭐 어렵다고. 아르노가 미론의 물음에 고개를 끄덕였다. 그는 그녀의 부푼 기대를 뭉개 버릴 만큼 무자비하지 않았다.

"옷 입고 나올게."

"응!"

아르노가 옷을 갈아입는 동안 미론은 소파에 앉아 그를 기다렸다. 배가 몹시 고프지만 그의 차를 타고 나가면 금방 식당에 도착할 것이다.

파리에 와서 발품을 팔아 찾아낸 한식당은 그녀의 단골 식당이 되었다.

워낙 자주 다녀서 식당 주인과 직원들과도 친해졌다. 그들은 아르노와 그녀가 연인 사이임을 아는 몇 안 되는 사람들이었다.

아르노는 미론과 비밀리에 만나고 싶은 생각이 전혀 없었다. 귀엽고 사랑스러운 연인을 모두에게 공개하고 싶었지만, 그녀는 일반인이었고 타인들에게 자신의 존재가 알려지는 것에 대해 부담스러워했다.

그래서 그녀의 뜻을 존중해 공개 연애를 하지 않고 조용히 만나는 중이다.

파파라치들은 두 사람의 애정 행각을 사진에 담아내기 위해 고군분투를 하고 있지만, 그들은 집 밖에서는 대체로 애정 행각을 하지 않았다. 대신 집에만 들어서면 이제 막 연애를 시작한 연인처럼 뜨겁게 불타올랐다.

"미미, 가자."

"응."

아르노가 내민 손을 잡고 궁궐 같은 집을 나섰다. 주차장에 세워진 그의 애마들. 그중에서도 그가 자주 애용하는 차를 타고 식당으로 출발했다.

"근데 언제 들어온 거야?"

아침에 아르바이트를 갈 때만 해도 아르노는 집에 없었다. 수석 디자이너인 그는 숨 쉴 틈 없이 바쁜 탓에 한 지붕 아래에 살면서도 얼굴조차 보기 힘들었다.

그렇다 보니 데이트를 할 여건이 되지 않아 대부분 집에서 잠깐 얼굴을 보는 정도가 전부였다. 뭐, 그건 미론이 사람들의 눈에 띄는 것을 부담스러워하기 때문이기도 했지만 그가 바쁜 영향도 있었다.

보고 싶을 때마다 볼 수 없다는 현실에 그녀는 줄곧 아쉬움과 서운함을 내비치곤 했다.

"2시인가? 그쯤."

"제대로 잠도 못 잤겠네."

"세 시간 정도."

아르노의 상황에서는 잠을 잤다는 사실만으로도 흡족해해야 했다. 하지만 어디까지나 그건 그의 생각이고, 날이 갈수록 핼쑥해져 가는 그를 보는 미론은 그저 속상할 뿐이었다.

"잠만 잘 거면서 왜 그렇게 큰 집에서 살아?"

집은 궁궐같이 으리으리한데 정작 아르노가 머무는 시간은 턱없이 적었다. 그마저도 활동 범위가 제한적이라 미론의 눈에는 이 넓은 공간이 낭비로밖에 보이지 않았다.

그녀는 작은 집을 선호했기에 차라리 침대, 거실, 주방이 하나로 통합된 원룸 형식의 집이 더 잘 맞았다. 집 안에서 크게 돌아다니는 타입도 아니고. 대부분 밖에서 활동을 하기 때문에 집이 커 봤자 전기세나 가스 요금이나 더 나가지, 그다지 쓸모가 없었다.

아르노가 자신의 집으로 들어오라는 제안을 했을 때, 처음에는 거절했었다. 그의 집은 너무 넓은 데다가 아르바이트를 하는 곳에서도 거리가 멀어 썩 내키지 않았다.

그러던 그녀가 마음을 바꾼 건 그가 너무 바빠서 얼굴을 자주 볼 수 없다는 이유 때문이었다.

그건 곧 자신의 취향, 편의 따위를 완전히 무시할 만큼 그의 존재가 대단하다는 의미이기도 했다. 그녀는 충동적인 성격만큼이나 느닷없이 들이닥친 사랑에 혼신의 열정을 바쳤다.

"난 뭐든 큰 게 좋아."

아르노는 살짝 내려온 선글라스를 밀어 올리며 간단명료하게 답했다. 그를 물끄러미 보던 미론이 입술을 삐죽였다.

"난 안 큰데?"

무엇이든 큰 게 좋다는 아르노의 말에 따르자면 여자도 키가 큰 여자를 좋아해야 맞는 건데 미론은 160cm를 간신히 넘는, 좋게 말해서 아담한 키였다. 그의 말을 따르자면 자신은 그의 취향과 거리가 멀다. 괜히 시무룩해졌다.

"나 161cm인데? 작은데 왜 좋아?"

아르노가 작게 웃었다. 그의 치기 어린 눈매는 몹시 매력적이다. 팔을 뻗어 그의 얼굴에서 선글라스를 벗기는 미론의 행동은 과감했다. 그는 그녀가 선글라스를 벗기든 말든 조금도 짜증 내지 않고 여전히 평온한 얼굴로 그녀의 가슴 쪽을 힐끔거리며 말했다.

"거기가 크잖아."

선글라스를 괜히 벗겼나. 하필 이 타이밍에 벗길 게 뭐람. 미론은 제 행동을 깊이 반성했다.

"물론 꼭 그래서 좋아한다는 건 아니고."

"그럼 왜 좋은데?"

"너라서."

살짝 감동적인 대답이긴 한데, 뭔가 아쉬웠다. 미론은 그의 선글라스를 만지작거리며 무심한 듯 툭 물었다.

"그런 거 말고. 자세한 이유가 뭐야?"

"굳이 이유를 말하자면, 웃는 얼굴이 귀엽고 말투나 하는 행동들이 다 사랑스러워서. 가만히 있어도 예뻐서. 네 숨소리마저도 다 달콤해서. 그래서 널 좋아해."

대답이 꽤 만족스러운지 미론의 두 뺨이 잘 익은 과실처럼 붉게 물들었다. 아르노가 그녀를 힐끔거리더니 살며시 웃었다.

"키스하고 싶다."

미칠 듯 하고 싶었다. 당장 미론의 입술을 먹어 버리고 싶었지만 빌어먹게도 차는 도로 한가운데를 달리고 있었다. 그녀를 죽을 만큼 사랑하는 건 사실이지만 운전 중에 위험한 행동은 자중해야 했다.

"안 되겠다."

도저히 못 참겠는지 아르노가 차선을 변경했다. 본래의 목적지가 아닌 생각지도 못한 장소에 차가 멈췄다.

미론이 창밖으로 보이는 울창한 나무들을 보며 긴장을 삼켰다. 급하게 세운 차체가 덜컹 흔들렸다. 그는 애마가 다치든 말든 신경 쓸 겨를조차 없어 보였다. 차와는 비교할 수 없는 소중한 연인을 향해 돌진했다.

"아르, 흡!"

갑자기 다가온 아르노의 입이 미론의 뒷말을 먹어 버렸다. 말을 하던 중이라 벌리고 있던 입술 사이로 그가 침범해 들어왔다.

그의 키스는 짜증 날 정도로 심했던 허기조차 잊게 할 만큼 강렬했다.

그가 리드하는 키스에 그녀가 무리 없이 보조를 맞췄다. 협조적인 미론이 못 견디게 예뻐서 더욱 깊게 입을 맞췄다. 마시멜로우 같은 그녀의 입술에서 흘러나오는 달콤한 숨결을 모조리 삼켰다.

섹시한 남자의 악마 같은 키스가 미론을 포박해 왔다. 약간의 저항도 허락하지 않겠다는 듯이.

아르노는 컨버터블 형식의 스포츠카나 슈퍼 카를 주로 타고 다녔었다. 미론을 만나기 전까진.

그녀를 만난 이후에는 세단을 구입했다. 사방이 막혀 외부의 시선을 차단할 수 있어 그녀와 마음 편히 애정 행각을 하는 데 이만한 차가 없었다.

둘의 입술이 빈틈없이 맞물리면서 온몸에 열기가 피어올랐다. 작열하는 여름의 태양 같은 키스로 인해 점점 선명해지는 감각에 더는 버티기가 힘들어 그의 옷깃을 움켜잡았다.

그는 그녀의 입술에 매료되어 잠시도 놔주지 않았다. 아르노의 손이 그녀의 노출된 허벅지를 더듬었다. 순간 미론이 그의 손을 잡으면서 날아갔던 이성이 아주 조금 되돌아왔다. 입술을 떼자 벅찬 숨이 연신 쏟아졌다.

"배고파."

키스를 하더라도 밥은 먹고 했으면 좋겠다. 안 그래도 남은 에너지가 없는데, 그것마저 그와의 키스에 다 쏟아 버렸더니 꼭 탈진할 것만 같았다.

"아쉽다."

"이 정도 했으면 됐어. 여기서 더 뭐하려고?"

"오랜만에 차에서 한 번 할까 했지."

배고파서 무엇을 할 여력조차 없었다. 미론의 마음을 읽은 아르노는 아쉬움을 뒤로하고 다시 차를 출발시켰다.

"창문 열게."

"응."

아르노가 미론의 허락을 구한 뒤 운전석과 조수석의 차창을 열었다. 그녀가 창틀에 팔꿈치를 기댄 채 창밖을 구경했다.

파리의 건물들을 보고 있자니 꼭 타임머신을 타고 과거로 돌아간 기분이다. 한국에 있을 때는 빌딩 숲과 번화가로 가득한 도심에서 살다 보니 느림의 미학을 향유하기에는 적절하지 않았다.

하지만 프랑스는 달랐다. 물론 프랑스의 모든 곳을 가 보진 않았지만 그녀가 눈으로 보고 몸으로 직접 체험한 것으로 따져 보자면, 이곳은 지나온 세월이 거리에 고스란히 남아 있어 과거와 현재가 공존했다.

가끔은 인터넷이 너무 느리거나 혹은 터지지 않아 속이 답답한 경우도 있었으나 그런 불편은 기꺼이 수용할 수 있을 만큼 매혹적인 도시였다.

흘러온 세월이 느껴지는 낮은 주택들의 창가에는 제라늄과 베고니아 화분이 놓여 있었다. 아직 겨울이라 꽃이 만발하지 않았다는 점이 아쉬웠다. 혹독한 겨울을 건너, 봄이 오기를 희망하며 웅크리고 있는 꽃이 꼭 저의 모습과 닮아 있어 애잔한 마음이 깃들었다.

이곳에 있다 보면 꼭 동화 속에 있는 기분이 들곤 했다. 멈춰 있는 시간 속에서 자신만이 혼자 빠르게 달려가고 있는 것만 같아서 잠시 휴식을 취하고 싶어졌다.

"다 왔다."

파리 15구에 위치한 한식당에 도착했다. 한식당이지만 대부분의 손님이 프랑스 인이라서 모든 메뉴들은 코스로 이루어져 있었다.

간이나 맛도 프랑스 인들에 맞춰 요리를 하는 편이지만 한국인 손님이 오면 특별히 신경을 써서 요리를 해 줬다. 서비스나 가게 분위기도 만족스러웠지만 무엇보다 다양한 한국 음식을 먹을 수 있어서 미론이 일주일에 한 번은 꼭 들르는 곳이다.

아르바이트해서 버는 수입의 1/3은 여기서 쓴다고 해도 과언이 아니다. 사실 그녀의 생활비 중 가장 많은 것을 차지하는 게 식비였다.

다이어트는 포기해도 음식을 먹는 즐거움만큼은 포기할 수 없다는 게 미론의 인생철학이다. 남들이 들으면 그런 게 무슨 인생철학씩이나 되냐고 비웃을 수 있겠지만, 그녀는 이렇게 살아가는 게 행복했다.

사람들마다 행복의 조건은 제각기 다르기 때문에 본인과 맞지 않다고 해서 틀린 게 아니었다. 그저 다른 것일 뿐, 그 다른 점을 배척하기보다 인정하고 수용하는 게 더 아름다운 삶을 살아갈 수 있는 방법이 아닐까.

『또 오셨네요. 반가워라.』

식당의 지배인이 아르노와 미론을 반갑게 맞이했다. 아르노가 없을 때도 혼자서 찾을 만큼 그녀는 이 식당을 무척 좋아했다. 자주 방문하다 보니 자연스럽게 지배인과 꽤 사이가 가까워졌다.

아르노는 미남인 지배인이 거슬렸지만 정작 미론은 별 생각이 없어 보였다.

그의 생각대로 미론은 지배인이 미남이건 말건 그가 딱히 매력적으로 다가오지 않았다. 그녀에겐 아르노보다 잘생긴 남자는 세상에 없다고 여길 만큼 몹시 두꺼운 콩깍지가 단단히 씌워져 있었으니까.

두 사람은 사람들의 눈에 띄지 않는 프라이빗 룸으로 안내받았다. 식당 규모가 그리 크지 않았지만 가끔 유명인들이 찾는 경우가 있어 프라이빗 룸을 따로 갖추고 있었다.

그들이 먹는 건 늘 같았기 때문에 메뉴판은 필요 없었다. 매번 먹는 세트 메뉴를 선택하고 애피타이저와 본식 메뉴를 정했다.

"졸업했으니 이제 사회인이네. 앞으로의 계획은?"

아르노의 질문은 미론의 어깨를 무겁게 짓눌렀다. 그렇다고 외면할 수도 없고, 누군가와 나눌 수도 없다. 현실의 무게가 이토록 묵직했던가. 어쨌든 스스로가 헤쳐 나가야 하는 관문이었다.

"사는 게 꼭 게임 퀘스트를 깨는 기분이야. 하나를 통과하면 새로운 퀘스트가 생기고, 그걸 통과하면 또 다른 퀘스트가 생기고……."

"깰수록 더 어려워지는 것도 비슷하네."

"그러니까."

맥이 빠진다. 원하는 대로 살 수 있다면 얼마나 좋을까. 그러나 세상은 그리 너그럽지 않다. 하고 싶은 것만 하며 살 수는 없었다.

"화가가 되는 게 네 목표 아니었어? 이제 준비는 모두 마쳤으니 원했던 삶을 살면 되잖아."

"나도 그러고 싶지. 근데 현실이 안 따라 주잖아. 당장 돈도 없는데. 화가로서 이름을 알리려면 몇 년이 걸릴지 누가 알아? 아니, 평생 이름도 못 알리고 굶어 죽을지도 몰라."

고등학생 때만 해도 막연히 화가가 되고 싶었다. 화가만 되면 원 없이 그림만 그리며 살 수 있을 줄 알았으니까.

그런데 그것도 결국 돈이 필요한 일이었고, 더는 부모님에게 손을 벌리고 싶지도 않았다.

"뭐가 문제야. 내가 있는데."

"응?"

"경제적인 부분은 신경 쓰지 마. 내가 책임질게."

"아르노가 왜?"

"왜라니. 당연히 널 후원해 줄 마음이었어."

미론이 고개를 저었다. 아르노는 그녀의 반응에 살짝 상처를 받았다. 고맙다는 말을 들을 줄 알았는데 예상이 빗나갔다.

"아무리 날 사랑해도 그건 아냐. 아르노가 왜 나를 후원해? 아르노에게 기댈 마음은 없어."

"어째서?"

"다른 사람이면 모를까, 아르노에게 부담을 주고 싶지는 않으니까."

"전혀 부담되지 않아."

"아르노는 그럴지 몰라도 내가 싫어. 아르노는 내가 사랑하는 사람이야. 그런데 내가 어떻게 아르노의 지원을 받아."

"사랑하니까 바라는 것 없이 해 줄 수 있다는 생각은 안 해?"

엇갈리는 의견에 다소 언성이 높아졌다. 음식을 갖다 주러 들어온 지배인이 아슬아슬한 분위기를 감지하고 조용히 음식만 두고 나갔다. 지배인이 나가자 둘 사이에 묘한 어색함이 흘렀다.

"나 한국 갈 거야."

차라리 미론이 계속 입을 다물고 있었다면 좋았겠다고 아르노는 생각했다. 분위기가 더욱 악화됐다.

"아예 간다는 말로 들려. 아니지?"

모국이기 때문에 미론이 한국에 간다는 게 이상한 일은 아니다. 비행기 값이 비싸서 자주 가지는 못하지만 아주 가끔 한국에 다녀오고는 했다.

하지만 지금 그녀의 말투가 어쩐지 불길함을 조성했다. 아르노는 초조해진 마음으로 그녀의 입술이 열리기를 기다렸다.

"……모르겠어."

애매한 대답에 아르노가 인상을 썼다. 미론의 말은 완전히 떠날 수도 있다는 가능성을 내포하고 있었다.

그게 그의 가슴을 아릿하게 만들었다.

그녀가 한국으로 가 버리면 우리의 관계는 어떻게 되는 거지? 아니, 그보다 그녀가 없는 파리는 끔찍했다. 상상조차 하기 싫을 만큼.

"장미론."

딱딱하게 부르는 걸 보니 아르노의 기분이 저조한가 보다. 미론은 저의 말이 그를 불안하게 만들었음을 깨달았다.

그렇다고 언제까지 파리에 머물 수는 없는 노릇이었다.

"여기에 있으려면 많은 것들이 필요해."

"내가 도와줄게."

미론이 한숨을 내쉬었다. 뭐든 주고 싶어 하는 아르노의 마음을 모르는 건 아니었다. 하지만 그에게 받기만 하는 건 미안하고 염치없었다.

무엇보다 이건 자신이 해결해 나가야 할 일이었다.

"어쨌든 한국에 한 번은 가야 돼. 엄마 생신이기도 하고, 앞으로 어떤 방향으로 나아갈지 진지하게 고민할 시간도 필요해."

"여기서 고민해도 되는 문제잖아."

"그래서 가지 말라는 거야?"

미론의 말에 아르노는 정신이 들었다. 그녀가 파리를 떠날지도 모른다는 불안함에 잠시 정신이 나갔었다. 얼굴을 쓸어내리며 예민해진 신경을 가라앉혔다.

"아니. 얼마나 걸릴 것 같은데?"

"일단은 한 달 정도 생각하고 있어."

"너무 길다."

미론과 떨어져 지내는 건 정말 싫었다. 하루만 안 봐도 보고 싶어 미치겠는데 한 달이나 보지 못한다니. 간신히 가라앉힌 신경이 다시 날카로워졌다.

섭섭한 마음은 이해하지만 너무 싫은 티는 내지 않았으면 좋겠는데, 그가 탐탁지 않아하니 오히려 미론이 더 서운했다.

"난 아르노가 보름 넘게 집에 안 들어와도 아무 말도 안 했는 걸!"

문득 서러움이 치밀었다. 아르노는 평소에도 이틀에 한 번 꼴로 집에 들어올 만큼 바쁜데, 컬렉션을 준비하거나 새로운 매장을 오픈하는 시기만 되면 극심하게 바빠지곤 했다.

보고 싶어도 볼 수 없었다. 그런 날들이 수도 없이 많았다.

"되게 서운하고, 보고 싶어 미치겠고. 그래도 아르노 일에 지장 생기면 안 되니까 꾹 참았단 말이야."

못 보는 날이 나흘이 넘어가면 인내심이 박살났다. 내색을 거의 하지 않았을 뿐이었다. 가끔 보고 싶다고 메시지를 보내거나 전화를 했지, 속에 있는 외로움과 그리움을 전부 꺼내 보이지 않았다.

아르노에게 폐를 끼치기도 싫었고, 너무 징징거리는 모습을 보이면 어린애 취급을 할까 봐. 그러다가 그가 제게 질리기라도 한다면 그땐 끔찍한 이별이 닥칠 테니까.

"근데 아르노는 그것도 못 참아?"

속에 꽁꽁 숨겨 두었던 서러움을 아르노가 툭 건드리고 말았다. 마음이 한 번 출렁이더니 이내 엉성하게 쌓아 놓은 둑이 터지면서 안에 담겨 있던 마음들이 무섭게 범람했다.

"미미."

"아르노가 없는 밤마다 내가 얼마나……!"

아르노가 없는 프랑스의 밤은 너무 외롭고 무서웠다.

애초에 혼자 살았던 집이면 모를까, 그의 흔적이 가득한 집이라서 그리움은 훨씬 더 날카롭게 변모해 미론의 가슴을 헤집고 할퀴어 댔다.

가끔은 너무 괴로워서 울음이 터지기도 했다. 퉁퉁 부은 눈으로 겨우 잠들곤 했는데, 그는 그런 사실조차 모르겠지. 한 번도 그런 모습을 그에게 보여 준 적이 없었으니까. 걱정하게 하고 싶지 않아서 늘 활짝 웃었으니까.

"미미……."

격해진 감정을 작은 몸으로는 견디기 버거운지 미론은 종내 벌떡 일어섰다.

미론이 손바닥만 한 클러치 백을 들고 홱 몸을 돌려 문 쪽으로 성큼 성큼 걸어갔다.

아르노가 벌떡 일어나 그녀의 앞을 가로막았다.

"기분 상하게 해서 미안. 내가 생각이 짧았어."

아르노는 꼭 울 것만 같았다. 예술가라 그런지 감수성이 예민했다. 어떨 때 보면 아주 순수한 아이 같기도 했다.

"미안해."

"정말 미안해?"

"응. 진심이야. 바쁘다는 이유로 너한테 소홀한 거 나도 인정해. 네가 말 안 해도 잘 알고 있어. 그래서 너한테 미안한데 나한테는 일도 중요해."

조금 풀리려던 마음이 다시 방향을 바꿨다. 미론이 인상을 찡그렸다.

"나도 알아. 아르노한테 디자인이 얼마나 중요한지. 아르노가 어떤 꿈을 갖고 있는지. 성공에 대한 야망 있는 거 잘 안다고. 그리고 아르노가 얼마나 대단한지, 그런 것도 잘 알아."

한 번 디진 마음은 손쓸 새도 없이 울컥 쏟아져 나왔다. 그동안 잘 버텨 왔다고 자부했는데 의식하지 못한 사이 한계에 다다른 것이었다.

"아르노랑 분야는 다르지만 나도 나름 미술을 공부하고 있어. 아니, 공부하지 않아도 알아. 아르노의 감각이 특별하다는 거."

미론은 이런 말까지 해야 한다는 사실이 너무 서러웠다.

"사람들이 왜 아르노의 디자인을 사랑하는지 잘 안다고. 그래서 아르노의 일이 나 때문에 엉망이 되는 건 나도 싫어. 그런 거 모르는 어린애 아니니까 일일이 설명하지 않아도 돼."

아르노의 눈동자에 미안함과 착잡함이 뒤섞였다. 그가 짙은 숨을 쉬더니 미론의 두 손을 잡았다.

"장미론. 그거 알아?"

"뭐?"

평소와는 달리 미론의 말투가 다소 삐딱했다. 북받친 서러운 감정이 여전히 둥둥 떠다녔다.

"내 디자인의 영감은 전부 너에게서 온다는 거."

딱딱했던 마음이 아르노의 말에 말랑말랑해지더니 뭉클한

감각이 퍼지면서 심장이 덜컹거렸다.

"난 일을 할 때도 네 생각을 해. 넌 내 뮤즈야, 미론아."

울컥 치미는 감정에 미론이 고개를 숙였다. 아르노의 진심이 서러움을 달래 주었다. 그녀가 그의 품에 안기며 해방된 손으로 그의 옷깃을 꼬깃 움켜쥐었다.

"매 순간 함께 있어 주지 못해서 미안해. 네 모든 시간에 내가 같이 있으면 좋겠지만 내 환경이 그 사정을 다 봐주지를 않아. 내 마음 알지?"

"으응."

알아. 아는데 오늘은 어쩐지 울컥했어. 늘 잘 참아 왔는데, 이번에는 그러지 못했어.

"나도 미안해. 갑자기 짜증 내서."

머리를 쓰다듬는 아르노의 손길에 얼었던 마음이 사르르 녹아내렸다. 뾰족하게 섰던 날도 전부 깎여 둥글둥글해졌다.

"괜찮아. 얼마든지 짜증 내도 돼. 힘들면 힘들다고 말하고, 아프면 아프다고 말하고. 대신 숨기지만 마. 알았지?"

그걸 어떻게 다 말해. 그러면 걱정할 거면서. 일만으로도 충분히 스트레스 받고 힘들어하는 그에게 자신까지 짐을 얹어 주고 싶지는 않았다. 그래서 지금까지 못다 한 말도 있지만 앞으로도 꺼내지 못할 마음들이 생길 텐데. 그녀는 선뜻 물음에 대답하지 못했다.

그가 살며시 미론을 떼어 내고 눈을 마주쳤다. 그녀의 눈동자 속에 담긴 감정을 읽지 못했다. 항상 밝고 투명한 그녀인데, 가끔은 복잡한 심경이 가득 차 있어서 뿌옇게 흐려질 때가 있다. 그럴 때마다 조바심이 났다. 혹시 자신이 너무 외롭게 해서, 그 외로움을 견디지 못하고 훌쩍 떠나가 버리면 어쩌나.

서로 사랑하는 마음은 여전히 뜨겁지만 그녀는 파리에 완전히 터를 잡은 사람이 아니기에 그는 불안함을 가슴 한편에 넣어 두고 있었다.

"밥 먹을래."

미론은 끝내 대답을 하지 않고서 다시 자리로 돌아갔다. 둘이 다투는 사이 어느새 음식은 식어 있었다. 아르노도 자리로 돌아왔다. 젓가락을 드는 그녀의 행동을 그가 저지했다.

"식었어. 따뜻한 거로 바꿔 달라고 하자."

아르노의 권유를 미론은 가볍게 거절했다.

"너무 배고파서 그거 기다릴 시간 없어. 그냥 먹을래."

"알았어."

아르노는 미론의 의사를 존중했다. 배가 많이 고팠던 모양이다. 바쁘게 젓가락을 놀려 대며 허겁지겁 식사를 하는 그녀의 모습이 안쓰러웠다.

"아버지가 밥도 안 주고 일 시켜?"

미론이 아르바이트를 하고 있는 게스트하우스는 아르노의 아버지가 운영하는 곳이다.

"아니야. 아저씨는 점심 잘 챙겨 줘."

"그럼 일을 너무 많이 시키는 거 아니야?"

자신이 너무 급하게 먹어서 아르노를 걱정시켰다는 걸 알아

챈 미론이 점차 속도를 늦췄다.

"거기 일을 나 혼자 다 하는 것도 아니고."

"아버지가 힘들게 하면 말해."

"아저씨는 아르노가 힘들게 하면 말하라던데?"

"에, 진짜?"

평소라면 그냥 웃고 넘겼을 말인데 오늘은 어쩐지 양심에 찔렸다. 방금 전 미론을 속상하게 했기 때문에 마음이 편치 않았다.

"응."

"오늘 힘들게 했으니까 내일 가서 말하겠네?"

아버지가 뭐라고 하려나. 아르노는 살짝 긴장했다. 그러나 미론은 그의 아버지에게 오늘 일을 말할 생각이 없다는 의미로 고개를 가로저었다.

"괜히 걱정하게 하고 싶지 않아. 그리고 우리 일은 우리끼리만 아는 게 좋잖아. 특히 다투거나 하는 안 좋은 일들은."

아르노가 고개를 끄덕이며 미론이 이야기에 수긍했다.

"난 아버지한테 감사한 일이 하나 있어."

미론은 불쑥 이야기를 시작한 아르노의 얼굴에 시선을 두었다.

"뭔데?"

"너를 만나게 해 준 일."

감동을 받아 일렁이는 미론의 두 눈동자가 더없이 예뻤다.

"아버지 덕분에 널 만날 수 있었잖아."

"그렇지. 아저씨가 날 채용해 줘서 아르노를 만날 수 있었던 거지."

미론이 파리에 처음 왔을 때 그의 아버지가 운영하는 게스트하우스에서 묵었었다. 자연스레 친해지자 그는 아르바이트를 구하던 그녀에게 일자리를 제공해 주었다.

그러면서 아버지를 만나러 종종 게스트하우스에 들리던 아르노와 알게 됐다.

"나 처음 아르노 봤을 때, 진짜 놀랐어."

아르노가 턱을 괸 채 흥미로운 표정으로 이어질 말을 기다렸다.

"살면서 그렇게 잘생긴 남자는 처음 봐서."

"내가 얼마나 잘생겼었는데?"

"첫눈에 반했을 정도로."

누구라도 그를 처음 만난다면 시선을 빼앗길 것이다. 그만큼 매력적인 남자였다.

"너도 예뻤어."

아르노의 목소리가 시폰 케이크처럼 달고 부드러웠다.

"사랑하지 않고는 못 버틸 만큼."

둘은 서로의 마음을 숨김없이 표현했고 순조롭게 연인 사이로 발전했다. 사랑은 뜻밖의 장소에서, 예고하지 못한 순간에 찾아왔다.

미론은 이야기를 하면서도 꾸준히 식사를 했지만 아르노는 얘기에만 푹 빠져 있었다.

"근데 아르노는 왜 이렇게 못 먹어? 맛이 별로야?"

아르노가 아니라며 고개를 저었다. 하지만 미론은 자신이 먹고 싶은 것만 강요한 것 같아 마음이 편치 않았다.

"그럼 우리 이거 먹고 나가서 아르노가 먹고 싶은 거 먹자!"

"더 먹을 수 있겠어?"

"노력해 볼게."

그러다가 체할라. 아르노가 미론을 귀엽다는 듯 쳐다봤다.

"음식이 별로라서가 아니라 입맛이 없어서 그래."

"입맛이 왜 없어? 어디 아파?"

미론은 아르노가 아픈 건 아닌지 염려되는 마음에 손에서 놓지 않았던 젓가락을 내려 두었다.

"아픈 건 아니고, 잠이 좀 부족해서."

"하긴 잠도 못 자고 매일 일만 하는데 당연히 피곤하지. 그럼 가서 자야겠다."

"응. 너 안고 잘래."

아르노의 숙면을 위해서라면 자신의 몸을 기꺼이 내어 줄 수 있다. 미론은 빨리 자리를 털고 일어나야겠다는 생각으로 식사에 더 속도를 냈다.

"천천히 먹어. 체하지 말고."

"나 소화 기관 튼튼해. 걱정 마. 우리 자기 얼른 재우려면 빨리 먹어야지."

"서두를 거 없어. 오기 전에 좀 잤어."

"그 정도로는 피로 안 풀리잖아. 이거 먹고 집에 가서 내가 자기 재워 줄게."

"정말? 푹 잘 수 있겠다."

미론의 호의를 흡족해하며 아르노가 빙그레 웃었다.

식욕이 전혀 없는지 아예 젓가락을 내려 둔 아르노가 턱을 괸 채 그녀가 식사하는 모습을 즐겁게 구경했다. 복스럽게 먹는 모습이 참 예뻤다. 아식 어려서 그런지 피부도 뽀송뽀송했고, 젖살도 남아 있었다.

그가 대놓고 구경을 해도 미론은 전혀 개의치 않고 양껏 식사했다. 포만감이 그녀를 행복으로 인도했다.

✿ ✿ ✿

식당에서 나와 귀가한 두 사람은 화장실에서 나란히 서서 양치를 하고 침실로 향했다. 그가 먼저 침대에 누워 팔을 뻗더니 미론에게 누우라며 시트를 통통 두드렸다. 그녀가 그의 팔을 베고 누웠다.

"이건 아르노가 나 재워 주는 구도 같은데?"

아르노는 상관없다는 듯 미론의 허리에 팔을 두르더니 바짝 몸을 밀착시켰다. 몸이 맞닿은 채 밀접한 간격을 두고 눈을 맞추고 있다 보니 가슴 부근이 뜨끈해졌다.

그녀가 작은 손으로 그의 눈썹 뼈를 꾹꾹 더듬었다.

"단단해."

"거기는 왜 만져?"

눈썹 뼈를 만지작거리는 미론의 행동을 아르노가 의아해했지만 내버려 둔 채로 물었다.

"잘생겨서."

대답을 듣고도 의아함은 해소되지 않았다. 눈썹 뼈가 잘생긴 사람도 있나.

"눈썹 뼈가?"

"응."

"별게 다."

콩깍지가 너무 심하게 씌었나 보다. 눈썹 뼈까지 잘생겨 보인다니. 미론의 마음을 빼앗아 간 당사자도 그녀를 온전히 헤아리지 못했다.

"자기는 내 숨소리도 달콤하다며."

그것도 이상하거든? 미론이 손을 아르노의 뺨으로 옮기며 새치름한 눈동자로 그를 마주 봤다. 그의 뺨을 어루만지며 그녀가 속삭였다.

"사랑에 빠지면 모든 게 다 예뻐 보이나 봐."

솜사탕처럼 몽글몽글하고 달콤한 말투가 아르노의 심장을 사르르 녹였다. 그의 눈빛이 아주 빠르게 뜨거워졌다. 그가 쪽, 하고 입을 맞췄다. 차지게 달라붙었다가 떨어지는 입술에 아쉬움이 사무쳐 견딜 수가 없었다.

살짝 떨어졌던 입술이 서로의 뜨거워진 시선이 얽히자 순식간에 맞물렸다.

달콤하게 이어지던 키스가 전에 없이 격렬해졌다. 미론은 아르노의 침범을 반갑게 맞이했다. 말캉한 혀가 은밀하게 비벼지고, 야릇한 숨결이 뒤섞였다.

아까 다툰 커플이 맞는지 모를 정도로 두 사람은 격정적인 키스를 나눴다. 온전한 정신으로는 버틸 수 없을 만큼 몸이 저릿저릿했다.

키스를 하며 미론을 쓰다듬던 아르노의 손이 옷 속으로 들어와 척추를 더듬었다. 그러자 그녀의 허리가 살짝 휘었다. 그의 손은 아랑곳하지 않고 움직였다.

그의 손이 앞으로 넘어와 배를 어루만지다가 슬며시 위로 올라갈 때쯤, 그녀가 저지했다. 아르노가 주춤한 틈을 타 미론이 입술을 뗐다.

"피곤하다며. 자야지."

"차에서 못 한 거, 하고 잘래."

아르노는 말을 마치기 무섭게 미론의 입술을 다시 먹어 치웠다. 그를 막을 방법은 없었다. 빈틈이라고는 찾아볼 수 없는 뜨겁게 맞물린 입술로 서로의 젖은 숨결을 교류했다.

육체가 붕 뜬 것처럼 나른해지자 미론은 혼자서는 견디기 벅차 그의 목을 끌어안았다. 엉킨 다리들이 서로를 갈고리처럼 옭아맸다.

그의 큰 손이 옷 속을 자유롭게 움직였다. 등을 더듬고, 등허리를 지분거리다가 배를 쓰다듬었다. 식사를 한 지 얼마 안 된 배가 볼록 나와 있는 게 귀여워서 계속 만졌다.

야릇한 손길에 아찔아찔한 감각이 정신을 야금야금 좀먹어

가고 있었다. 열기를 품은 그녀의 몸을 가만히 응시하던 그가 흥분을 억누르기 힘든지 짙은 숨을 토해 냈다. 그의 뜨거운 숨이 피부에 스며들자 아득한 감각이 진동했다.

"응, 으응."

미론은 견딜 수 없는 흥분에 입술을 깨물었다. 아르노가 그녀의 입술을 만지작거렸다.

"입술 깨무니까 더 붉어졌어. 완전 야하다."

까만 머리카락, 하얀 피부, 그리고 빨간 입술의 조화가 무척 아름다웠다.

아르노는 애정이 뚝뚝 떨어지는 눈으로 그녀를 그윽하게 응시했다. 그녀가 두 팔을 그의 어깨 위에 걸치며 농염한 눈동자로 그를 물끄러미 바라봤다.

스물다섯의 여자가 이런 눈빛을 갖고 있다는 것 자체가 그에게는 신비로운 일이었다. 조그매서 마냥 귀여운 것 같다가도 이럴 땐 관능적인 여자의 모습이 보였다.

"나는 네가 아담해서 좋아. 사실 더 작았으면 좋겠어."

다른 건 다 큰 게 좋지만 미론은 예외였다. 작고 아담해서 더 매력적이다. 귀엽고 사랑스럽다.

"왜?"

"주머니에 쏙 넣고 다니게."

"그건 너무 작잖아. 아르노는 내가 난쟁이가 됐으면 좋겠어?"

"그래도 귀여울 거야, 미미는."

"치."

기분이 좋지만 괜히 아닌 척 입술을 내밀었다. 그러다가 아르노가 가랑이 사이를 파고들자 밀려드는 전율에 시트를 부여잡고 신음을 흘렸다.

"아르노, 흣!"

머릿속이 저릿저릿했다. 약간 아릿한 느낌도 났다. 정신이 하나도 없었다. 견딜 수 없는 감각들에 시트를 부여잡고 있던 손을 들어 아르노의 머리카락을 헤집었다. 그가 점차 아래로 내려갔다.

"아르노……!"

절박한 심정을 담은 연인의 목소리가 아르노의 귓전을 때렸다. 더 듣고 싶었다. 그래서 더 강하게 자극을 하니 오히려 아무 말도 못한 채 비명만 질렀다. 많이 괴로운지 고개를 마구 저어 댔다.

"아르노, 아르노!"

자유가 찾아오자 미론이 아르노를 애타게 부르며 그의 팔을 잡아당겼다.

"키스해 줄까?"

미론의 마음을 읽은 아르노는 바로 키스를 해 주지 않고 장난기를 묻힌 음성으로 물었다. 그의 짓궂은 태도에도 그녀는 내빼지 않았다.

"응. 키스해 줘."

키스를 애타게 조르는 미론을 보니 아르노의 심장이 뜨겁게 달궈졌다. 그가 거칠게 입을 부딪쳤다.

그녀는 그의 성마른 입술을 기쁘게 받아들이며 목을 끌어안고 적극적으로 키스에 응했다. 달콤한 아이스크림을 음미하듯 그의 윗입술과 아랫입술을 차례로 맛보았다.

"맛있어. 더 줘."

살짝 입술을 떼고 키스를 더 해 달라고 재촉하자 아르노가 기꺼이 요구를 받아들였다. 정신이 몽롱했다. 고통과 환희가 범벅된 감각이 이성을 마비시켰다.

못 견디게 좋아 종아리로 아르노의 허리를 가득 조였다. 다른 곳은 근육으로 인해 탄탄한데, 그의 허리는 몸에 비해 잘록했다.

그가 거칠게 자극해 오자 그녀는 정신을 잃을 것만 같았다. 부르튼 입술 사이로 새된 비명이 쉴 새 없이 터져 나왔다. 자신을 제어할 수 없는 지경에 이르렀다.

체력이 고갈된 아르노가 미론의 옆으로 쓰러졌다. 그녀가 그에게 찰싹 붙었다. 그가 그녀의 머리카락을 다정하게 쓸었다.

"부모님은 나 만나는 거 아셔?"

아르노가 졸음이 가득 묻은 목소리로 넌지시 물었다. 연애를 하면서 그는 미론의 가족 얘기를 꼬치꼬치 묻지 않았다. 어머니, 아버지, 오빠. 이렇게 세 식구가 있다는 것 외에 그가 따로 아는 것은 거의 없었다.

대부분 그녀의 개인적인 것에 대해서만 질문을 해 왔었다.

혹시라도 미론이 부담을 가질까 봐 배려해 준 것이다.

"아직 모르셔."

"오빠도?"

"응."

그렇구나. 아르노가 고개를 끄덕였다. 어쩐지 풀 죽은 듯한 그의 표정이, 미론은 신경 쓰였다.

"아르노, 섭섭하지?"

그동안 가족들에게 아르노에 대한 이야기를 하지 못했다. 가족들과 멀리 떨어져 있다 보니 얼굴을 볼 수 있는 기회가 드물어서 마땅히 이야기를 할 시간이 없었다.

아무래도 전화로 얘기를 하는 것보다는 직접 이야기하는 것이 좋겠다는 판단을 했고 이번에 한국에 가게 되면 그의 존재를 알릴 계획이었다.

"아니."

아니라고는 하지만 아르노의 표정이 영 미지근했다. 미론은 미안한 마음에 그의 눈을 똑바로 마주하지 못했다.

"거짓말. 섭섭하면서."

"섭섭한 건 아니고, 너희 부모님께 괜히 죄송해서."

섭섭해서가 아니라니 의외였다. 더구나 부모님에게 죄송하다니. 그의 말이 너무나 뜻밖이라서 어리둥절했다.

"왜 죄송해?"

"귀한 딸을 나 같은 놈이 좋다고 붙들고 있으니, 당연히 죄송하지."

아르노처럼 대단한 사람도 이런 생각을 한다는 사실이 상당히 충격적이다. 그의 가슴 어딘가에 감춰 두었던 생각을 알게 되자 미론은 심경이 복잡했다.

"아르노가 그러면 나는 뭐야? 나야말로 부족한데."

"아니. 넌 내게 과분해."

1초의 망설임도 없이 이런 말을 해 주니 반하지 않을 수가 없었다.

"내가 있고 싶어서 여기 있었던 건데?"

"그래도."

미론이 아르노의 금발을 부드럽게 쓸다가 그의 귓바퀴를 더듬었다. 그를 물끄러미 응시하는 그녀의 눈동자에 달달한 애정이 가득했다. 그의 허리에 팔을 두르고 가슴에 고양이처럼 뺨을 비비며 나른한 숨을 흘렸다.

"아르노 품, 진짜 미치도록 좋아. 아르노의 품에서라면 죽어도 여한이 없어."

여기 계속 있고 싶어. 여기서 잠들고, 아침을 맞이하고 싶어.

"내가 잠에서 깨어났을 때도 아르노가 여기 그대로 있었으면 좋겠어. 사라지지 말고."

사랑을 나누고 난 뒤에는 유난히 더 아르노가 고팠다. 잠들었다가 다시 깨어났을 때, 그가 곁에 없으면 공포와 맞먹는 공허함이 그녀를 바들바들 떨게 했다.

그 상황을 꽤 자주 겪었다. 물론 아르노가 일부러 그랬던 건 아니었다. 그를 원망해서는 안 되는데 가끔, 아주 가끔은 서럽고 원망스러울 때가 있었다.

"잘 자."

아르노는 끝내 대답을 하지 못했다. 될 수 있으면 그녀가 잠에서 깰 때까지 함께 있고 싶었다. 제발 휴대폰이 울리지 않기만을 바랐다.

✿ ✿ ✿

어두컴컴한 방 안에 불빛이 반짝였다.

드르륵. 드르륵. 휴대폰이 콘솔과 마찰하는 진동 소리가 점차 커져 가며 아르노의 숙면을 방해했다.

그는 잠이 덜 깨 눈도 뜨지 않은 채로 콘솔 쪽으로 팔을 뻗었다. 대략 이 정도 어디겠지, 하고 짐작하며 손을 더듬다가 간신히 휴대폰을 집었다.

옆을 보니 미론은 단잠에 빠져 있었다. 그녀가 깰까 봐 살며시 일어나 침실에서 나와 전화를 받았다.

작업실에 문제가 생겼다는 전화였다. 그가 없으면 작업이 제대로 돌아가지를 않는다. 이러니 잠시도 자리를 비울 수가 없었다.

짜증 섞인 한숨과 함께 짧은 욕설을 내뱉자 휴대폰 너머의 직원이 안절부절못했다. 일단 전화를 끊었다.

잠에서 깨어났을 때도 사라지지 말고 그대로 있었으면 좋겠다는 그녀의 소망이 가슴을 헤집었다. 미론에게 미안했고, 스스로에게 화가 났다.

그녀를 쥐고 일까지 놓지 못하는 자신이 한심스러웠다. 두 마리 토끼를 잡으려고 애쓰는 자신이 그렇게 그악스러울 수가 없었다.

솔직히 미론이 많이 참고 견뎌 줘서 여기까지 올 수 있었던 거지, 인내심과 이해심이 없는 여자라면 일찍부터 화를 내며 돌아섰을 게 분명했다.

소중한 연인에게 자꾸 외로움과 공허함을 주게 되는 현실이 착잡했다.

주머니에 넣고 다니고 싶다는 말은 괜히 꺼낸 말이 아니었다. 항상 곁에 있고 싶다. 일을 핑계로 그러지 못해 정말 미안했다.

그는 서재로 가 메모지와 펜을 들었다. 길지 않은 메시지를 적고 끝에는 사랑한다는 말을 남겼다. 메모지를 들고 침실로 걸음을 옮겼다.

휴대폰 불빛이 사라진 침실에 다시 어둠이 내려앉으며 오로지 두 사람만의 숨소리가 공백을 채웠다. 콘솔에 메모지를 올려 두고 탁상시계로 날아가지 않도록 눌러 뒀다. 바로 나가지 않고 어둠에 익숙해진 눈으로 침대에 걸터앉아 잠든 미론을 시선에 담았다.

"자는 모습도 예쁘네, 우리 미미."

아르노가 미론의 손을 잡고 손등 위를 엄지로 부드럽게 쓸었다.

"일이 생겨서 나가 봐야 해. 일어나서 나 없다고 놀라지 말고, 울지도 말고. 알았지?"

미론은 단잠에 빠져 아르노의 말을 들을 수 없었다. 하지만 상관없었다. 어차피 메모지에 다 적어 뒀으니까.

다만, 부디 그의 소원대로 그녀가 잠에서 깼을 때 너무 허전해하지 않았으면 좋겠다.

"나 없는 데서 울지 마."

눈물 닦아 줄 수 있는 곳에서 울어. 울고 있을 때 달려올 수 있게.

잠에서 깬 미론이 눈을 깜빡이며 흐린 의식을 깨웠다. 옆이 허전해 팔을 쓱쓱 움직이니 찬 공기만이 그녀를 반겼다. 이불에 그의 온기가 사라진 걸 보니 나간 지 꽤 시간이 지난 듯했다.

파고드는 공허가 너무도 익숙했다. 익숙하다고 해서 면역이 생긴 건 아니다. 아무리 반복돼도 면역력이 생기지 않았다.

"없네."

눈을 뜨니 아르노가 사라졌다. 지금은 아마도 밤이겠지. 컴컴한 어둠을 또 혼자 견뎌야 하는 구나. 그가 없는 밤이 그녀에게는 끔찍한 공포와도 같았다.

"아르노……."

미론의 목소리가 가늘게 떨렸다. 불러도 오지 못하는 곳에 있는 그를 애타게 찾으며 모로 누웠다. 베개에 얼굴을 파묻었다.

"보고 싶어."

차오르는 눈물을 막을 도리가 없었다. 하얀 베갯잇이 그녀의 눈물로 축축하게 젖어 갔다.

아무리 울어도, 아무리 불러도, 아르노는 오지 않았다.

아니, 올 수 없었다.

2. 네가 머물던 자리

아르노는 여느 때와 다름없이 바빴다. 뉴욕 플래그십 스토어 오픈을 앞둔 터라 끼니를 챙길 여유도 부족했다. 덕분에 날이 갈수록 살이 쭉쭉 빠져 갔다.

바쁘다 보니 좋아하는 운동도 할 수가 없었다. 1초마다 누적되어 가는 스트레스를 해소할 곳이 없었다. 겨우 담배나 피울 뿐인데 그 정도로는 어림도 없다는 듯 여전히 엄청난 스트레스가 쌓여 있었다.

미론은 그의 외박이 길어질수록 걱정만 쌓여 갔다. 굳이 몇 날이 흘렀는지 세고 싶지 않지만 적지 않은 날이 지났음은 짐작하고 있었다.

외박하는 동안 그가 어떤 시간을 보낼지 대충 그림이 그려졌다. 사실 그의 작업하는 모습을 본 적은 딱 한 번뿐이었다.

그마저도 그의 외삼촌이자 조력자인 크리스토프에게 다시는 얼씬도 말라는 경고를 듣고 쫓겨났지만.

보지 않아도 잘 알고 있다. 아르노가 작업실에 처박혀 지내고 있다는 사실을. 그는 처음에 그저 디자인이 좋아서 이 일을 선택했다고 했다. 일에 대한 열정이 없었다면 아마도 버티지 못했을 거라고, 그는 종종 말했었다.

그 바닥이 숨 쉴 틈 없이 바쁘다고는 익히 들어 알고는 있지만 그래도 지켜보는 입장으로서 안타까운 마음이 드는 건 어쩔 수 없었다.

뭘 먹기는 하는 건지, 잠은 자는 건지, 계속 일만 하는 건 아닌지. 그러다가 쓰러지면 어쩌나 걱정되는 게 한두 가지가 아니다.

아르바이트를 하는 게스트하우스의 카운터에 턱을 괴고 앉은 미론의 얼굴엔 근심이 까맣게 얹혀 있었다. 아르노는 일을 하고 있을 땐 연락이 잘 되지 않았다.

연애 초기에 보고 싶은 마음을 꾹 참다가 겨우 용기를 내 전화를 할 때면 그가 아닌 크리스토프의 목소리만이 들려왔다. 크리스토프는 중저음으로 바쁜 아르노를 방해하지 말라며 매정하게 주의를 주곤 했다.

크리스토프는 아르노보다 열다섯 살이나 더 많았다. 그는 미론을 몹시 싫어했고 어느 땐 존재 자체를 거슬려 하는 듯한 느낌을 받기도 했다.

크리스토프의 입장에서 볼 때, 미론은 아르노의 관심을 빼앗아 가는 인물로밖에 보이지 않았다.

아르노가 미론을 만나면서 디자인에 투자하는 시간이나 관심이 전보다는 확실히 줄었기 때문이다. 그게 눈에 훤히 보이니 그녀를 예뻐할 수가 없었다.

다행인 건 아르노의 디자인에 대한 열정과 감각이 여전히 그대로라는 점이었다. 여자 하나 때문에 아르노의 천재적인 재능을 썩히는 건 도저히 용납할 수 없는 일이기에.

크리스토프는 아르노의 외삼촌이자 브랜드를 총괄하는 실장이었다. 무엇보다 EDMUND를 론칭할 때 그의 도움이 상당히 컸다.

크리스토프가 없었다면 이렇게 빨리 성공 가도를 달릴 수 없었을 것이고 그 사실을 잘 알기에 아르노는 반항을 할지언정 그를 완전히 외면할 수는 없었다.

"아가, 왜 이렇게 기운이 없니?"

게스트하우스의 주인이자 아르노의 아버지인 현호가 기운 없이 앉아 있는 미론을 유심히 지켜보다가 슬며시 말을 걸었다.

현호는 다정다감한 성격이다. 미론이 낯선 땅에 첫발을 내디뎌 향수병 때문에 괴로워할 때 그는 그녀에게 큰 위로가 돼주었다. 그의 물음에 소금에 절인 배추처럼 축 늘어져 있던 미론이 느리게 고개를 들었다.

"아저씨."

현호에게 미론은 딸 같은 존재였다. 작고 어린 그녀가 홀로 파리로 와 공부를 하고 생활을 해 나가는 모습이 기특하면서도 참 안쓰러웠다.

"그래, 아가."

미론은 현호를 불러 놓고도 말을 잇지 못하고 한숨을 내쉬었다. 도대체 무엇이 그녀의 기운을 앗아 갔는지, 그는 알 필요가 있었다.

그에게 미론은 아르노의 여자 친구이기 전에 딸처럼 아끼는 사람이었고, 그녀를 괴롭히는 상대가 있다면 따끔하게 혼내 줄 생각이었다.

"왜? 아르노가 혹시 섭섭하게 했니?"

마주친 미론의 눈동자가 일렁였다. 큰 움직임은 아니었으나, 워낙 가까이 마주 보고 있었기에 놓치지 않았다.

"아르노, 이 녀석을!"

현호가 당장이라도 아르노를 쫓아갈 기세로 카운터 책상을 주먹으로 탁, 하고 내리쳤다.

"아르노는 잘못 없어요. 그냥 바빠서 그런 것뿐이에요."

"바빠서 애인한테 소홀히 하는 것도 결국 그 녀석 잘못이란다."

이쯤 되면 현호가 누구의 부친인지 헷갈릴 정도였다. 언제나 현호는 전적으로 미론의 편이었다. 그가 그녀의 편을 들 때마다 아르노는 황당해했지만 미론은 그가 있어 무척 든든했다.

"다른 것 때문에 그런 것도 아니고 일 때문에 바빠서 그런 건데도 이상하게 서운해요."

"그건 이상한 게 아니야. 당연히 서운하지."

"정말 그런 거예요?"

암, 그렇고말고. 현호는 강경한 태도로 눈을 맞춰 왔다.

그가 이렇게 말해 주니 가슴 한편에 묵직하게 있던 죄책감이 점차 사그라졌다. 한결 마음이 가벼웠다.

"저 혼자 있기엔 집이 너무 커요. 특히 새벽에 문득 느껴지는 적막은 어떻고요. 막 오금이 저린 것 있죠?"

너무 무겁게 말하지 않기 위해 나름 농담처럼 말하며 억지로 웃어 보지만 현호에게는 속마음까지 꿰뚫어 보는 능력이 있는 터라 금방 들키고 말았다. 그걸 알면서도 마음을 다 드러내기가 어려웠다.

"아르노가 언제 오나. 전 그것만 기다려요."

"아무리 사랑해도, 기다림이 반복되면 힘에 부치지. 내가 그 사람한테 무슨 존재인지 회의감이 들기도 하고. 그 사람한테는 나 말고도 중요한 무언가가 있다는 게 속상하기도 하고."

조용히 경청하던 미론의 눈이 점차 커졌다.

"어떻게 제 마음을 그렇게 딱 아세요?"

현호가 나이에 비례하지 않는 미소를 지어 보였다. 장난기가 조금 묻어 있었다. 그의 얼굴에 아르노의 얼굴이 살짝 겹쳐졌다.

"내가 이래봬도 연애 박사란다. 게스트하우스 운영하면서 여기 드나드는 사람들의 연애 상담을 해 주다 보니 연인들의 감정에 대해 꿰뚫게 됐지."

"와, 대단해요!"

"대단한 것까지는 아니고."

그러면서 현호가 어깨를 으쓱했다.

"그런 생각이 드는데도 불구하고 네가 지금까지 아르노에게 속마음을 터놓지 않고 스스로 버티는 건 아마도 그 녀석을 배려해서겠지."

"네, 맞아요!"

족집게다. 현호는 미론의 속마음을 콕콕 찔렀다. 그러니 동요하지 않을 수가 없었다. 복채라도 줄 기세로 그녀가 두 손을 모으고 그의 눈을 빤히 바라봤다.

"근데 그러다가 정말 힘들어지는 순간이 올 수도 있어."

"힘들어지는 순간이요?"

휘감는 공기가 조금 전보다 가라앉았다. 미론이 진지해졌다.

"참다가 결국 폭발하게 되는 거지."

"……."

"너는 아르노를 위해서 참는다지만 그렇다고 해서 다른 곳에서 푸는 것도 아니잖아. 그렇지?"

"네……."

괜히 죄지은 것 같은 무거운 마음에 힘없이 대답했다.

"계속 여기."

현호가 자신의 왼쪽 가슴을 두어 번 두드렸다.

"여기에 적립되는 거지. 마치 카드에 쌓이는 포인트처럼."

현호는 정말 미론의 마음속에 들어왔다가 나간 사람처럼 얘기했다. 놀라움이 커지다가 결국 경악에 이르렀다.

"아무리 너그러운 사람이라도 서운한 마음을 담을 수 있는 용량은 정해져 있어. 그 한도를 초과하면 어떻게 될까?"

"……넘치겠죠."

"그 상태가 되면 스스로도 감당이 안 될 거야."

갑자기 소름이 끼칠 정도로 무서워졌다. 현호가 한 말을 허투루 들어서는 안 되겠다는 예감이 뇌리를 강하게 때렸다.

"그러면 저는 어떻게 해야 해요?"

"네 마음을 솔직하게 말해."

"아르노가 미안해하면 어떻게 해요?"

겁이 나는 이유는 여러 가지다.

그중에서도 가장 무서운 건 아르노에게 부담을 주는 것. 부담감이 덩치를 키우면 죄책감이 될 테고, 그것이 또 살찌면 결국 이별을 말하지 않을까.

"지금도 미안해서 어쩔 줄 모를 거야. 네 마음을 전부 다 안다고 해서 그 녀석 마음이 갑자기 확 달라지거나 그럴 일은 없어."

현호와 대화를 나누니 그래도 무거웠던 마음이 조금은 나아졌다. 그의 말을 들어서 나쁠 건 없었다. 누구보다 아르노를 가장 잘 아는 사람이니까.

"좀 겁나요."

"알아. 속마음을 다 꺼낸다는 거 쉽지 않지. 그렇지만 혼자 끙끙 앓는 것보다는 나을 거야. 그리고 이제 아르노가 집에 안 들어오면 여기 와서 지내. 그럼 덜 외롭지 않을까? 어차피 여기서 아르바이트도 하니까 너한테는 훨씬 편할 거야."

"네. 아르노랑 상의해 볼게요."

곧 사귄 지 600일이 되는 날이다. 기념일만큼은 오붓하게 대화할 시간이 주어지겠지. 설마 그날까지 바쁘진 않을 거야. 미론은 용기를 내 보기로 다짐했다.

❁ ❁ ❁

EDMUND의 작업실은 파리 7구에 위치해 있다. 아담한 건물에 감각적인 인테리어를 갖췄지만 정작 이 안에 속한 이들의 몰골은 형편없었다.

디자인 회사에 다니는 이들이라 복장에는 신경을 썼지만 얼굴은 손을 쓸 수 없을 정도로 피로감에 찌들어 있었다. 야근에 시달린 그들은 그야말로 좀비가 되어 가는 중이었다.

가장 꼭대기 층에 아르노의 작업실이 마련되어 있다. 그의 책상은 청소를 포기한 듯 모든 것들이 질서를 무시하고 널브러져 있었다. 그 와중에 책상의 주인은 뭐가 어디에 있는지 정확히 파악하고 있다. 그도 그럴 것이 모든 물건에 그의 손때가 묻어 있었다.

셀 수도 없이 많은 디자인 스케치들은 창작의 고통을 실감케 했다. 이미 한참 전에 손길이 끊긴 커다란 머그잔에는 커피가 담겨 있었던 듯 탁한 갈색의 흔적이 남아 있었다.

"으, 죽겠다."

좀비의 현실화가 이곳에서 생생히 펼쳐지고 있있다. 퀭한 눈에, 턱까지 내려오는 다크서클. 푹 팬 볼. 아르노의 얼굴에서 고생한 흔적이 진하게 엿보인다.

극에 달한 고단함에 정확한 사고가 불가능했다. 아무래도 집에 가서 자고 와야겠다. 가서 미론의 얼굴도 봐야지. 그녀는 마치 비타민과 같았다. 과도한 업무로 인해 스트레스가 심한 그에게 그녀는 활기를 불어넣는 유일한 존재다.

"우리 애기 보러 가야지."

닷새 동안 보지 못한 어여쁜 연인을 보러 갈 생각에 없던 체력도 솟아났다. 아르노가 의자에서 일어나려는 그 순간, 크리스토프가 작업실 문을 열고 들어왔다.

『커피 한 잔 줄까?』

실장이자 외삼촌인 크리스토프. 그의 등장이 달갑지 않았다. 더구나 커피를 권하는 의도가 뻔했다. 좀 더 일하라는 뜻이었다.

『5일 동안 몇 잔의 커피를 마신 줄 알아?』

지금은 누구든 조금만 건드려도 폭발할 지경으로 몹시 예민한 상태였다. 닷새 동안 수면이 사람에게 얼마나 중요한지, 지겹게 깨달았다.

『카페인 중독으로 사망하기 싫거든.』

불편한 심기를 잔뜩 내보인 아르노를 가만히 보고 있던 크리스토프가 한숨을 내쉬었다.

『그냥 싫다고 한마디만 하면 되지 않니?』

하여튼 크리스토프와는 대화가 통하지 않는다. 그는 상대방의 감정에 공감하는 능력이 떨어지고, 상대방의 기분에 상관없이 제 주장을 강요했다. 뻔히 피곤해하는 모습이 보이는데도 일말의 동요조차 하지 않았다.

아르노는 의자에서 일어나 짐을 챙겼다. 크리스토프는 그의 모습을 보더니 넌지시 물었다.

『퇴근하려고?』

설마 퇴근하는 게 불만은 아니겠지? 혹시 크리스토프가 그런 생각으로 질문하는 거라면 인내심의 한계를 느낄 것만 같다.

『삼촌, 내 얼굴 안 보여?』

아르노가 크리스토프의 앞에 얼굴을 들이밀었다. 크리스토프는 꿈쩍도 하지 않았다.

『보여.』

덤덤한 말투. 언제나 그렇듯 무미건조했다. 크리스토프의 성격을 모르지 않지만 새삼 짜증이 치밀었다.

『좀비 같지 않아?』

크리스토프 때문에 이 일을 택한 건 아니었다. 디자이너라는 진로를 선택하게 된 건 순전히 제가 원해서였다. 아르노에게 디자인은 거스를 수 없는 숙명이지만 때로는 크리스토프가 약속했다. 언제부턴가 자신을 자꾸 억압하려는 느낌을 받기 시작했다.

『아직은 봐줄 만 해. 근데 곧 좀비가 될 것 같긴 하네.』

어떻게 조금도 동요를 하지 않을 수 있을까. 이 거지 같은 몰골을 보고도 크리스토프의 눈동자에는 어떤 감정도 비치지 않았다. 냉정한 건 알았지만 이렇게까지 지독할 줄이야.

『뉴욕 일정 잡힌 거 알지?』

『뉴욕? 언제 출발하기로 했는데?』

『다음 주 화요일에 출발해서 3주 정도 있다 오는 걸로 결정 났어.』

아르노의 이맛살이 구겨졌다. 다음 주 목요일은 미론과 연애를 한 지 600일이 되는 날이다. 평소에 잘 챙겨 주지 못하니 기념일만이라도 잘해 주고 싶은데, 그마저도 허락되지 않나 보다. 어떻게 해서라도 그날만큼은 시간을 빼려고 했는데 어쩌면 좋지.

『일정을 좀 미룰 수 없어?』

『왜?』

『목요일에 중요한 약속이 있어.』

『그 여자애와의 약속이니?』

『……아무튼 곤란해.』

크리스토프가 어이없어했다.

『공사 구분이 안 돼? 뉴욕 플래그십 스토어 오픈, 중요한 사안이라는 거 몰라?』

『알아. 설마 내가 그런 것도 모를까 봐?』

『아는 애가 그러니?』

답답했다. 울화통이 터지는데 변명할 여지가 없다. 크리스토프의 말에는 일리가 있었다. 아르노가 금발을 마구 헝클이며 짜증을 냈다.

『일정 못 미루니까 그렇게 알아.』

여러 가지 생각들이 질서 없이 엉켜 들었다. 심해지는 두통에 머리가 지끈거렸다. 아르노의 표정이 점차 어두워졌다.

『아무리 생각해도 이건 비능률적이야. 사람이 휴식도 취해야 일할 에너지도 생기지. 정도가 지나치다고.』

아르노가 표출하는 불만은 크리스토프에겐 조카가 삼촌에게 응석부리는 걸로 밖에 보이지 않았다. 아르노가 훌륭한 디자이너라는 사실은 인정하지만, 요즘의 그는 크리스토프에게 종종 실망을 끼쳤다.

미론이 나타나기 전까진 이렇지 않았다. 늘 작업실에 틀어박혀, 크리스토프가 말려도 듣지를 않고 디자인에 미쳐 있었다. 작업실이 그의 집이자 일터였던 것이다. 그런 그가 미론이 나타난 후로 달라졌다.

『그래서?』

『그러니까 집에 가서 쉬다 오겠다고.』

『그럼 그냥 그 말만 하면 되잖아.』

쉬는 거야 뭐라고 안 한다. 5일을 작업실에 박혀서 일했는데 당연히 쉬어야지. 다만 크리스토프가 탐탁지 않아하는 건,

아르노의 집에 요물 같은 여자아이가 하나 있다는 것이다.

『아르노.』

『왜.』

대답이 삐딱했다. 미론이 나타난 이후로 아르노와 크리스토프 사이에 균열이 생겼다.

전에도 딱히 막역한 사이는 아니었지만 사업 파트너로서 서로를 신뢰하던 사이였다. 아르노가 크리스토프를 제법 잘 따랐었다. 디자인에 대한 고민이 있을 때마다 크리스토프에게 조언을 구하기도 했다. 그러면 그는 아주 현실적인 조언을 해줬고, 그것에 아르노는 고마워했었다.

그런데 지금은 꼭 그의 속을 긁기 위해 일부러 반항하려는 것만 같았다.

『그 여자애, 계속 데리고 있을 거야?』

하고 싶은 말은 많았지만 그것을 다 꺼냈다간 겨우 유지하고 있는 관계가 완전히 박살날 게 뻔했다. 크리스토프가 겨우 골라낸 질문에 아르노는 언짢은 시선을 보냈다.

『삼촌, 원래 내 사생활에 관심 없지 않았어?』

『없었지.』

『근데 왜 변한 건데?』

『네가 변했으니까.』

순간 아르노의 입술이 굳게 다물렸다. 크리스토프와의 사이에 흐르는 미묘한 정적이 너무 불편했다.

『넌 디자인에 미쳐서 여자도 안 만났던 녀석이었잖아.』

학창 시절부터 디자이너가 되겠다는 꿈을 갖고서 온 열정을 쏟은 아르노의 노력을 아는 크리스토프는 현재 그의 모습이 안타깝고 아쉬웠다.

『그럼 내가 평생 여자도 안 만나고 일만 했으면 하는 거야?』

그런데 자신이 던진 조언에 예민하게 반응하는 아르노를 보니 크리스토프도 감정이 격해졌다.

『그런 건 아니지만 적당한 선을 지키라는 거지. 넌 지금 그 여자애한테 너무 빠져 있잖아. 그만하면 오래 하지 않았니? 솔직히 이 정도까지 길게 만날 거라고 생각하지 않아서 그동안은 그냥 보고만 있었지만.』

『있었지만, 뭐?』

걱정돼서 하는 말이라는 걸 왜 모르는 건지. 크리스토프는 너무도 답답했다.

『아르노.』

『아무리 삼촌이지만, 내 여자 건드리는 건 못 참아.』

결국 이렇게 또 균열이 일어났다. 어디서부터 잘못됐는지 모르겠다. 이미 되돌릴 수 없는 곳까지 온 건가?

하지만 이 상태로는 사업 파트너의 관계마저 틀어질 수 있다.

『후…….』

『갈게.』

아르노는 대화를 단절하고 등을 돌렸다. 그의 등을 응시하던 크리스토프가 이마를 짚으며 고개를 숙였다. 머리가 복잡했다.

✿ ✿ ✿

천둥소리에 잠이 깼다. 아르노가 없는 침대에서 오랜 시간 뒤척이다가 겨우 잠이 들었는데, 예상하지 못한 불청객이 수면을 앗아 갔다.

미론이 짜증스러운 듯 미간을 좁혔다. 하늘이 노했는지 굉음을 냈다. 고막이 찢어지는 줄 알고 두 손으로 귀를 틀어막았다. 해일처럼 닥쳐온 공포에 잔뜩 웅크린 그녀의 몸이 바들바들 떨렸다.

갑자기 웬 비람. 손으로 귀를 막았지만 임시방편일 뿐 빗소리도 가리지 못했다. 이런 날 아르노가 없다니 무서워 죽을 것 같다. 그녀는 베개에 얼굴을 파묻고 가슴으로 애타게 그를 불렀다. 겁에 질린 그녀는 안중에도 없는 듯 천둥소리가 났다. 동시에 벌컥, 침실 문이 열렸다.

"꺄아악!"

천둥 때문에 바짝 긴장한 상태에서 갑자기 문이 열리자 미론은 소스라치게 놀랐다.

천둥소리보다 더 큰 그녀의 목소리. 까랑까랑한 비명이 아르노의 고막을 푹 찔러 왔다. 그녀에게 무슨 일이 생긴 줄 알고 놀라 서둘러 침대로 달려왔다.

"미미!"

공포에 질린 작은 몸뚱이가 떨고 있는 모습에 아르노의 가슴이 요동쳤다. 미론의 어깨를 잡고 작게 흔들었다. 익숙한 목소리가 들리자 그제야 그녀가 고개를 들었다. 눈물이 그렁그렁 매달린 그녀의 눈을 보자 가슴이 쓰렸다.

"아르노……."

잠에서 덜 깨 목이 잠긴 채로 서럽게 아르노를 불렀다. 그 모습이 몹시도 가여워 아르노는 어찌할 바를 몰랐다. 미론이 와락 안겨 오기에 가만히 있어 주었다.

"너무 무서워서 아르노가 와 주길 간절히 바랐어. 근데 정말 올 줄은 몰랐어."

미론은 어린아이처럼 하소연을 해 왔다. 떨리는 목소리로 애처롭게 말하는 그녀를 아르노가 따뜻하게 보듬었다.

"미안."

조금만 더 빨리 왔으면 좋았을 걸. 그랬다면 천둥의 공포에 잡아먹히지 않아도 됐을 텐데. 밀려드는 후회와 죄책감에 고개를 들 수 없었다.

모든 게 다 미안했다. 한숨을 내쉬는 아르노의 품에서 미론이 상체를 뗐다. 눈물로 여울진 눈동자에 그를 담았다.

"아르노가 와 줬잖아. 그러니까 됐어."

미안해하지 않아도 돼. 미론의 예쁜 눈이 그렇게 말하고 있었다. 눈만 마주쳐도 전달되는 마음. 아르노는 가슴이 먹먹했다.

"어두워. 불 켜 줘."

"알았어."

아르노가 리모컨을 이용해 전등을 켰다. 미론이 창밖으로 시선을 던지다가 그를 봤다. 그의 머리가 조금 젖어 있었다. 그의 어깨도 마찬가지였다.

"비 맞았네."

걱정하는 미론을 안심시키기 위해 아르노는 괜찮다는 의사를 표현했다. 그녀는 잠이 완전히 깬 듯 침대를 벗어났다.

"비가 와서 그런가, 추워."

"추워? 뱅쇼 만들어 줄까?"

"진짜?"

"응."

미론은 뱅쇼를 좋아한다. 코코아나 커피보다 와인에 과일을 넣어 푹 끓인 것이 더 취향에 맞았다.

사실 뱅쇼에 맛을 들인 건 아르노를 만나고 나서부터였다. 그가 만들어 주는 뱅쇼는 특별히 더 맛있고 달달했다. 만약 파리를 떠나 한국에 간다면, 그의 뱅쇼가 많이 그리울 것이다.

주방으로 가는 아르노의 옆으로 미론이 찰싹 붙어 왔다. 팔짱을 끼고 주방으로 왔다. 미론이 도와주려고 나서자 그가 그녀를 식탁 의자에 앉혔다.

"내가 할게. 앉아 있어."

"힘들지 않아? 그냥 내가 해도 되는데."

"힘들었는데, 너 보니까 기운 났어."

"에이, 거짓말."

"진짜야."

기분이 좋아진 미론의 입술에 미소가 삐져나왔다. 그녀는 결국 아르노의 고집을 이기지 못하고 얌전히 앉아 그가 하는 것을 지켜봤다.

"배도 좀 고픈데. 아르노는?"

"나도 출출해. 토스트도 할까?"

"응!"

냄비에 와인과 손질한 과일들을 넣고 끓이는 동안 프렌치토스트를 만들었다. 아르노의 외모만 보면 물 한 방울 안 묻히고 살았을 거라 예상되지만 실은 혼자서도 뭐든 잘 해 먹는 편이다.

얼마 지나지 않아 프렌치토스트가 완성됐다. 달달하면서도 고소한 냄새가 후각을 자극했다. 저녁을 거르고 잠들었더니 배가 고팠다.

"맛있겠다."

"이거 먹고 있다 보면 뱅쇼 다 될 거야."

미론이 식탁으로 가 다시 앉았다. 토스트를 접시에 옮겨 담은 아르노가 그것을 식탁에 가져갔다.

"아르노도 같이 먹어."

"응."

아르노가 두 개의 포크와 나이프를 가져왔다. 둘은 사이좋게 마주 앉아 토스트를 나눠 먹었다.

"아르바이트는 어때?"

"뭐, 늘 똑같지."

입안에 달달하고 고소한 토스트가 들어오니 기분이 좋았다.

"곤란하게 하는 사람은 없고?"

"음, 아주 가끔 그런 사람들이 있긴 한데 괴로운 정도는 아니라."

"누가 어떻게 곤란하게 하는데?"

"예쁘다고, 데이트 하자고 그러는 남자들이 간혹 있어."

미론은 먹는 데 정신이 팔려 깊게 생각하지 못하고 대답했다. 시선을 아래에 두고 있어 아르노의 표정을 미처 보지 못했다. 그가 굳은 표정으로 물었다.

"그럴 때 넌 뭐라고 하는데?"

"남자 친구 있다고 하지."

"그러면 뭐래?"

"그대로 끝인 사람도 있고, 그게 뭐 어떠냐며 계속 치근대는 사람도 있어."

포크를 쥔 아르노의 손이 부들부들 떨렸다. 그제야 이상한 기운을 감지하고 시선을 든 미론은 인상 쓴 그의 모습에 움찔 놀랐다.

"화났어?"

"그런 놈들 상대하지 마."

갑자기 입이 쓰다. 어느 정도 끓인 뱅쇼를 떠와서 미론에게 하나를 건네고 제 몫을 한 모금 넘겼다.

"투숙객인데?"

"넌 가만히 있어도 귀여운데 웃으면 더 귀엽거든? 그러니까 무표정으로 상대해. 알았어?"

"그러다가 잘리면?"

"EDMUND에 취직시켜 줄게."

미론이 입술을 삐죽였다. 그런 일로 아르노에게 기대고 싶지는 않다.

"지금 당장에라도 네 자리 마련할 수도 있어. 그러지 말고 내 옆에서 일하는 건 어때?"

"싫어."

숨 돌릴 틈도 없이 거절을 꺼내 놓는 미론에 아르노는 머리가 어지러웠다.

"거절이 무지 빠르네. 무안하게."

"이런 건 확실하게 거절해야 하니까. 난 아르노한테 기대서 살고 싶지 않아. 심적으로도 충분히 의지하고 있는데, 물질적인 부분까지 그러면 내가 부담스러워서 못 견뎌."

"내가 주는 건 그 어떤 것도 부담스러워하지 마."

"그게 마음대로 안 되는 걸."

엇갈리는 의견에 좋지 않은 감정들이 충돌했다. 설익은 감처럼 떫은 공기가 가슴을 압박해 왔다. 감정이 더 상하기 전에 화제를 전환시켜야 했다.

"혹시 무슨 일 생기면 나한테 전화해."

불현듯 미론이 시무룩해졌다. 까닭을 모르는 아르노는 의아해했다. 그녀가 포크로 토스트 위를 콕콕 두드리는 의미 없는 행동을 하며 중얼거렸다.

"전화해도 잘 안 받으면서……."

아르노가 쥐고 있던 포크를 내려놓았다. 차분한 눈길로 미론을 살폈다. 뭐라고 다독여야 할지, 머릿속이 정리가 되지 않아 입술이 쉽게 움직이지 않았다.

사소한 말다툼이 벌어질수록 애가 탄다. 이러다 혹시 더 큰 일이 벌어지진 않을지 불길한 예감이 가슴 언저리를 스쳤다. 지난번 한식당에서 다퉜던 게 아마도 전초전이 아니었을까.

"미미."

아르노가 의자에 앉자마자 미론을 불렀다. 할 얘기가 있었다. 작업실에서 집까지 오는 내내 고민했던 것을 꺼내려 한다.

"응. 말해, 아르노."

미론은 무슨 말이든 들을 준비가 되었다는 태도였다.

"이번에 뉴욕 플래그십 스토어 오픈 준비 중인 거 알지?"

"응, 알지. 그게 왜?"

"그 일 때문에 뉴욕에 가야 해."

미론은 크게 동요하지 않는 표정으로 침착함을 유지했다.

"아, 그렇겠다. 그 정도는 예상하고 있었어. 얼마나 가 있는데?"

아르노는 잠시 주춤했다. 무슨 말을 하려고 저러나. 혹시 오랫동안 가 있어야 하나? 침묵이 길어지는 사이 미론은 머릿속으로 오만 가지 추측을 늘어놓았다.

"3주 정도."

3주. 짧지는 않구나. 미론은 서운하긴 했지만 그래도 마음이 크게 상하지 않았다.

"언제 가는데?"

"다음 주 화요일."

미론이 그러냐며 고개를 끄덕이다가 순간 주춤했다. 그녀가 눈살을 찡그렸다.

"아르노. 다음 주 목요일, 무슨 날인지는 알아?"

기념일? 모를 수도 있다. 1주년, 2주년도 아니고 600일. 하지만 이 사소한 것이 생각보다 더 서운하다는 사실을 아르노는 알까.

"우리 600일이잖아. 그걸 모를 리 없지."

"알면서도 어떻게……! 그날만큼은 나랑 있어 줘야 하는 거 아니야?"

미론이 고개를 떨어뜨렸다. 토스트와 뱅쇼가 더 이상 달지 않았다. 입맛이 뚝 떨어졌다.

"그래서 말인데, 나랑 뉴욕에 함께 가지 않을래?"

아르노가 생각한 가장 최선의 대응책은 함께 뉴욕으로 떠나는 것이다. 해외로 오랫동안 출장을 갈 때 가끔씩 그녀를 데리고 다녔었다. 이번에도 같이 가면 오래도록 그녀를 혼자 두지 않아도 되니, 가장 좋은 방법이라 여겼다.

"싫어. 안 갈래."

미론은 아르노의 말이 끝나기도 전에 부정의 대답을 툭 내밀었다. 대답을 듣기 전만 해도 설득을 하면 넘어올 거라 예상했다. 그러나 빗나간 예상이었음을 깨달았다. 그가 짙은 숨을 내쉬었다. 그녀는 머그잔을 내려 두고 벌떡 일어섰다.

"나 그동안 아르노의 일에 대해서 다 이해했어. 이해하기 힘들어도 그냥 다 넘겼어. 근데 너무 힘들어. 아르노가 나보다 일을 우선시할 때마다 서운하고 속상했는데, 그것도 다 그냥 참고 견뎠어. 아르노는 바쁘니까. 능력 있는 디자이너니까. 근데 내가 이해심이 부족한 건지 아직 어려서 그런 건지 더 이상은 못 하겠어!"

눈물이 툭 흘러내렸다. 현호가 했던 말이 사실이었다. 아르노를 위해 참았는데, 담아내는 가슴에 한계가 있어 결국 폭발하고 말았다. 서운했던 마음들을 하나씩 천천히 꺼내 보여 주면서 차분히 대화하려고 했는데 그러기 전부터 이미 엉망이 돼 버렸다.

"미론아."

"난 뉴욕 안 가. 한국에 갈 거야."

고집 때문에 충동적으로 내뱉은 말이지만 번복할 생각은 없었다. 이 상태로는 아르노를 따라 뉴욕에 가고 싶지 않다. 그곳에 가 봤자 그에게 짐만 될 게 분명했다.

바쁜 그를 기다리느라 호텔에서 종일 시간을 보내야 할 테고, 크리스토프는 눈치를 주며 압박을 하겠지. 생각하는 것만으로도 숨통이 막혀 왔다. 뉴욕에 가기 싫다. 그러느니 차라리 한국에 가고 싶었다.

미론은 자신의 의사를 분명하게 밝혔다. 북받치는 감정에 눈물이 났다. 손등으로 대충 훔치고 자리를 벗어났다.

덩그러니 남은 아르노는 한숨을 쉬며 괴로워했다.

❁ ❁ ❁

어제 미론과 싸우고 나서 방을 따로 썼다. 그녀가 누운 침대에 아르노가 슬며시 눕자, 그녀가 일어나 베개를 안고 나가려 했다. 어디 가느냐고 물으니 소파에서 자겠단다. 그녀를 추운 거실에서 재울 수 없어 결국 침대를 양보하고 응접실에서 잤다.

미론이 이 집에 오고 나서 한 번도 침대를 따로 쓴 적이 없었다. 상황이 심각했다. 이런 기분으로 출근할 생각을 하니 갑갑했다. 밤새 내리던 비는 아침이 되면서 그쳤지만, 집 안에 감도는 습한 안개는 쉽게 사라지지 않았다. 그들의 애정 전선에 먹구름이 까맣게 꼈다.

아직 방 안에서 나올 기미가 보이지 않아 걱정되는 마음에 침실로 가 슬쩍 엿봤다. 그런데 자는 줄 알았던 그녀가 침대에 앉아서 창밖을 멀거니 보고 있는 게 아닌가. 아르노는 여린 그녀의 가슴에 아픈 상처를 낸 것 같아 마음이 쓰렸다.

"미미, 식사 안 해?"

"안 먹어."

미론은 아르노를 쳐다보지도 않고 건성으로 대답했다. 쉽게 풀리지 않으려나 보다. 어쩌지. 이런 경우가 처음이라 어떻게 해야 할 줄을 몰랐다. 미안하다는 말로는 그녀의 뭉친 서러움을 다 녹이지 못할 거라 짐작했다.

"작업실 가야 하는 거 아니야?"

미론의 시선은 여전히 창밖에 고정됐다.

"오늘은 쉬려고."

"아까부터 계속 전화 오는 것 같던데."

"신경 쓰지 마."

"나 때문에 아르노 일에 지장 생기는 거 싫어. 그냥 가. 뉴욕도 가고."

미론의 말투는 단조로웠다. 어떤 감정도 섞지 않은 건조한 목소리가 아르노의 심장을 후벼 팠다. 그가 짙은 숨을 터뜨리며 얼굴을 쓸어내렸다.

"혼자 있고 싶어. 아르노, 나 신경 쓰지 말고 출근해."

혼자 있고 싶다는 말을 정말 오롯이 믿어야 하는지, 아르노는 헷갈렸다. 하지만 지금 미론의 분위기를 봐서는 건드려 봤자 그녀를 더 예민하게 만들 것 같았다.

"알았어. 그럼 일찍 들어올게. 굶지 말고, 뭐라도 먹어. 뱅쇼 냉장고에 넣어 놨으니까 꺼내서 데워 마시고."

"응."

그래도 대답은 해 주네. 아르노는 미론의 응답에 가슴이 뭉클했다.

떨어지지 않는 발걸음을 간신히 뗐다. 어차피 출근해 봤자 집중을 못 할 게 뻔했다. 그저 그녀에게 잠시 휴식을 주고 싶었다. 이게 맞는 건지 모르겠지만.

작업실로 온 아르노는 연인의 끼니를 걱정하면서도 정작 자신이 아무것도 먹지 않았다는 사실을 잊었다.

오자마자 그는 커피부터 찾은 다음 빈속에 억지로 꾸역꾸역 마셨다. 작업 책상 앞에 엉덩이를 누르고 앉았지만 어떤 것도 눈에 들어오지 않아 결국 의자 등받이에 깊숙이 몸을 기대고 누워 눈을 감았다.

미론을 너무 외롭게 했다는 사실에 무거운 죄책감이 가슴을 짓눌러 한숨도 자지 못했다. 한동안 야근을 하면서 제대로 자지도, 먹지도 못한 상태에서 밤을 새우니 몸 상태가 말이 아니었다.

똑똑.

작업실의 유리문을 노크한 크리스토프가 불쑥 안으로 들어왔다. 지금은 누구와도 접촉하고 싶지 않았기에 아르노가 언짢은 눈으로 그를 쏘아봤다.

『쉬다 온다더니 어째 더 좀비가 돼서 왔냐.』

크리스토프가 보기에도 아르노의 몰골이 흉한가 보다.

『꼴이 왜 이래. 무슨 일 있어?』

『상관 마.』

아르노는 날카롭게 쏘아붙였다. 오늘따라 유난히 예민한 그의 태도에 크리스토프가 꽤 당황했다.

『설마 어제 퇴근 전에 다툰 것 때문에 예민한 건 아니지?』

『내가 그렇게 소심한 줄 알아?』

『아니면 그나마 다행이네. 근데 진짜 무슨 일이야? 누가 죽기라도 했어?』

아르노가 한숨을 내쉬며 자리를 박차고 일어섰다.

『아무래도 일하는 건 무리야. 퇴근할게.』

『너 15분 전에 출근했거든?』

『오늘은 좀 봐줘. 진짜 무리라서 그래.』

아르노의 대답에 반항하려는 의도는 전혀 없었다. 정말 괴로워 보였다. 크리스토프는 그의 퇴근을 만류하지 않았다.

『대체 무슨 일이기에 저러지. 심각한 일인가.』

지금은 사업 파트너가 아닌 아르노의 외삼촌으로서 걱정됐다. 크리스토프는 그를 괴롭게 만든 원인을 파악해야겠다는 의지를 두 손에 가득 쥐고 그의 뒤를 밟았다.

아르노는 집에서 멀지 않은 번화가에 있는 술집에 들어갔다. 술집으로 들어가는 모습을 포착한 크리스토프는 한숨을 내쉬었다.

『대낮부터 술이라니.』

심각한 고민이라도 있는 건가. 크리스토프는 아르노를 혼자 둬도 괜찮을지 걱정이 됐다. 한참을 서성이며 고민을 하던 끝에 결심을 하고 술집에 들어갔다.

낮에는 간단하게 식사를 할 수 있는 곳이라 손님들이 꽤 있었다. 그들은 대부분 끼니를 때우고 있는 반면, 작정하고 술을 마시는 사람은 바 테이블에 앉은 아르노 혼자였다.

『독보적이군.』

크리스토프가 혀를 끌끌 찼다. 이윽고 아르노의 곁으로 다가가 옆자리를 슬며시 차지하고 앉았다. 아르노의 기분을 맞춰 주고 싶지만 오후에 처리해야 할 업무가 많아 술을 마시기는 곤란했다. 크리스토프는 술 대신 커피를 주문했다.

커피를 주문하는 크리스토프의 목소리를 들었을 텐데도 아르노는 그를 쳐다보지도 않았다. 아르노는 그저 자신의 감정 속에 가라앉아 있었다.

『오늘 일 안 하는 건 좋은데 몸 생각해서 적당히 마셔.』

술을 따르고 잔을 꺾는 아르노의 손이 바빴다. 분주한 손을 보며 크리스토프는 그의 건강이 심히 걱정됐다.

『참견 마.』

아르노는 평소보다 훨씬 까칠했다. 일을 할 때 예민한 편이긴 했지만 그래도 이 정도까지는 아닌데. 요즘 사이가 안 좋다고 해도 너무 매몰차네. 크리스토프의 가슴에 씁쓸함이 파도쳤다.

『미안한데, 참견 좀 해야겠다.』

성격상 친절하거나 좋게 말하는 법을 잘 모른다. 눈치껏 자리를 피해 줬으면 좋겠는데 굳이 여기까지 쫓아와서 참견을 하겠다는 크리스토프의 태도가 아르노는 귀찮고 언짢았다.

『무슨 일인데 대낮부터 술을 퍼마시는지 궁금해서 견딜 수 없구나.』

『제발 입 좀 다물어 줘.』

『말 좀 예쁘게 해. 나 이래봬도 네 외삼촌이야. 예의 지키라는 소리는 안 할 테니 막 대하지는 말아 줘라, 어?』

『지금은 말이 곱게 안 나갈 것 같으니까 그냥 삼촌이 피해.』

무서워서 피하라는 게 아니라 더러우니 피하라는 소리다. 지금 자신은 시한폭탄이니까 언제 터질 줄 모르는 사람 옆에서 괜히 알짱대다가 변을 당하지 말고, 크리스토프가 제발 좀 꺼져 줬으면 좋겠다.

음울한 감정에 빠져 헤어 나오지 못하는 아르노가 연거푸 술을 따라 마셨다. 도수가 낮은 술도 아니고, 몇 잔만 마셔도 금방 취할 수 있을 만큼 독한 술을.

평소에 술을 즐겨 마시지 않는 녀석이 이러니 마음을 놓을 수가 없었다. 연거푸 술만 마시는 아르노의 모습을 더 이상 지켜볼 수만은 없었기에 술을 따르는 그의 팔목을 잡아 저지했다.

그러자 그가 크리스토프를 매섭게 쳐다봤다.

『놔.』

『진정해. 무슨 일인지 모르겠지만, 폭주해 봤자 네 몸만 상해.』

『놓으라고!』

『한두 살 먹은 어린 애가 차라리 말을 더 잘 듣겠다! 왜 말을 안 들어?』

크리스토프는 기어이 술병을 빼앗았다. 두 사람의 힘이 부딪치는 바람에 술병에서 술이 튀어 올라 테이블을 더럽혔다.

아르노는 뭐라도 부숴 버리고 싶었다. 안 그러면 자신부터 터질 것 같았기 때문이다. 그는 쉽게 진정하지 못했다.

『대체 이유가 뭐야. 너 이렇게 힘들어하는 모습 처음 본다.』

『그만두고 싶어.』

대답하는 아르노의 목소리가 잔뜩 침체됐다. 못된 감정들이 가슴에 덕지덕지 달라붙어 있다. 정신을 차릴 수가 없었다.

『뭘 그만두고 싶다는 건데?』

크리스토프는 최대한 평정심을 유지하기 위해 애썼다.

『다. 모조리 다.』

『……아르노.』

하지만 아르노의 체념 섞인 대답에 크리스토프의 평정심이 흔들렸다. 설마 디자인을 관두고 싶다는 얘기는 아니겠지? 만약 그런 의미라면 진심으로 실망스러울 것이다.

『현재 나한테 제일 중요한 건, 그녀야.』

『정신 차려. 너 지금 그 여자애한테 홀린 것뿐이야!』

크리스토프가 흥분한 목소리로 다그쳤다. 한 여자 때문에 정신 못 차리고 망가지는 아르노가 그의 가슴을 쑥대밭으로 만들었다.

『내 사랑에 대해 함부로 말하지 마!』

크리스토프의 말에 아르노가 분노했다. 두 남자의 시선이 맹렬하게 부딪쳤다.

『그래서 지금 디자인을 포기하겠다는 소리를 하고 싶은 거냐?』

『우리 사랑에 도움이 안 돼.』

『말이 되는 소릴 해. 여자 하나 때문에 네 재능을 썩히겠다는 거야?』

아르노의 입술이 굳게 다물렸다. 그의 침묵이 무엇을 의미하는지 분위기로 읽을 수 있었다. 화가 난 크리스토프의 얼굴에 노기가 서렸다.

『미쳤구나!』

『그럴지도.』

남의 속을 뒤집어 놓고도 참으로 태연하다. 아르노의 차분한 대답에 크리스토프는 더욱 분노했다.

『네가 이렇게 나약한 녀석인 줄 몰랐다. 실망이다, 아르노.』

크리스토프는 커피를 다 마시지도 않은 채 자리를 박차고 일어났다. 아르노는 그를 거들떠보지도 않고 술을 다시 마시기 시작했다.

크리스토프는 거친 발걸음으로 술집을 빠져나왔다. 술집 앞에 세워 둔 차를 끌고 향한 곳은 멀지 않은 곳에 있는 아르노의 집이었다.

마당에 차를 아무렇게나 세우고 밖으로 나온 크리스토프의 얼굴에 그늘이 짙게 깔려 있었다. 그는 긴 다리로 넓은 마당을 가로질러 순식간에 현관문 앞에 도달해 초인종을 눌렀다.

한참이 지나서야 현관문이 열렸다. 계속 집에 있었던 건지 파자마 차림의 미론이 크리스토프를 맞이했다. 난데없는 그의 방문에 그녀가 기겁했다.

『사람을 보고도 인사조차 안 하는군.』

원래도 냉랭했지만 오늘은 훨씬 더 심했다. 크리스토프의 눈에서 살기가 뿜어져 나와 섬뜩했다. 더디게 고개를 숙였다든 미론이 그의 얼음장같이 차가운 눈과 마주쳤다. 온몸에 소름이 끼쳤다.

『불어 알아듣지?』

『네.』

『아르노가 너와 만나더니 안 하던 짓을 하고 있어.』

불어가 원래 이렇게 딱딱했나? 아르노가 하는 불어는 참 따뜻하고 다정한데. 말하는 사람에 따라 이렇게 다르게 들릴 수 있구나.

『디자인, 그만두겠대.』

『네?』

설마 자신 때문에 디자인을 그만둔다고 한 건가? 미론은 불안한 마음에 입술을 깨물었다.

『그냥 하는 소리였으면 좋겠는데, 그 녀석 지금 단단히 미친 것 같아서 진짜 그럴 수도 있다는 불안함 때문에 견딜 수가 없다.』

송곳처럼 뾰족한 크리스토프의 말이 미론의 여린 가슴을 난도질했다. 헤집어진 가슴이 너무나도 쓰라렸다.

겁먹은 미론이 바들바들 떨었다. 크리스토프의 말을 모두

다 알아듣지는 못하지만, 드문드문 알아듣는 말과 분위기의 조합으로 그가 전달하고 싶은 내용을 알 수 있었다.

『부탁인데, 아르노를 놔줘.』

선명하게 들리는 크리스토프의 말. 미론의 눈동자가 크게 요동쳤다. 그러나 몸은 딱딱하게 굳고 말았다.

『못 알아들었어?』

미론은 고개를 저었다. 차라리 불어를 아예 못 알아들을 수 있었다면 좋았겠다고 생각했다.

『네 고향으로 돌아가라고.』

용건이 끝난 크리스토프가 인사도 없이 매몰차게 등을 돌렸다. 미론은 금방이라도 울 것 같은 얼굴이었다. 그의 모습이 시야에서 완전히 사라지자 그제야 울음이 터져 버렸다.

감당할 수 없는 슬픔과 서러움에 주저앉아 몸을 웅크리고 한참을 목 놓아 울었다.

크리스토프가 돌아가고 미론은 기운이 없어 침대에 누웠다. 잠은 오지 않았다. 그녀는 깊은 고민에 휩싸였다. 여전히 사랑하는 그와의 관계가 영원히 지속될 수 없는지. 머리가 지끈거렸고, 가슴이 저며 왔다.

자신이 아르노의 인생을 망치고 있을지도 모른다는 생각이 머릿속을 비집고 커져 갔다. 그에게 방해가 안 가도록 노력했는데, 소용없었나 보다. 아무래도 헛된 노력을 했던 것 같다.

그도 많이 힘들었을 텐데 너무 보챈 것 같아 미안했다. 차라리 꾹 참을 걸.

그를 더 힘들게 하고 싶지 않았다. 안 그래도 요즘 살도 많이 빠지고 일도 많아져서 스트레스 받을 텐데, 자신까지 그를 괴롭힐 수는 없었다.

반나절을 꼬박 상념에 파묻혀 지내다가 겨우 현실로 빠져나왔다. 시간이 언제 이렇게나 흘렀는지. 창밖에는 어둠이 내려앉아 있었다. 그는 오늘도 늦나 보다. 일 때문에 많이 바쁘겠지.

종일 제대로 먹은 게 없지만 배고픈 줄을 몰랐다. 까마득한 시간이 흐른 후에야 슬슬 허기가 졌다. 침대에서 기어 나와 주방으로 갔다.

아무거나 대충 먹어야겠다는 생각으로 냉장고 문을 열려는 찰나 현관문 열리는 소리가 공허한 거실을 채웠다. 냉장고 문을 열려던 손을 떼고 거실 쪽으로 발걸음을 옮겼다. 이쯤이면 거실로 와야 할 아르노의 모습이 보이지 않았다.

"아르노?"

대답도 않고 뭐야. 미론은 의아해하며 천천히 현관 쪽으로 걸어갔다. 설마 도둑이 비밀번호를 누르고 들어온 건 아니겠지? 살짝 겁이 났다.

그녀의 발걸음이 더뎌졌다. 살금살금 현관으로 다가간 그녀의 시선이 아래로 향했다. 벽에 기대앉아 졸고 있는 아르노를 발견했다.

"아르노!"

미론이 다급히 아르노에게로 다가가 무릎을 굽혀 앉았다. 술 냄새가 확 풍겨왔다.

"아르노, 술 마셨어?"

무슨 술을 이렇게 많이 마셨어? 미론의 눈시울이 붉어졌다.

"나 때문에 많이 힘든 거야? 내가 너무 보채서 그렇지?"

아르노는 정신을 잃은 건지, 아니면 잠을 자는 건지 아무 대답이 없었다. 주량을 무시하고 막무가내로 알코올을 쏟아부은 대가로 정신을 잃은 것이다.

"미안해. 내가 잘못했어."

미론이 술에 취해 정신이 없는 아르노를 품에 안았다. 커다란 그를 안기에 그녀의 몸은 너무 작았다.

"내가 어려서 이해심이 부족한가 봐. 아르노를 다 이해하지 못했어. 이해하는 척했지, 실은 이해 못 했어. 서운한 일만 생각하고, 그래서 결국 아르노를 힘들게 했어. 나한테는 아르노밖에 없어서 그랬어. 여기서 내가 기댈 사람은 아르노뿐이니까."

가족이 있었다면 덜 의지했을 수도 있다. 친오빠의 친구가 프랑스에 있지만 그 사람하고는 왕래가 거의 없었다. 처음 프랑스에 왔을 때 간혹 연락을 하긴 했지만 잘 알지 못하는 사람이기도 했고 그에게는 부인과 자녀가 있어 미론을 신경 쓸 여유가 없었다.

"아르노, 힘들게 해서 미안해. 화내서 미안해. 많이 사랑해서 그랬어."

그렁그렁 매달린 눈물이 볼을 타고 흘러내렸다.

"나를 사랑해 줘서 고마워. 아르노 덕분에 프랑스도 사랑하게 됐어. 내 사랑이 되어 줘서 고마워."

아르노를 놓아줘야 해. 생각해 보니까 아르노를 너무 힘들게 했어. 더 괴롭힐 수 없어서, 그래서 떠나는 거야.

아르노를 위해서.

"평생 잊지 못할 거야."

못된 여자였다고 욕해도 괜찮아.

"내 첫사랑."

찬란하고도 아름다운, 나의 첫사랑.

"사랑해."

나의 아르노.

✿ ✿ ✿

아르노는 기념일을 어떻게든 미론과 함께 보내려고 작업실에 나가지 않았다. 휴대폰도 끄고 모든 연락을 단절했다.

하지만 기념일 날 아침. 크리스토프가 아르노의 집에 찾아왔다. 비서와 경호원을 대동한 그는 버티는 아르노를 억지로 끌고 나와 비행기에 태웠다.

크리스토프에게 화가 난 아르노는 공식적인 스케줄 외에는 그와 단 한마디의 말도 나누지 않았다. 때문에 둘의 사이는 더욱 악화됐다. 3주 동안 진행되기로 계획됐던 일정은 아르노가 무리를 하며 스케줄을 감행한 탓에 2주 안에 마무리됐다.

아르노는 잠도 제대로 자지 않고 미친 듯이 일만 했다. 저러다가 쓰러지는 건 아닌지, 크리스토프는 걱정이 이만저만이 아니었다. 허나 그의 걱정이 헛된 것임을 알리듯 아르노는 무사히 뉴욕 일정을 마무리하고 파리로 돌아왔다.

아르노는 샤를 드골 공항에 도착하자마자 곧장 집으로 향했다. 크리스토프는 그를 말리지 않았다. 모든 것을 알고 있었기 때문이다.

택시를 탄 아르노는 심각한 교통 체증에 짜증을 냈다. 차라리 뛰어가는 게 더 빠르겠다고 생각했다.

어서 미론을 보고 싶은 마음에 애가 탔다. 가기 전에 조금 더 얼굴을 볼 걸. 함께 보내는 시간이 너무나도 짧았다. 그나마 다행인 건 뉴욕으로 가기 전 화가 풀린 듯 그녀가 많이 웃어 주었다는 점이다.

술을 진탕 마시고 들어온 아르노를 위해 꿀물도 타 줬다. 괜찮은 거냐며 걱정도 해 주고, 화를 내서 미안하다고도 했다.

오늘부터 일주일 동안은 작업실에 나가지 않겠다고 크리스토프에게 쐐기를 박았다. 일주일 동안 미론과 실컷 데이트를 할 계획이었다. 그녀에겐 아직 말하지 못했다. 어서 가서 이 기쁜 소식을 전해 줘야지.

일주일 동안 뭘 하면 좋을까. 대부분 집에서만 데이트를 했으니, 이번에는 다른 나라로 여행을 다녀와 볼까. 이탈리아를 가고 싶다고 했는데.

집으로 가는 택시 안에서 아르노는 즐거운 마음으로 미론과의 데이트를 계획했다. 그동안 속상했던 마음 다 풀어 줘야지. 사랑한다고 말해 줘야지.

집에 도착한 택시에서 서둘러 내렸다. 아르노는 재빨리 현관문을 열고 안으로 들어갔다.

"미미!"

달콤한 애칭을 부르며 집 안으로 들어갔다. 그런데 어째 집이 썰렁했다.

"아르바이트 갔나?"

오늘이 무슨 요일이더라. 게스트하우스 아르바이트는 일주일에 하루만 쉬었다. 미론이 사정이 있을 땐 자유롭게 쉴 수 있긴 했지만 아르노가 없으니 심심해서 일을 하러 나갔을 가능성이 많았다.

아르노는 일단 침실로 들어갔다. 평소에는 문을 열면 미론의 향기가 온몸을 휘감았다. 그녀가 없어도 미론의 체향이 진하게 남아 있기 때문이다. 기분 탓일까. 그 향기가 희미해진 느낌이었다. 불길한 예감이 척추를 관통했다.

불안해진 아르노가 온 집 안을 다 휘젓고 다녔다. 드레스룸에 들어서서 쭉 훑어보는데 뭔가 허전했다. 자세히 보니 미론의 짐이 많이 없어졌다. 군데군데 비어 있는 공간이 발견됐다.

그가 떨리는 손으로 장롱을 열었다. 그녀의 옷들만 빠져 있었다.

"젠장!"

가슴에 불구덩이가 생겼다. 일순간 아르노가 폭주하기 시작했다. 그가 성마른 손길로 서랍장이란 서랍장은 다 열어젖혔다. 미론의 짐이 전부 다 없어진 건 아니다. 하지만 그녀가 자주 입는 옷, 즐겨 입는 속옷, 아끼던 물건들만 감쪽같이 사라졌다.

아닐 거야. 설마 그녀가 떠났을 리 없어. 뉴욕에 가기 전까지 그렇게 환하게 웃어 줬는데. 바들바들 떨리는 손으로 휴대폰을 들었다. 아버지에게 전화를 하기 위해서다. 그러던 그의 시선에 메모지 하나가 들어왔다.

아르노가 휴대폰을 테이블에 내려 두고 메모지가 날아갈까 봐 고정해 놓은 리모컨을 옆으로 치웠다.

미론의 글씨가 적힌 메모지를 손에 쥐었다.

아르노 미안해. 그동안 내가 아르노에게 짐이 된 것 같아.

애처럼 어리광 부린 것도 미안하고. 우리가 함께했던 시간은 여기에 남아 있겠지. 언젠가 우연처럼 마주친다면, 어쩌면 그건 운명일까? 그런 날이 올까?

그동안 고마웠어.

—미론.

메시지를 쓰면서 울었던 거겠지. 군데군데 미론의 눈물로 추정되는 물기로 메모지가 젖어 있었다. 번진 글씨. 그곳을 손끝으로 어루만졌다. 그녀가 이 글씨들을 적어 가면서 느꼈을 감정을 전부 다 헤아릴 수는 없었다.

하지만 그녀는 여전히 자신을 사랑하고 있을 거라는 이상한 확신이 가슴을 내리쳤다.

아르노가 주변을 두리번거렸다. 어디를 봐도 시선에 걸렸던 미론이 더 이상 보이지 않았다. 그녀의 체향이 옅게 남아 있는 공간. 그녀가 머물렀음이 확실한데, 어쩐지 그게 꿈인 것만 같은 느낌. 어쩌면 그녀는 신기루가 아니었을까.

아르노의 눈에서 눈물이 흘러내렸다.

3. 다시, 봄

미론은 한국에 돌아와 정신없이 바쁜 나날을 보냈다. 이별을 고한 주제에 아파하고 울 염치가 없다 생각했다. 이따금 습한 그리움이 파고들 때마다 다짐이 덜컹 흔들리곤 했지만 안간힘을 쓰며 버텼다.

이제 막 학교를 졸업하고 그림을 시작한 화가이기에 마땅한 수입원이 없으니 뭘 해서라도 돈을 벌어야 했다.

결국 미술 학원의 강사로 취직을 했다. 가끔은 내가 왜 이러고 사나, 회의감이 들 때도 있지만 이것도 나름 나쁘지 않았다. 여러 가지 이유로 미술을 배우러 온 원생들을 보면서 삶에 지쳐 흐릿해진 열정을 다시금 품기도 하니, 아주 영양가가 없는 것은 아니었다.

"강사님, 안녕하세요!"

"쌤, 오늘도 예쁘시네요."

교복 입은 학생들과 마주할 때면 미론은 점점 멀어져 가는 청춘을 다시금 붙잡고 싶어졌다.

20대 후반으로 기울기 바로 직전의 나이, 스물다섯. 한창 사랑에 빠져 있다면 차라리 조금 더 싱그러웠을지도 모른다. 이별을 겪은 후라 생기를 잃었다.

사랑이 인생의 전부였던 것은 아니지만 꽤 많은 부분을 차지한 건 확실했다. 아르노가 지나간 자리가 너무 깊게 패여 있어 미약한 바람에도 아릿한 통증이 느껴졌다.

고등학생들을 모아 두고 입시 강의를 펼쳤다. 마지못해 다니는 애들도 있지만 그들은 대부분 열정적이었다.

솔직히 학원에 오는 학생들은 웬만해서는 다들 그림 실력이 좋은 편이었고 더 배울 것이 없을 정도로 훌륭한 이들도 있었다. 하지만 뭐랄까, 특색 없이 획일적이라 개인적으로는 그게 참 아쉬웠다. 어쨌든 그들의 목표는 대학 입학이니, 그에 맞춰 강의를 하지만 재능들이 아까웠다.

"장 선생."

용헌이 미론을 불러 세웠다. 그는 미술 학원의 원장으로 알게 된 지 얼마 되지는 않았지만 같이 밥도 먹고 술도 마시면서 빨리 친해졌다. 그런 데에는 그의 친화력이 한몫했다.

"네, 원장님."

용헌은 학원 강사들과 스스럼없이 지내는 편이다. 학원 강사들 간의 분위기가 구순했다.

"시간 좀 있나?"

"네."

"그럼 같이 술 한잔할래?"

둘이서 술을 마시는 횟수가 잦은 편이라 미론은 대수롭지 않게 여겼다.

"그래요."

"좋아, 그럼 10분 후에 1층에서 보자고."

"네."

미론은 강사실로 와 퇴근 준비를 했다. 소지품을 챙겨 크로스 백에 넣고 트렌치코트를 입었다.

3월의 끝자락, 일교차가 제법 있는 편이어서 아직 외투는 필수다. 4월 초나 돼야 좀 더 따뜻해지겠지. 봄은 별거 없이 설레는 계절이다. 새해의 시작은 1월부터이지만 기분 탓인지 봄바람이 부는 3월이 오면 그제야 한 해가 시작된다고 여겨졌다.

1층으로 내려가니 용헌이 기다리고 있었다. 두 사람은 처음 그의 소개로 알게 된 술집으로 이동했다.

미술 학원 근처는 대학가 겸 번화가라 음식점과 술집이 밀집해 있어 어디를 가도 사람이 많았다. 그런데 그의 소개로 알게 된 술집은 골목 안쪽에 위치해 아는 사람들만 가는 곳이었다. 시끄러운 것을 그다지 좋아하지 않는 미론에게 있어 참 마음에 드는 장소였다.

안쪽 테이블에 마주 보고 앉아 술과 안주를 시켰다. 둘 다

과음을 하는 타입은 아니라 주로 가볍게 마시고 헤어지는 편이었다.

"오늘 내가 술 마시자고 한 건, 실은 이유가 있어."

"이유요? 무슨?"

별생각 없이 미론은 안주로 나온 뻥튀기를 집어 먹으며 용헌을 봤다.

"너 김은우 팬이라고 했지?"

"네."

"걔 소개시켜 주려고."

"네?"

켁켁. 일순간 사레에 들려 기침이 나왔다. 미론은 목구멍이 따끔해 인상을 찡그리며 다급히 맥주를 마셨다. 한결 나아진 표정으로 용헌을 보며 말했다.

"김은우 화백님을 소개시켜 주신단 말이에요?"

김은우라 하면 화려한 색채를 이용해 독특한 그림을 그리는 화가로 유명했다. 국내에서는 그의 예술 세계에 대한 혹평이 난무하지만 해외에서는 그의 작품에 대해 극찬을 아끼지 않았다. 그의 그림은 국내보다 해외에서 더 비싼 값에 팔리고 있으며 주 무대는 유럽이었다.

은우는 미론의 롤모델이자 존경하는 화가였다. 언젠가 용헌과 대화를 나누다가 그런 얘기를 했었고, 그는 은우가 자신의 고등학교 후배라고 말했었다. 그저 신기한 인연이구나 했지, 소개시켜 주리란 기대는 하지도 않았다. 그런 대단한 사람을 직접 만나게 되리란 희망은 갖지 않았으니까.

"걔한테 네 얘기 몇 번 했거든, 내가."

은우에게 자신의 얘기를 했다니, 놀라지 않을 수가 없었다. 그럼 그가 자신의 존재를 알고 있다는 소리인가? 그것만으로도 영광이었다.

"정말요? 뭐라고 하셨는데요?"

평가받는 기분이라 괜히 긴장된다. 미론이 마른침을 삼켰다.

"실력 좋은 애 하나가 있는데, 널 존경한다고."

"그랬더니 화백님이 뭐라 하시던가요?"

"그래서 뭐 어쩌라고. 그러던데?"

용헌은 은우의 말투를 흉내 냈다. 아직 직접 대면하지는 않았지만 꽤 어려운 사람이라 짐작했다.

"아……."

"걔가 좀 그래. 애가 감정이 없어요. 그림 그리는 애가 그래서 쓰나. 오죽하면 내가 나무토막이라고 부를까. 아무튼 그 녀석한테 너 좀 키워 보라고 꼬드겼지."

미론이 긴장으로 말라가는 입술을 혀로 축이며 눈을 두어 번 깜빡였다.

"당연히 거절하셨겠죠?"

"아직 대답은 안 했어. 너 보고 결정한대."

이건 분명 좋은 기회다. 은우와 대화를 할 수 있다는 것만으로도 무척 영광스러웠다.

"와, 그게 어디예요? 원장님! 진짜 감사해요!"

"올 때가 됐는데."

때마침 술집 문을 넘어서는 은우가 보였다. 용헌이 그에게 손을 들어 보였다.

"어, 여기!"

알은체를 해 오는 용헌과는 달리 은우의 얼굴엔 반가운 기색도 없고 별다른 반응도 보이지 않았다. 엄청난 기운이 느껴진다. 미론은 바짝 긴장해 어찌할 바를 몰라 했다. 그사이 은우가 용헌의 옆으로 와 앉았다.

"인사해. 여긴 내가 말했던 장 선생. 그리고 여긴 장 선생이 존경한다 말했던 은우."

미론이 벌떡 일어나 상체를 깊숙이 숙여 인사했다.

"안녕하세요."

그것도 모르고 악수를 하기 위해 손을 내민 은우가 그대로 굳어 버렸다. 고개를 들며 허공에 떠 있는 그의 손을 본 미론이 적잖이 당황했다.

"죄, 죄송합니다."

미론이 몸을 똑바로 하며 그제야 은우가 내민 손을 잡아 악수에 응했다.

"부산스러운데, 좀 앉지."

"네."

미론이 냉큼 엉덩이를 붙이고 앉았다.

"자식, 까칠하긴. 장 선생. 너무 상심 마. 이 자식이 원래 이런 성격이야. 사실 내가 걱정을 좀 했어. 소개시켜 줬다가 괜히 환상만 깨는 건 아닌가 하고. 아마 이 자식하고 몇 번 얘기하고 나면 존경한다는 그 마음, 홀라당 벗겨질지도 몰라."

"형, 사람 옆에 두고 잘도 험담하네."

"난 사실을 알려 줄 뿐이야. 내가 학원 하면서 네 팬이라는 사람 처음 보거든. 하나 있는 팬마저 잃을까 봐 걱정되는 형 마음을 왜 몰라."

"글쎄, 별로 걱정하는 것 같지는 않아서. 날 은근히 까는 것 같은데."

"그럴 리가 있겠냐. 기분 탓일 거다."

용헌이 미심쩍어하는 은우를 무시하고 화제를 전환시켰다.

그는 미론에 대한 칭찬을 늘어놓았다. 프랑스에서 교환 학생으로 공부를 하다 왔으며 제가 본 이들 중에서는 제일 감각적인 그림을 그린다고. 뛰어난 개성이 있으니 조금만 서포트해 주면 금방 빛을 볼 거라고. 그의 입에서 나오는 칭찬에 미론은 쑥스러워서 안절부절못했다.

용헌의 말을 듣는 은우의 표정은 변화 하나 없었다. 심드렁한 표정을 일관하는 그의 태도에 미론은 몹시 긴장했다.

"장미론 씨."

"네?"

계속 입을 다물고 있어 꿀 먹은 줄 알았던 은우가 저를 부르자 긴장에 떨고 있던 미론이 깜짝 놀랐다.

"왜 놀라죠?"

"아, 아뇨. 존경하는 분 앞이라서 긴장돼서요. 제가 화백님 작품을 정말 좋아하거든요."

"구체적으로 어디가 좋던가요?"

"대충 보면 아무 생각 없이 그린 것 같겠지만, 제가 보기에는 그게 아니거든요. 화려한 색감을 사용했지만 자세히 보면 쓸쓸하고 우울함이 보여요. 그것을 찾는 재미가 있어요. 그리고 그런 그림을 그린 화백님의 세계관에 호기심이 생기기도 하고요."

무심해 보이던 은우의 눈동자가 미세하게 흔들렸다. 존경한다는 소리가 그냥 하는 말은 아니었구나. 진지하게 얘기하는 미론의 태도가 흥미를 자극했다.

"시간 될 때 내 작업실로 와요."

은우의 작업실에 초대를 받다니. 믿을 수 없는 일이 벌어졌다.

⁂

"화백님, 저 커피 마실 건데 화백님 것도 탈까요?"

"그러든지."

은우의 작업실에 초대를 받아 갔던 이후로 다행히 인연이 끊어지지 않고 계속 이어졌다. 그는 미론이 그동안 그렸던 작품들을 보고 별다른 말은 하지 않았다.

은우는 원래 말수가 많은 편이 아닌 듯했다. 자신이 마음에 안 드는 줄 알았는데 그냥 그의 성격이었다. 그는 계속 작업실로 나오라는 말만 했다.

그래서 시간이 날 때마다 와서 그의 작업을 돕거나 같이 그림을 그리는 중이었다. 가끔씩 그가 뒤에서 그림을 그리는 광경을 지켜보다 코치를 해 주고는 했다.

시간은 생각보다 빨라 어느새 벚꽃이 완연히 피는 4월의 봄이 되었다. 물론 아직도 아르노가 그리워지곤 하지만 애써 밀어냈다. 그가 그리워질 때면 일부러 이젤 앞에 앉아 미친 사람처럼 그림을 그렸다.

"또 멍 때린다."

바로 뒤에서 들려오는 타박에 정신이 들었다. 커피포트에 물을 올려둔 사이 어느새 아르노 생각에 흠뻑 빠져있었다. 하여간 늪이라니깐. 예상하지 못한 상황에 갑자기 훅 빨려 들어간다.

의도치 않게 방치해 둔 커피포트에서 김이 폭폭 올라왔다. 등 뒤에 선 은우가 팔을 뻗어 커피포트를 쥐었다. 어쩌다 보니 뒤에서 안기는 모양새가 됐다. 미론의 등과 그의 가슴이 맞닿은 것이다.

그가 미리 준비해 두었던 머그잔에 커피포트를 기울여 물을 따랐다. 인스턴트 원두커피의 파편들이 뜨거운 물에 금세 녹았다. 그가 커피포트를 다시 제자리에 꽂아 두고 머그잔 하나를 쥔 채 뒤편으로 사라졌다.

은우가 남기고 간 머그잔 하나를 그러쥔 미론이 주방을 나섰다. 테라스로 간 그를 따라 움직였다.

그의 작업실은 주거 용도로도 사용되고 있었다. 그녀가 일하는 미술 학원에서 멀지 않은 곳에 위치해서 다니기는 편했다.

은우는 테라스에서 차를 마시며 세상 구경하는 일을 즐겼다. 미론도 덩달아 그의 취미를 공유하게 됐다.

봄볕이 따사로워 괜히 기분이 싱그러워진다. 그는 원목 벤치에 앉아 편히 등을 기댄 채 묵묵히 차만 마셨다.

미론은 난간에 팔꿈치를 기대고 바깥을 구경하며 김이 모락모락 나는 커피가 먹기 좋게 식도록 기다렸다.

"와, 벚꽃 엄청 폈네요!"

"응."

감흥 없는 대답에 미론이 뒤돌아 새쭉한 얼굴로 은우를 봤다. 그녀가 난간에 몸을 기대어 섰다.

"대답이 뭐 그래요?"

"어떻게 대답해야 하는데?"

은우는 여전히 심드렁하다. 그는 제 대답이 잘못 됐다고 생각하지 않았다. 그런데 불평하는 미론의 속사정이 궁금하기도 했다.

"무감각한 사람 같잖아요. 저 예쁜 꽃을 보고도 아무 감정이 없어요?"

그러고 보면 둘은 성향이 완전 다르다. 한 사람은 감수성이 넘치도록 풍부하고, 한 사람은 심하다 싶을 정도로 감수성이 없다.

"뭐, 그냥 꽃이네. 그런 정도?"

"이런 분이 어떻게 그런 훌륭한 작품들을 탄생시킬 수 있죠? 진짜 신기해서 그래요."

미론은 진심으로 놀랐다. 은우는 예술을 하는 사람이라면 보통 감수성이 예민할 거라는 선입견을 깨트리는 사람이다. 모든 사람이 다 천편일률적일 필요는 없지만 그래도 신기한 건 사실이었다.

"감성이 풍부하다고 다 그림을 잘 그리는 건 아니니까."

"그건 그래요. 그렇지만 화백님은 심하게 무감하세요."

"그게 죄는 아니잖아."

"맞아요. 죄는 아니죠."

은우의 말이 일리가 있어 너무나도 쉽게 설득 당했다.

"미론 씨는 연애 안 해?"

한동안 내려앉았던 텁텁한 침묵을 깨고 은우가 먼저 말을 걸어왔다.

"네. 지금은 그럴 여유가 없어서요."

"화가로서 자리 잡고 싶은 욕심 때문에?"

"그런 것보다……."

아르노에 대해 얘기를 하려니 목구멍이 꽉 막힌 듯 답답했다. 어느 때보다도 어두워진 미론의 표정에 은우가 뭔가 잘못 얘기를 꺼냈구나 싶어 당황했다.

"내가 건드리면 안 될 것을 건드렸나 보네."

미론은 애써 미소를 지어 보였다. 하지만 하나도 행복해 보이지 않았다. 그녀를 덮친 그늘이 짙어 힘주어 웃을수록 어색해 보일 뿐이었다.

* * *

설렘이라는 감정을 잊고 산 지 오래였다. 진심으로 웃어 본 적도 없다. 아직은 이별의 그늘에서 벗어나지 못한 모양이다.

때때로 아르노가 보고 싶어 미칠 것 같았지만 절대로 입 밖으로 꺼내지 않았다. 한 번 무너지면 완전히 주저앉아 버릴 것만 같아서. 당장에라도 비행기를 타고 파리로 날아가고 싶을 테니까.

주말을 맞이했지만 하나도 즐겁지 않았다. 주말이나 평일이나 늘 기분은 일정했다. 마지못해 살아가는 사람이 되어 버렸다. 원하던 대로 화가가 되었지만 이상하게 희열이 느껴지지 않았다. 아르노가 없으니 모든 삶의 의미가 사라졌다. 그렇다고 생을 마감할 용기도 없으니, 어떻게든 살아가야지.

씻고 나와 은우의 작업실로 출근 도장을 찍으러 가기 위해 준비를 했다. 봄 햇살이 워낙 따뜻해서 이제 외투는 생략해도 괜찮았다. 얇은 카디건 하나만 가방에 챙겨 넣었다. 품이 넉넉한 맨투맨 티셔츠에 연한 색의 청바지를 대충 껴입었다. 꾸미는 것도 귀찮아졌다.

때마침 울리는 벨소리가 나가려는 걸음을 붙잡았다. 휴대폰을 꺼내 보니 발신자는 은우였다.

"여보세요?"

무슨 일로 전화를 했는지 의아했다. 혹시 무슨 일이라도 생긴 건 아닌지 염려스러웠다.

—미론 씨, 어디야?

느닷없이 위치를 확인하는 의도를 가늠하지 못했다.

"집이요."

—그럼 아직 출발 안 한 거네?

"네."

필요한 것이 생겨 심부름을 시키려는 모양인가 보다.

—날씨도 좋은데 오늘은 야외에서 작업할까?

그동안의 은우를 곰곰이 떠올려 보면 계절이나 날씨의 영향에 동요하는 성향이 아니었기에 미론은 의외의 제안에 어리둥절했다.

—싫은가?

예상치 못한 제의에 잠시 사고가 정지돼서 응답을 하지 못했더니 은우는 그 틈을 참지 못하고 재차 물어왔다. 대답하기 어려운 질문이 아니었다.

"좋아요."

—그럼 집으로 데리러 갈게. 기다려.

은우가 먼저 통화를 종료했다. 휴대폰을 내리고 나서도 의아한 마음이 찌꺼기처럼 남아 있었다. 이내 손해 볼 일은 없기 때문에 아무렴 어떨까 싶은 생각이 들었다.

그가 올 때까지 기다리는 동안 TV를 보려고 소파에 앉아 리모컨을 눌렀다.

"작업실 가는 거 아니었어?"

안방에 있던 엄마가 나오더니 말을 걸어왔다. 작업실에 간다고 씻던 애가 갑자기 TV를 보며 여유를 떠니 이상히 여길 만도 했다.

"화백님이 데리러 온대."

엄마가 눈을 치뜨더니 어느새 냉큼 다가와 옆에 앉았다.

"그 사람이 너 좋아하는 거 아니니?"

시답잖은 소리에 기운이 빠졌다.

"엄마, 갖다 붙일 사람은 붙여. 화백님한테 내가 가당키나 해?"

미론은 한숨을 내쉬며 심드렁하게 대꾸했다.

"얘는. 안 가당할 건 또 뭐야? 네가 어때서? 우리 딸 정도면 어디 나가서 안 빠지지!"

"어디 가서 그러지 마, 엄마. 남들이 흉봐요."

"흉을 왜? 엄마 눈엔 우리 딸이 제일 예뻐. 미스 코리아보다 더 예뻐."

설마 다른 사람한테도 이렇게 말하는 건 아니겠지? 괜히 잘 알지도 못하는 미스 코리아 언니들에게 죄송한 마음이 든다.

"다른 사람 눈에는 안 그렇거든요."

"좀 잘해 봐. 응? 결혼 안 할 거야?"

"나 아직 20대야, 엄마. 벌써부터 결혼 얘기로 들들 볶으면 어쩌자고."

지금부터 결혼 안 할 거냐는 소리를 들을 정도면 서른이 되면 대체 얼마나 많이 듣게 될까? 생각만 해도 머리가 지끈거렸다.

"누가 들들 볶아? 네가 연애에는 영 관심이 없으니 이러는 거 이냐. 남자 안 만나?"

엄마도 나름대로 걱정이 돼서 그러는 것뿐이다. 한창 예쁠 나이, 스물다섯에 남자에는 영 관심이 없어 보이는 딸이 안타까운 거겠지.

"만날 때 되면 만나겠지."

"참 남 얘기처럼 말한다."

듣기 싫은 소리가 계속 이어지니 짜증이 이만저만이 아니다. 마침 은우에게서 전화가 와 지긋지긋한 이 상황에서 벗어날 수 있었다.

"다녀올게요."

"애교도 살살 떨고, 좀 그래 봐. 알았지?"

"알아서 할게."

아르노에게 애교를 떨던 딸의 모습을 본다면 엄마는 깜짝 놀랄 것이다. 다른 남자 앞에서는 어림도 없었다. 오직 아르노에게만 허락되던 애교. 그의 앞에서는 사랑이 자꾸만 넘쳤었는데.

이미 아파트 입구에 도착해 있던 은우의 차로 가 조수석에 탔다. 가끔 작업실에 있다 너무 늦은 시간이 될 때가 있는데,

그럴 땐 그가 차로 집까지 바래다줘서 그의 차에 타는 것이 낯설지 않았다.

"안녕."

"안녕하세요. 근데 갑자기 왜 야외에서 그림을 그리자는 거예요?"

"봄이니까."

순간 공기가 썰렁해졌다. 막 차를 출발시킨 은우가 이상한 기운을 감지하고 옆을 곁눈질했다. 자신을 이상하다는 듯 쳐다보는 미론의 눈빛을 보고 말았다.

"화백님, 어디 아프세요?"

"아니."

은우는 언제나 그렇듯 무심하게 대답했다.

"그럼 뭐 잘못 드셨나?"

"아닌데."

어디 아픈 것도 아니고, 뭘 잘못 먹은 것도 아니지만 충분히 이상하게 볼 만했다. 은우는 어리둥절해하는 미론의 마음을 이해할 수 있었다.

"그럼 왜……."

"애인 없어서 벚꽃 구경도 못 하는 미론 씨 불쌍해서 구제해 주려고."

젊고 예쁜 여자가 벚꽃 구경도 못 하고 칙칙한 자신의 작업실에 처박혀 그림만 그리는 신세인 게 안타까웠다.

"우와."

"너무 고마워할 필요는 없고."

게다가 테라스 밖에 흐드러지게 핀 벚꽃 나무들을 보며 감탄하던 미론의 모습이 마음에 걸리기도 했다.

"어디로 가는 건데요?"

"윤중로."

"사람 미어터질 것 같은데."

한창 벚꽃이 만개한 시기의 주말이니 엄청난 인파가 몰릴 거라고 예상되었다. 과연 그림을 그릴 수 있는 환경일까? 깊은 의심이 깃들었다.

"가 보고 사정이 여의치 않으면 그림 그리지 말지, 뭐."

"농땡이 치시게요?"

꼭 그림을 그리기 위해 가는 건 아닌가 보다.

"하루쯤은 그래도 되지 않나?"

"완전! 완전히 되죠!"

혹시 이거 데이트 신청인가? 문득 그런 의문이 들었으나 설마 그럴 리가 있을까 싶었다. 괜히 김칫국 마셨다가 망신당하지 말자.

시선을 어디에 두어도 온통 벚꽃으로 가득했다. 분홍빛의 물결이 시야를 완전히 장악했다. 완연한 봄을 온몸으로 맞이하니 한동안 웅크렸던 감동이 심장을 철썩거리며 쳐 댔다.

벚꽃 잎이 미론의 입술에 전염을 시킨 듯 웃음꽃이 활짝 폈다.

혹시나 해서 가져온 이젤은 트렁크 신세를 면치 못했다. 예상대로 많은 사람으로 붐비는 윤중로에서 한가하게 그림을 그리기는 어려웠다. 그래서 벚꽃 구경에 나섰다.

은우는 평소에 비해 느리게 걷고 있었다. 나름대로 미론과 보폭을 맞추기 위해 노력 중인 것이다. 혼자였던 시간이 대부분이었기에 타인의 걸음을 맞춘다는 것 자체가 그에게는 낯선 일이었다.

나란히 걷던 미론이 갑자기 뒤로 돌아 왜 저러나 쳐다봤다. 그녀는 그를 마주 보며 뒤로 걸었다. 저러다 다칠까 염려됐지만 그런 걱정을 입 밖으로 꺼내는 일이, 그에겐 쉽지 않았다.

"화백님, 좋죠?"

질문이 뜬금없다 여겼다. 분명하지 않은 의미에 답답한 은우가 설핏 인상을 구겼다.

"무슨 질문이 그래? 앞뒤 다 자르고."

"아, 벚꽃 보니까 좋으시냐고요! 제가 너무 두루뭉술하게 물었나요?"

기억을 더듬어 제가 던진 질문을 떠올려 보니 은우가 못 알아들을 만했음을 인정했다. 미론이 새쭉 웃었다.

"뭐, 그냥저냥."

대답이 영 신통치 않다. 평소와 다름없이 무표정하지만 사람 많고 시끄러운 환경을 꺼리는 은우인데, 불평하지 않고 같이 걸어 주는 것을 보면 싫어하지 않을 거라 짐작했다.

"좋으시면서."

"넘겨짚긴."

성가셔 하는 것 같으면서도 말을 다 받아 준다. 은우의 이런 성격은 참 알다가도 모르겠다.

"정곡을 찌른 것 같은, 어어?"

좋다는 대답을 들을 때까지 집요하게 굴어 보려 했는데, 순간 뒤꿈치에 무언가가 걸려 몸이 휘청거렸다. 은우가 다급히 손을 뻗어 그녀의 팔을 잡아당겼다. 그의 도움 덕분에 다행히 넘어지지는 않았다.

"이럴 줄 알았다."

은우가 타박하는 투로 말했다. 놀란 가슴을 쓸어내리며 고개를 들다 심각하게 가까운 거리에 있는 그의 얼굴을 보고 진정됐던 가슴이 또 놀라 까무러칠 뻔했다.

"미론 씨, 가만 보면 은근 덜렁대. 알지?"

"네."

미론이 대답을 하며 뒤로 몇 발자국 떨어졌다.

"고맙습니다."

"고마우면 커피나 사. 은인인데 그 정도는 해 줄 수 있지?"

"그럼요! 당연하죠!"

꽃가루에 먼지까지, 목이 칼칼했다. 은우는 조금 쉬어야겠다 싶어 제 의사를 가벼운 농담처럼 건넸다. 앉아서 쉴 벤치를 찾아 한참을 돌아다녔다. 이미 좋은 자리는 다른 사람들이 차지한 탓에 구석에 앉아야 했다. 앉고 보니 나름대로 경치가 괜찮았다. 한강과 강 반대쪽 도시의 모습이 한눈에 들어찼다.

"커피 사 올게요."

"괜히 좋은 거 사 오려다 멀리 가서 고생하지 말고, 근처 자판기에서 캔 커피나 뽑아 와."

혹시나 자신이 뭘 좋아할지 몰라 고심하다 비싼 커피를 사기 위해 고생하고 큰돈까지 쓸까 봐, 미론이 걱정되는 마음을 슬쩍 가리고 퉁명스레 말했다.

"네!"

미론이 말 잘 듣는 어린이처럼 대답을 하고 벤치를 벗어났다. 발에 치일 정도로 많은 사람을 헤치며 자판기를 찾아 헤매는데 그것만으로도 험난한 여정이었다.

겨우 자판기를 찾았지만 그마저도 사람들이 길게 줄을 서 있었다. 죽 늘어선 사람들을 보니 한숨이 저절로 나왔다.

다른 자판기를 찾을지, 아니면 여기서 기다릴지 고민을 하다가 다리가 아파서 그냥 기다리기로 결정했다. 꽤 오랜 시간을 기다려 겨우 지폐 투입구에 돈을 넣고 캔 커피 두 개를 뽑는데 은우에게서 전화가 왔다.

"지금 가니까 걱정 마세요!"

하도 안 오니 납치당한 줄 알았단다. 은우의 불안함을 대강 잠재운 뒤 전화를 끊었다. 캔 커피 두 개를 하나씩 손에 쥐고 그가 있는 벤치로 가고 있었다.

"와, 사람 진짜 많다."

벚꽃 나무보다 사람의 숫자가 훨씬 더 많았다. 온 세상 사람들이 전부 벚꽃을 구경하러 나왔다고 착각할 정도다. 하기야, 이 시기가 지나면 볼 수 없는 장관을 놓칠 수는 없겠지.

"미미."

순간 귀를 의심했다. 흐드러지게 핀 벚꽃을 구경하느라 고개를 살짝 든 채 걷던 미론이 우뚝 걸음을 멈췄다.

"미쳤어. 아무리 그리워도 그렇지 환청을 듣다니……."

아르노 에드몬드 강. 그녀를 미미라고 부르는 사람은 세상에 단 한 사람뿐이다. 정면에 시선을 뒀지만 아르노는 보이지 않았다. 갑자기 확 우울해졌다. 분명 그의 목소리를 들었는데, 정작 그는 보이지 않는다.

고개를 푹 숙인 채 풀 죽어 걷는데, 뒤에서 누군가가 와락 껴안아 왔다. 돌아보지 않아도 알겠다. 이 품이 누구의 것인지. 틀림없는 아르노의 품이다.

환청이 아닌 걸까? 의심이 드는 순간 더 꽉 조여 오는 팔에 눈물이 왈칵 쏟아졌다. 어깨에 닿는 턱, 그리고 귓가에 흐르는 숨소리. 눈덩이처럼 커다란 감동이 온 가슴을 뒤흔든다.

벚꽃이 주는 것과는 비교도 안 될 굉장한 감동이었다.

"미미……."

얼굴을 봐야 하는데 눈물 때문에 시야가 뿌옇다.

"미론아, 보고 싶어 미치는 줄 알았어."

"아르노야?"

이미 금방이라도 울음이 터질 듯 가슴이 위태롭게 울렁거렸다. 미론의 목소리에 습기가 가득 배어 있다.

"응."

"정말…… 아르노라고?"

믿을 수 없어. 어떻게 아르노가 여기에? 진짜라면 누군가 마법이라도 부렸나?

"그래. 나야, 미론아."

"흐으윽!"

울 자격 없는데. 이별을 말한 주제에 눈물 따위 흘리면 안 되는데, 염치도 없이 울음이 터졌다. 그것도 엉엉 소리 내어 울었다.

손에서 힘이 빠져나가 쥐고 있던 캔 커피가 바닥으로 추락했다. 바닥과 마찰한 캔 커피가 뭉개져 바닥이 엉망이 되었지만 그런 건 신경 쓸 겨를이 없었다. 울고 있는 바람에 아르노가 보이지 않았지만 냄새만으로도 그라는 것을 인지했다. 그토록 그리워했던 사람인데, 그를 앞에 두고도 모를 리 없었다.

어떻게 여기에 있는지 그건 물을 새도 없었다. 이별 후, 재회한 아르노가 미치도록 반가워서 와락 껴안았다. 헤어지자고 한 사람이 맞느냐고 따진다면 할 말이 없지만, 지금은 벅차오르는 감정을 외면하지 못하겠다.

터진 캔 커피를 수습한 뒤에 자리를 옮겼다. 은우에게는 급한 일이 생겨서 가야 한다고 연락했다. 고맙게도 이유를 묻지도, 화를 내지도 않았다. 그는 그저 알았다는 대답만 했다.

너무 울어서 눈이 퉁퉁 부었다. 눈물로 얼룩진 얼굴을 닦으려고 화장실에 갔다가 거울을 보고 깜짝 놀랐다. 이런 몰골로 아르노를 보게 되다니 창피해 죽겠다. 하지만 그렇다고 이대로 허무하게 헤어질 수는 없었다.

한강 근처에 있는 카페로 와 각자 주문한 음료를 앞에 두고 마주 앉았다. 둘 다 음료에는 관심이 없었다.

"어떻게 된 거야?"

아르노가 왜 한국에 왔는지, 그리고 어떻게 한강에서 마주칠 수 있었던 건지 궁금했다.

"휴가 받았어."

"휴가?"

"응. 당분간 한국에 있으려고."

휴가를 받았으면 더 좋은 곳에 써도 될 텐데 굳이 한국을 선택한 이유가 뭘까?

"왜 한국이야?"

"네가 여기 있으니까."

아르노의 눈동자에 넘실대는 감정의 파도가 미론에게까지 흘러왔다. 가슴이 술렁였다.

"삼촌이 허락했어?"

"그런 거 필요 없어."

말투에 분노가 실려 있었다. 크리스토프와 감정적인 충돌이 있었을지도 모른다는 추측이 들었다.

"한국에는 언제 왔는데?"

아까는 우르르 쏟아졌던 감정들이 어느새 제자리를 찾아갔다. 차분해진 태도로 아르노와의 대화에 응했다.

"일주일 됐어. 오기 전에 너희 집에서 파리로 온 우편물에 적힌 주소를 확인했어. 오자마자 찾아갔는데 보고 무슨 말을 해야 할지 몰라서 계속 망설였어."

"정말? 그럼 나도 봤어?"

"봤지."

아르노가 자신을 지켜보고 있었을 줄은 미처 몰랐다. 미론이 놀란 얼굴로 그를 봤다.

"근데 왜 나는 못 봤지?"

"멀리서 조용히 지켜봤어. 매일 찾아가지는 않았어. 그러다 오늘 너희 집에 갔는데 어떤 남자 차를 타더라. 누군지 궁금해서 따라왔는데 보고 싶지 않은 광경을 봤어."

"……."

"데이트하던데."

이별을 한 사이지만 그래도 거짓말을 하고 싶지는 않았다. 어찌 됐든 오해를 일으키는 건 싫으니까.

"데이트 아냐."

사실대로 말하면서도 혹시 이런 태도가 아르노에게 여지를 주는 건 아닌지 의구심이 들었다.

"둘이 잘 되어 가는 거 아니야?"

"그런 거 아냐. 그분은 내가 존경하는 화백님이셔. 요즘 화백님 작업실에서 같이 그림 그리는 중이거든."

뭐가 정답인지 솔직히 모르겠다.

"그렇다면 다행이고. 나 아직 가능성 있는 거지?"

가슴이 갑갑했다. 마주한 아르노의 눈이 너무 슬퍼서 마음이 무거웠다.

"아르노."

"아닌가 보네."

실망하지 마. 그런 표정은 힘겹게 세운 다짐을 흔든단 말이야.

"그러지 마. 그런 표정하지 마. 응?"

"하지 말란다고 할 수 없는 게 아니야. 오는 계절을 막을 수 없는 것처럼."

아르노의 푸른 눈에서 금방이라도 눈물이 쏟아질 것 같았다. 그가 울어 버리면 정말 모든 결심이 와르르 무너질지도 모른다.

"아르노……."

"네 결정, 쉽게 돌릴 수 없을 거라 예상하고 왔어. 괜찮아. 그렇지만 미론아, 밀어내지는 마."

미론의 여린 입술 사이로 습한 한숨이 밀려 나왔다. 이 상황을 어쩌면 좋을지 도무지 확신이 서지 않았다.

4. 나를 흔드는 바람

작업실에 가기 전 카페에 들렀다. 윤중로에서 은우를 본의 아니게 바람맞혀 미안한 마음에 커피를 사 갈 생각이었다.

그가 주로 마시는 것과 자신이 마실 커피까지 주문했다. 진동 벨을 받고 커피가 나올 때까지 기다리는데 저도 모르는 사이에 수렁 같은 상념에 잠겼다.

요즘 들어 이런 증상을 부쩍 자주 겪고 있었다. 평소에도 공상을 많이 하거나 생각에 잠기고는 했지만 최근처럼 빈번하지는 않았다.

아르노가 한국에 왔다. 눈코 뜰 새 없이 바빠 숙면도 허락되지 않았던 그의 빡빡한 삶을 알기에 마음껏 환영할 수는 없었다. 생각지도 못한 만남이라 많이 놀라기는 했지만, 그 감정들은 차츰 걱정으로 기울었다.

일은 어떻게 하고 왔는지, 크리스토프와 문제가 생긴 건 아닌지, 정말 휴가가 맞기는 한 건지. 물어도 쉽게 대답을 해 주지 않을 걸 알기에 혼자 끙끙거리며 추측했다.

복잡한 생각을 종일 붙들고 있으니 뇌가 남아날 리 없었다. 요즘 두통약을 달고 산다. 불면증에도 시달리고 있었다.

"장미론!"

저를 부르는 목소리에 잃었던 넋을 되찾았다. 흐릿했던 시야가 또렷해지자 앞에 다가온 수진이 보였다.

"어, 수진아."

그녀로 말한 것 같으면 고등학생 때 어울려 놀던 친구다. 파리에 가 있는 동안 연락이 끊겼다가 한국에 와서 다시 연락을 주고받으며 지내고 있다.

미론이 귀국하자마자 먼저 수진에게 연락을 취하면서 자연스레 다시 만나게 되었다. 매일같이 붙어 다니던 학창 시절처럼 허울 없이 지내지는 않지만 그래도 나름 편하게 생각하는 친구였다.

"출근 중?"

"아니, 오늘은 오프야. 작업실 가던 중이었어. 넌?"

"난 친구 만나려고. 아, 너도 알지? 홍윤이라고. 3학년 때 같은 반이었잖아."

"아, 걔?"

홍윤이라는 이름을 듣자 자신도 모르게 표정이 굳어졌다. 그녀는 미론에게 불유쾌한 존재였다.

학창 시절의 그녀는 남의 험담을 하기 좋아하고 유난히 질투가 많아 친구들 사이에서 평판이 좋지 않았다. 그녀와 유일하게 친하게 지내던 이가 바로 수진이었다. 수진은 친절하고 친화력이 좋아 누구하고도 친하게 지냈었다.

"저기 오네. 홍윤아, 여기!"

막 카페에 들어선 홍윤을 수진이 불렀다. 가까이 왔지만 그녀는 미론을 보고도 멀뚱거릴 뿐이었다.

역시 사람은 쉽게 변하지 않는다. 비록 홍윤에 대한 기억은 좋지 않지만 옆에 수진도 있었고, 굳이 쌀쌀맞게 대할 필요는 없다고 생각한 미론이 먼저 밝게 웃으며 악수를 청했다.

"반가워. 나 장미론. 기억하니?"

"음, 글쎄."

홍윤은 미론이 내민 손을 멀거니 보기만 할 뿐 악수에 응할 생각을 보이지 않았다. 홍윤의 태도에 수진이 오히려 더 무안해했다.

"야, 미론이가 악수 건네잖아."

마지못해 악수는 하지만 내키지 않는지 손끝만 살짝 잡을 뿐이었다. 손을 뗀 홍윤은 찝찝하다는 표정으로 핸드백에서 티슈를 꺼내 손을 닦더니 무언가 생각이 난 듯 미론과 시선을 마주치며 말했다.

"아, 기억난다."

미론과 수진은 홍윤에게 집중했다.

"예전에 되게 나대던 애 하나 있었는데, 걔가 너지?"

홍윤은 상대방의 기분 따위는 전혀 배려하지 않았다. 순간 감정이 상해 열심히 유지하고 있던 표정이 무너졌다. 정작 말을 꺼낸 당사자는 미안한 기색이 없는데 미론의 표정을 본 수진이 안절부절못했다.

"홍윤아."

수진이 당황한 얼굴로 홍윤의 팔을 붙잡았으나 그녀는 조금도 동요하지 않았다. 이제야 한동안 잊고 살았던 과거의 일들이 떠오르기 시작했다. 기억해 봤자 나쁜 감정만 가득 생기니 굳이 되새길 필요가 없었다.

홍윤은 학교 성적이 좋은 편은 아니었지만 그림 실력은 상위권에 속했으며 그에 대한 자부심이 대단했다. 누군가 자신의 작품에 대해 비판하는 꼴을 용납하지 못했는데 상대가 교사여도 예외는 없었다. 교사가 작은 부분이라도 지적을 할 때면 수업 시간 중에도 자리를 박차고 일어나 교실을 나가 버리곤 했었다.

한 번은 가을에 학교에서 학생들의 작품을 모아 전시회를 한 적이 있었다. 단순히 작품을 전시하는 것이 아닌 하나의 평가로 진행되었는데 전시회를 관람한 학생들의 투표와 선생님들의 평가를 합산하여 대상, 최우수상, 우수상, 동상을 선정했다.

미론과 홍윤의 그림이 가장 높은 순위에 올라갔었다. 홍윤은 당연히 자신이 대상을 받으리라 확신했지만 예상과는 달리 미론이 대상을 받으면서 홍윤은 결과를 납득하지 못했다.

그 이후로 그녀는 다른 애들보다도 미론을 유난히 싫어했었다.

"너 설마 아직도 그 일 때문에 그러니?"

아무래도 지금까지 그때의 일을 기억하고 저를 싫어하는 것 같았다.

"그 일?"

홍윤은 도리어 그 일이 무엇이냐 되물었다. 알면서 묻는 건지, 정말 몰라서 묻는 건지 의구심이 들었다.

"가을 전시회 때, 내가 대상을 받아서……."

말을 끝내기도 전에 홍윤의 눈빛이 사납게 변했다. 그녀는 건드려서는 안 될 아킬레스건을 건드렸다는 듯 표독스러운 기운을 뿜어냈다.

"넌 그 대상이 정말 네 거라고 생각해?"

"뭐?"

"나는 아직도 이해할 수 없어. 네가 나를 제치고 대상을 받았다는 사실이!"

두 주먹을 억세게 말아 쥔 채로 홍윤은 그악스럽게 소리쳤다.

"그때부터였어. 네가 날 우습게 보기 시작한 게!"

"홍윤아, 뭔가 오해를 하고 있는데 나는 널 우습게 본 적이……."

"거짓말하지 마!"

홍윤은 너무 흥분해서인지 말을 끝까지 듣지도 않고 크게 고함을 쳤다.

"나는 네가 착한 척을 할 때마다 너무 역겨워. 일분일초도 너와 마주하고 싶지 않다고!"

듣는 사람의 입장을 전혀 고려하지 않은 말들을 쏟아붓고 홱 몸을 돌려 자리를 벗어나는 홍윤의 뒷모습을 수진과 미론이 당혹스러운 눈으로 쳐다봤다.

홍윤이 카페를 나갔지만 그녀로 인해 험악해진 분위기는 수진과 미론을 서먹하게 했다. 수진은 어떻게 말을 꺼내야 할지 몰라 주저했고 미론은 불쾌한 마음을 어쩌지 못해 한동안 입을 닫고 있었다.

"다음 주에 동창회 올 거야?"

수진은 재빨리 화제를 전환시켰다. 덕분에 버석했던 공기가 산뜻해졌다.

"가야지. 파리에 있느라 계속 못 갔잖아. 애들 보고 싶어."

하지만 수진과 이야기를 하면서도 홍윤으로 인해 심란해진 마음은 좀처럼 가라앉지 않았다.

"애들도 너 보고 싶다고 난리야."

미론은 분위기를 띄우려는 수진의 노력을 배반하고 싶지 않아서 최대한 밝게 웃어 보였다.

"정말? 내가 그렇게 존재감 있는 사람이었단 말이야?"

"그럼, 얘. 너야 성격 좋고 활달해서 두루두루 친했잖아. 선생님들도 너 되게 예뻐했었는데. 기억 안 나?"

앞만 보면서 달리느라 뒤를 돌아볼 여유가 거의 없었다. 이미 오래전에 졸업해서인지 고등학생 시절의 일들이 멀게만 느껴졌다.

"가물가물해."

"야, 우리 아직 팔팔할 나이거든? 벌써부터 그러면 어쩌니?"

"그러게 말이야."

미론이 샐쭉 웃었다. 수진과 대화를 할 때면 이상하게 기분이 좋아졌다. 다시 고등학교 때로 돌아간 기분도 들고. 그녀와 더 얘기를 나누고 싶었지만 요란을 떠는 진동 벨 때문에 그럴 여건이 주어지지 않았다.

"나 커피 나와서 받고 가야겠다."

"응. 동창회 때 보자, 미론아."

"응."

커피를 받아 카페를 나왔다. 마음 같아서는 수진과 계속 수다를 떨고 싶었다. 머리가 어수선해서 정신없는 시간을 보내면 도움이 될 것 같아서.

하지만 아르노가 나타난 이후로 제대로 작업을 못 해 마음 편히 놀 수는 없었다.

작업실에 가자 막 자다 일어난 은우가 안방에서 나와 미론을 반겼다. 작업실 비밀번호를 공유한 사이라서 굳이 그를 깨우지 않아도 들어올 수 있었다.

"아직 주무셨어요? 해가 중천인데."

"예술가나 프리랜서 중에 야행성 아닌 사람 찾기 힘들걸."

"전 아닌데요."

"넌 예외. 그건 뭔데?"

미론 씨라고 부르더니 언제 너가 됐지? 그 변화가 의아하기는 하지만 불쾌하지는 않았다. 은우는 저보다 6살 연상이니 충분히 말을 놔도 기분 나쁠 이유가 없으니까.

"커피요. 저번에 사 드린다고 하고 그냥 가 버렸잖아요."

"아, 그랬지. 그거 대신인가?"

"네. 그날은 죄송했어요."

"미안할 필요는 없지만 그래도 사 온 성의를 생각해서 잘 마실게."

은우가 커피를 건네받았다. 제 취향을 고려했는지 평소에 자주 마시던 커피를 사 왔다. 미론의 마음씨가 예뻐 어쩐지 가슴이 뭉클했다.

"그동안 바쁘셨나 봐요. 작업실 와도 안 계시던데."

윤중로 이후로 작업실에 와도 은우를 볼 수 없었다. 그래서 화난 줄 알았는데, 지금 보니 그건 아닌가 보다. 한결 마음이 가벼워졌다.

"아, 일이 좀 있었어."

"난 또."

미론이 가슴을 쓸어내리며 안도의 한숨을 내쉬었다.

"삐친 줄 알았나 보지?"

"삐친 것 보다는 화난 줄 알았죠."

"내가 그렇게 속이 좁아 보였나?"

절대 그런 뜻으로 말한 건 아닌데, 혹시 은우가 오해할까 봐 마음이 불안했다.

"그건 아니지만 입장을 바꿔 생각해 봤는데 제가 화백님 같은 상황이었다면 기분 나쁠 수도 있을 것 같더라고요."

미론은 차분히 저의 뜻을 밝혔다.

"뭐 사정이 있겠거니 했을 뿐이지, 기분은 안 나빴어."

은우의 입가에 옅은 미소가 걸린 것 같았다. 금세 지워져서 확신할 수는 없었다.

그는 커피를 마신 뒤 씻으러 욕실에 들어갔고, 미론은 작업을 시작했다. 이젤 앞에 앉아 마음을 차분히 가라앉히고 그림을 그려 나갔다.

"무슨 고민 있니?"

한참 그림을 그리는데, 불현듯 등 뒤에서 들려오는 자상한 음성에 뒤를 돌아봤다. 은우가 팔짱을 낀 채 제 그림을 주시하고 있었다.

"네?"

"오늘따라 좀 산만하네. 가만 보면 넌 기분에 따라 그림이 달라지더라고."

"그게 보이세요?"

"보여."

미론은 절망한 듯 고개를 떨어뜨렸다. 감정을 숨기려 해도 잘 되지 않는 몸뚱이가 야속했다.

"아, 정말 바보 같네요. 저."

"네가 왜? 내가 바보일 수도 있지."

농담일까, 진담일까. 내용은 장난 같은데 은우의 표정이나 말투가 진지해서 애매했다. 뭔 뜻으로 하는 말인지 몰라 멀거니 그를 올려다보고 있으니 무안해하며 테라스로 가 버렸다.

그가 난간에 등을 기댄 채 손짓했다. 투명한 유리문이라 바깥 풍경이 훤히 보였다. 미론은 고민 없이 자리를 털고 일어나 테라스로 갔다.

"담배 피울래?"

"네?"

느닷없이 담배를 권하니 놀라지 않을 수 없었다.

"농담."

"웃으면서 좀 말해 주실래요? 전혀 농담 같지 않거든요."

유추해 보건대, 아까도 농담이었나 보다.

"표정 좀 풀어. 안 그러던 애가 우울한 얼굴 하니까 보기 싫다."

"……."

"뭔가를 잊으려고 애쓰다 피 말린다. 머릿속이 복잡한 것 같은데, 그럴 땐 작업하지 말고 그냥 놀아."

마치 무엇을 고민하는지 아는 사람처럼 말한다. 아무것도 모르면서. 그럼에도 불구하고 은우가 건성으로 던지는 위로가 도움이 되고 있었다.

"뭐 하고 놀아야 할지도 모르겠어요. 이럴 땐 어떻게 해야 돼요?"

"여행을 가거나 술을 진탕 마시거나 뭐 그런 거 있잖아."

내일 학원으로 출근해야 하니 여행을 갈 시간은 없었다. 당일치기로 다녀올 수 있는 곳이라면 얼마든지 갈 수야 있지만 그것보다는 술이 더 구미가 당겼다.

"저 그럼 술 마시러 갈게요."

"낮술 좋지. 근데 혼자 마시게?"

아직 해가 떠 있는 시간. 하지만 여자 혼자 술을 마시게 둬도 되나 걱정이 됐다. 테라스를 벗어나려던 미론을 붙잡아 세웠다.

"네."

"청승 떠는 모습도 나름 예쁘겠지만, 둘이 마시는 게 덜 외롭지 않을까?"

"예, 예……? 뭐요?"

잘못 들었나? 방금 예쁘다는 말을 한 것 같은데. 어리둥절해 하는 미론을 은우가 여유로운 얼굴로 바라봤다.

"실은 나도 오늘 기분 구리거든. 따로 마시느니 그냥 같이 마시자고. 싫으면 말고."

"그래요, 그럼."

❁ ❁ ❁

분당에 위치한 S스튜디오. 정오부터 시작된 촬영이 막바지에 이르렀다. 작업실에 처박혀 디자인에 몰두하다 가끔씩 이런 촬영이 생길 때면 어쩐지 바람을 쐬는 것처럼 기분 전환이 됐다.

모르는 사람이 본다면 정식 모델이라고 착각할 정도로 아르노의 비주얼은 훌륭했다. 전형적인 미남은 아니지만 살짝 치켜 올라간 눈매에 반항기가 묻은 푸른빛의 눈동자, 날렵한 턱선, 훤칠한 키에서 풍기는 묘한 매력이 스튜디오를 장악했다.

아르노의 촬영을 지켜보는 여직원들의 눈에서는 하트가 퐁퐁 솟고 있었다. 정신을 쏙 빼놓는 그의 치명적인 매력에 도통 일에 집중하지 못했다.

정작 아르노는 본인이 지금 무슨 짓을 하고 있는지 전혀 관심 없는 눈치였다. 겉으로는 티 내지 않았지만 현재 그의 속은 먹구름이 잔뜩 끼어 있는 상태였다.

미론의 일방적인 이별 통보 후, 혼자 남게 된 파리에서 심각한 고통을 겪었다. 갑작스레 닥쳐온 이별은 그의 삶을 통째로 뒤흔들었다. 아무리 디자인에 미쳐 살았다지만, 미론을 만난 이후로 그의 애정은 딱 반으로 나누어졌다.

어느 쪽이 더 중요하다고 선택할 수 없을 정도로 그녀는 그의 인생의 중요한 부분이 됐다. 이건 아빠냐, 엄마냐의 문제와 다를 게 없었다. 그러니 멀쩡할 리 없었다.

한동안은 정신을 잃은 사람처럼 울었다. 제 안에 눈물이 이렇게 많이 내재되어 있을 줄은 몰랐다. 마르지 않는 샘처럼 눈물이 계속 나왔다.

"수고하셨습니다."

촬영이 끝났다. 오랜만의 한국 방문으로 각종 언론사는 물론 잡지사마다 그를 취재하기 위해 혈안이 되었다. 신비로운 이미지가 콘셉트가 아니기에 그들의 러브콜이 불쾌하지 않았다. 하지만 사정상 모두 다 수락할 수 없었기에 잡지사 두 곳, 그리고 언론사 한 곳의 취재에 응하기로 결정했다.

오늘은 그중 한 곳인 잡지사 'Delight'의 일정을 소화하는 중이었다. 인터뷰를 비롯해 촬영은 일주일 동안 이어졌고, 오늘이 마지막 날이다. 끝나고 뒤풀이가 있어 바로 귀가할 수 없었다.

대기실로 와 촬영 때문에 하게 된 메이크업을 지우고 사복으로 갈아입었다. 프랑스에서 함께 온 비서가 말을 건넸다.

"피곤하지 않으세요?"

그는 불어를 비롯해 5개 국어에 능통한 한국 남성으로 아르노를 대신해 잡다한 일들을 처리하고 있었다. EDMUND를 론칭하면서부터 함께한 사람으로 적지 않은 시간 동안 아르노의 곁을 지켰다.

"피곤해도 재미있네."

"사실은 모델 체질인 거 아니에요?"

"잠깐 하니까 재미있는 거겠지. 이런 것도 일이 되면 고충이 따를 테고."

"그렇겠죠. 세상에 쉬운 일은 없잖아요."

"그렇지."

그래도 가장 어려운 건 아무래도 사랑인 것 같다. 눈에 보이지 않는 감정이기 때문에 확신할 수가 없는, 그래서 늘 불안한 감정이라 사람 피를 말린다.

똑똑. 회식 장소로 옮기기 전 대기실에서 휴식을 취하고 있는데 노크 소리가 들렸다. 스태프겠거니 싶었는데 문이 열리며 낯선 여자가 들어왔다.

머리부터 발끝까지 화려하게 치장한 여자가 아르노에게 웃으며 다가왔다. 그녀에게서 짙은 향수 냄새가 났다.

"안녕하세요."

아르노가 저에게 인사를 하는 여자를 멀거니 쳐다봤다. 초면인데, 누구지? 관계자인가? 아니면 연예인?

"저는 최홍윤이라고 합니다."

홍윤이 명함을 꺼내 아르노에게 건넸다. 그가 받은 명함을 슬쩍 훑었다.

"아, 디자이너시군요."

"네. 아직 1년 차라서 아르노 강에 비하면 신생아 수준이죠. 평소에 워낙 아르노 강을 존경해서 꼭 만나 보고 싶었습니다."

저를 존경한다는 말과 상냥한 태도에 바짝 세운 경계심을 조금 풀었다.

"제가 존경할 부분이 있던가요? 저는 잘 모르겠습니다만, 어쨌든 감사합니다."

"예상보다 한국말을 더 잘하시네요."

"아실지 모르겠지만 아버지가 한국분이기도 하고, 어릴 때 한국 생활을 9년 정도 했습니다."

"그렇군요. 실은 Delight의 편집장이 저희 이모여서 제가 아르노 강 좀 만나게 해 달라고 부탁했어요. 불편하게 해 드려서 죄송해요."

갑작스런 방문이 당황스럽기는 하지만 홍윤이 충분히 예의를 갖추고 있어서 크게 불편하지는 않았다.

"괜찮습니다."

"제가 꼭 좀 부탁드리고 싶은 게 있어서요."

일순간 홍윤의 검은 눈동자가 반짝 빛나더니 그에게 들고 있던 것을 넘겼다. 두 손으로 그녀가 건네는 것을 받아들자 제법 묵직함이 느껴졌다.

"제 포트폴리오예요. 그동안 작업해 온 것들을 담았는데, 잠깐이라도 봐 주셨으면 좋겠어요."

"아, 양이 엄청난가 보네요."

홍윤이 멋쩍게 웃었다.

"잘 보이고 싶어서 너무 욕심을 부렸나 봐요. EDMUND에서 꼭 일하고 싶습니다. 제 포트폴리오 한 번만 봐 주세요. 부탁드릴게요."

"일단은 알겠습니다. 일부러 여기까지 들고 왔는데 성의를 봐서라도 꼼꼼히 확인하겠습니다."

"감사합니다."

홍윤이 정중하게 인사를 하고 대기실을 나갔다. 아르노는 비서에게 포트폴리오를 넘겼다.

"잘 챙겨 둬. 호텔 가서 보게."

"네, 알겠습니다."

❁ ❁ ❁

투명한 소주잔에 그보다 더 투명한 액체가 빠르게 채워졌다. 몇 번째 잔이더라. 세 번째까지는 기억하는데 그 뒤로 숫자를 세지 않아 모르겠다.

"짠!"

술잔을 부딪칠 때마다 미론의 입술 사이로 자동으로 나오는 '짠'이 퍽 귀엽다. 술이 들어가서 그런지 평소에는 무감하던 은우의 가슴이 적당히 촉촉해졌다. 알코올의 영향은 이만큼 크구나. 그 사실을 새삼 깨달았다.

"잘 마시네."

생긴 걸 봐서는 술 한 잔 못 마실 줄 알았는데 잔을 꺾는 손목에 거리낌이 보이지 않았다. 마치 술을 즐겨 마시는 사람처럼.

"몰랐는데, 애주가인가 봐."

잔을 내리고 안주로 시킨 먹기 좋게 조각낸 계란말이를 젓가락으로 집는 은우와는 달리 미론은 잔을 비우자마자 곧장 스스로 술을 채우고 순식간에 비워 냈다.

"헤어지고 나서 술이 늘었죠."

"헤어졌어? 누구랑?"

서로의 사생활은 전혀 아는 게 없어 연애를 하고 있는지, 아님 이별을 했는지 그조차도 몰랐다.

"말해도 모를 걸요. 아, 알 수도 있겠다."

아르노 에드몬드 강. 세계적인 디자이너니 유명하겠지. 물론 모르는 사람도 있을 테지만 화가이기도 하고 프랑스에서 살기도 했던 은우라면 충분히 알 수 있으리라고 판단했다.

유명한 사람을 연인으로 두면 이런 게 참 어렵다. 타인에게 함부로 말할 수가 없다. 아르노와 연애하면서 타인에게 그의 얘기를 했던 적이 거의 없었는데 헤어지고 나서도 그에 대한 예의를 지키고 싶기에 분별없이 누설할 수 없었다.

혼자서만 삼켜야 하는 이별의 고통. 사랑을 할 때에도 늘 혼자 가슴앓이를 했기에 이런 건 익숙했다. 하지만 때로는 혼자 아파하고 견뎌 내는 일이 서러워질 때가 있다. 그 감정이 어딘가에 털어 내지 못하고 차곡차곡 쌓이다가 한 번에 폭발하고 마는, 그런 성격은 좋지 않지만 유명한 이의 연인으로 살려면 어쩔 수 없는 숙명 같았다.

20대 초반. 가장 밝고 풋풋한 시절에 만나 온 마음을 다 바쳐 사랑한 남자, 아르노. 그를 위해서라면 뭐든 할 수 있을 것 같더니 결국 그러지를 못했다. 변명을 하자면 아직은 어려서 견뎌 내기가 버거웠다고 말하련다.

"내가 알 수도 있어?"

"말 안 할래요."

미론이 대화를 거부했다. 그녀의 입술이 오늘따라 무거웠다. 오로지 술만 마시기 위해 존재하는 것처럼. 묵묵히 그녀를 지켜보는 은우는 위태로운 느낌이 들었다.

그녀가 누군가를 아주 많이 그리워하고 있음을 어렴풋이 짐작했다. 헤어진 사람을 밀어내려고 애쓰지만, 그게 잘 안 돼서 미칠 것 같은. 그런 기분이겠거니.

사랑은 한 번도 경험해 보지 못한 미지의 영역이지만 어쩐지 미론의 마음만큼은 헤아릴 수 있을 것 같다. 그녀는 비밀을 가진 이처럼 신비롭지만, 감정에 있어서는 투명했다. 그때마다 휘몰아치는 감정이 고스란히 눈동자에 드러났다.

"너 전화 오는 것 같은데?"

크로스 백에 넣어 둔 휴대폰이 울고 있었다. 은우가 알려줘서야 알았다. 미론이 잔을 내리고 백을 열어 휴대폰을 꺼냈다. 화면에 뜬 너무나도 익숙한 번호에 가슴이 쿵쾅 뛰기 시작했다.

술을 너무 많이 마셔서 그런지 판단력이 흐려졌다. 옅어진 이성 위로 알코올로 칠갑된 감성이 왈칵 솟아올랐다. 더뎌진 사고에 받아야 할 전화인지 말아야 할 전화인지 결정을 내리기도 전에 이미 손이 통화를 수락했다.

"여보세요? 아르노?"

지금 아르노를 본다면 힘겹게 다짐했던 마음들이 와르르 무너질지도 모른다. 더구나 그와의 재회 후 마음이 많이 약해져 있는 상태라 아주 위험했다.

—안녕하세요. 저는 Delight 에디터인데요. 아르노 강이 많이 취해서 인사불성이네요. 비서분은 따로 일정이 있어 회식에 참석하지 않으셨거든요. 전화를 해도 안 받으셔서…….

아르노가 아닌 다른 사람의 목소리에 당황한 것도 잠시, 그가 많이 취했다는 사실에 깜짝 놀랐다.

"거기가 어디인데요? 제가 갈게요."

미론도 취한 상태이긴 하지만 몸을 못 가눌 정도는 아니었다. 말하면서도 그녀는 이미 갈 준비를 하고 있었다. 전화 너머로 들리는 장소는 이곳에서 꽤 멀었다. 도착하려면 서둘러 움직여야 했다.

"화백님, 죄송한데 일이 생겨서 가 봐야 할 것 같아요."

"그래. 나도 일어나야겠다."

자리에서 일어나 은우와 인사를 나누고 뒤돌아 얼른 큰 도로로 걸음을 옮겨 택시를 잡았다. 실내 공기가 답답해 차 문을 열었다. 봄 향기를 가득 머금은 밤바람이 시원하게 불어왔다. 택시에 속도가 붙자 바람의 세기가 강해졌고 그에 술기운이 휘날렸다.

목적지에 도착했을 때는 정신이 어느 정도 말끔해진 상태였다. 낯선 동네여서 길을 헤맬까 봐 조마조마했는데 다행히 찾기 쉬운 위치에 술집이 있어 금방 발견했다.

술집에 들어가니 테이블에 엎드려 있는 아르노가 바로 보였다. 그의 금발 덕분에 많은 사람 속에 있어도 금방 알아볼 수 있었다.

"아르노!"

인사불성이 된 아르노의 상태를 눈으로 직접 확인하자 마음이 아팠다. 감정이 제멋대로 튀어 올랐다.

"아, 전화 받으셨던 분?"

미론에게 전화를 했던 사람으로 추정되는 이가 다가왔다.

"네. 어떻게 된 거예요?"

"저희가 아르노 강과 함께 작업을 했거든요. 오늘이 마지막 날이라 뒤풀이 중인데 아르노 강이 술을 많이 마시더니 이렇게 취해 버렸어요. 바로 비서분에게 전화했는데 전화기가 꺼져있었고요. 그래서 통화 목록에 기록된 최근 번호로 연락드린 겁니다."

"아, 네. 얼마나 마셨기에……."

"무슨 안 좋은 일이 있는 것 같더라고요. 촬영할 때도 표정이 좋지 않았어요."

무슨 일 때문인지 알겠다. 아마도 이별을 견디기 힘들어 그런 거겠지. 미론은 사무치는 미안함에 가슴이 아파 왔다.

"일단은 제가 데려갈게요."

"네. 도와드릴까요?"

"그래 주시면 감사하죠."

도움을 받아 술에 취해 정신을 잃은 아르노를 데리고 밖으로 나와 근처 벤치에 그를 앉혔다. 어디로 가야 할지 길을 잃었다. 집으로 데려가기엔 너무 멀기도 하고 가족들이 있어서 곤란했다.

일단은 그의 옆에 앉아 바람을 쐤다. 바깥 공기가 그의 정신을 조금이라도 깨워 주기를 소망했다. 아르노의 몸이 기울더니 어깨에 그의 고개가 닿았다. 목덜미를 간질이는 머리카락에 물색없이 가슴이 뛰고 난리다.

"아르노……."

입에 감기는 이름. 어떻게 이런 이름을 가졌는지, 그와 참 잘 어울리는 이름이다.

그는 태양처럼 정열적인 로맨티스트였다. 그녀에게 아낌없는 사랑을 주었고, 사랑하는 만큼 키스했고, 뜨겁게 안았다. 그리 오래되지 않은 일인데 머나먼 과거 속에 머무는 것처럼 까마득하게 느껴졌다.

"미미."

달콤한 목소리에 흠칫 놀랐다. 어깨가 가벼워진 걸 느끼고 옆을 보니 아르노가 눈을 뜬 채 저를 보고 있었다.

"정신이 좀 들어?"

잠에서 깼지만 여전히 취기에 잠긴 사람처럼 초점이 불분명했다.

"네가 왜 여기에……?"

아르노는 술에 취해 헛것을 보는 줄 아는지 눈앞의 미론을 실감하지 못했다. 그가 떨리는 손으로 그녀의 뺨을 어루만졌다. 손에 닿는 선명한 감촉. 그의 속눈썹이 가늘게 떨렸다.

"꿈인 줄 알았는데."

"꿈 아니야."

대답을 하기 무섭게 와락 안아 버리는 아르노 때문에 가슴이 덜컹 흔들렸다. 예고도 없이 이러면 마음을 추스르지 못하잖아. 미론은 제 속마음이 들킬까 초조했다.

"있잖아. 네가 떠났는데도 나는 자꾸 네가 보고 싶어. 자꾸 생각나. 너는 날 잊으려고 노력하는데 나는 그게 안 돼."

아르노의 절절한 마음이 온전히 느껴져 가슴이 찢어지는 듯한 통증이 번졌다. 욱신거리는 가슴에 미론이 버석한 숨을 밀어냈다.

"술을 마셔도 소용없어. 오히려 더 선명해져. 그래서 결국 정신을 잃을 때까지 마시게 되는 거 있지. 이게 습관이 되어 버렸어. 이러면 안 되는데……."

아르노를 고통 속에 내몬 것 같아 너무 미안했다. 자신의 결정이 틀렸던 건 아닐까. 이제 와서 회의감이 들었다.

"너 하나 없을 뿐인데 아무것도 할 수가 없어. 나는 완전히 망가졌어."

"미안해."

"그런 말을 듣자고 말한 건 아니야, 알지?"

뚫어지게 응시하는 아르노의 눈을 차마 마주할 수 없어 고개를 수그렸다. 치미는 감정에 코끝이 매웠고 눈물이 그렁그렁 맺혔다. 금방이라도 떨어질 것처럼 무거워지는 눈물의 무게에 경황이 없었다.

"바쁘다는 핑계로 너를 너무 혼자 뒀어. 많이 외롭고 무서웠을 텐데. 나는 그런 널 배려하지 못했어."

"바빠서 그런 거지, 일부러 그런 건 아니잖아."

"어쨌든 널 외롭게 했다는 것이 잘못인 거지. 내가 그걸 너무 늦게 알았어. 네가 떠난 후에야 내가 무엇을 잘못했는지 완벽히 알겠더라."

그런 생각을 했구나. 반성하는 아르노의 모습에 파리에서의 설움이 어느 정도 가라앉았다. 그는 진솔한 심정을 털어놓으며 미론의 상처를 어루만져 주었다. 약발 좋은 연고처럼 효과가 좋았다.

"너무 늦었겠지만 사과할게. 미안해, 장미론."

더 이상은 참을 수 없었다. 치미는 슬픔을 당해 낼 재간이 없어 눈물을 흘려보냈다.

투명한 액체를 톡톡 떨어뜨리는 미론은 많은 것들을 홀로 견뎌 냈을 것이다. 현재도 그러고 있는 중일 테고.

누군가에게 고민을 털어놓지도 못하고 혼자서 끌어안아야 하는 심정이 오죽할까. 연인이었던 저라도 알아 주고 꼼꼼히 들여다 봤어야 했는데 바쁘다는 핑계로 그녀에게 너무 소홀히 대했다.

"미안해."

화려한 표현으로 꾸미지 않은, 진심을 꾹꾹 눌러 담은 한 마디가 미론의 가슴을 묵직하게 울렸다. 서운했고, 서러웠고, 서글펐던 일들이 일순간 아무것도 아닌 것처럼 여겨졌다.

아르노가 그녀를 가득 껴안았다. 그를 밀어낼 힘조차 없었다. 핑계라고 해도 변명할 여지는 없었다.

미론은 품에 안긴 채 오래도록 서럽게 울었다. 그는 아무 말 없이 그저 등만 쓸어 주었다.

그렇게 둘은 서로의 온기를 나눴다.

✿ ✿ ✿

아르노의 품에서 원 없이 울고 나니 이상하게 개운했다. 묵혀 있던 응어리가 녹아 버린 기분에 마음이 홀가분해졌다.

그는 한국에서의 일정을 소화하면서도 틈틈이 미론을 만나러 왔다. 그런 날들이 반복되니 헤어졌단 사실조차 망각해 버렸다.

"장 선생님, 퇴근하세요?"

퇴근하기 위해 복도를 걷는데 동료 강사가 말을 걸어왔다. 미론이 환하게 웃으며 고개를 끄덕였다.

"네."

"오늘 유난히 예쁘세요. 데이트 있으신가 보다."

"데이트라뇨. 저 남자 친구 없는데요?"

"저번에 학원에 한 번 왔던 그분, 남자 친구 아니에요?"

아르노가 한 번 미술 학원을 찾아왔었다. 안에 들어온 것도 아니고 밖에서 기다린 건데도 그의 존재를 알고 있다니 당황스러웠지만 티를 내지 않기 위해 미소를 유지했다.

"그냥……."

헤어진 연인인데, 지금은 애매모호한 사이라고 말해야 하

나. 하지만 굳이 그런 말을 할 필요는 없는데.

"동창회가 있어서 신경 좀 쓴 거예요."

"아, 그렇구나. 친구분들이랑 즐거운 시간 보내세요."

고개를 살짝 숙였다 들며 가볍게 인사를 건네고 복도를 지나 학원 건물을 빠져나왔다.

아침에 출근했는데 퇴근을 하려고 나오니 이미 땅거미가 거뭇하게 내려앉고 있었다. 학원 근처는 대학가이기도 하고 번화가라 밤이 될수록 더욱 화려해졌다. 낮보다 훨씬 더 많은 사람이 몰리는 지역 특성상 굉장히 소란스럽고 번잡했다.

퇴근을 할 때면 꽤 자주, 파리가 그리워지곤 했다.

재미없고 지루하기는 하지만 조용한 그곳에서 혼자만의 사색에 잠기기도 하며 여유를 만끽했는데. 한국, 게다가 서울에서는 그런 경험을 하기가 힘들어 속상했다.

걸을 때마다 사람들에 부딪히는 것도 버겁지만 그보다 더 견디기 힘든 건 부딪치고 난 뒤 한바탕 욕을 퍼붓는 사람들을 대면하는 일이었다. 그게 그렇게 불쾌할 수가 없었다. 정작 사과를 하는 건 미론 뿐, 대부분의 사람들은 짜증을 내거나 욕을 내뱉기 일쑤였다.

동창회가 진행되는 장소로 이동했다. 친구들은 이미 같이 저녁 식사를 하고 호프집으로 자리를 옮겼다고 연락이 왔다. 호프집에 도착하니 오랜만에 보는 반가운 얼굴들이 가득했다.

"야! 장미론!"

"이야, 이게 누구야? 장미론! 진짜 오랜만이다!"

친구들의 격한 환영에 혼이 쏙 빠져나간다. 꽤 오래 연락을 못 했는데도 다들 미론을 반갑게 맞이했다.

미론까지 합석하자 하고 싶은 말이 많았는지 모두들 쉬지 않고 수다를 떨었다. 시끌벅적한 분위기에 휩쓸려 그녀도 이야기꽃을 피웠다. 그들은 그녀의 파리 생활을 몹시도 궁금해했다. 마치 파리 특파원이 되기라도 한 듯 친구들의 질문에 성실히 대답했다.

"그래도 한국에 돌아왔네."

"응."

"다시 안 가는 거야?"

"글쎄."

여태껏 친구들의 질문에 성의껏 대답을 했지만 이번 질문만큼은 쉽게 대답해 주지 못했다. 스스로도 아직 결정을 내리지 않았기에 타인에게 말해 줄 수 없는 부분이었다.

학교를 졸업하고 미론은 심하게 방황 중이다. 어릴 때부터 분명했던 꿈. 그 꿈을 이루기 위해 뒤도 안 돌아보고 미친 듯이 달려왔다. 그 결과 원하던 꿈을 이뤘지만, 생각만큼 만족스럽지가 않았다.

이제 뭘 하며 살아야 하는지. 정말 이 길이 맞는 건지. 꿈을 이뤘는데도 수많은 고민이 그녀의 발목을 붙잡았다.

"아! 나 얼마 전에 명쌤 봤다?"

수진이 화제를 전환시켰고 친구들의 관심은 그녀에게로 쏠렸다.

"명두진 선생님?"

명두진 선생님은 여기 있는 모든 이들의 3학년 시절 담임이었다.

"응!"

"어쩌다?"

당시의 선생님은 30대 중반의 나이로 유머러스하고 젊은 감각을 갖고 있어 학생들에게 인기가 많았다. 무엇보다 학생들과 소통을 열심히 하던 선생님이었다.

"백화점에 엄마 선물 사러 갔다가 만났어."

"잘 지내신대?"

명두진 선생님 얘기가 나오자 다들 추억에 젖은 얼굴이었다. 같은 시절을 함께 보낸 사이여서 그런지 연락이 뜸해도 애틋한 마음이 피어났다.

"그런 것 같더라. 쌤이 그러는데 그동안 많은 반을 맡았지만 우리가 제일 기억에 남는대."

"와, 감동이다."

"그러게. 명쌤 얘기하니까 보고 싶다."

"나도!"

모두 같은 생각을 하는가 보다. 눈가가 다들 촉촉했다.

"우리 수학여행가서 산 오르기 싫다고 징징댔는데 쌤이 그럼 올라가지 말고 놀자고 그래서 우리 반만 빠졌었잖아. 너희 기억나?"

"당근 나지!"

"진짜 추억이다."

각자의 앞에 주어진 삶을 살아가느라 잊고 살았던 소중한 기억들이 여기 있는 이들을 하나로 묶어 놓았다.

"아련한 추억을 안주 삼아 한잔할까?"

친구들과 건배를 하고 맥주를 마시는 미론의 눈동자에 아련함이 동동 떠다녔다.

맥주를 반쯤 비우고 잔을 내리는데 진동이 느껴졌다. 옆을 보니 테이블 위에 놓인 휴대폰이 울리고 있었다. 옆자리에 앉아 있던 홍윤이 조금 전 화장실에 간다며 자리를 비웠다. 조금 전까지 그녀가 만지던 휴대폰임을 기억한다.

뭐 오면 받겠지. 그런 생각으로 시선을 거두려다 주춤했다. 화면에 뜬 번호가 지나칠 정도로 낯이 익었다. 의자에 기대고 있던 등을 떼 좀 더 자세히 번호를 읽었다. 이건 분명 아르노의 번호다. 틀림없었다.

전화가 끊기자 휴대폰이 잠잠해졌다. 하지만 미론의 머릿속은 어수선해지고 말았다. 곧 자리로 돌아온 홍윤이 부재중 전화를 확인하더니 활짝 웃으며 밖으로 나갔다.

도대체 왜 아르노가 홍윤에게 전화를 한 걸까?

그것도 이상하지만 무엇보다 놀라운 건 둘이 번호를 공유했다는 사실이다. 무슨 이유로? 어떤 사이기에?

미론의 머릿속이 복잡했다.

동창회 모임을 파하고 집으로 돌아가는 길. 오랜만에 만난 반가운 친구들과 수다를 떠느라 시간 가는 줄 몰랐다.

아파트 정문에 다다른 시간은 11시 32분. 하루가 넘어가기 전 아슬아슬하게 집에 도착했다.

"늦었네."

공기에 실려 온 목소리가 아련하게 가슴을 헤집었다. 미론이 휴대폰을 백에 넣으며 고개를 들었다. 주머니에 손을 찔러 넣고 비스듬히 서 있던 아르노가 몸을 반듯하게 세우더니 곧 그녀의 앞으로 성큼 다가왔다.

"왜 여기 있어?"

"너 보려고."

얼마 전에도 집 앞에서 기다리고 있던 아르노와 맞닥뜨린 적이 있었다. 예고 없는 만남에 매번 속절없이 무너지고 만다. 나약한 가슴이 원망스럽기 그지없었다. 누굴 탓하랴. 이렇게 생겨 먹은 걸.

"언제부터 기다린 건데? 오래 기다렸어?"

아르노가 아니라며 고개를 젓는다. 미론은 언제 올지도 모르면서 하염없이 기다렸을 그의 마음을 헤아리느라 정신이 없었다.

걱정을 한가득 끌어안은 그녀의 눈동자를 보면서 많은 생각이 들었다. 그녀도 아직 자신을 잊지 못했구나. 여전히 사랑하고 있구나. 그녀가 아무리 자기 마음을 꼭꼭 숨기려 애써도 생각지도 못한 사이에 진심이 술술 새어 나왔다.

"얼마나 기다렸어? 너 바보야? 언제 올 줄 알고 기다려?"

속상한지 짜증을 내며 다그치는 미론이 사랑스러워 견딜 수 없었다. 아르노의 푸른 눈이 크게 요동쳤다.

"안 오면 그냥 갔어야지! 아니, 오지를 말았어야지. 자꾸 나타나면 나더러 어쩌라는 거야? 기껏 도망쳤더니 왜 다시 나타나서 나를 흔드는데? 아르노, 이러지 마. 자꾸 내 앞에 나타나서 나를 헷갈리게 하지 마."

"싫어."

"뭐?"

"싫다고."

낮고 짙은 한마디가 가슴을 먹먹하게 한다. 미론이 얼이 빠져 있는 동안 아르노는 더 가까이 거리를 좁혀 왔다.

얼굴을 감싸는 손길을 느꼈을 땐 이미 입술이 부딪친 뒤였다. 느린 것 같으면서도 빠르게 다가와 입술을 앗아 갔다. 그는 서두르지 않고 입술을 맞댄 채 한참을 멈춰 있었다.

그의 입술에서 아련한 맛이 났다. 익숙한 그에게서 낯선 느낌을 받았다. 그게 미론의 가슴을 꽉 휘어잡아 마구잡이로 뒤흔들었다. 지나치게 큰 심장 박동에 가슴이 찢기는 것만 같았다.

아르노는 눈물이 날 것 같았다. 그저 입술을 맞댄 것만으로도 숨통이 조여 왔다. 조금 시간이 지나서야 미론의 입술을 온전히 느낄 수 있었다. 봄날의 벚꽃 잎처럼 부드러운 감촉. 연약하면서도 부드러운 입술에 가슴이 뛰었다.

혼란스러웠던 감정 뒤로 설핏 이성이 일어섰다. 미론은 이제야 정신을 차리고 아르노를 팍 밀어냈다. 힘을 주고 있지 않았기에 그의 몸이 쉽게 밀려났다. 그녀가 입술을 문지르며 씩씩거렸다.

"갑자기 뭐 하는 거야!"

"……."

"자꾸 이러면 더 멀리 도망갈 거야. 그랬으면 좋겠어?"

겁주려고 하는 말이 아니다. 본인이 겁이 나서 던지는 말이었다. 미론은 힘겹게 내린 결정을 송두리째 뒤흔드는 아르노가 무서웠다. 조금만 이성을 놓으면 휩쓸리고 말 거라 판단했기 때문이다.

"도망가지 마."

아르노가 초조한 마음을 한껏 드러냈다. 그의 눈이 굉장히 절박해 보였다. 그게 가슴을 할퀴어 댔다.

"알았어. 내가 더 조심할게."

실은 아르노가 잘못한 건 없었다. 죄가 있다면 자신에게 있는데. 미론은 미안해하는 그를 마주하기가 버거웠다.

"갑자기 키스해서 미안해. 이러려고 온 게 아닌데, 자꾸만 초조해서……."

천천히 여유를 두고 미론의 곁을 지키고 싶은데 허락된 시간이 넉넉하지 않았다. 시간이 흐를수록 아르노는 조바심이 났다. 한국에 머무를 수 있는 날이 제한적이다 보니 저도 모르게 조급해지고 말았다.

"……저녁은 먹었어?"

이 와중에 끼니 걱정이라니. 스스로도 어이가 없었다.

하지만 파리에서 봤을 때보다 많이 말라 있는 아르노를 보면 그런 생각이 들지 않을 수가 없었다.

"대충."

대답을 봐서는 제대로 챙겨 먹지 않은 게 분명했다.

"한국 음식 입에 안 맞을 텐데…… 고생이겠다."

"너 만나면서 나름 적응됐어."

"적응은 무슨. 매운 건 먹지도 못하잖아."

둘의 식성은 완전히 정반대였다. 그래서 같이 식사를 할 때 메뉴 선정에 있어서 어려움을 겪곤 했다. 둘 다 먹을 수 있는 음식을 찾으면 그렇게 기쁠 수가 없었다.

"노력할 거야. 미론이 좋아하는 음식, 잘 먹는 음식, 나도 잘 먹을 수 있도록 노력하려고. 먹다 보면 익숙해지겠지."

"바보야. 그렇게 무리할 필요는 없거든? 그게 뭐야, 무모해."

"무모하니까 여기까지 온 거지. 내가 한국에 왜 왔는데? 장미론, 너 보려고 왔어."

또 흔든다. 아르노와 마주하고 있는 것만으로도 무척 힘겨운데 이런 식으로 툭툭 치고 들어오면 견뎌 낼 재간이 없었다.

"아르노."

미론의 차분한 목소리에 아르노는 그녀가 어떤 종류의 말을 할지 유추해 보았다. 딱히 좋은 쪽은 아닐 거라는 결론을 내렸다.

"들어가."

"……."

"얼굴 봤으니까 됐어. 내일 또 올게."

"오지 마."

미론이 양손을 단단히 말아 쥐고 폐부 깊숙한 곳에서 끌어낸 용기로 포장한 말을 내뱉었다.

"정말 오지 마?"

"……."

"내일 봐. 잘 자."

아르노는 저의 약점을 너무나도 잘 파악하고 있다. 미론은 깨달았다. 이미 그가 자신의 속마음을 들여다봤음을. 너무 빨리 들켜 버렸다.

어쩌면 어떤 것으로도 가릴 수 없었을지 모른다.

그에 대한 마음이 대단히 커서, 무엇으로 가려도 다 보였을 테니까.

5. 네가 없는 세계는 의미 없다

미론과 헤어진 후, 줄곧 비슷한 꿈을 꾸곤 했다. 아무도 없는 고요한 바다 위를 홀로 표류하거나, 혹은 앙상한 나무들이 빽빽이 들어선 숲을 헤매는 그런 꿈을.

종착지가 보이지 않는 여정이 퍽 고통스러웠다. 쓸쓸하고 무서운 세계를 파괴하고 현실로 돌아오는 일은 생각보다 쉽지 않았다.

가위에 눌린 것처럼 숨통을 조이는 꿈. 겨우 눈을 떴을 때 마주하는 공허함은 공포의 연장선이었다. 꿈에서도 달라진 게 없는 일상들. 반복되는 그것들에 자꾸만 우울해졌다.

평생 디자인에 미쳐 살았다. 당시 집안이 어려워 천부적인 재능이 있음에도 감히 디자이너의 길을 선택할 수 없었다. 하지만 다행히 일찌감치 재능을 알아봐 준 크리스토프 덕분에 순탄하게 디자이너의 세상으로 입성할 수 있었다.

부와 사업적인 능력을 갖춘 크리스토프와의 시너지는 가히 폭발적이었다. 그의 조력 덕분에 자신의 재능을 마음껏 분출할 수 있었고, 크리스토프는 아르노를 통해서 사업가로서 인정을 받을 수 있었다. 둘은 더없이 훌륭한 파트너였다.

둘의 관계에 균열이 생기기 시작한 건 미론이 나타난 이후부터였다.

온통 디자인에만 관심을 쏟아붓던 아르노가 처음으로 한눈을 팔았다. 미론을 처음 만난 건 아버지가 운영하는 게스트하우스에서였다. 아버지를 만나기 위해 게스트하우스를 찾았을 때 미론은 그곳에서 일하고 있었고, 아르노는 그녀를 보자마자 시선을 빼앗겼다. 특별히 동양인에 대한 애정이 있는 건 아니었다. 그때만 해도 이성에는 전혀 관심이 없었다. 이상형도 딱히 없었다.

그런 아르노의 눈에 검은 머리에 뽀얀 피부, 젖살이 오른 볼, 그에 비해 가느다란 체구를 가진 한국인이 들어온 것은 정말 뜻밖의 일이었다. 앳된 그녀의 모습에 솔직히 스무 살도 안 됐을 거라 추측했다. 그런데 통성명을 하고 보니 예상외로 나이가 있었다. 물론 그래 봤자 스물셋이었지만.

다른 국적을 가진 것도 상관없었다. 당시 그녀는 불어가 서툴렀지만 크게 불편하진 않았다. 아르노가 한국말을 잘하기 때문에 의사소통은 원활히 이루어졌다. 게스트하우스를 즐겨 찾는 편은 아니었는데 그녀가 있다는 것을 안 순간부터는 찾아가는 횟수가 급격히 늘어났다.

사랑은 순식간에 싹 텄다. 하지만 사랑이 깊어질수록 그만큼 디자인에 쏟던 애정이 줄어들었고 크리스토프는 그것을 못마땅하게 여겼다. 그의 입장에서는 그럴 수 있다고 생각하면서도 미론을 걸고넘어지는 건 절대로 용납할 수 없었다.

아르노에게 그녀는 디자인만큼, 아니 디자인보다도 훨씬 소중한 존재이기 때문이다. 하나, 지금 미론은 떠났고 그는 그녀를 원망할 수조차 없었다.

연고가 없는 타향에서 지내느라 많이 외롭고 고달팠겠지. 그쪽 생활이 잘 맞는다고 해도 분명 가족이나 한국 친구들이 무척 그리웠을 것이다. 더구나 사람들과 어울리는 것을 좋아하는 미론이라면 더더욱. 그녀가 의지할 수 있는 사람은 아르노, 한 사람뿐이었다.

자립심이 강한 그녀도 뼛속까지 스며드는 외로움을 못 이겨 시간이 지날수록 점점 아르노에게 의지하는 모습을 보였다. 그런 그녀를 안아 주고 더 많이 사랑해 줘야 했는데 그러지 못했다. 이제 와 후회한들 무슨 소용이 있겠냐만, 지푸라기를 잡는 심정으로라도 그녀를 붙잡고 싶었다.

"지겹다."

매번 반복되는 꿈과 회색빛 일상. 차라리 눈을 뜨지 않는 게 더 마음이 편할 텐데.

막 잠에서 깬 아르노는 침대에 누워 천장을 쳐다보며 눈을 깜빡였다. 시차 적응보다 더 버거운 건, 미론이 없는 아침을 맞이하는 일이었다.

"눈만 뜨면 안을 수 있었는데."

미론이 사라지니 불면증이 찾아왔다. 달갑지 않은 불청객을 쫓아내고 싶은데 그게 마음처럼 쉽지가 않았다.

아무리 잠을 자도 깨고 나면 마치 누군가 밟고 지나간 것처럼 온몸이 뻐근했다. 미론을 만나러 한국에 오는 김에 일정을 잡기는 했지만 일부러 타이트하게 계획하지 않았다.

피로와 스트레스를 풀 목적으로 선물 받은 입욕제를 풀어 반신욕을 했다. 뭉친 근육이 풀어지는 기분이 들었지만 허전한 맘은 채워지지 않았다. 물론 기대조차 안 했기에 실망도 없었다.

호텔에서 내려다보는 한강. 밝은 낮이라 별로 볼거리는 없지만 밤에는 꽤 아름다운 정경을 구경할 수 있었다.

이곳에서 밤을 보낼 때마다 늘 미론을 생각했다.

그녀가 본다면 아이처럼 좋아할 텐데. 손뼉도 치고 발도 동동 구르며 신나 할 테지. 한껏 흥이 부풀어 오를 때면 그의 목을 끌어안고 키스하기도 했는데.

그때로 다시 돌아갈 수는 없는 걸까. 미론의 마음을 돌려놓고 싶지만 강요할 수 없는 법. 여전히 남아 있는 감정을 보았지만 그것을 잡아 끌어낼 수는 없기에 천천히 시간을 두고 두드리는 게 최선이었다.

그렇지만 시간이 별로 없었다. 보름 후면 파리로 돌아가야 한다. 주어진 환경 때문에 본의 아니게 자꾸만 초조해졌다.

혹시나 싶어 미론에게 연락을 해 봤다.

〈뭐해?〉

답장이 오지 않을 수도 있다며 미리 마음을 다독였다. 그녀가 연락을 무시해도 절대 실망하지 말자고.

휴대폰을 손에서 떨어뜨려 놓고 팔짱을 낀 채 창밖의 도시를 눈으로 품었다. 워낙 넓어 한눈에 다 담을 수는 없었다. 그래도 한 여자 정도는 완벽히 품어 줄 수 있는 가슴을 가졌는데.

그때, 알림 음이 짧게 울렸다.

〈작업 중이야.〉

방해하면 안 될 것 같아 답장을 하기가 조심스러워 망설이고 있는데 곧바로 그녀에게서 왜 그러냐는 메시지가 왔다. 기회라 생각하고 방해가 안 된다면 볼 수 있냐고 물었다.

초조하게 그녀의 답을 기다렸다.

〈작업실 앞으로 올래?〉

그저 만나자는 제의에 응해 줬을 뿐인데도 몹시 기뻤다. 미론을 만나러 갈 생각에 가슴이 세차게 뛰어 댄다. 서둘러 준비를 마치고 호텔을 나섰다.

* * *

미론은 물감이 묻어 얼룩덜룩한 앞치마를 벗었다. 작업실에 올 때는 편한 차림으로 오기 때문에 화장도 거의 하지 않은 상태였다.

거울을 보자 한숨이 나왔다. 일단은 헝클어진 머리를 정리해서 깔끔하게 하나로 묶었다. 화장품을 챙겨오지 않아 할 수 없이 립글로스만 발랐다. 그나마 조금 나아 보인다.

"어디 가나 봐?"

테라스에서 담배를 한 대 태우고 거실로 들어온 은우가 크로스 백을 챙기는 미론을 발견하고 말을 걸었다.

"아, 네."

"데이트는 아닐 테고."

사귀는 사람이 없다고 들었는데 미론의 얼굴이 평소보다 밝았다.

"좋아하는 사람 생겼어?"

"네?"

"요즘 생기가 돌아서."

"그래요? 난 잘 모르겠는데."

거울로 매일 보는 얼굴이라 변화를 알아채지 못했다. 다른 사람들 눈에는 뭔가 달라 보이는 걸까. 아르노를 밀어내면서도 실은 주변을 맴도는 그를 반가워하고 있는 거겠지.

시간이 지날수록 자신의 마음이 더욱 확실해져 갔다. 하지만 선뜻 용기를 낼 수 없는 이유가 있어 망설였다.

"무튼 잘 다녀오시게."

"다녀오겠습니다."

은우는 순간 미론의 아빠가 된 기분이었지만, 화사한 그녀의 얼굴을 보니 나쁘지 않다 싶었다.

미론은 작업실을 나와 아르노와 만나기로 한 장소로 이동했다. 약속 장소인 카페에 다다랐을 때 그에게 연락을 하니 이미 도착해 있다는 답장이 왔다.

카페 안으로 들어가 두리번거릴 새도 없이 너무나도 쉽게 그를 발견했다. 프랑스에서도 돋보이는 얼굴이더니 한국에서는 확실히 더 튀었다.

많은 사람들 속에서 도드라져 있는 아르노를 응시하며 천천히 다가갔다. 먼 거리가 아닌데, 자꾸만 발을 헛디딜 것 같은 불안함이 엄습했다. 그 까닭은 부정할 수 없을 정도로 떨리는 가슴에 있었다.

"왔어?"

침착한 태도와는 달리 눈물을 글썽이는 아르노를 마주하니 심장이 덜컹 흔들렸다. 차오르는 감정을 억누르고 있음을 짐작하게 했다.

"응. 언제 왔어?"

"방금."

"정말? 믿을 수가 있어야지."

왔으면서 연락도 안 하고 조용히 기다렸을 아르노의 마음이 전해지는 것 같았다. 혹시라도 재촉하는 느낌을 줄까 봐 일부러 먼저 연락을 하지 않았을 그를 알고 있었다.

"뭐 마실래?"

"나 상큼한 거."

"에이드?"

"응!"

"주문하고 올게."

아르노가 주문을 하러 계산대로 갔다. 그가 오기를 기다리는 동안 많은 감정이 교차했다. 그와 헤어지고 싶지 않았지만 많은 상황들이 그럴 수밖에 없게 만들었다. 어쨌든 한 번 이별을 고한 전력이 있는 입장에서 어떻게 결정을 번복할 수 있을까.

게다가 다시 만나게 된다고 해도 문제였다. 난항들이 계속될 것이다. 여러 가지 걸리는 것이 많았다. 그중에는 크리스토프도 분명 포함됐다.

생각이 꼬리의 꼬리를 물고 자꾸만 길어져 갑갑해하던 와중에 벨소리가 혼란스러운 정신을 깨웠다. 아르노의 휴대폰이 주인을 잃은 채 가련하게 울고 있었다. 얼떨결에 화면에 뜬 '최홍윤' 이라는 세 글자에 다시 혼란이 미론을 덮쳐 왔다.

때마침 주문한 음료들을 가지고 자리로 돌아온 아르노가 제발 좀 받으라며 보채는 제 휴대폰을 흘끔 쳐다보고는 이내 시선을 거두었다.

"안 받아?"

"지금 안 받아도 돼."

무슨 의미일까. 중요한 전화가 아니라서 안 받아도 된다는 건지, 아니면 들으면 안 되는 통화라 비밀스럽게 받고 싶은 건지. 미론은 미릿속이 복잡했다.

"왜 그렇게 빤히 봐?"

아르노가 저를 뚫어질 듯 쳐다보는 미론에게 의아한 목소리를 던졌다. 그녀가 어깨를 으쓱해 보이고는 에이드에 꽂힌 스트로를 입으로 물고 쭉 빨아들였다. 달달하고 톡 쏘는 에이드가 입안을 상큼하게 채웠다.

"지금 어디서 지내는 거야?"

"호텔."

그러고 보니 지금까지 아르노가 어디서 지내는지조차 모르고 있었다. 할머니 댁에서 지내나 했더니 그건 아닌가 보다. 저택에서 사는 아르노가 좁은 호텔 방에서 지내려면 불편한 텐데. 어느새 그의 걱정으로 가슴 속이 새까매졌다.

"불편하지 않아?"

"나쁘지 않아. 뷰가 끝내줘."

미론은 풍경에 취약했다. 벚꽃이 흐드러지게 핀 경치를 보면 메말랐던 가슴이 촉촉해지는 것처럼, 아름다운 정경을 보면 없던 낭만이 저절로 샘솟곤 했다.

"진짜?"

"응. 한강이 보이거든. 낮에는 별로인데 밤에는 진짜 멋있어."

"와, 진짜 멋있겠다. 부럽다."

미론이 손뼉까지 치며 진심으로 부러워했다.

"보러 올래?"

보고 싶어 하는 눈치라 슬쩍 묻기는 했지만 당연히 거절할 줄 알았다.

"가도 돼?"

그런데 뜻밖의 대답이 미론의 입술 사이에서 흘러나와 아르노를 당황케 했다.

"어?"

"응?"

미론도 덩달아 당황해 눈을 휘둥그레 떴다. 왜 그러냐는 눈빛으로 고개를 갸웃거렸다.

"아니. 온다고 대답할 줄 몰라서 놀랐어."

"올 거냐고 물은 건 아르노면서. 왜? 보러 가면 안 돼?"

미론은 단순히 호텔에서 보는 한강의 야경이 궁금했을 뿐이었다.

"와도 돼. 언제 올 건데?"

미론의 마음이 바뀌기 전에 냉큼 그녀의 뜻을 수용했다.

"언제가 괜찮아?"

아르노의 눈빛에 봄볕이 드리운 것처럼 생기가 돌았다.

"난 지금 당장도 좋은데."

"……."

"아, 부담 주는 건 아니고 그냥 네가 온다니까 좋아서."

신나서 흥분한 아르노를 보며 미론은 귀엽다는 생각을 했다. 안쓰럽기도 하고, 미안하기도 했지만 귀엽다는 마음이 더 컸다.

"오늘 밤에 갈까?"

"그럴래?"

단순히 야경만 보고 싶었던 미론의 마음이 다른 방향으로 기울었다. 아르노와 대화를 하는 이 시간조차 달짝지근한데, 같이 야경을 본다면 얼마나 달콤할까.

기대가 봄바람처럼 불어와 살포시 그녀의 가슴에 앉았다.

✿ ✿ ✿

일을 마무리 짓고 약속대로 아르노가 묵고 있는 호텔 앞에 도착했다.

미론은 이곳에 오면서 내내 고민을 했다. 이대로 그를 만나도 괜찮을지, 혹시 잘못된 선택은 아닌지. 곰곰이 따지려 했으나 이미 몸은 이성을 배반해 버렸다. 자석에 끌리듯 아주 당연한 것처럼 발이 이곳으로 향했다. 멀어지려고 아무리 발버둥을 쳐도 그의 숨소리만으로도 온 마음이 휘청거렸다.

헤어지기로 했으면서 왜 자꾸 흔들리는 건데. 미풍에도 나약하게 흔들리는 제 마음이 야속해 따끔하게 야단을 쳐도 도

무지 말을 듣지 않는다. 그녀가 내쉬는 한숨에는 번뇌가 진득하게 달라붙어 있었다.

"후, 모르겠다. 나도."

자꾸만 아르노에게 가려는 발걸음을 막을 힘이 더 이상은 남아 있지 않았다. 이미 감정과 체력을 다 소모해 버렸으니까.

호텔 로비를 지나 엘리베이터를 타고 아르노가 머무는 객실이 있는 층에 다다랐다. 내딛는 걸음에 수많은 감정이 실려 있었다.

꾹꾹 바닥을 밟으며 객실 앞으로 갔다. 깊게 심호흡을 하며 마음을 가다듬고 벨을 누르자 기다리고 있었다는 듯 문이 열렸다.

"어서 와."

"응."

아르노의 집에 초대받은 기분이다. 파리에 있을 땐 같은 공간에서 밥을 먹고 잠을 자고 숨을 쉬었었는데, 이제는 그런 날들을 아련한 추억으로 간직해야만 했다.

가슴이 저며 와 울컥했지만 애써 감정을 억누르며 맑게 웃어 보였다. 안으로 들어갈 수 있도록 몸을 비켜 주는 그의 배려마저 눈물겹다.

"데리러 간다니까."

앞서 걸으며 객실을 구경하는데 뒤에서 아르노가 말을 걸어왔다.

"애도 아니고, 혼자서도 충분히 올 수 있거든."

"오느라 힘들지 않았어?"

그녀를 애 취급을 하려는 의도는 아니었다. 스물다섯이면 어엿한 성인이니까. 물론 귀엽고 사랑스러울 때는 소녀 같기도 했지만 그건 순간적인 느낌이었을 뿐, 그저 자상하게 대해주고 싶었다.

"힘들기는. 별로 멀지도 않은데."

미론은 별거 아니라며 시큰둥한 태도로 어깨를 으쓱해 보였다.

"와인이네?"

테이블에 놓여 있는 와인과 글라스가 눈에 띄었다.

"너랑 마시려고 준비했지."

미론이 눈을 동그랗게 뜨더니 이윽고 감동했다는 듯이 화사하게 웃으며 아르노를 봤다.

그녀가 시선을 거두고 창가로 다가갔다. 창밖에 펼쳐진 도시의 전경에 저절로 감탄이 터졌다.

"우와!"

바로 이럴 때가 소녀 같았다. 순수한 반응을 보일 때면 몹시도 귀여웠다. 스물다섯의 미론은 여전히 사랑스럽고 싱그럽다.

그녀는 봄과 여름의 경계에 머무는 사람이었다.

꽃처럼 가냘프고 화사하면서 동시에 여름의 나무들처럼 싱그럽고 찬란하다. 다채로운 분위기를 가진 그녀를 보고 있는 것만으로도 가슴이 벅차올랐다.

노을 진 하늘과 한강이 만든 광경에 황홀해하는 그녀와 그런 그녀를 보는 아르노. 서로의 시선은 다른 곳을 향해 있지만 뭉클한 감정만큼은 똑같았다.

"진짜 예쁘다!"

미론이 기쁨에 젖은 목소리를 내며 뒤를 돌아보니 그가 그윽한 눈길로 자신을 보고 있었다.

"와, 와인 마실까?"

아르노의 시선에 순식간에 정신이 산란해졌다. 무엇보다 두근거리는 가슴이 제일 문제였다. 미론이 괜히 와인을 핑계 대며 곤란한 상황을 빠져나가려 시도했다.

"와인, 아르노……."

갈 곳을 잃은 시선을 와인병에 두며 다시 한번 와인을 마시자고 말을 하려다가 바짝 밀착해 온 아르노에 심장이 철렁 내려앉았다. 가슴이 조금 전보다 훨씬 더 빠르게 뛰었고, 이성은 완전히 녹아내렸다.

그의 두 팔이 철창처럼 양옆을 막으며 빠져나갈 틈을 철저히 봉쇄했다.

"키스하고 싶어."

아르노의 간절함이 여실히 느껴지는 말에 마비된 사고, 미쳐 날뛰는 심장. 미론은 제정신이 아니었다.

"안 돼?"

저번에 예고도 없이 키스를 해, 미론에게 당혹감을 안겨 준 적이 있으면서도 그녀 앞에 서면 마음이 자꾸 욕심을 낸다.

한 번만 더 그녀의 입술에 닿고 싶었다.

"해, 마음 바뀌기 전에."

입술이 달싹이며 붉은 혀가 설핏 보였다. 미론의 허락에 순간 다리에 힘이 풀릴 뻔했다.

아르노가 성급히 입술을 부딪쳤다. 살짝 벌어졌던 그녀의 입술 사이로 곧장 혀를 밀어 넣었다. 말캉한 혀가 도망갈 곳을 잃어 곧 그에게 붙잡혔다.

성마른 키스에 정신이 혼미해졌다. 키스를 해도 되냐고 물은 사람이 맞는지 의심이 들었다. 지금 그에게 무자비하게 휘둘리고 있었으니까.

아르노는 절벽 앞에 선 사람처럼 불안해 보였다. 욕망을 채우려는 의도보다는 그동안 그리웠던 마음을 쏟아 내는 느낌이었다. 지금이 아니면 다시는 이런 기회가 없을 거라는 슬픔도 느껴졌다. 키스가 길어질수록 미론은 그의 감정들이 온전히 전해져 가슴이 아릿했다.

아르노가 입술을 떼고 미론을 지그시 내려다봤다. 그녀의 눈에서 눈물이 후드득 떨어졌다. 그의 눈가도 이미 촉촉했다. 굳이 어떤 말을 꺼내지 않아도 서로의 마음을 읽을 수 있어 코끝이 매웠다.

"미안해."

잔뜩 떨리는 그녀의 목소리가 아르노의 가슴을 아프게 했다.

"예고도 없이 이별을 말하고 멋대로 도망 와서. 미안해."

"미미……."

"아르노를 아프게 했다는 것만으로도 나는 자격이 없어. 이미 너무 못된 사람이야, 나."

"그렇지 않아. 왜 자격이 없어? 하나도 못되지 않았어. 나만큼, 아니 어쩌면 나보다 네가 더 아팠겠지. 나만 아팠던 게 아니라 너도 똑같이 고통스러웠잖아. 그러니까 미안해하지 마. 그런 표정 싫어."

미론은 아르노의 아름다운 눈동자에 비치는 자신의 얼굴을 발견했다. 이제야 알았다. 이런 얼굴을 하고 아르노를 봤구나. 그러니까 아무리 밀어내려고 해도 속마음이 다 들키는 거였다.

참을 수 없는 사랑. 신도 어쩌지 못할 숙명.

"목말라."

"목말라? 와인 줄게, 잠깐만."

목마르다는 미론의 말 한마디에 아르노가 테이블 앞으로 갔다. 그가 코르크 마개를 따 두 개의 글라스에 와인을 따랐다.

투명한 유리잔에 묵직하게 채워지는 검붉은 와인은 어쩌면 아르노의 심장이 토해 내는 감정은 아닐까? 그런 엉뚱한 상상이 피어났다.

그가 건네는 잔을 받아 가볍게 부딪치고 갈증을 달랬다. 와인의 진한 풍미가 입안을 황홀하게 만들었다.

뒤로는 와인만큼이나 황홀한 야경이 펼쳐져 있었고, 그녀의 옆에는 어떤 것에도 견줄 수 없을 정도로 근사한 남자가 함께 있었다.

파리를 떠나 한국에 온 이후, 처음으로 가슴 터질 듯한 행복을 느꼈다. 결국 모든 행복은 아르노로 귀결되었다.

"강사 일은 어때?"

"그냥 그래."

"재미없어?"

"나쁜 건 아닌데 막 엄청 좋지도 않아. 내가 정말 하고 싶던 일은 아니니까."

혀끝이 씁쓸해 얼른 와인을 한 모금 넘겼다. 미론의 표정이 어두웠다. 고민이 많은가 보다.

"아르노는 삼촌한테 잘해."

"……."

"아르노의 천재성을 알아봐 주고 아낌없는 지원을 해 주시잖아."

갑자기 크리스토프 이야기가 나오자 아르노는 떨떠름한 표정을 지었다.

"나도 그 점은 감사하게 생각해."

"나는 그런 사람이 없어서 오로지 내 힘으로 일어서야 해. 무지 암담하지."

서포트해 줄 사람이 없이 예술가로 산다는 건 정말 한숨 나오는 일이다. 미치도록 좋아서 이 길로 들어섰지만 어찌될지 모르는 미래에 극한의 불안함과 우울함을 겪곤 했다.

"그래도 어떡하겠어. 평생 배운 거라곤 그림 그리는 것뿐이고, 그것 말고 할 줄 아는 것도 없는 바보인데."

미론은 그늘진 삶에 대해 한탄하며 와인을 쭉 마셨다.

"꼭 소주 마시는 것 같네."

"소주 마셔 봤어?"

"마셔 봤지. 저번에 뒤풀이 때."

"맞다. 그때 취해서 기절해 있었지."

"넌 그날 전화를 받고 내가 있는 곳으로 단숨에 달려왔어. 그때 알았어. 네가 날 싫어서 떠난 게 아니라는 사실을. 너도 날 좋아하고 있다는 사실을. 시간이 갈수록 더 분명해져."

이야기가 이런 방향으로 흐르다니. 상황을 인지하면서도 아르노의 입을 막지 못했고, 그가 토해 내는 마음들을 지나치지 못했다.

"비서는 다른 방에서 묵어?"

"휴가 줬어. 한국에 오랜만에 온다고 해서 이왕 온 김에 들릴 곳 다 들리라고 했지. 필요할 때만 같이 다니고."

"아……."

오붓한 시간이 주어지니 묻고 싶은 것들이 생겼다. 아르노는 미론을 따듯하게 바라보며 질문에 성심성의껏 대답했다.

"한국 오니까 좋아?"

이번에는 아르노가 질문했다.

"좋은 것도 있고, 안 좋은 것도 있지. 근데 파리가 그립지 않은 건 아니야. 나중에 성공해서 돈 많이 벌면 꼭 다시 파리에 갈 거야. 거기서 살아야지."

"그 나중이 언제가 될까?"

아르노의 목소리에 슬픔이 어렴풋이 맺혔다는 사실을 알면서도 솔직하게 대답할 수밖에 없었다.

"모르지. 내가 유명해지기 전까지는 이루기 쉽지 않은 꿈이지."

"그 꿈, 내가 이루게 해 줄까?"

예측하지 못한 말에 미론은 깜짝 놀랐다.

"어?"

진심으로 하는 말일까, 농담으로 던진 말일까. 아르노를 물끄러미 보는데 표정에 감정이 드러나지 않아 확신을 갖기 어려웠다.

그가 창틀에 기대고 있던 몸을 바로 세웠다.

"나 화장실 좀."

"응."

아르노가 화장실로 들어갔고, 미론은 고뇌의 늪에 빠졌다. 아무 의미 없이 꺼낸 말일 수도 있겠지만 그녀는 어떤 의미들을 부여하게 된다. 그때, 초인종 소리가 났다.

"아르노, 누구 왔나 봐!"

문을 열어 확인해 보라는 아르노의 말에 미론이 와인 잔을 내려놓고 걸음을 뗐다.

직원인가, 아님 아르노의 비서? 문으로 향하는 찰나의 순간 동안 온갖 추측을 하며 문을 여니 전혀 예상치 못한 인물이 시야를 버젓이 채웠다. 상대 또한 아르노가 묵고 있는 객실에서 나온 미론을 보며 경악했다.

"최홍윤?"

홍윤을 여기서 만나다니. 아르노와 연락을 주고받는 것은 알고 있었지만 호텔까지 드나드는 사이였단 말인가. 갑작스레 닥친 혼란에 정신을 차릴 수 없었다.

"네가 여긴 어떻게……?"

"그건 내가 묻고 싶은 말이야, 네가 왜 여기 있어? 여긴 분명 아르노가 묵는 방이라고 했는데?"

홍윤의 얼굴에도 당혹감이 잔뜩 끼얹어져 있었다. 그녀는 다그치는 것처럼 말했다.

하지만 그녀의 상태를 들여다볼 여유는 없었다. 미론은 부서진 이성에 판단력조차 흐려졌다. 정신이 멍했다.

"왜 여기 있냐고!"

묻는 말에 대답을 하지 않자 홍윤이 답답해했다. 그녀가 대답을 재촉했지만 말할 정신도 없는 미론은 꿀 먹은 벙어리가 되고 말았다.

"야!"

급기야 홍윤이 소리를 지르고 말았다. 그녀가 왜 이런 반응인지 미론은 전혀 납득할 수 없었다. 홍윤은 마치 아르노와 무슨 사이라도 되는 것처럼 경기를 일으켰고, 미론으로서는 오해하기 딱 좋은 상황이었다.

"무슨 일이야?"

화장실까지 비명이 들린 건지 아르노가 아연실색이 돼서 나왔다. 그는 홍윤이 보이지도 않는지 미론의 양어깨를 붙잡고 그녀의 안위부터 살폈다.

"아르노 강."

저를 부르는 목소리에 아르노가 그제야 홍윤에게 시선을 던졌다. 그녀가 왜 여기 있는지 그도 모르는 눈치였다.

미론은 감각의 더듬이를 곧게 세워 아르노의 얼굴에 드리운 표정을 열심히 읽어 갔다.

"최홍윤 씨가 이곳은 어떻게 오셨죠?"

아르노는 홍윤의 이름을 정확히 알고 있었다.

둘은 도대체 무슨 사이일까. 미론의 머릿속이 난잡해졌다. 그녀만큼이나 홍윤도 복잡한 심정으로 달라붙어 있는 아르노와 미론을 쳐다보고 있었다.

"연락을 안 받으셔서 비서분께 아르노 강이 묵는 곳을 물어봤어요. 늦은 시간인 걸 알지만 연락이 안 돼서 찾아왔습니다. 그런데 제가 오붓한 시간을 방해하기라도 했나 보네요."

홍윤의 말투에 가시가 촘촘히 박혀 있다. 삼키는 입장에서는 목이 따끔했다. 아르노는 자신이 연락을 무시해서 그녀가 화났다고 판단했다.

"미안합니다."

아르노는 연락 두절에 대한 사과를 할 뿐이었다.

"오늘은 정신이 없어서 연락할 틈이 없었습니다."

"정신이 없는 이유가 애 때문이었나요?"

홍윤이 턱짓으로 미론을 가리켰다. 아르노가 미론을 한 번 쳐다보고는 다시 홍윤에게 시선을 옮겼다.

"그건 사생활이라……."

"아하, 사생활. 그렇죠. 사생활 존중해 드려야죠."

홍윤의 간특한 속내를 엿본 미론은 기분이 불쾌했다. 아르노와 자신은 이미 헤어진 사이로 홍윤이 아르노에게 욕망을 갖고 접근한다고 해도 제지할 처지가 아니었다. 그러나 뜨끈하게 치미는 질투를 억누르지는 못했다.

"잠깐 얘기할 시간도 못 내시는 건가요?"

"……."

"얘기해, 아르노."

난처함에 쉽사리 대답을 못 하는 아르노에게 미론이 얘기를 해도 된다는 의사를 밝혔다.

"자리 좀 비켜 줄래?"

홍윤이 미론을 쳐다보며 말했다. 순간 기가 막혀 말문이 막혔다. 넋이 나간 얼굴로 그녀를 뚫어져라 쳐다봤다.

"얘기하라며. 그럼 그럴 수 있는 여건을 마련해 줘야 할 거 아냐. 넌 그런 배려도 없니?"

미론을 깎아내리고 싶어 안달 난 마음이 다분한 홍윤의 태도에 아르노가 불편한 심기를 드러냈다. 하지만 제 감정에 취한 홍윤은 그의 표정을 보지 못했다.

"알았어."

아르노가 잡기도 전에 미론은 홍윤의 옆을 지나쳐 밖으로 나갔다. 매정히 닫힌 문에 분한 마음을 삭일 수 없었다.

밀폐된 공간 안에 아르노와 홍윤을 두고 나와서 그런지 초조해졌다. 황당하고 화가 나는 기분 따위 신경 쓸 겨를이 없었다. 저 안에는 황홀한 야경과 맛있는 와인과 특별한 아르노가 있다. 그 모든 것을 취하고 나온 미론으로서는 도무지 마음을 놓을 수가 없었다.

문밖에서 기다리는 건 너무 비참해 보일 것 같아 일단은 엘리베이터를 타고 1층으로 내려왔다. 로비를 서성이다가 이마저도 속상해서 아예 호텔을 나와 버렸다. 휴대폰이며, 지갑까지 모두 객실 안에 두고 나와 주머니에 있는 5백 원이 전부라 할 수 없이 걷기 시작했다.

걷고 또 걷다 지쳐서 잠시 멈춰 서 있는데 갑자기 빗방울이 떨어졌다. 굵은 비는 아니었지만 지금 상태에서는 조금만 비를 맞아도 몸살을 앓을 것 같았다. 그만큼 컨디션이 좋지 않았다. 분명 호텔에서 아르노와 와인을 마시며 이야기를 나눌 때만 해도 멀쩡했는데.

비를 피하기 위해 근처에 있는 버스 정류장으로 뛰어갔다. 그사이 맞은 비로 머리와 상의가 홀딱 젖었다. 다행히 버스 정류장은 지붕이 있어 비를 피하기에 안성맞춤이었다. 일단 비가 그칠 때까지 정류장에서 기다릴 심산으로 의자에 앉았다.

한참을 앉아 있다 보니 졸음이 쏟아졌다. 최대한 버티려고 했는데 점점 눈꺼풀이 무거워졌다.

“비 되게 안 그치네.”

가는 빗줄기가 멈출 생각을 않고 계속 내렸다. 얼마의 시간이 흘렀는지 가늠이 되지 않았다. 너무 졸려서 정신이 흐릿했다. 어느새 눈이 감겼고 꾸벅꾸벅 졸았다. 스스로가 졸고 있음을 자각하면서도 쉽게 깰 수 없었다.

그때 인기척이 느껴졌다. 힘겹게 무거운 눈꺼풀을 들어 올리자 분명하지 않은 시야에 익숙한 실루엣이 드리웠다. 놀라서 눈을 크게 떠 아르노를 보자 순식간에 정신이 또렷해졌다.

"한참 찾았네. 너 숨바꼭질 좋아하지? 왜 자꾸 숨어서 찾게 만들어."

의식은 선명해졌는데 아르노가 하는 말을 이해하지 못했다. 미론이 아르노의 말의 의미를 파악한다고 골똘해져 있는 사이 그가 옆에 털썩 앉았다.

그의 손에는 우산이 들려 있었다. 바닥을 향해 비스듬히 기울어져 있는 우산에서 여러 개의 빗방울이 흘러내리고 있었다. 아까보다 많은 양의 비가 내리고 있었다. 빗소리가 귓가를 장악했다.

"자리 비켜 달라 그랬다고 나가 버리는 바보가 어디 있어. 안 그래?"

나가려는 미론을 붙잡으려고 했는데 그녀의 움직임이 생각보다 빨라 타이밍을 놓쳤다.

"상황이 나한테 불리했단 말이야."

"뭐가 불리해?"

잠깐이었지만 홍윤과 미론이 유쾌한 사이가 아니라는 사실을 직감했다. 아르노는 둘의 관계가 궁금했다. 서로 아는 사이 같은데 왜 별로 좋아하지 않는지.

"나는 아르노와 헤어진 사이고, 홍윤이랑은 이제 막 시작하는 단계 아니야?"

아르노가 화들짝 놀랐다. 미론이 너무 심한 오해를 하고 있었다. 상황을 전혀 모른다지만 어떻게 그런 방향으로 생각할 수 있는지 놀라울 지경이었다.

그것도 잠시, 그녀의 오해가 괜스레 억울해졌다.

"무슨 소리야? 뭘 시작해?"

"둘이 만나고 있는 거 아니야?"

"아니야!"

아르노가 확실히 선을 그어야 한다 생각해 강한 어조로 대답했다.

"거짓말."

진심을 다해 대답했는데 신뢰를 얻지 못해 아르노는 처참했다.

"왜 못 믿지? 최홍윤 씨는 이번 화보 촬영장에서 처음 봤어. 대기실로 찾아왔더라고."

"그전에는 몰랐던 거야?"

미론은 속으로는 엄청 신경을 쓰고 있지만 겉으로는 태연한 사람처럼 행동했다.

"몰랐지."

"왜 찾아왔는데?"

담담한 목소리. 하지만 신경은 날카롭게 곤두서 있었다. 그만큼 홍윤의 존재가 무지하게 거슬렸다.

"그 사람도 디자이너로 활동하고 있다더군. 이제 초년생이라 회사에서 막내라던데."

"그런데?"

"자기 포트폴리오 내밀면서 평가를 부탁하더라고. 나와 일하고 싶다면서."

"아, 그래?"

홍윤과 같은 반이기는 했지만 특별히 관심이 있던 사람이 아니라 어디에 취직을 했는지 몰랐다. 하필이면 아르노와 같은 업계에 있을 게 뭐람. 기분이 떨떠름했다.

"둘이 안 좋은 사이야?"

일순간 굳었던 미론의 표정을 봤기 때문에 마음을 쓰지 않을 수가 없었다.

"응?"

"아니. 아까도 그렇고 지금 표정도…… 어떤 사이인데?"

아르노의 질문에 뭐라고 대답을 해야 할지 몰라 잠시 침묵하며 고민했다. 미론은 긴 고민 끝에 힘겹게 입을 열었다.

"같은 고등학교에 다녔어. 3학년 때 같은 반이었고."

"그래? 그런데 왜 둘 다 서로를 불편해하는 거지? 최홍윤 씨도 너에 대해 불쾌감을 드러내던데."

미론은 그 이유를 알 것 같지만 굳이 아르노에게 말하고 싶지는 않았다. 보아하니 그는 홍윤이 추파를 던지고 있다는 사실을 깨닫지 못하고 있었다.

"포트폴리오 보니까 어때?"

"감각 괜찮던데."

"……."

"아직 미흡하기는 하지만 계속 실력 쌓다 보면 확 늘 것 같아. 무엇보다 독창성 면에서 괜찮은 편이라 우리 브랜드의 콘셉트와 잘 어울리고."

아르노가 이렇게 말할 정도면 홍윤의 실력이 정말 좋다는 뜻이었다. 반박할 거리를 찾지 못한 미론의 기운이 쭉 빠졌다. 그의 말을 들으니 아마도 홍윤을 스카우트할 생각이 있는 것 같았다.

그럼 그녀의 조력자가 되어 주려나. 갑자기 쌉싸래한 감정이 가슴을 할퀴었다.

"그럼 스카우트하겠네?"

"아직 확답은 안 줬어."

만날 수밖에 없는, 사랑할 수밖에 없는 숙명이라 여겼는데 자만이었던 걸까.

불과 몇 시간 전까지 확신했던 마음에 자신이 없어졌다.

"하지 말까?"

아르노의 질문에 선뜻 대답할 수 없었다. 그의 공적인 사안에 대해 왈가왈부할 수 있는 입장이 아니니까.

특히나 감정적으로 굴 수는 없는 부분이 아닌가. 미론은 고개를 가로저었다.

"나 신경 쓰지 말고 아르노 판단대로 결정해."

아르노는 생각에 잠긴 듯 한동안 비 내리는 풍경에 시선을 고정한 채 조용히 있었다. 그의 침묵에 어떤 것들이 담겨 있는지 몰라 괜히 기분이 침울해졌다.

이런 상태를 보여 주면 그의 결정에 혼돈을 야기할 수 있으니 조용히 입을 다물기로 했다. 하지만 그 침묵이 불편해 그녀는 집에 가기 위해 벌떡 일어났다. 그의 고개가 일어선 미론을 따라 움직였다.

"가려고?"

"응."

"우산 쓰고 가자."

아르노가 쉬고 있던 우산을 쥐며 일어섰다.

"혼자 갈래."

갑작스러운 홍윤의 등장이 기분을 불쾌하게 만들었다. 하필이면 아르노를 사이에 둔 채 맞닥뜨리게 됐을까.

지금 기분으로는 아르노와 함께 있어 봤자 좋은 모습을 보여 주지 못할 것 같았다. 자꾸 짜증을 낼 것 같아 그를 피하고 싶었다.

"돈도 없으면서."

홍윤 때문에 경황이 없어 두고 나온 지갑과 핸드폰을 아르노가 가져왔으리라 믿었다.

"내 지갑이랑 핸드폰 안 가져왔어?"

"정신없어서 못 챙겼어. 너 찾아야겠다는 생각에 머리가 어떻게 되는 바람에."

머릿속도 하얗고, 가슴속도 엉망인 데다가 짜증까지 났다.

"그럼 어떡해?"

걷잡을 수 없이 치닫는 울분에 아르노에게 화내는 말투를 톡 쏘고 말았다.

"일단 호텔로 돌아가자. 지갑이랑 핸드폰 찾고 너 간다고 하면 집까지 바래다줄게. 아니면 자고 가도 되고."

아르노의 마음은 아무래도 후자 쪽으로 기울었나 보다. 더 강조해서 말하는 것을 보면. 어떻게 해야 하나 고민하는 사이 그가 손을 잡아 왔다. 어쨌든 호텔로 가기는 해야 하니까 군말 없이 따랐다.

호텔에 도착하자 피곤함이 몰려왔다. 빗속을 걸어 아늑한 실내에 들어서니 나가기가 싫어졌다.

갈등하고 있는 사이 아르노에게 등이 떠밀려 욕실로 들어왔다. 씻으라는 말에 불평하지 않고, 그가 욕실을 나간 뒤 편한 마음으로 몸을 씻었다. 온수로 몸이 따뜻해지자 노곤해져 잠이 솔솔 오기 시작했다.

욕실을 나와 둘러보니 조금 어질어져 있던 실내가 정리되어 있었다. 아르노가 창문 밖을 관망하고 있었다.

미론은 쭈뼛거리며 그에게 느릿하게 다가갔다.

"뭐해?"

"그냥. 다 씻었어?"

"응."

"비 많이 와."

아르노의 말대로 많은 비가 쏟아지고 있었다. 아까만 해도 잘 보이던 한강이 빗물에 가려져 흐릿해졌다.

"그래도 멋있네."

비 오는 야경도 퍽 볼만했다. 괜히 감성이 충만해졌다.

"너무 늦기도 했고, 비도 오는데 자고 가."

"……."

"내가 바닥에서 잘게."

"뭐하러 그래."

미론은 창밖에 시선을 고정한 채 담담하게 말했다. 그래서 무슨 마음으로 말하는 건지 파악하지 못했다. 아르노가 골똘히 그녀를 바라봤다.

"침대에서 같이 자."

"어?"

"대신 아무것도 허락 안 할 거야."

"정말 자고 갈 거야?"

"그러려고. 같이 와인도 마셨고 키스도 했는데 못 잘 건 또 뭐야?"

미론의 말에 놀란 아르노는 어안이 벙벙했다.

"피곤해."

"먼저 자. 난 씻고 올게."

"응."

아르노가 씻으러 간 사이 미론은 침대에 누워 이리저리 뒤척이며 생각에 잠겼다. 피곤해서 귀찮기도 하고, 이미 속내를 들켜 버린 상태에서 일부러 그를 피할 필요는 없다는 판단이 들었다.

"근데 왜 이렇게 떨리는 거야."

아르노와 같은 침대를 쓰는 게 처음도 아니면서 가슴이 몹시 두근거렸다. 첫날밤을 맞이하는 새색시처럼.

전신이 노곤해 금방 잠이 쏟아질 줄 알았는데 설레고 긴장되는 마음이 수면을 방해했다. 이불을 어깨까지 덮고 잠을 청하기 위해 눈을 질끈 감았다. 얼마 지나지 않아 시트에 무게감이 실렸고, 아르노의 체향이 후각을 건드리자 심장이 미친 듯이 뛰어 댔다. 누군가 가슴에 못질을 하는 것처럼 쿵쾅쿵쾅 심한 소리가 났다.

"잘 자."

잘 자라는 아르노의 인사가 귀를 달콤하게 적셨다.

"응. 아르노도."

떨리는 맘을 간신히 부여잡고 힘겹게 말했다. 비 오는 밤, 아르노와 나란히 누워 잠이 들었다. 홍윤 때문에 짜증났던 마음은 아르노와 단둘이 보내는 시간으로 인해 사르르 녹아 버렸고, 자는 내내 행복했다.

✡ ✡ ✡

아르노는 하루도 빠짐없이 미론의 퇴근 시간에 맞춰 미술학원에 왔다. 그의 동행 덕분에 퇴근길이 지루하지 않았다. 호텔에서 하룻밤 같이 자고 났더니 다시 예전으로 돌아간 느낌이었다.

그녀는 이제 더 이상 아르노를 밀어내지 않았다.

그를 잊을 수 없음을, 여전히 그를 사랑하는 사실을 부정할 수 없었기 때문에.

"오늘도 남자 친구가 데리러 오시나 봐요."

퇴근 준비를 하던 중 거울을 보며 립스틱을 바르는데 동료 강사가 말을 걸어왔다.

남자 친구라기엔 괴리가 있었다. 예전처럼 사소한 시간을 함께하는 것은 맞지만 아직 사귀는 관계는 아니니까. 게다가 분위기도 바뀌었다. 예전에는 달달하고 정열적이었다면, 지금은 아련하고 애틋했다.

"남자 친구 아니에요."

미론은 단호하게 부정했다. 서로의 감정이 변하지 않았다 하더라도 관계에 대해서는 분명히 설명할 필요가 있었다. 남들이 오해하게 둘 수는 없었기에.

"어? 아니에요? 매일 데리러 오는 것 같던데. 아, 그럼 썸?"

"뭐라고 표현해야 할지 모르겠네. 아무튼 사귀고 그러는 건 아니에요. 저 먼저 퇴근해요."

더 물고 늘어지기 전에 어서 탈출해야 했다. 미론은 동료 강사의 호기심 어린 눈빛을 외면하고 서둘러 강사실을 빠져나왔다.

아르노는 다시 만나자는 얘기를 함부로 꺼내지 않았다. 그는 상당히 신중한 태도로 곁에 머물렀다. 앞서 나가지 않으려고 조절하는 눈치였다.

건물을 나오니 아니나 다를까, 아르노가 서 있었다. 어쩌다 보니 이런 날이 매일 같이 반복됐고, 그에 익숙해져 갔다.

그가 집까지 바래다주는 길, 그와 웃고 떠들며 공감하는 이 시간이 점점 익숙해 지고 있었다.

"자꾸 오지 말라니까, 왜 또 왔어."

마음은 안 그러면서 괜히 한 번 튕겨 본다. 그러면 아르노가 뒷덜미를 쓸며 머쓱해하는데 그 모습이 무척 귀여웠다.

"바로 버스 타러 갈 거야?"

"왜?"

"아니. 그냥 집에 가면 아쉬우니까."

"데이트하자고?"

미론의 입에서 나온 데이트라는 단어에 아르노의 얼굴이 당혹감으로 물들었다.

"데, 데이트? 그건 아닌데……."

"아니야? 에이, 그럼 집에 갈래."

"어?"

얼빠진 얼굴로 저를 빤히 쳐다보는 아르노를 마주 보자 웃음이 터졌다. 미론이 까르르 웃었다. 그녀는 한동안 잃었던 웃음을 되찾았다. 잠시 멈춰 있던 행복의 시간이 다시 굴러가기 시작한 것이다.

"데이트가 아니라고?"

"맞아, 데이트!"

미론이 이제는 아예 배를 부여잡고 크게 웃었다. 그녀의 반응을 한참 동안 멍하니 바라만 보던 아르노가 뒤늦게 상황을 파악하고 허탈한 웃음을 터뜨렸다.

"아르노, 바보 같아."

"그러게. 나 지금 완전 바보 됐네. 내가 당한 게 그렇게 재밌어?"

"응, 재밌어!"

아르노의 입술이 부드럽게 말려 올라갔다.

"이제야 진짜 장미론 같다."

"응? 그게 무슨 소리야?"

"파리에 있을 때, 넌 밝고 쾌활해서 사랑스러움을 마구 풍겼거든. 여기 오고 나서 줄곧 기운 없는 모습만 보여서 걱정했었는데 이제야 진짜 네 모습을 보게 돼서 정말 다행이야."

아르노가 손을 내밀자 미론이 그의 뜻을 금방 알아차리고 얼른 손을 잡았다. 서로의 체온이 한데 섞이자 기분이 묘했다. 손을 잡고 학원 주변 번화가를 돌아다니며 이곳저곳을 구경했다. 늦은 시간인데도 불구하고 많은 사람들로 거리가 붐볐다.

별로 한 것도 없다 생각했는데 시간이 훌쩍 지나가 버려 속상했다. 미론은 더 오래 아르노와 같이 있고 싶었다. 아쉬운 마음을 안고 집에 도착했다.

"조금만 더 있다가 가면 안 돼?"

오늘따라 더 아쉽게 느껴진다. 왜 이럴까? 미론은 제 마음인데도 까닭을 몰랐다. 아르노가 깊은 눈으로 응시하며 고개를 끄덕였다. 그와 아파트 안에 있는 놀이터로 가 그네를 하나씩 차지하고 앉았다. 봄의 깊은 밤, 아련한 분위기가 극에 달했다.

"아르노, 어디 가고 싶은 곳 없어?"

바람이 불어오자 봄 냄새가 진하게 엉긴다. 때문에 아르노의 체향을 잘 맡을 수 없어 섭섭했다.

"어디 가고 싶은 곳?"

"한국 왔으니까 가 보고 싶은 곳 있을 거 아냐, 없어?"

아르노의 이해를 돕기 위해 더 자세히 질문했다. 그러자 그가 고개를 끄덕이며 대답했다.

"있지."

"어디?"

아르노의 눈이 반짝인다. 가고 싶은 곳이 많은가 보다.

"남산 타워도 보러 가고 싶어. 부산, 전주, 제주도랑 다른 지역도 가 보고 싶고."

"남산은 가까우니까 나 쉬는 날 같이 가면 되고, 다른 지역은 날 잡아서 여행 가면 되겠다. 내가 특별히 가이드 해 줄게."

"……."

"왜 아무 말이 없어? 싫어?"

아르노가 당연히 기뻐할 줄 알았는데 아무 반응이 없자 실망한 미론이 입술을 삐죽였다.

"나 내일 떠나."

순간 심장이 멎는 줄 알았다. 미론이 휘둥그레 뜬 눈으로 아르노를 쳐다봤다. 그는 암담한 얼굴로 한숨을 내쉬었다.

"뭐?"

"내일 떠난다고."

미론은 멍해진 얼굴로 입술을 닫았다. 머리가 암전돼 버렸다. 간다고? 내일 당장 파리로? 언젠가는 돌아갈 거라 생각은 했지만 이렇게 빨리 올 줄은 몰랐다. 머리가 어지럽고 속이 울렁거렸다. 그가 떠날 때 잘 가라며 인사해 주려고 했는데 지금은 그럴 자신이 없었다. 막상 그날이 성큼 다가오자 가지 말라고 붙잡고 싶었다.

"미론아."

미론의 안색이 좋지 않아 아르노가 걱정 어린 눈길로 그녀를 살폈다. 불러도 대답을 안 하는 것으로 보아 꽤 놀란 것 같았다.

아르노가 그네에서 일어나는 소리에도 그녀는 아무런 반응이 없었다. 미론의 앞으로 가 긴 다리를 접어 눈높이를 맞추었다. 그녀의 눈에서 소리 없는 눈물이 흘러내리고 있었다. 그가 손을 뻗어 눈가를 부드럽게 쓸며 눈물을 닦아 주었다.

"안 가면 안 돼?"

미론은 울먹이는 목소리로 애원했다. 아르노는 가슴이 아픈 듯 눈살을 찡그렸다. 그렇게 한동안 밀도 높은 침묵이 흘렀다.

"미론아……."

아르노가 어렵게 입을 뗐다. 미론이 손등으로 눈물을 훔쳐 내며 그를 봤다.

"파리, 같이 가자."

미론의 동공이 세차게 일렁였다. 고여 있던 눈물도 함께 흔들렸다. 아르노는 깊은 눈으로 그녀를 응시했다.

처음부터 이 말을 하고 싶어 뜸을 들였다. 한국에 온 이유는 미론을 파리로 데려가기 위함이었다.

그녀가 없는 파리는 더 이상 의미가 없었기에 다시 돌아와 주기를 간절히 바랐다.

6. 귀로

테라스에서 담배를 한 대 피우고 거실로 들어온 은우의 눈에 이젤 앞에 멍하니 앉아 있는 미론이 포착되었다.

그가 저벅저벅 걸어 그녀의 옆으로 갔다. 미론은 몇 시간째 아무것도 그리지 않고 있었다. 작업실에 왔을 때부터 상태가 안 좋더니 줄곧 침울한 얼굴이었다. 왜 그러는 건지 이유를 묻고 싶었지만 혹시 심기를 불편하게 만들까 봐 잠자코 기다렸다. 하지만 상황은 나아지지 않았다. 환기가 필요하다고 판단했다.

“잠깐 바람 좀 쐬러 나갔다 올까?”

“네?”

진득하게 달라붙는 상념에 꼬르륵 가라앉았던 미론은 갑작스러운 목소리에 화들짝 놀랐다.

"나 카페 가려는데 같이 가자."

"아, 네."

미론이 대답을 하고 스툴에서 일어났다. 영 기운이 없어 보였다.

작업실을 나와 카페로 걸어가는 동안에도 그녀는 딴생각에 빠진 것 같았다. 여기 있는 건 오로지 껍데기일 뿐, 중요한 것들은 몽땅 다른 곳으로 가 버린 사람처럼.

은우는 비틀비틀 위태롭게 걷는 미론을 이따금 힐끔거리며 사고가 날까 조마조마한 마음으로 따라갔다.

카페에 도착해서도 미론은 초점 없는 시선을 허공 어딘가에 둔 채 멍하니 서 있었다. 무엇을 주문할 거냐고 물으려던 은우는 그녀의 얼굴을 보고 한숨을 내쉬었다. 지금 한가롭게 앉아 커피 따위를 마실 상태가 아니었다.

"나갈까?"

"네?"

"너 제정신 아니다. 바깥 공기 좀 마시고 정신 차려."

은우가 미론을 끌고 카페를 다시 나왔다. 그녀의 손목을 놓아주자 고장 난 로봇처럼 삐걱삐걱 걷는다. 은우는 한 발자국 뒤에서 그녀를 따라갔다.

한참을 걷던 미론이 갑자기 걸음을 멈추자 은우도 덩달아 걸음을 멈췄다. 그녀는 벗지 않고 나온 앞치마 주머니에서 휴대폰을 꺼내 시간을 확인하더니 홱 몸을 돌려 그를 마주 보고 섰다. 그는 의아한 눈길을 던졌다.

"저, 돈 좀 빌려주세요!"

느닷없이 돈을 빌려 달라니 은우는 당혹감에 어안이 벙벙했다. 미론의 얼굴을 보니 무척 절박해 보였다.

그녀는 두 손을 꽉 말아 쥔 채 울지 않으려고 안간힘을 쓰며 버텼다. 그리고 이내 눈시울이 붉어지더니 곧 눈물까지 글썽거렸다.

"작업실에서 지갑을 안 갖고 나와서요. 공항을 가야 하는데, 아르노…… 흡! 가는 날이라, 끄읍!"

미론은 터져 나오려는 눈물을 삼키느라 말을 제대로 하지 못했다. 그녀의 입술에서 나온 아르노라는 이름이 은우의 귀에 박혔다.

"헤어지고 나서 술이 늘었죠."

"헤어졌어? 누구랑?"

"말해도 모를 걸요. 아, 알 수도 있겠다."

술 마실 때 했던 대화가 문득 떠올랐다. 헤어졌다는 사람이 아르노라는 사람인가? 알 수도 있겠다는 건 모든 사람이 다 알 정도는 아니지만 어느 정도 인지도가 있다는 얘기라 추측했다. 누굴까.

"안 가려고 했는데. 가면 울기만 할 것 같아서, 가지 말라고 바짓가랑이 붙잡고 사정할 것 같아서. 그렇게 추하게 작별하고 싶지는 않거든요. 흐읍, 근데 안 되겠어. 가야겠어요, 나.

지금 안 가면 언제 또 얼굴을 볼지도 모르고. 염치없는 건 알지만 그래도 보고 싶어요."

미론은 가슴을 헤집는 슬픔에 사고가 둔해졌다. 자신이 무슨 말을 하고 있는지 판단조차 못 했다. 그녀가 측은해 은우는 뭐든 해 주고 싶었다.

"무슨 말인지 잘 모르겠지만 내가 도와줄 수 있는 게 뭔데? 돈 주면 돼?"

은우가 다급해진 마음에 지갑을 꺼내 통째로 미론의 손에 쥐여 주었다.

"다 가져가. 어차피 난 작업실에 있을 거니까."

"……."

"가, 빨리. 지금 안 가면 언제 볼지 모른다며."

"제가 급해서. 다녀와서 지갑 꼭 돌려 드릴게요. 돈도 갚을게요. 감사합니다!"

미론이 허리를 숙여 깍듯이 인사를 하고는 큰 도로 방향으로 달려갔다. 택시를 타기 위해 기다리는데 오늘따라 좀처럼 나타나지 않아 속이 탔다.

시간만 계속 흘러가자 미칠 노릇이었다. 초조함이 극에 달하던 그때 낯익은 차 한 대가 바로 앞에 멈춰 섰다. 조수석 쪽 창문이 내려지고 은우의 얼굴이 보였다.

"타."

은우의 한마디에 갑갑했던 속이 개운해졌다. 미론은 냉큼 조수석에 탔다. 그녀가 안전벨트 매는 것을 확인한 그가 차를 출발시켰다.

"혹시나 해서 와 봤는데, 잘 왔네."

"저 진짜 초조해서 죽는 줄 알았어요. 감사합니다."

미론은 치미는 슬픔을 억누르는 데 온 정신을 쏟고 있어 편하게 앉지도 못하고 있었다.

"그렇게 힘들면 가지 말라고 해."

미론이 은우를 쳐다봤다. 그는 정면에 시선을 둔 채 운전에 집중하고 있었다.

"뭘 알고 얘기하시는 거예요?"

아르노에 대해 자세히 얘기한 적이 없었는데 은우가 상황을 알고 있는 사람처럼 얘기를 하니 놀라지 않을 수가 없었다.

"네가 아까 그랬잖아. 가지 말라고 바짓가랑이 붙들고 사정할 것 같았다고. 추하게 작별하고 싶지 않다고."

"하, 제가 그런 말까지 했어요?"

당장 눈앞에 놓인 슬픔에 마음이 멀어 어떤 말을 했는지조차 기억하지 못했다.

"너 진짜 정신없었구나. 하루 지난 얘기도 아니고 몇 분 전에 한 얘기를 기억 못 해?"

"지금 혼이 완전히 나간 상태여서요."

"본인 상태를 자각은 하고 있네."

"그럼요. 왜 모르겠어요. 부정하려고 안간힘을 써도 안 된다는 거, 잘 알아요."

근래에 미론이 유독 즐거워 보이기에 좋은 일이 생겼나 싶었는데 다시 슬픈 얼굴을 하고 있었다.

"가지 말라고 사정해."

은우는 측은한 마음으로 진지하게 조언했다.

"못 해요."

그러나 미론은 곧바로 은우의 조언을 튕겨 냈다.

"못 하는 게 어디 있어. 하면 하는 거지."

"남의 일이라고 쉽게 말하지 마세요."

미론은 조금 불쾌하다는 말투로 쌀쌀맞게 말했다.

"어려울 건 또 뭔데?"

자기 일 아니라고 너무나도 간단히 말하는 느낌이 들었다. 기분이 언짢아 입술을 삐죽거렸지만 은우는 개의치 않았다.

"혼자서 그렇게 울어 봤자 상대는 모르잖아."

"……."

"나중에 후회하지 말고."

은우는 미론의 진심이 보였다. 그녀가 진짜 원하는 건 아르노가 떠나지 않았으면 하는 건데, 그 말을 꺼내기가 두려워 그 뒤에 벌어질 일들에 대해 겁이 나기 때문에 용기를 내지 못하는 거였다.

안타까웠지만 그렇다고 그가 해 줄 수 있는 건 아무것도 없었다. 그저 그녀에게 용기를 낼 수 있도록 도와주는 일뿐.

결국 선택은 그녀의 몫이었다.

"네가 진심으로 행복할 수 있는 쪽을 선택해."

"제 행복 때문에 다른 사람들이 피해를 입으면 어떡해요?"

"다른 사람들 배려하다가 너의 소중한 무언가를 놓칠 수도 있어."

은우가 남의 일이니 대충 얘기하는 줄 알았는데 아니었다. 용기를 주려는 그의 진심이 와 닿았다.

"무엇보다 가장 중요한 건 너 자신이야."

마음을 툭 건드리는 은우의 말에 눈물이 고였다. 미론은 소매로 조용히 눈물을 훔쳤다. 그가 건넨 말이 혼란스러웠던 그녀의 생각을 정리해 주었다. 그의 말을 흘려보내지 않고 가슴에 담았다.

은우의 차가 공항에 도착했다. 미론은 안전벨트를 풀었다. 지갑을 돌려주려 하자 그가 일단은 갖고 있으라고 했다.

"혹시 모르니까 기다릴게. 전화해."

"아니에요. 데려다주신 것만으로도 감사한데 어서 가세요."

"기다릴게. 어서 가 봐."

"감사합니다."

미론이 은우에게 인사를 하고 다급히 차에서 내렸다. 그녀가 공항 안으로 뛰어들어 왔다. 많은 사람들이 움직이는 공항 안에서 아르노를 찾기란 결코 쉽지 않았다. 미론은 넓은 실내를 뛰어다니며 그에게 전화를 걸었다.

—여보세요?

아르노의 목소리가 반가워서 미칠 것 같았다.

"어디야?"

목소리에 급한 속내가 오롯이 노출됐다. 지금은 마음을 숨길 여유조차 없었다.

—공항. 근데 숨이 왜 이렇게 차?

그를 찾기 위해 사방팔방을 뛰어다니느라 숨이 턱 끝까지 차올랐다. 그걸 아르노는 의아하게 생각했다.

"아르노! 나 공항 왔어!"

—어?

아르노의 놀란 목소리. 직접 그의 목소리를 듣고 싶었다.

"어디 있어? 내가 아르노 있는 곳으로 갈게!"

—…….

"아르노? 끊었어?"

아르노의 대답이 들리지 않자 통화가 끊어진 줄 알고 초조했다. 그때 시야에 그의 모습이 들어왔다. 그가 미론을 그윽하게 바라보고 있었다.

그녀는 전화를 끊고 곧장 그에게로 달려갔다. 어떤 말도 필요 없었다. 그저 품에 와락 안겼고, 그도 아무 말 없이 그녀를 안아 주었다.

"끊은 줄 알았잖아!"

"미론아."

"나 아르노랑 잠시만 떨어져도 이렇게 숨이 막혀. 아르노가 이제 파리로 떠난다고 하니까 너무 슬퍼서 아무것도 손에 안 잡혀. 아무 생각도 할 수가 없어. 마치 머리랑 가슴이 고장 난 것만 같아."

품 안에서 가늘게 떠는 미론의 몸이 견딜 수 없이 가여웠다. 아르노는 그녀의 등을 부드러운 손길로 쓸어 주었다.

"나 아르노 없으면 안 돼. 아르노 없이는 단 한 순간도 살 수가 없어."

울먹이며 말하는 미론은 금방이라도 부서질 듯 위태로웠다. 그녀의 애틋한 마음이 아르노의 가슴을 깊게 찔러 왔다.

결국 미론은 울음을 터뜨리고 말았다. 주체할 수 없는 슬픔이 치밀어 그녀를 나약하게 만들었다.

아르노는 착잡한 얼굴로 그녀를 안고 묵묵히 다독였다. 우느라 지친 그녀가 쓰러질까 봐 걱정됐다. 그는 미론을 품에서 떼어 내 눈물을 닦아 줬다. 닦아도, 닦아도 계속 흘러내려 얼굴이 마를 새가 없었다.

미론의 눈물이 그치자 아르노는 그녀를 의자에 앉혔다. 그가 그녀의 앞에 서서 머리카락을 쓸어 넘기며 따듯한 눈길로 바라봤다.

아르노는 그제야 미론의 모습을 살폈다. 그녀는 물감으로 얼룩덜룩한 앞치마를 벗지도 않은 모습이었다. 이 상태로 여기까지 왔단 말인가. 해일 같은 감동이 밀려들어 가슴이 먹먹했다.

"잠깐만 여기서 기다려."

"어디 가게? 가지 마."

미론이 아르노의 소매를 움켜쥐고 가지 말라 했다. 그가 그녀의 이마에 입을 맞추고 슬며시 웃어 주며 안심시켰다.

"금방 올게."

"빨리 와야 해."

이럴 땐 영락없는 어린아이처럼 보였다. 그녀가 자신보다 어리고 약한 사람이라는 사실을 실감했다.

그녀는 당차고 자유분방해 뭐든 자신의 힘으로 해결하려 했지만 실은 보호해 줄 누군가가 있어야 안정감을 느끼곤 했었다. 아르노는 그 누군가가 자신이었으면 했다.

아르노가 잠시 자리를 비우고 혼자 남게 된 미론은 미처 마르지 않은 눈물을 마저 닦았다. 어느 정도 마음이 진정되면서 흥분됐던 가슴이 가라앉았다.

아르노를 붙잡고 싶은 마음이 굴뚝같았지만 막상 그를 만나니 말을 꺼내기가 쉽지 않았다.

이 순간에도 내 행복이 아닌 아르노 주변의 사람들을 걱정하다니. 우유부단한 자신이 싫었다. 왜 이 모양인지 모르겠다. 눈과 귀를 모두 닫고 그저 자신만 생각할 수 있다면 갈등을 겪지도 않았을 텐데.

"무슨 생각해?"

사라졌던 아르노가 나타났다. 그를 맞이하는 미론은 기운이 하나도 없었다. 그가 걱정스러운 눈으로 그녀를 보며 들고 있는 커피를 건넸다.

"이게 뭐야?"

"커피. 떠나기 전에 커피 마시면서 네 얼굴 좀 실컷 보려고."

미론은 두 손으로 커피를 받았다. 아르노가 옆에 앉았다. 고개를 숙이고 있으니 그의 손이 불쑥 다가와 눈가를 문질렀다.

"눈이 팅팅 부었네."

"내 얼굴 완전 이상하지?"

"그래, 이상하니까 앞으론 울지 마. 속상하다."

속상하면 가지 마. 가슴에 떠도는 그 말을 차마 하지 못했다. 미론은 입술을 달싹이며 버석한 숨만 내쉬었다. 커피를 두 손으로 감싼 채 가만히 앉아만 있었다.

아르노가 불현듯 손을 잡아 왔다. 그녀는 반항하지 않고 커피를 한 손으로 그러쥐었다.

"나한테 너는 작고 연약한 존재야. 혼자서 뭐든 다 해결할 것처럼 굴어도 물가에 내놓은 애 마냥 불안하고 걱정돼."

"좋은 거야?"

"좋은 건지 안 좋은 건지는 판단이 안 서지만, 이거 하나만은 확실해. 내가 너를 지켜 줘야겠다는 마음."

아르노의 목소리가 진지했다. 미론이 차분한 시선으로 그를 바라봤다.

"나는 널 위해 뭐든 할 준비가 되어 있거든."

"……."

"네가 필요하다면 얼마든지 날 이용해도 돼."

이용하라는 의미를 정확히 이해하지 못했다. 미론이 고개를 갸웃거렸다.

"그게 무슨 말이야?"

"네 꿈을 위해 내 도움이 필요하다면 어려워하지 말고 말해 달라고."

아르노는 조력자가 되어 주겠다는 말을 하고 있었다. 그가 이런 생각을 했을 줄은 몰랐다.

"아르노."

"나는 네가 파리에 와서 미술 공부를 할 수 있도록 모든 지원을 해 주고 싶거든."

"……."

"파리에 같이 가자는 말에 너 아직 대답 안 했잖아. 그건 너도 어느 정도 생각이 있다는 거지?"

사실은 파리에 가고 싶었다. 그곳에서 자유롭게 그림을 그리며 살고 싶었다. 그러나 현실을 생각하면 그저 부푼 꿈일 뿐, 당장은 이룰 수 없으니 포기한 채 살아야 했다.

그런데 그가 기회를 준단다. 여태껏 누군가에게 기댄 채 사는 것을 달가워하지 않았다. 하지만 때로는 타인의 도움을 받으면서 살아야 할 때도 있다는 것을 피부로 느끼는 중이었다.

그렇기에 아르노의 제안이 너무나 달콤했다. 마음 같아선 덥석 물고 싶었지만 가볍게 결정할 문제는 아니었다. 신중하게 생각해 볼 필요가 있었다.

"천천히 생각해 봐."

아르노는 미론의 침묵이 무엇을 말하는지 알고 있었다. 그가 자리에서 일어났다.

"가야겠다."

벌떡 일어난 미론이 아르노의 옷깃을 움켜쥐었다. 고집스러운 손길에 미련이 짙게 묻어 있었다.

"사랑해."

아르노의 한마디가 온 가슴을 송두리째 흔들었다. 그의 고백은 어떤 과즙보다 진하고 달콤했다.

그가 돌아섰다.

차츰 시야에서 멀어지던 그의 모습이 완전히 사라지자 미론은 참고 있던 울음을 터뜨렸다. 그녀는 엄마 잃은 아이처럼 목놓아 울었다.

나도 사랑해.

그 말을 못 한 게 너무나도 한스럽다.

⁂

아르노는 사흘째 집에 가지 못했다. 작업실에서 머물며 기계처럼 일에 매진했다. 그가 없는 동안 사실상 정체되어 있던 EDMUND는 그가 돌아오자 다시 제대로 굴러가기 시작했고, 그로 인해 처리해야 할 일이 태산처럼 쌓여 있었다.

생산이야 기계가 하면 그만이지만 그 작업을 하기 전까지의 일련의 과정들은 모두 아르노의 손을 거쳐야 했다.

자신만의 확고한 감각이 있었기 때문에 누구도 그의 자리를 대신할 수는 없었다. 회사는 딱히 퇴근 시간이 정해져 있지 않았지만 요즘은 인턴부터 수석 디자이너까지 모두가 일에 파묻혀 지내고 있었다.

아담한 회의실에서는 한창 회의가 진행 중이었다. 신상품 개발과 새로운 라인 생성에 대한 뜨거운 논의가 몇 시간째 오가고 있었다.

패션 회사인 만큼 창의적이고 자유분방한 사람들이 모여 있어 회의를 할 때마다 아이디어를 거리낌 없이 표출해 함께 공유했다. 자유롭게 대화하면서 그중에 더욱 참신한 아이디어를 선택하자는 게 아르노의 의견이었다.

다양한 개성의 사람들이 모인 만큼 회의 분위기도 상당히 자유로웠다. 그들은 의자에 반듯하게 앉아서 회의를 진행하지 않았다. 어떤 사람은 책상에 걸터앉아 있고, 어떤 사람은 팔짱을 낀 채 서 있기도 했다. 그건 장시간 동안 회의를 진행한 까닭도 있었지만 누구도 그들의 자세를 지적하거나 고까워하는 사람은 없었다.

아르노도 캐비닛에 몸을 기대선 채 회의에 참여했다. 조금 내려간 은색 안경을 검지로 슥, 하고 밀어 올렸다.

그는 2개월 사이 체중이 많이 줄었다. 잘 먹지도 않았고, 수면까지 부족해 얼굴이 푸석푸석했다. 그런 아르노의 건강을 살뜰히 챙겨 주는 사람은 누구도 없었다.

회의에 방해가 되지 않도록 조심히 문을 열고 들어선 크리스토프의 손에는 무언가가 잔뜩 들려 있었다. 그가 그것들을 회의 테이블 끝에 올려 두었다. 진행 중이던 회의가 중단되고 직원들의 시선이 그곳으로 쏠렸다.

『배 좀 채우고들 일합시다.』

크리스토프가 사 온 것은 직원들의 굶주린 배를 채워 줄 샌드위치와 커피였다. 배고픔조차 잊고 회의에 집중했던 그들의 입에서 환호성이 터졌다.

인턴 디자이너가 샌드위치와 커피를 선배들에게 하나씩 나눠 주었다. 소란스러운 사이 아르노는 안경을 벗어 테이블에 내려두고 문 쪽으로 갔다. 크리스토프가 나가려던 아르노를 붙잡았다.

『넌 안 먹어?』

한국에 다녀오기 전부터 크리스토프와의 관계는 하루가 다르게 나빠져 갔다.

언제부턴가 크리스토프는 아르노가 그저 디자인에 미쳐 살기를 바랐다. 그게 그의 숨통을 조여 왔고 몇 번의 트러블이 있었지만 제대로 해결된 것은 없었다.

미론과 사귈 때에도 항상 그녀를 걸고넘어지는 크리스토프가 너무 싫었다. 제 연인을 함부로 입에 담고 험담을 늘어놓기만 해 끔찍했었다.

서로 아직 풀지 못한 감정이 쌓여 있었기 때문에 얼굴을 대면하는 일이 썩 유쾌하지 않았다.

『입맛 없어.』

『그래도 먹지. 점심도 안 먹었잖아.』

크리스토프는 워낙 이성적이고 사무적인 성격이라 아무 일도 없었다는 사람처럼 대했지만 아르노는 그와 반대의 성향이기 때문에 불편한 기색을 숨기지 못했다.

『됐어. 커피나 줘.』

『커피는 그만 마셔도 될 것 같은데.』

파리에 오고 나서 아르노가 마신 커피의 양은 굉장했다. 카페인 중독자처럼 커피를 찾아 댔지만 밤을 새워 가면서 업무를 처리하는 상황이라 말리기도 미안했다.

『글쎄, 달라니까.』

『예민하긴.』

얼마 전 아르노가 한국에 간다고 했을 때, 크리스토프는 절대 안 된다며 반대했었다.

크리스토프는 자신의 뜻을 거역하고 결국 한국에 간 아르노에게 몹시 화가 났다. 그가 한국에 가는 이유가 제발 장미론이라는 여자가 아니길, 얼마나 바랐는지 모른다. 사실 한국에서 무슨 일이 있었는지는 아직까지 모른다. 몇 번 물어봤지만 아르노는 입에 자물쇠를 달았는지 말해 주지 않았다.

어쨌든 아르노가 파리로 다시 돌아왔다는 사실이 기뻤고, 와 준 그가 기특해서 매사에 퉁명스러워도 너그럽게 눈감아 줬다. 단순한 반항 정도로 받아들였다.

하지만 아르노는 그런 크리스토프의 태도가 더욱 언짢았다.

크리스토프는 커피를 달라는 아르노를 더 말리지 않았다. 커피를 건네자 좋지 않은 감정이 있는 사람처럼 낚아채고서 문 쪽으로 성큼 걸어갔다.

『어디 가게?』

『바람 쐬는 것도 보고해야 돼?』

아르노는 뒤도 안 돌아보고 퉁명스레 대꾸한 뒤 회의실을 빠져나갔다.

『다녀와.』

크리스토프는 타인들 눈에 아르노의 까칠하고 반항적인 모습이 건방져 보일까 봐 무척 신경 쓰였다.

이미 사내에서는 크리스토프와 아르노의 불화에 대해 소문이 나돌고 있었다. 때문에 직원들은 좌불안석이었다. 크리스토프와 아르노의 관계가 틀어지면 회사에 막대한 영향을 미칠 수밖에 없기 때문이다. 혹여라도 EDMUND가 공중분해되어 버리면 직원들은 오도 가도 못한 신세가 될 테니.

크리스토프는 사내에 떠도는 소문에 대해 이미 알고 있었고 몇몇 이들을 불러 절대 밖으로 새어 나가지 못하도록 입단속을 단단히 시켰다.

아르노가 회의실을 나간 뒤 직원들은 샌드위치와 커피로 허겁지겁 배를 채우며 수다를 떨었다. 크리스토프도 샌드위치를 집어 비닐을 깠다. 샌드위치를 한 입 크게 베어 무는 그 순간 아르노의 휴대폰이 울렸다.

크리스토프는 주변을 두리번거렸다. 직원들은 식사를 하며 이런저런 이야기를 하느라 정신이 없었다.

주변을 살피고 아르노의 휴대폰을 들어 'Mimi' 라는 발신자를 확인한 크리스토프의 표정이 굳었다. 그것이 미론의 애칭임을 잘 알고 있었다.

크리스토프는 일말의 망설임도 없이 전화를 거절했다.

잠시 뒤 그녀에게서 메시지가 도착했다.

〈연락을 안 받네. 바쁜 거야? 시간될 때 연락 줘. 기다릴게.〉

어차피 한국어라 뜻은 모르지만 읽을 수 있다고 해도 읽지 않았을 것이다. 내용이 뭐든 무조건 삭제했을 테니까. 대체로 이성적으로 행동하는 편임에도 미론에 관해서는 더욱 냉정했다. 그녀를 악의 근원이자 디자인에 미쳐 살던 아르노를 송두리째 흔드는 마녀로 여겼으니까.

아직은 아르노가 미론을 잊지 못한 것 같지만 멀리 떨어져 있다 보면 서서히 식어 갈 것이다.

크리스토프는 사랑이란 감정을 신뢰하지 않았다. 그것은 허황된 꿈이다. 한때는 뜨거운 순간이 있을지라도 세상에 영원한 것은 없는 법이었다. 그 사실을 아르노가 하루빨리 깨닫기를 바랄 뿐이다.

사랑에 미쳐 재능을 썩히는 아르노가 안타깝기도 하고, 한편으로는 한심하기도 했다. 미론이야 아직 20대 중반의 어린 여자니까 그럴 수 있다 쳐도 아르노는 30대다. 되도 않는 감정놀음을 하면서 인생을 낭비하는 꼴은 아무리 조카라고 해도 이해 불가였다.

미론의 메시지는 아르노에게 닿지 못하고 크리스토프의 손에 의해 없어져 버렸다. 흔적조차 남지 않은 채.

크리스토프의 목적은 단 하나. 둘 사이를 찢어 아르노가 더 이상 일에 소홀히 하지 않는 것이다.

아르노를 위해서, 그리고 그와 자신의 미래를 위해서라면 어떤 악역도 마다하지 않을 생각이었다.

❁ ❁ ❁

감옥 같은 사무실을 빠져나왔다. 푸르스름해 보는 것만으로도 시린 달이 아르노를 맞이했다. 어스름한 새벽은 지독히도 고요해 고독의 늪으로 그를 끌어당겼다. 오만 가지 생각들이 뻗쳐 나갔다.

얼마만의 퇴근이더라. 까마득하다. 궁궐같이 크고 호화스러운 집이 있어도 가지를 못 했다.

집보다 사무실에 있는 날이 훨씬 더 많았다. 가끔 집에 들어가면 모델 하우스에 온 것 같은 기분을 느끼기도 했다. 미론이 있을 때는 그래도 사람 사는 냄새가 났었다. 그녀의 온기와 향기가 집 안을 아늑하게 만들었다. 그곳에 있으면 온몸과 정신을 잡아먹은 피로와 스트레스가 한꺼번에 풀렸었지.

사랑하는 이가 사라지니 집에 가는 길이 썩 즐겁지가 않았다. 그녀가 없는 파리는 아르노에게 오아시스 없는 사막이나 다름없었다. 까끌까끌한 모래가 가득하고 숨을 제대로 쉴 수조차 없는, 아무리 걸어도 희망이 없는, 그런 우울하고 절망적인 곳.

건물 앞에 주차해 둔 차로 다가가 운전석 문을 열어젖히던 그때, 크리스토프에게 어깨가 붙잡혔다.

『운전은 내가 하마.』

이런 호의는 별로 달갑지 않았다.

『됐어.』

아르노는 탐탁지 않은 기색을 한껏 드러내며 어깨를 잡고 있는 크리스토프의 손을 차갑게 뿌리쳤다.

『나도 웬만하면 이러지 않는데 나흘 넘게 제대로 잠도 못 자서 제정신 아닌 놈, 이대로 운전하게 내버려 두면 사고 날까 봐 엉덩이 붙이고 앉아 있을 수가 없구나.』

아르노가 어이가 없다는 듯 실소를 터뜨렸다.

『날 기계처럼 부려먹는 사람이 갑자기 내 걱정을 하니까 우습다.』

『잠을 못 자서 예민한 거라고 생각할게.』

아르노와 싸우고 싶지 않았다. 둘의 관계에 먹구름이 꼈다는 사실을 사내 밖으로 새어 나가게 둘 수는 없었다. 그러기 전에 단속을 해야 했다. 크리스토프는 싸움의 불씨가 될 만한 것을 일부러 단절시키며 아르노를 뒤로 빼내고 운전석에 앉았다.

말싸움은 몰라도 몸싸움까지 할 체력이 남아 있지 않았다. 아르노는 순순히 조수석으로 이동했다.

가로등 외에 불빛이라고는 존재하지 않는 고요한 도로를 두 남자를 태운 차가 빠르게 질주했다. 차 안의 분위기는 새벽의 검고 푸른 도시 분위기만큼이나 시리고 삭막했다.

『한국에서 정리하고 온 거 맞지?』

정리라는 단어가 무척 거슬렸다. 아르노가 눈썹을 씰룩이며 불쾌한 표정을 지었다.

『정리? 무슨 정리를 묻는 건데?』

『여러 가지.』

크리스토프는 두루뭉술하게 얘기했다. 뭘 말하고 싶은지 제대로 설명하지 않는 모습이 심히 의뭉스럽다.

아르노는 의심스러운 눈길로 크리스토프를 봤다.

『청소년도 아니고 이제 그만 방황하고 정착해야지. 너 사춘기 때도 이러지 않았다.』

아르노는 비릿한 미소를 흘렸다. 사춘기 소년의 방황으로 보다니 어이가 없었다. 그는 크리스토프에게서 시선을 거두고 팔짱을 낀 채 시트에 등을 깊숙이 기댔다.

『삼촌은 내가 지금 방황하는 거로 보이나 봐?』

『몸은 여기 있지만 정신은 온통 딴 곳에 가 있는 놈처럼 행동하니까.』

감정을 숨기지 않았지만 그렇다고 해서 이런 지적을 받으려는 의도는 결코 아니었다.

가치관이 다른 그들은 처음부터 섞일 수 없는 사이였다.

『널 방황하게 하는 사람을 끌어안고 있어 봤자 도움이 안 돼. 정말 널 위한 게 무엇인지 생각하는 계기가 됐으면 좋겠다.』

미론은 아르노에게 이로운 사람이 아니다. 그를 방황하게 하고 삶을 뒤흔드니까. 크리스토프는 자신의 판단을 그에게 주입시키려 했다.

『나는 삼촌이랑은 달라. 내 삶을 삼촌과 똑같게 만들려고 하지 마.』

『…….』

『삼촌이 잘 모르는 게 있는데, 오히려 미론이를 만나서 내 삶은 더욱 명확해졌어. 뭘 위해 살아야 하는지, 뭘 위해 살고 싶은지 깨닫게 됐고 여기 있는 동안 더 깊게 생각할 거야.』

대체 뭘 깊게 생각한다는 건지, 크리스토프는 속이 뒤집혔다. 허나 겉으로 내색은 하지 않았다. 이전과 같았다면 따갑게 힐난했겠지만 그 방법이 오히려 화를 자초한다는 사실을 겪었기 때문에 웬만하면 자제하려 했다.

다른 방법을 모색해야지. 아르노가 눈치채지 못하도록 그와 그의 사랑을 갈라놓을 계획을 세워야 했다.

❁ ❁ ❁

아르노가 파리로 돌아가고 계절이 바뀌었다. 여름이 온 것이다. 그리고 미론의 삶에도 소소한 변화가 생겼다. 오빠가 결혼을 했고, 부모님은 귀농 생활을 위해 고향으로 내려갔다. 때문에 그녀는 혼자서 지낼 집을 구해야 했다.

부모님은 서울에서 지내던 아파트를 판 돈으로 전원주택을 짓고 남은 돈을 미론에게 쥐여 주었다. 넉넉하지는 않지만 원룸 보증금 정도는 구할 수 있는 돈이었다.

그럼에도 원룸 하나 구하는 게 여간 어려운 일이 아니었다.

미술 학원을 안 가는 날이나, 혹은 퇴근하고 나서 틈틈이 부동산을 찾아가 방을 알아봤다. 몇 번이나 방을 보러 다닌 끝에 결국 그녀가 가진 돈으로 구할 수 있는 집들 중 조건이 괜찮은 원룸을 찾았다. 엄마와 전화로 상의 후 계약을 마쳤다.

오늘은 대망의 이삿날.

풀 옵션 원룸이라 가전제품을 따로 사지 않아도 돼서 이삿짐이라고는 옷과 미술 도구들뿐이었다. 이삿짐 차를 부르기에는 돈이 아까워서 고민을 하고 있던 차에 은우가 도와주겠다고 해서 한시름 덜었다.

“여기예요.”

미론이 원룸 건물 안으로 먼저 들어서며 은우를 돌아봤다. 그가 건물을 두리번거렸다. 지은 지 얼마 되지 않았는지 외부, 내부 모두 깨끗했다.

“신축인가 보네.”

“네. 건물 출입구부터 비밀번호를 누르게 되어 있어서 보안도 괜찮아요.”

미론은 한껏 들뜬 목소리로 자랑하듯 말했다. 그게 퍽 귀엽다. 은우가 흐뭇하게 웃으며 맞장구를 쳤다.

“그러네. 구하러 다니느라 고생 좀 했겠다.”

“그럼요. 얼마나 고생했는데요. 방 구하는 게 쉽지가 않더라고요. 계약할 때도 모르는 게 많아서 엄마한테 물어봐 가면서 했어요."

미론이 한숨을 내쉬며 하소연했다. 처음에는 부동산에 들어가는 것도 겁이 났다. 막상 들어가서도 어떤 말을 해야 할지 몰라 멍하니 서 있었다. 바보 같던 본인의 모습을 돌이켜 보니 한심하기 짝이 없었다.

"나한테 물어보지 그랬어."

"화백님 귀찮을까 봐 그랬죠."

한 번 도움을 요청하면 계속하게 될까 봐 처음부터 아예 스스로 해결하고자 마음을 굳게 먹었다.

"귀찮긴 뭐가 귀찮다고. 근데 엘리베이터가 없네?"

미론을 아무 의심 없이 따라가다 엘리베이터가 아닌 계단을 오르고 있다는 사실을 뒤늦게 깨달았다. 벌써 3층이다. 잠시 멈춰서 숨을 골랐다. 이거 짐 갖고 오르내리면 꽤나 힘들겠는걸.

"엘리베이터가 있으면 관리비가 비싸더라고요. 기본 5만 원! 여긴 관리비 2만 원이거든요."

"오, 제법인데? 알뜰한 아가씨네."

의기양양하게 어깨를 으쓱하며 해맑게 웃는 미론의 머리를 두어 번 쓰다듬었다.

"그렇죠? 제법이죠?"

미론의 기분이 좋아 보였다. 공항에서 그 남자를 떠나보내고 줄곧 침울해하더니 얼마 만에 보는 얼굴인지 모른다.

"혼자 나와서 살게 되니까 좋아?"

"반반이에요. 설레기도 하고, 무섭기도 하고."

다시 계단을 오르기 시작했다. 처음 계단을 오를 때보다는 속도가 느려졌다.

"파리도 혼자 갔었던 거잖아. 그랬던 애가 이 정도는 껌이지 않나? 너 보기보다 강심장이야."

"그거, 겁 없다는 말로 들려요."

"겁 없는 거 아니었어?"

"부정은 못 하겠네요."

미론이 샐쭉 웃어 보였다. 멈추지 않을 것 같던 그녀의 발이 마침내 멈췄다.

"여기야?"

"네. 힘드시죠?"

"그래도 꼭대기 층 아닌 게 어디야. 4층, 좋네."

원룸은 총 5층까지 있었다. 그중 4층, 403호가 미론이 앞으로 거주하게 될 보금자리였다.

현관문에 달린 도어락에 비밀번호를 입력했다. 굳게 닫혀 있던 현관문이 개방됐다.

"배고프니까 뭐 좀 먹고 짐 옮겨요."

"그럴까? 뭐 먹고 싶어?"

원룸이기는 하지만 14평으로 공간이 꽤 넓어 혼자 살기에 괜찮아 보였다.

"이삿날은 뭐니 뭐니 해도 중국요리죠. 제 친구도 오기로 했으니까 뭐 먹을지 물어봐야겠어요."

"그래."

미론은 수진에게 전화를 걸어 먹고 싶은 메뉴를 물어봤다. 통화를 끝내고 빠르게 주문까지 마쳤다.

"방이 깨끗하네."

"며칠 전에 와서 청소 싹 했어요."

미론은 환기를 시키기 위해 창문을 열었다. 불어오는 바람 없이 볕만 뜨겁게 내리쬔다. 여름이 성큼 다가왔음을 실감했다.

"여기서 작업하면 앞으로 보기 힘들겠는데."

창밖에 두었던 시선을 거두고 뒤를 돌아 은우를 쳐다봤다. 미론은 이사를 하게 되면 앞으로 이곳에서 작업을 하겠다고 했다. 그래서 그의 작업실에 있던 그녀의 물건들을 차에 실어 왔다. 은우가 내심 섭섭한가 보다. 눈동자에 비친 서운함을 보고 말았다.

"그래도 가끔 제 그림 들여다봐 주실 거죠?"

"오냐."

"가끔 작업실 놀러 갈게요."

은우가 부드럽게 웃었다. 그는 미론을 알게 된 이후로 표정이 밝아졌다.

친한 지인들을 만날 때면 좋은 일 생겼냐는 질문을 숱하게 받았다. 그녀는 공기를 맑게 정화시키는 재주가 있었다. 미론만이 갖고 있는 매력이었다.

이야기를 하다 보니 주문한 중국요리가 도착해 식탁으로 음식들을 올려 두었다. 그릇에 덮인 랩을 벗기는 작업을 하는 도중에 초인종이 울려 인터폰을 확인하니 수진의 얼굴이 보였다. 얼른 건물 출입구 문을 열어 주고 그녀가 올라오면 바로 들어올 수 있도록 현관문을 열어 놓았다.

"장미론!"

"꺄! 수진아!"

요즘 자주 만났지만 마치 몇 년 만에 상봉한 것처럼 서로를 격하게 반겼다.

부둥켜안고 빙글빙글 도는 두 여자를 힐끔거리던 은우가 허탈한 웃음을 터뜨렸다.

"이야, 집 좋다."

"그럼! 내가 얼마나 까다롭게 따져가며 구한 집인데 좋아야지!"

집을 둘러보다 식탁 의자에 앉아 홀로 랩을 벗기고 있는 은우를 이제야 알아본 수진이 얼른 그를 향해 고개를 숙였다.

"안녕하세요."

"예."

초면은 아니지만 아직은 어색했다. 수진과 은우는 세 번 정도 얼굴을 본 사이긴 했지만 특별히 대화를 나누었던 적은 없었다. 그저 미론으로 인해 통성명을 하고 인사만 주고받았었다.

"이리 와. 불기 전에 어서 먹자."

"네. 수진아, 저기로 가자."

미론이 분위기를 잘 띄운 덕분에 수진과 은우는 편한 마음으로 식사할 수 있었다. 그러면서 차츰 서먹했던 공기도 유하게 바뀌었다.

수다를 떨며 즐겁게 식사를 마치고 본격적으로 짐을 옮기기 시작했다.

은우의 차에 싣고 온 짐들을 하나씩 나눠 들고 4층으로 옮겼다. 규모가 크거나 무거운 짐은 없었지만 계단을 오르내리기가 꽤 버거웠다. 중간중간 쉬면서 짐을 옮기다 보니 어느새 모든 짐을 옮길 수 있었다. 아직 정리해야 할 물건들이 많았지만 그건 혼자서 차근차근하면 된다.

은우는 약속이 있다며 먼저 일어났고, 수진은 저녁까지 먹고 가기로 했다.

미론은 고생한 수진을 위해 삼겹살을 구워 주었다. 먹다 보니 소주가 당겨서 배가 거의 다 찼을 때쯤 함께 밖으로 나가 소주와 안줏거리를 사 왔다.

남은 삼겹살과 새로 사 온 안주를 먹으며 소주를 마셨다. 계속 쉬지 않고 떠들다가 잠시 침묵이 흘렀을 때였다.

"아까 그 화백님."

침묵을 끊고 수진이 운을 뗐다.

"응."

"너 좋아하지?"

"응?"

미론은 순간 기겁하고 말았다. 그녀의 대단한 반응에 수진도 덩달아 놀랐다.

"몰랐어?"

"아닐 거야. 화백님이 왜 날 좋아해? 에이!"

미론은 절대 아니라며 고개를 설레설레 저었다.

"얘 봐라. 그 사람, 안 그런 척하면서도 은근히 너 챙기더라. 뭐 묻으면 휴지 건네주고, 목말라하면 물 주고. 네가 필요한 것들 척척 챙겨 주던데? 그건 너한테 집중하고 있기 때문에 가능한 거라고."

"……."

"나도 긴가민가했어. 워낙 티가 안 나서. 네가 모를 수도 있긴 한데, 이삿날 선뜻 와서 도와주는 것도 그렇고 여러모로 널 좋아할 가능성이 커."

은우가 저를 좋아할 이유가 무엇이란 말인가. 그럴 리 없다고 생각했는데 수진이 하는 말을 들으니 혹시 정말 그런 건 아닌가, 하는 의심이 깃들었다.

"설마."

믿기 어려우면서도 어쩌면 그럴지도 모르겠다는 생각이 드는 건 그동안 은우가 해 왔던 행동들이 하나씩 떠올랐기 때문이었다.

수진의 말을 듣고 평소에는 아무 의미 없이 여겨졌던 눈빛, 말, 행동들을 곰곰이 되씹어 보니 그때는 느끼지 못하고 지나친 감정들이 설핏 보였다.

"잘해 봐."

"잘해 보긴 뭘 잘해 봐."

마음이 심란하다. 은우는 어쩌면 계속 마음을 전하고 있었을지도 모른다.

"너 그분 존경한다며."

"존경과 사랑은 다른 거거든!"

혹시 자신의 태도가 은우에게 여지를 준 것은 아닌지, 그래서 그를 기대하게 한 건 아닌지 걱정이 들었다.

은우에게 했던 말과 행동들에 결코 그런 의도는 없었다. 미론은 갑갑해지는 가슴을 탁탁 두드리더니 소주 한 잔을 쭉 들이켰다.

"꼭 달라야 하는 건 또 아니잖아? 존경하는 사람을 사랑하게 될 수도 있는 거 아니야?"

"무슨!"

"왜? 남자로 별로야?"

"그건 아닌데……."

은우는 분명 좋은 남자, 좋은 사람이다. 감정이 잘 드러나지 않지만, 자상하고 친절했다. 하지만 그런 문제가 아니었다.

"아닌데 뭘 망설여?"

"나 좋아하는 사람 있어."

아르노가 가슴을 차지하고 있다는 것.

"진짜? 누구? 왜 말 안 했어? 네가 말을 안 하니까 여태 몰랐잖아!"

"누군지 말하기는 좀 그렇고……."

"왜? 범죄자야?"

아무렇게나 막 물어보는 수진이 얄미워 새침하게 눈을 흘겼다.

"야, 너무 갔다!"

"아니. 내 말은 범죄자 아니면 말하기 힘들 것도 없지 않냐, 이 말이지! 아, 유부남인가?"

"너 취했지?"

수진은 자기가 생각해도 너무 앞서 나갔는지 멋쩍게 웃었다.

"농담이야, 얘. 아, 대체 누군데! 궁금해 죽겠다."

"그건 비밀이야. 암튼 난 좋아하는 사람이 따로 있어. 그러니까 괜히 화백님하고 붙일 생각하지 마."

"알았어."

그나저나 은우의 진심은 무엇일까. 좋아하는 마음을 갖고 있다면 어떡하지? 혹시 경솔하게 넘겨짚는 건 아닐까?

미론은 어두워진 얼굴로 소주 한 잔을 더 마셨다.

❁ ❁ ❁

아르노의 집 주차장에 차를 세운 크리스토프가 운전석에서 내렸다. 드넓은 마당을 가로질러 웅장한 집 안으로 들어섰다. 집 안은 사람이 살고 있다고 생각하기 어려울 정도로 삭막했다. 몸을 휘감는 냉기에 크리스토프가 당혹감을 감추지 못하며 저벅저벅 거실을 거닐었다.

모델 하우스도 이곳보다는 훨씬 더 관리가 잘 되어 있을 것 같았다. 아르노의 집은 도우미의 손길조차 느낄 수 없을 정도로 어수선했다. 난간이나 모서리 같은 곳에 자욱이 쌓인 먼지가 인상을 찌푸리게 했다.

거실을 지나 주방을 둘러보니 이곳도 별다를 게 없이 관리가 소홀했다. 평소에 식사는 하고 사는지 의심이 들 정도로 주방에서조차 사람의 흔적을 찾을 수 없었다. 개수대가 물기 없이 바짝 말라 있었다.

한숨이 절로 나왔다. 사람이 사는 건지, 아니면 좀비가 사는 건지 분간하기 힘들었다. 당장 좀비 영화를 찍어도 될 것 같았다. 크리스토프는 그런 집구석을 보니 속이 부글부글 끓기도 하고, 또 한편으로는 아르노가 걱정되기도 했다.

주방을 벗어나 계단에 발을 디뎠다. 이윽고 2층에 오른 크리스토프가 아르노의 침실로 발걸음을 옮겼다. 때마침 그의 방문이 끼익 소리를 내며 열렸고, 방금 일어났는지 부스스한 머리를 한 아르노가 복도로 나왔다.

크리스토프는 눈이 마주쳤음에도 인사도 없이 곧바로 욕실로 향하려는 아르노에게 언짢은 기색을 표출했다.

『내가 투명 인간이냐?』

아르노가 우뚝 멈춰 서더니 뒤돌아 크리스토프를 마주 봤다.

『다정한 건 바라지도 않으니, 보면 알은체라도 좀 해라.』

아르노는 심드렁한 태도로 아무 대답 없이 서 있었다.

그에 답답함을 느낀 크리스토프가 가슴을 주먹으로 두어 번 때렸다. 감정의 골이 너무 깊었다. 다시 예전으로 돌아가려면 얼마나 많은 노력과 시간이 필요할까. 상상하는 것만으로도 머리가 다 지끈거렸다.

『회사에서 우리 둘에 대한 얘기, 떠도는 거 알아?』

『작업실에 처박혀서 일만 하는데 어떻게 알겠어.』

대화가 윤활하게 흘러가지 않는다. 소통이 되지 않는 상태가 크리스토프는 몹시 거슬렸지만 일단은 인내심으로 꾹 눌렀다.

『너랑 나 사이가 예전 같지 않다는 소문이 파다해. 너 한국 갔을 때, 우리 둘 싸워서 그런 거 아니냐며 직원들이 불안에 떨었어.』

『어느 정도는 사실이네. 그때도 삼촌이랑 내 사이, 안 좋았잖아.』

『그래서 간 건 아니었잖아.』

『다른 목적이 있긴 했지만 삼촌한테서 벗어나고 싶은 마음도 아주 없었던 건 아니야.』

크리스토프가 인상을 썼다. 그럴 리 없다. 아르노의 말을 믿을 수 없었다.

『너 그게 무슨 소리야?』

『삼촌은 날 옷 만드는 기계로만 생각하잖아.』

『내가 언제 그랬니.』

본인의 행동에 대해 자각하지 못하는 크리스토프의 태도에 아르노는 너무나 황당했다.

『내 사생활 따위 용납 못 하지 않았어? 여자도 못 만나게 하고, 내가 오로지 일에만 열정을 바치길 원하잖아! 예전부터 지금까지 삼촌은 늘 똑같았어.』

『여자? 만나고 싶으면 만나. 장미론, 그 여자만 아니면 상관없어. 내가 원하는 건 가볍게 만나는 거야. 너무 깊게 빠지지 말고 가볍게 만난다면 얼마든지 찬성이야.』

둘의 언성이 확 높아졌다. 크리스토프의 인내도 한계에 다다랐다.

『내가 왜 삼촌이 하라는 대로 해야 하지? 내가 허수아비야?』

『나는 네가 디자이너로 도약할 수 있도록 아낌없이 지원했다. 너를 디자이너로 성장시키기 위해서라면 뭐든 다 할 수 있었고, 지금도 그 마음은 변함없어. 네 꿈은 내 꿈이기도 해. 그러니 더 이상 날 실망시키지 마.』

『삼촌이랑은 어떤 말을 해도 대화가 되질 않네. 우리는 너무 달라.』

하고 싶은 말은 수천 가지였지만 해 봤자 소용없다는 사실을 깨달았다. 아르노는 대화를 포기했고 냉랭한 기운을 뿜으며 뒤를 돌아 욕실로 모습을 감췄다.

그의 방으로 들어온 크리스토프는 어질어진 침대를 정리하며 어수선한 정신을 가다듬었다.

제멋대로 뒹구는 베개들을 집어 제자리에 두는데 느닷없이 벨소리가 울렸다. 슬쩍 시선을 주니 예상했던 대로 전화를 건 사람은 미론이었다.

크리스토프는 고민도 하지 않고 전화를 받았다.

―아르노, 나야. 문자 보낸 거 이제야 봤어. 많이 바빴구나. 매일 야근해서 어떡해? 밥은 잘 챙겨 먹는 거야? 걱정…….

『크리스토프다.』

숨도 쉬지 않고 말을 하기에 끼어들 틈을 찾지 못해 헤매던 크리스토프는 짜증이 머리끝까지 치민 상태였다. 무작정 말을 자르고 들어가자 길게 이어지던 한국말이 끊겼다. 미론이 긴장하고 있는 게 숨소리만으로도 전해졌다.

『불어를 까먹지는 않았겠지. 알아들을 거라고 믿고 말하마. 더 이상 아르노를 귀찮게 하지 마. 파리에 있을 때 분명 경고했지. 난 네가 곧바로 한국으로 돌아갔기에 내 말을 들어준 것 같아 나름 기특한 마음도 들었었다. 그런데 내가 아무래도 착각을 한 모양이다. 네가 여우처럼 우리 아르노를 꼬여 내서 한국까지 가게 만들고. 애를 완전히 엉망으로 만들었어! 좋게 말해서는 도저히 들어먹지를 않으니 어쩌겠니. 한 번만 더 아르노에게 연락하면 네가 있는 곳으로 찾아가마. 나를 보고 싶지 않다면 내 말 명심해. 다시 아르노에게 연락하지…….』

『지금 뭐 해?』

뒤에서 들리는 아르노의 목소리에 크리스토프가 소스라치게 놀랐다. 하지만 곧 평정심을 되찾은 그는 오히려 뻔뻔한 태도로 아르노와 대면했다.

『뭐하는 짓이냐고!』

아르노가 폭발했다. 마치 성이 난 맹수처럼 포악함을 잔뜩 드러냈다. 이제껏 알고 지내면서 이토록 화를 내는 모습은 처음이었다.

『아르노, 진정해라.』

크리스토프는 냉정함을 유지하며 아르노의 화를 가라앉히려 했다.

『미론을 한국으로 보낸 게 삼촌이었어?』

하지만 통할 리 없었다. 이미 아르노는 제정신이 아니었으니까.

『삼촌이었냐고 묻잖아!』

『그래.』

더 이상 숨길 수도 없었다. 크리스토프의 얼굴에 체념의 빛이 드리웠다.

『뭐라 그랬어? 뭐라고 겁줬기에 애가 나한테 말도 없이 도망을 가?』

『겁주지 않았어. 단지 한국으로 돌아가라고 했을 뿐이야.』

『내 허락도 없이 그딴 짓을 해?』

아르노는 사납게 몰아쳤다. 그는 폭주 기관차 같았다. 참을성을 완전히 잃고 만 것이다.

『아르노. 일단 진정해.』

크리스토프는 사태의 심각성을 깨달았다. 그의 평정심이 무너졌고, 슬슬 감추고 있던 감정이 표출되고 있었다.

『무슨 짓을 한 거야, 도대체!』

아르노의 말투는 높낮이가 없지만 뼛속까지 파고들만큼 날카로웠다. 그의 눈빛에서 살기가 뿜어져 나왔다. 마주 보고 있기가 버거웠다.

『다 널 위해서 그런 거다. 네가 믿을지 모르겠지만 진심으로 널 위해……』

이 순간에도 크리스토프는 진짜 속내를 보이지 않았다. 왜 솔직하지를 못할까.

『날 위해? 삼촌의 행동이 정말 날 위해서였다고 생각해? 삼촌은 언제나 자기 자신을 위해서 움직였어. 미론이를 내게서 떨어뜨린 행동 역시 결국 삼촌을 위해서지. 내가 디자이너로 살아야 삼촌의 부와 명예를 지킬 수 있을 테니까.』

크리스토프의 동공이 흔들렸다. 미세한 떨림이었지만 분명 두 눈으로 똑똑히 목격했다.

『정말 그렇게 생각하니? 내가 날 위해서 너를 디자이너로 살게 한다고 생각해?』

『그럼 아닌가?』

크리스토프의 견고했던 감정의 균형이 완전히 무너졌다. 늘 이성적이던 그가 불같은 화를 두 눈에 여실히 드러냈다.

『그렇게 답답하다면 떠나.』

『…….』

『나도 방황하는 널 지켜보는 게 짜증나고 언짢았는데 잘됐

네. 싫다는 놈 더 이상 잡고 있을 이유 없다.』

최악의 시나리오가 펼쳐지고 있었다.

어떻게든 아르노를 설득해 파리에 정착하게 하려 했던 계획조차 박살 나 버렸다. 크리스토프도 지친 것이다.

『여자 하나 때문에 휘청거리는 멍청한 디자이너, 없으면 나야 속 편하지.』

『그럼 내가 떠나면 되겠네.』

『그래. 어차피 고용할 디자이너는 차고도 넘쳐. 입사를 희망하는 디자이너가 얼마나 많은 줄 아니? 넌 내 덕에 어떤 절차도 없이 편하게 수석 디자이너 자리를 꿰찰 수 있었던 거야. 그러나 넌 조금도 고마워하지 않았지. 괘씸한 놈!』

뜨겁게 불타던 아르노의 눈빛이 이번에는 차갑게 식어 버렸다.

『세상에 디자이너는 아주 많지.』

『…….』

『그렇지만 난 한 사람뿐이야.』

『…….』

『삼촌은 날 놓친 걸 후회할 거야.』

후회 따위 안 한다. 만약 후회하게 되더라도 절대 아르노를 다시 데려오는 일은 없을 것이다. 크리스토프는 단단히 결심했다.

그리고 아르노는 차갑게 등을 돌렸다.

아슬아슬하게 이어져 오던 둘의 관계가 완전히 틀어졌다.

* * *

다시 한국 땅을 밟았다. 기분은 제법 상쾌했고, 아르노의 귀국을 반기듯 하늘은 새파랬다. 인천 공항을 빠져나온 그는 곧바로 택시를 타러 이동했다. 한국에 다시 돌아온 그가 향할 목적지는 오직 한 곳이었다.

택시를 기다리는 동안 휴대폰을 꺼내 미론에게 전화를 걸었다. 다시 돌아왔다는 사실을 안다면 얼마나 기뻐할까.

—아르노?

"안녕."

상쾌한 인사다. 그녀와 같은 나라에 있다는 사실이 아르노를 감격스럽게 했다.

—와, 정말 아르노야?

밤낮으로 일에 빠져 사느라 연락을 자주 하지 못해 너무 미안했다. 휴대폰 너머로 반가워하는 그녀의 목소리에 죄책감이 알싸하게 퍼졌다.

"그래. 나야."

—나한테 전화해서 삼촌한테 혼나는 거 아냐?

지난번 통화가 마음에 걸리나 보다. 그렇겠지. 어떤 식으로 미론의 마음을 달래야 할까. 아르노는 생각이 깊어졌다.

"미미."

—응?

"나 한국 왔어."

고개를 들어 새파란 하늘을 봤다. 뜨거운 태양이 내리쬐는 여름이었다.

—뭐?!

소스라치게 놀라는 미론의 반응이 휴대폰 너머로 생생하게 전해졌다. 그녀와 재회하는 상상만으로도 가슴이 빅차올랐나.

"집이야?"

—응.

"이사했다고 했지? 집 주소 불러 봐. 당장 보러 가게."

어서 그녀에게 가야지. 가서 꽉 안고 안 놔줘야지. 아르노의 입가에 옅은 미소가 번졌다. 그녀를 만날 생각에 가슴이 두근거렸다.

택시가 아르노를 미론이 있는 곳으로 데리고 갔다. 그녀와의 물리적인 거리가 가까워질수록 심장 박동이 빨라져 갔다. 마침내 미론이 거주하는 원룸에 도착했다. 택시에서 내려 트렁크에서 캐리어를 꺼냈다.

"아르노!"

원룸 앞에 미리 나와 기다리고 있던 미론이 아르노를 향해 반갑게 소리쳤다.

그가 다가가기도 전에 그녀가 토끼처럼 깡충거리며 저를 향해 뛰어오고 있었다. 넘어지진 않을까 조마조마해 몇 걸음 옮기자 머지않아 코앞까지 다가온 그녀가 그의 품 안으로 껑충 뛰어들었다.

"나 돌아왔어."

결국 미론에게 돌아왔다. 그의 삶은 언제나 그녀를 향하고 있지 않을까.

아르노는 한여름의 태양처럼 뜨거운 품에 사랑스러운 그녀를 가득 안았다.

7. 여름, 사랑, 그리고 너

아르노는 미론의 보금자리를 찬찬히 둘러봤다. 슈퍼 싱글 침대, 장롱, 작은 사이즈의 화장대, 그리고 한편에 마련된 작업 공간.

"볼 것도 없지?"

청소를 안 해 너저분한 상태로 첫 공개를 하게 돼 창피했다. 아르노가 오는 줄 알았다면 진즉 치웠을 텐데. 작업을 하던 도중 그의 연락을 받고 마중을 나간 거라 앞치마도 벗지 못했다.

그녀는 정성스레 준비한 아이스티와 작업하면서 먹으려고 사 놓은 당근 케이크를 꺼내 깜짝 방문한 아르노에게 대접했다.

"그만 보고 이리 와서 앉아."

아르노가 한쪽 공간에 캐리어를 세워 두고 식탁으로 왔다.

"집이 좀 정신없어. 작업하고 있었거든."

"바쁜데 괜히 신경 쓰게 했나?"

"아냐! 더울 텐데 이거 마셔."

미론이 아이스티를 아르노 쪽으로 살짝 밀었다.

"고마워."

아르노가 다정히 인사를 하고 아이스티를 마셨다. 레몬을 넣어 만들어서 그런지 아주 상큼했다.

"한국은 어떻게 온 거야? 이렇게 또 와도 돼?"

"이번엔 좀 더 오래 있으려고."

"진짜? 어떻게?"

"그렇게 됐어."

미론을 신경 쓰게 하고 싶지 않아 크리스토프와 있었던 일은 말하지 않기로 했다. 사실을 안다면 분명 걱정할 테니까.

"비서분은?"

"이번엔 혼자 왔어."

"아……."

무슨 일이 생긴 건가. 한국에 왔다 간 지 얼마 되지 않아 다시 온 것도 그렇고, 비서도 없이 혼자 온 것을 보면 일 때문에 온 것 같지는 않았다. 충동적인 행동 같다는 예감을 떨칠 수 없었다. 미론은 이 상황이 의아한지 고개를 갸웃거렸다.

"이번엔 어느 호텔에서 지내는 건데?"

"예약 안 했어. 여기서 지내려고."

아르노가 이곳에서 지낸다고? 미론은 멍한 얼굴로 그를 빤히 쳐다봤다.

"나 당분간 신세 좀 질게."

"……."

"그래도 되지?"

아르노가 어떤 상황에 처한 건지 모르겠지만 함께 지내는 거야 어려운 일이 아니었다. 미론이 고개를 끄덕였다.

끝 모를 심연이 존재하는 그의 눈동자를 보건대 쉽게 짐작할 수 없는 일이 일어나고 있나 보다. 하지만 함부로 넘겨짚어서는 안 되겠지. 사실을 말하지 못하는 그의 입장을 이해하기로 했다.

"우리 집 되게 좁은데, 괜찮겠어? 아르노는 궁궐 같은 곳에서 살던 사람인데."

"재워만 준다면 나야 감사하지."

"재워 주는 게 뭐 어렵다고."

미론이 어깨를 으쓱해 보였다.

"이거 케이크 좀 먹어 봐. 학원 앞에 되게 맛있는 디저트 가게 있는데 거기서 사 왔어."

미론의 권유에 아르노가 포크로 당근 케이크의 일부분을 뜯어냈다. 포슬포슬한 가루들이 접시에 떨어졌다. 그가 잘라 낸 부분을 먹었다.

"어때? 맛있지?"

미론이 눈을 깜빡거리며 대답을 재촉했다. 아르노는 맛을 음미한 뒤 꿀꺽 삼키고 아이스티로 입안을 헹구었다.

"안 달고 맛있네."

"그렇지?"

맛있는 음식을 공유하니 무척 기쁘다. 미론도 빙그레 웃으며 케이크를 먹었다. 한참 케이크를 집중해서 먹다가 목이 막혀 아이스티를 마셨다. 그러고서 고개를 드니 아르노의 시선이 마주쳤다.

"다시는 아르노를 못 볼 줄 알았어. 공항에서 작별 인사했을 때, 어쩌면 이게 마지막일지도 모른다는 생각이 들었거든."

그래서 미치도록 붙잡고 싶었다. 가지 말라고 애원하고 싶었다. 하지만 아르노의 인생을 망칠 수는 없으니 어쩔 수 없이 꾹 참아야 했다.

그를 떠나보내고 지금까지 정말 힘들었다. 이별 후, 한국에 와 지낼 때보다 더 괴로웠다.

"어쨌든 아르노를 다시 보게 돼서 엄청 좋아."

미론이 슬픔을 거두고 환한 미소를 머금었다. 여름의 하늘처럼 청량하고 찬란한 미소였다.

"우리 아르노가 가고 싶어 했던 곳 다 가자. 남산부터 갈까?"

"좋지."

아르노는 나름대로 계획을 세웠다. 이곳에서 미론과 그동안 갖지 못했던 시간들을 마음껏 누려 보겠다고. 바쁘다는 핑계로 보통의 연인들처럼 마음껏 데이트를 하지 못했던 걸 후회

했다. 한국에서 좀 더 많은 추억들을 쌓아 가야지.

"나 씻어도 되지?"

"응!"

아르노가 식탁 의자를 밀며 일어났다. 장시간의 비행에 고단했다.

"피곤하겠다."

"너 보니까 좀 낫다."

아르노가 여름의 바다보다 더 시원하게 웃었다. 조금 전 먹은 레몬 아이스티보다도 훨씬 상쾌했다.

"거짓말도 잘해."

미론이 두 볼을 발그레 붉히며 샐쭉 웃어 보였다. 그녀는 아르노가 씻을 수 있도록 보일러를 켜 놓았다.

"우리 집 욕조 없어. 불편하더라도 참아 줘."

"응. 씻고 올게."

아르노가 욕실로 들어갔다. 금방 나오겠지만 괜히 마음이 허전했다.

미론은 식탁을 치우고 방 청소를 하기 시작했다. 작업을 할 때는 다른 것에는 신경 쓸 겨를이 없었다. 그림을 그리는 데에 몰두하느라 청소는 항상 뒷전이었다. 그러다 보니 이렇게 정신없는 환경은 일상이 돼 버렸다.

그런 그녀의 일상에 아르노가 불쑥 들어왔다. 불쾌하기는커녕 너무 좋아서 어쩔 줄을 모르겠다. 파리에서 함께 지냈던 기억들도 떠오르고, 앞으로 그와 함께할 시간을 머릿속으로 그려 보는 것만으로도 무척 설레었다.

거치적거리는 것들을 모두 치우고, 엉망이던 이부자리도 정돈했다. 마무리로 청소기를 돌리는데 욕실 문이 열렸다.

“청소해?”

“응.”

“안 해도 괜찮은데.”

“너무 더러워서.”

아르노는 수건으로 하체만 가리고 나왔다. 미론은 그에게 시선을 주었다가 화들짝 놀랐다. 그녀가 얼굴이 잔뜩 상기된 채 얼른 고개를 돌렸다.

“처음 보는 것도 아니면서 왜 쑥스러워해?”

“오랜만에 봐서 그런 거거든?”

“그럼 익숙해지면 괜찮나?”

짓궂게 구는 아르노가 얄미워 입을 삐죽였다.

“장난치지 말고 얼른 옷 입어.”

붉어진 얼굴을 제대로 들지도 못하고 선 미론이 못 견디게 귀엽다. 짓궂은 행동에 예민하게 반응하니 놀리고 싶은 심리가 자꾸 솟아올랐지만 자제하기로 결심했다. 캐리어를 열어 편한 옷을 꺼냈다.

“나 옷 입을 건데.”

“화장실 가서 입어.”

“아, 원룸은 이게 불편하네. 그냥 여기서 갈아입으면…… 표정을 보니 안 되겠군.”

새침하게 흘겨보는 미론을 본 아르노가 얼른 입장을 바꾸었다. 능청스럽다고 해야 할지, 센스가 좋다고 해야 할지 헷갈렸다. 입을 옷을 갖고 다시 욕실로 들어가는 그를 보며 고개를 설레설레 저었다.

"당분간 같이 지내려면 저런 모습도 익숙해져야겠지."

예전에는 어땠더라. 가만히 기억을 더듬자 막 씻고 나온 아르노의 몸을 보며 좋아서 어쩔 줄 몰라 환하게 웃고 있는 저의 모습이 보였다. 게다가 그때는 같이 씻기도 했지. 지금으로서는 상상도 할 수 없는 일이었다.

"나 완전 겁을 상실했었구나."

그때는 참 두려운 게 없었지. 뭐든 다 해낼 수 있을 것 같았다. 하지만 막상 세상과 부딪쳐 보니 만만한 것이 없었다.

하나의 장애물을 넘으면 또 다른 장애물이 생겼다. 어쩔 땐 많은 장애물이 한꺼번에 들이닥칠 때도 있었다. 그럴 때마다 포기하고 싶다는 나약한 마음이 결심을 휘청거리게 하곤 했다. 거듭되는 고난들에 없던 겁도 생겼다. 이젠 한 발조차 내딛기 무서울 정도로.

"무슨 생각을 그렇게 해?"

느닷없이 들려온 목소리에 상념이 흩어졌다. 정신을 차리자 청소기를 잡고 있는 아르노가 보였다. 미론이 얼른 그의 곁으로 갔다.

"이리 줘."

"잠도 재워 주는데 집안일 정도는 해야지."

"그런 거 안 해도 돼."

말을 듣기는 하는 건지 이젠 대꾸도 안 하고 청소기를 밀며 온 방 안을 휘젓고 다녔다. 미론은 진땀을 흘리며 그의 꽁무니를 졸졸 쫓아다녔다.

"안 해도 된다니까. 내 말 안 들려?"

톤을 높여 말하니 아르노가 시선을 준다. 그가 청소기에서 뗀 손으로 미론의 볼을 꼬집었다.

"아!"

왜 볼이 꼬집혀야 하는지 도무지 납득할 수 없어 억울했다. 미론의 눈살이 이지러졌다.

"왜 꼬집어?"

"성질내도 귀여워서."

"귀여워 보이려고 그런 거 아니야!"

"그래도 귀여워."

"이씨!"

아르노와 있으면 자꾸 어리광을 부리게 된다. 평소에는 이런 모습이 아닌데. 가끔은 어떤 게 자신의 진짜 모습인지 헷갈렸다. 실랑이를 벌이는 사이 그가 청소를 끝냈다.

"하던 작업마저 해. 나 신경 쓰지 말고."

아르노는 저의 등장으로 인해 미론이 작업을 중단한 것이 마음에 걸렸다. 본의 아니게 훼방을 놓게 돼 미안했다.

"아르노는 뭐하게?"

"난 좀 자야겠어. 피곤하네."

아르노가 고단한 얼굴을 손으로 쓸어내리며 낮은 한숨을 내쉬었다.

"그럼 침대에서 자."

미론은 아르노를 위해서라면 저의 침대를 기꺼이 내어 줄 수 있었다. 잠자리를 선뜻 양보하는 그녀의 너그러운 태도에 피곤함에 가라앉았던 기분이 되살아났다.

"그래도 돼?"

"응. 어차피 침대 말고 잘 곳 없어. 보다시피 방이 좁아서."

미론의 허락이 떨어지자 아르노는 고민 없이 침대로 갔다. 사실 이 집에 들어섰을 때부터 얼마나 눕고 싶었는지 모른다. 하얀 바탕에 분홍색 줄무늬가 들어간 이불의 유혹을 간신히 외면하고 있었다.

그가 이불을 걷고 시트에 몸을 눕혔다. 푹신한 시트에 몸을 맡기니 피로가 풀리는 것만 같았다.

"잘 자, 아르노."

잠에 빠져들 때쯤, 어렴풋 미론의 인사가 들렸다.

슥슥, 흐린 의식 사이로 들리는 그림 그리는 소리. 그녀의 옅은 숨소리. 그것이 자장가가 되어 주었다가 어느 순간, 의식이 완전히 흐려졌다.

문득 볼이 간지러워 잠에서 깼다. 어둠이 내려앉은 사방은 쥐죽은 듯 고요했다.

눈을 깜빡이며 천천히 주변을 탐색했다. 잘 때만 해도 작다 생각하지 않던 침대가 갑자기 비좁게 느껴져 옆을 보니 미론이 쌔근쌔근 숨소리를 내며 잠자고 있었다.

잠들기 전, 이젤 앞에 앉아 있던 그녀가 언제 침대로 넘어온 건지 전혀 모르겠다. 이제야 볼을 간질이는 존재를 알았다.

아무것도 보이지 않더니 그의 눈이 서서히 어둠에 적응이 되어 갔다. 미론의 실루엣이 점점 더 선명하게 다가왔다. 하지만 뭔가 아쉬웠다. 아르노는 손을 뻗어 미론의 머리를 쓰다듬었다. 얼마나 만지고 싶었는지 모른다. 가슴이 성난 야수처럼 날뛰었다.

그녀의 얇은 머리카락을 만져 봤다. 지금까지 손끝을 스쳐 간 옷감들이 수두룩하지만 그 어떤 옷감보다도 훨씬 고급스럽고 부드러워 그에게 감격이라는 숭고한 감정을 선사했다.

"이런 옷감이 있다면 세상에서 제일 아름다운 옷을 만들 수 있을 텐데."

하지만 어디에도 그녀를 닮은 옷감은 존재하지 않는다. 그게 아쉽기도 한데, 유일하기 때문에 더 특별하지 않나 싶기도 했다.

아르노의 손이 미론의 뺨으로 옮겨졌다. 자연스러운 듯 보였지만 그의 손이 미세하게 떨리고 있었다. 그녀를 만지는 일이 이토록 긴장될 줄이야. 꼭 잘못 만졌다가는 깨질 것처럼 위험하게 여겨졌다.

"깨지면 안 돼."

워낙 작고 투명해서 험한 세상을 뒹굴면 박살이 나지 않을까 걱정이 이만저만이 아니었다. 이런 마음, 그녀는 죽었다 깨어나도 모르겠지.

빰을 어루만지는 손길이 무척 조심스럽다. 정교한 디자인을 만들어 내듯 섬세한 손길로 그녀의 얼굴을 더듬었다.

"너와의 간격이 이만큼이나 가깝다니. 이렇게 만질 수도 있고, 참 좋다. 나 계속 한국에 있을까?"

그에게 한국은 특별한 나라다. 한국인의 피가 반이나 흐르기도 하고, 학창 시절을 보내기도 했던 곳이었다.

게다가 사랑하는 여자도 한국인이다. 어찌 한국을 사랑하지 않을 수 있을까. 지금의 파리는 더 이상 그를 품어 주지 않으니 정착할 곳은 여기였다.

"음, 간지러워."

단잠을 깨웠는지 미론이 짜증을 묻힌 말투로 투정했다. 아르노는 개의치 않고 빰을 감싼 손을 거두지 않았다. 그녀는 눈을 비비며 잠과의 사투를 벌였다.

"졸리면 그냥 자."

"많이 잤어."

고개를 도리도리 젓는 미론은 잠을 깨겠다는 의지를 오롯이 드러냈다.

"언제부터 잔 건데?"

아르노는 지금이 몇 시이고 본인조차 얼마나 잠을 잤는지 무지한 상태였다.

"아르노 자고 얼마 안 돼서."

그랬구나. 열심히 작업한 줄 알았는데 농땡이 피웠군. 아르노가 피식 웃었다.

"그림 그리고 있었잖아."

"응, 그랬는데 아르노 자는 모습 보니까 나도 졸린 거 있지. 그래서 그냥 툭 쓰러져 잤어."

얘기를 듣고 보니 저에게도 잘못이 있었다. 일하는 사람 앞에서 잠을 자는 바람에 수면 바이러스를 전파시키고 말았다.

"내가 유혹한 거구나."

"심하게 유혹적이었지."

예의상 아니라는 말을 건넬 법도 한데, 사이가 편하긴 한 모양이다. 아르노의 도톰한 입술에서 허탈한 웃음이 새어 나왔다.

"이번에도 나 데려가려고 왔어?"

"응?"

"파리."

"아, 아니."

파리에 데려가려고 온 줄 안 건가? 그러려고 온 건 아니었다.

"왜? 파리 가고 싶어?"

"가끔 생각나."

"뭐가?"

미론은 천장을 보며 똑바로 누워 깊은 회상에 젖었다. 아르노는 모로 누워 지난 과거를 추억하는 그녀의 얼굴을 지그시 응시했다.

"지금 떠올리는 추억들에 나도 있어?"

아니라고 대답해도 너무 실망하지 말아야겠다고, 기대감에 부풀려는 가슴을 단속했다. 아르노는 차분하게 미론의 대답을 기다렸다.

"그 질문, 이상해."

미론이 어떤 대답을 할지 대충 예상하고 있었는데 전혀 생각지 못한 말을 꺼내 당혹스러웠다.

"어?"

"없냐고 묻는 게 맞지."

얼굴을 좀 봤으면 하는데 미론은 계속 천장만 보고 있었다.

"온통 아르노로 가득해, 내 추억은."

넌 아무렇지도 않게 내 심장을 묵직하게 흔들어. 가슴이 욱신거려 아르노의 푸른 눈이 이지러졌다.

"나에게 파리는 그냥 아르노, 그 자체야."

아르노도 덩달아 파리에서 함께했던 추억을 상기했다. 이렇게 편안하게 그날들을 떠올리는 건 처음이었다. 그동안은 생각하면 생각할수록 참 아팠다. 지금은 미론과 같은 침대에 누워 있으니 고통은 죽고 미소가 번졌다.

아르노가 팔을 쭉 뻗어 왔고, 미론은 자연스레 고개를 들었다. 그녀의 머리 아래로 그의 팔이 쑥 깔렸다. 그녀가 머리를 내려 다시 편하게 누웠다.

"거긴 조금 외롭긴 하지만 그래도 여유롭고 감성이 충만해지는 곳이었어."

"내가 파리에 같이 가자고 했을 때, 흔들렸어?"

미론은 잠시 뜸을 들이더니 고개를 끄덕였다.

"응."

아르노는 안도의 한숨을 내쉬었다. 파리에 가자고 했을 때, 거절하지 않았던 터라 갈등하고 있을 거라는 예상은 했지만 그래도 혹시나 하는 마음에 불안했다. 이제야 마음이 놓였다.

"어쨌든 아르노를 다시 만나서 기뻐."

미론의 입술에 하얀 웃음이 피어났다. 순수하고 맑은 웃음이 방 안의 분위기를 화사하게 바꾸었다.

"기뻐해 주니 영광이네. 쫓겨날 줄 알고 각오했는데."

"별로 그래 보이지 않았는데? 캐리어 끌고 집에 쳐들어왔을 때 엄청 당당해 보였거든."

미론은 믿을 수 없다는 눈으로 아르노를 쳐다봤다. 그는 떳떳한 태도로 응수했다.

"쳐들어오긴 누가."

"쳐들어왔지, 아니야?"

차분히 따져 보니 미론의 입장에서는 쳐들어왔다고 생각할 수 있을 거라는 판단을 한 아르노의 눈에 수긍의 빛이 드리웠다.

"나 졸려."

"그럼 더 잘까?"

미론의 잔뜩 가라앉은 목소리에 아르노는 그녀의 어깨를 어루만지며 다정히 말했다.

"응."

아르노의 다정함에 살짝 날이 섰던 마음도 사르르 녹아내렸다.

"잘 자."

나른한 기운이 온몸을 휘감았고, 미론은 머지않아 잠들었다. 곤히 자는 그녀를 물끄러미 구경하던 아르노가 살며시 미소를 그리며 그녀의 이마에 입술을 맞댔다.

애정을 듬뿍 묻힌 입맞춤 뒤 미론을 품에 가득 끌어안았다. 그녀는 저항하지 않고 오히려 더 깊게 파고들었다.

따뜻한 밤이 깊어 가고 있었다.

❁ ❁ ❁

눈을 뜬 아르노가 옆이 허전해서 슬쩍 보니 미론이 없었다. 그가 벌떡 일어나 앉았다. 주변을 두리번거리며 그녀의 흔적을 찾아봤지만 시선 안에 들어오지 않았다.

여긴 그녀의 집이니 도망갔을 리는 없고, 화장실에 갔거나 출근을 했겠지.

아르노가 침대를 벗어나 주방으로 저벅저벅 걸어왔다. 물을 마시려고 냉장고를 열려다 자석으로 고정되어 있는 포스트잇을 발견했다.

나 출근해. 냄비에 수프 끓여 놨고, 식빵 사다 놨으니까 토스트 해 먹어. 한식은 별로 안 좋아할 것 같아서 사 놨어. 마음에 안 들어도 그냥 먹어.

—미론.

배려해 주는 마음이 느껴진다 싶을 때쯤 터프하게 마무리되는 메시지에 웃음이 새어 나왔다.

아르노는 미론이 또박또박 쓴 글씨를 외울 기세로 한동안 뚫어져라 쳐다보고 나서야 냉장고를 열었다. 물병을 꺼내 싱크대로 와 유리컵을 꺼내 물을 따랐다. 시원하게 쏟아지는 물을 보니 벌써 갈증이 해소되는 기분이었다. 서둘러 컵에 채워진 물을 마시니 속이 시원했다.

곧장 미론이 언급한 냄비를 찾아 나섰다. 가스레인지 위에 놓여 있는 냄비를 발견하고 뚜껑을 열자 고소한 수프 냄새가 진동했다. 아침부터 수선을 떨면서 끓였을 상상을 하니 가슴이 간지러워졌다.

"요리도 못하는 애가 고생했겠네. 혹시 인스턴트 아니야?"

인스턴트여도 사실 감지덕지였다. 현재 오갈 데 없는 자신을 내쫓지 않아 준 것만으로도 감사해야 할 처지니.

"씻고 먹어야겠다."

냄비 뚜껑을 제자리에 내려 두고 욕실로 왔다. 입고 있는 모든 것들을 탈의하고 샤워기를 틀었다.

시원하게 쏟아지는 물줄기가 잠자고 일어난 뭉친 근육들을 풀어 주자 흠뻑 젖은 머리를 뒤로 쓸어 넘기며 낮은 숨을 길게 내쉬었다.

아직은 미래에 대한 계획이 없다. 거의 10년 동안 쉬지 않고 일했다. 그나마 미론을 만나면서 숨통이 좀 트였나 싶었는데, 그녀가 사라지니 다시 암흑 속에 처박힌 신세가 돼 버렸다.

새로운 것을 창조한다는 건 무지하게 힘든 일이었다. 머리카락이 다 빠질 것처럼 험난한 그 일을 미친 듯이 해냈고, 덕분에 각광받는 디자이너로 자리매김할 수 있었지만 당분간은 아무 생각 없이 그저 쉬고 싶었다. 10년 만에 제대로 된 휴가가 생겼다. 돈도 벌 만큼 벌었으니, 그동안 소홀히 했던 사랑에 몰두할 생각이다.

개운한 마음으로 욕실을 나왔다. 미론도 없으니 바지만 입은 채 집 안을 자유롭게 거닐었다.

식은 수프를 데우기 위해 가스레인지에 불을 올리고 식탁에 놓여 있는 식빵 봉지를 열어 두 쪽을 토스트기에 꽂은 뒤 버튼을 눌렀다.

토스트가 완성될 동안 가스레인지 앞으로 가 데워지고 있는 수프가 냄비에 눌러 붙지 않도록 저어 주었다. 제법 맛있는 냄새가 코를 찔렀다.

미론에게 연락을 해 보고 싶지만, 강의하는 데 방해가 될까 봐 꾹 참았다. 수프가 먹기 좋은 온도로 데워지자 가스레인지 불을 끄고 눈에 바로 보이는 볼에 덜었다.

그사이 노릇노릇 구워진 토스트가 위로 봉긋 솟아올랐다. 토스트를 접시에 옮겨 담고 커피 메이커로 진하게 내린 원두 커피까지 준비해 식탁에 와 앉았다.

본격적으로 식사를 시작했다. 토스트를 한 입 베어 무니 바삭 소리가 났다. 맛을 보기 위해 수프를 한 수저 듬뿍 떠먹었다.

"역시."

인스턴트 수프였다. 아무렴 어때. 출근 준비만으로도 바빴을 텐데 이런 걸 만들어 두고 갔다는 것만으로도 기특했다.

수프와 토스트로 배를 채우고 양치질을 한 뒤 외출 준비를 했다. 미론이 퇴근하는 동안 카페에서 기다릴 계획이었다. 쉬는 동안 그녀에게 자신의 모든 것을 투자하기로 결심했으니 오늘부터 당장 실행하려고 한다. 게다가 만나야 할 사람도 있기 때문에 부지런히 움직였다.

현관 앞 전신 거울 앞에 서서 의상을 점검했다. 썩 마음에 드는 건 아니지만 나쁘지는 않으니 대충 합격. 신발을 신고 집을 나와 버스를 타고 이동했다.

확실히 한국인 사이에서 튀기는 하는지 버스 안의 사람들이 힐끔거렸다. 파리에서도 주목을 받던 사람이었지만 이유가 달랐다. 파리에서는 디자이너인 아르노를 알아보는 사람이 대다수였다면, 한국은 자신과 다른 머리카락 색과 눈동자 색을 가진 아르노를 신기해서 쳐다보는 사람들이 많았다. 그가 디자이너임을 알아보는 이는 극히 소수로 거의 디자인 전공이거나 연예계 쪽 사람들이었다.

빈자리가 있어 앉아 가던 중, 막 정차한 정류장에서 머리가 희끗희끗한 할머니 한 분이 지팡이를 짚으며 버스의 계단을 올랐다.

할머니를 보는 순간, 학창 시절 한국에서 지낼 때 자신을 먹여 주고 재워 주었던 친할머니가 떠올랐다. 파리로 돌아간 이후로 자주 볼 여유가 없어 늘 죄송한 마음이었다. 잘 지내고 계시겠지.

"할머니, 여기 앉으세요."

아르노가 지팡이를 짚으며 이쪽으로 오는 할머니에게 자리를 양보했다. 안 그래도 주목을 받던 아르노가 한국말을 하며 자리를 양보하는 모습에 주변에 있던 이들이 놀라움을 금치 못했다.

"옴마야, 억수로 고맙데이."

구수한 경상도 사투리를 하며 할머니가 무척 고마워했다. 이런 인사를 받으려고 자리를 양보한 건 아니지만 여하튼 오가는 정 덕분에 마음이 훈훈했다. 한국은 이래서 좋다. 사람들 간의 정이 느껴져서.

한국에서의 계획이 하나 더 생겼다. 할머니를 만나러 가 보는 것. 아르노가 어릴 때도 연세가 지긋했던 할머니는 가장 마지막으로 봤던 5년 전에도 많이 노쇠한 모습이었다. 한국에 있는 친척들이 돌봐 주기는 한다지만 그래도 한 번은 찾아가야겠다고 다짐했다.

버스에서 내린 아르노는 한껏 자유를 만끽했다. 파리에서는 차가 필수였다. 길거리에서 알아보는 사람들이 많기도 했고 집에서 회사까지 출퇴근을 하려면 대중교통으로는 엄두가 안 났다.

하지만 여기서는 어디든지 자유롭게 활보할 수 있어 확실히 편했다.

약속 장소인 카페로 이동했다. 오기 전에 커피를 마셨기 때문에 이번에는 자몽 에이드를 주문했다. 금방 나온 음료를 받아 빈자리를 찾아 앉고 보니 정면에 미론이 일하는 미술 학원이 보였다.

"탁월한 장소 선정이군."

생각 없이 고른 자리가 예상치 못한 만족을 선사했다. 아르노가 미끈하게 웃으며 만나기로 한 사람에게 메시지를 전송했다. 자신은 도착했으며 혹시 못 찾겠으면 전화하라고. 상대방이 거의 다 왔다는 회신을 보내 왔다.

주문한 자몽 에이드는 달지 않아서 입맛에 맞았다. 나중에 미론과도 같이 와야겠다는 소소한 생각에 잠겨 있는데, 익숙한 목소리가 귓속을 푹 파고들어 왔다.

"안녕하세요."

시선을 드니 홍윤이 서 있었다. 그녀는 볼 때마다 꽤 노출이 있는 의상을 입고 있는 것 같았다. 취향이겠거니, 가볍게 넘기며 인사에 응했다.

"앉으시죠."

홍윤이 맞은편 자리에 앉았다. 그녀가 아르노의 앞에 놓인 자몽 에이드를 흘깃 봤다.

"아, 저는 먼저 주문했습니다."

"커피 한 잔 정도는 얻어 마셔도 되지 않아요?"

당돌하다고 생각했지만 커피 한 잔 정도야 어렵지 않다 여기며 자리에서 일어났다.

"뭐로 드시겠습니까?"

"아메리카노, 진하게."

아르노는 별 불평 없이 계산대로 가 직원에게 홍윤의 말을 그대로 전했다.

아메리카노는 자몽 에이드보다도 훨씬 빠른 속도로 완성됐다. 그것을 들고 자리로 돌아오니 그녀가 새침하게 쳐다보았다. 그러거나 말거나 아메리카노를 그녀의 앞에 내려 두고 자리에 앉았다.

"아무리 시간이 지나도 연락이 오지 않아서 거절이라 생각했어요."

"아, 미안합니다. 제가 그동안 바빠서 연락할 정신이 없었거든요."

바쁘기도 했고 사실 많은 갈등을 한 탓에 빨리 연락하지 못했다.

재능이 있긴 하지만 아무래도 미론과 원만한 관계가 아닌 것 같아 선뜻 승낙을 하기가 꺼려졌다. 스카우트를 하면 아무래도 매일 봐야 하는데, 미론이 그것을 탐탁지 않아 할 것 같았기 때문이었다.

게다가 현재는 그런 생각조차 무의미했다. 이미 자신은 그곳을 나왔기 때문에.

"놀랐어요."

뜬금없이 놀랐다니 무슨 말인가 싶어 홍윤을 쳐다봤다.

"장미론이랑 그런 사이인 줄은 미처 몰랐거든요."

"아."

호텔에서 대화를 나눌 때, 의외로 미론에 대해 아무것도 묻지 않기에 생각보다 매너는 있다고 생각했는데 큰 착각이었나 보다. 표정을 보니 계속 묻고 싶었던 모양이었다. 그저 기회를 엿보고 있었을 뿐.

"어떻게 만나신 거예요?"

기분 따위는 묻지도 않고, 단도직입적으로 사생활에 대해 물어 오는 홍윤의 태도에 불쾌감을 느꼈다.

하지만 불편한 심기를 최대한 노출하지 않으려고 했다. 그녀와 언성을 높여 가며 싸우고 싶지는 않았다.

"대체 장미론, 걔 어디가 좋아서 만나 주는 거죠?"

분명 싸울 생각이 없었는데 방금 전 던져진 질문이 감정 상태를 엉망으로 만들었다.

"그 질문, 정말 별로군요."

"네?"

"'대'부터 '죠?'까지 마음에 드는 구석이 하나도 없습니다."

화는 내지 않았다. 다만 서릿발처럼 냉정한 목소리로 말했을 뿐. 여태까지 적당히 매너 좋게 행동했던 아르노가 냉정한 태도로 나오니 홍윤은 적잖이 당황했다.

"물어선 안 될 질문이라도 되나 보죠?"

"사람 간에는 지켜야 할 매너라는 게 있죠. 최홍윤 씨는 만나면 만날수록 저를 실망하게 만드는군요."

아무리 실력이 좋아도 상대방을 배려하는 마음 따위 하나도 없는 사람을 동료로 받아들이기는 어려웠다.

"덕분에 결정은 더 쉬워졌습니다."

무슨 의도인지 깨닫지 못한 홍윤이 미간을 찌푸렸다.

"저는 최홍윤 씨와 같이 일할 수 없습니다."

"……."

"이게 제 대답입니다."

홍윤의 얼굴이 볼 수 없을 정도로 우그러졌다. 그녀의 피부 위에 두껍게 오른 화장이 무너지는 모습을 마주하고 있기 버거웠지만 애써 인내심을 바짝 끌어모았다.

"왜죠? 제 실력이 형편없나요?"

"아뇨. 실력은 충분합니다."

"그런데 왜죠?"

홍윤은 아르노의 뜻을 납득하지 못하겠다는 얼굴이었다.

당연히 좋은 결과가 있으리라 확신했나 보다. 이는 자만이었다. 그녀에 대해 잘 모르지만 아마 과시욕이 있을 것으로 짐작했다.

“실력보다 중요한 건 인성입니다.”

“디자인은 무조건 실력이 우선 아닌가요? 아무리 인성이 좋아도 실력이 꽝이면 무슨 소용인데요?”

“저는 최홍윤 씨처럼 EDMUND에 입사하고 싶어 하는 사람들을 수도 없이 만났습니다. 수백, 수천 명이 거쳐 갔죠. 그들 대부분 최홍윤 씨와 비슷한 실력이었습니다. 차이가 있다면 그저 조금 더 낫거나 덜한 정도. 그러니 그중에 누구를 뽑든 상관이 없는 거죠. 수많은 사람들과 일해 봤지만 역시 인성은 무시할 게 못 된다는 사실을 깨달았습니다. 최홍윤 씨도 알겠지만 디자인 쪽에는 예민한 사람들이 무척 많아요. 저 또한 작업할 때는 무척 예민하니, 누굴 욕할 것도 없지만요. 하여튼 그런 사람들과 일하려면 지금 같은 성격으로는 힘들 겁니다.”

짙은 화장은 홍윤의 감정을 가려 주지 못했다. 짜증으로 얼룩진 기분이 고스란히 그녀의 얼굴에 드러났다. 눈에 담기 부담스러워 이쯤에서 일어나야겠다고 생각했다. 사실 아르노는 계속 이곳에서 미론을 기다릴 계획이었지만 아무래도 그러기는 어려워 보였다.

“제 얘기는 여기까지입니다. 오래 기다렸을 텐데, 실망스러운 대답을 하게 돼서 미안합니다. 비록 함께하지는 못하지만 최홍윤 씨가 좋은 디자이너로 성공했으면 합니다.”

아르노는 이야기를 끝내고 의자를 밀며 일어났다.

“그 결정에 장미론의 존재가 영향을 끼쳤나요?”

불현듯 던져진 질문에 아르노가 주춤했다. 미론이 영향을 끼친 건 사실이었지만 그대로 말하면 안 되겠다고 판단했다.

"아닙니다. 더 물으실 게 없다면 가 보겠습니다."

다시는 볼 일이 없으면 좋겠지만 홍윤이 계속 디자이너로 일한다면 마주치지 않으리라는 법은 없었다. 감정이 상하지 않게 좋은 쪽으로 마무리하는 것이 현명하다고 생각했다. 비록 크리스토프와의 관계에선 그렇지 못했지만 사람이 늘 이성적일 수는 없으니까.

아르노는 빠르게 카페를 나섰다.

✿ ✿ ✿

미론은 미술 학원의 로비를 지나 밖으로 나왔다. 쌀쌀한 바람이 불어왔다. 노을 진 하늘에 두었던 시선을 휴대폰 화면으로 옮겼다.

"아르노한테 전화해 볼까?"

그렇게 늦은 시간이 아니니 불러내서 남산에 가자고 할까. 오늘은 특별한 일정이 없는 것 같았는데 집에 있겠지? 미론은 통화 버튼을 눌렀다. 그때 뒤에서 누군가 와락 안아 오는 바람에 깜짝 놀라 비명을 질렀다.

"꺄!"

치한에게 습격당한 줄 알고 사색이 됐다. 112에 전화를 해야 하나, 생각을 하던 차에 남자가 입술을 달싹였다.

"나야."

너무나도 익숙한 목소리.

"아르노?"

키득거리는 웃음소리가 귓가에 퍼진다. 곧 예민하게 곤두섰던 신경은 가라앉고 분한 마음이 불쑥 치솟았다.

"놀랐잖아!"

얄미워 죽겠다.

"갑자기 그러면 어떡해?"

"서프라이즈 해 주려고."

"엄청난 서프라이즈다. 놀라서 까무러치는 줄 알았거든."

미론이 몸을 꿈틀대며 아르노의 품을 벗어났다. 그는 순순히 그녀를 놓아주었다. 미론이 뒤를 돌아 그를 올려다봤다.

"복어 같아."

"뭐?"

"두 볼이 빵빵해."

심통이 그득하게 들어찬 미론의 두 볼이 우스꽝스럽다.

"못됐어, 진짜. 근데 언제 왔어?"

아르노가 한국 시간에 맞춰 둔 손목시계를 보며 계산했다.

"음, 지금으로부터 네 시간 전?"

일찍 와 봤자 30분 전일 거라 예상했던 미론은 네 시간 전에 왔다는 아르노의 말에 경악했다.

"그렇게 빨리 왔다고? 왜?"

"너 마중하려고."

단지 그 이유라니. 더구나 진지한 태도로 그런 말을 하면 무지 떨리는데.

사소하지만 진심이 느껴지는 행동에서 전해지는 감동이 커다란 눈덩이처럼 미론의 가슴에 툭 떨어졌다.

"오래 기다렸겠다. 밖에 계속 있었던 거야?"

대체 뭘 하며 기다렸을까. 한국에 아는 사람이라고는 친척들 빼고는 없을 테고, 그마저도 연락을 잘하는 편은 아닌 것 같은데. 아마도 혼자서 기다리고 있었겠지. 얼마나 지루했을까.

"근처 카페에 있었어."

"심심하지 않았어?"

"사람들이 어떤 옷 입고 다니나 구경하느라 심심한지도 몰랐어."

아르노는 부드럽게 웃으며 미론의 근심을 덜어 주기 위해 성의껏 대답했다.

"배고프겠다."

사실 아르노는 오늘 하루 동안 차를 세 번이나 마셨다. 일어나자마자 커피 한 잔을 했고, 홍윤을 만나면서 자몽 에이드를 마셨고, 그녀를 만났던 카페를 나온 김에 주변을 좀 돌아다니다 다시 다른 카페로 자리를 옮겨 커피를 마셨다. 차로 배를 채운 셈이다.

"괜찮아. 넌?"

"나도 지금은 괜찮아. 그럼 우리 남산 갈까?"

"좋지."

아르노가 흔쾌히 승낙했다. 한 번에 가는 차가 없어 버스와 지하철을 이용했다. 명동역에 도착해 케이블카를 타는 곳으로 걸어갔다. 평일인데도 사람들이 제법 많았다.

"사람이 많네."

"여기 야경이 예뻐서 평일인데도 많이 오나 봐."

길게 늘어진 줄에 섰다.

"주말에는 이것보다 길어."

"오늘은 그나마 나은 거구나."

"응."

너무 오래 기다리게 되면 아르노가 힘들어할까 봐 걱정했는데 초연한 모습으로 줄을 서고 있어 다행이다.

"남산 와 봤어?"

불현듯 아르노가 질문을 해 왔다.

"그럼!"

자주 와 본 것은 아니지만 가끔 왔었다. 부모님과 살았던 집에서 크게 멀지 않아서 오는 게 번거롭지 않았다.

"언제 와 봤는데?"

"몇 번 와 봤냐고 묻는 게 더 나을걸? 나 아주 어릴 때도 여기 왔었대. 엄마가 얘기해 줬어. 그때 찍었던 사진 보여 주면서."

"아, 진짜? 너 어릴 때 사진 궁금하다."

"궁금해하지 않아도 돼. 엄청 못생겼어."

혹시 보여 달라고 그럴까 봐 냉큼 발을 뺐다.

어릴 때의 모습은 촌스럽기 짝이 없어, 누구에게든 보여 주고 싶지 않았다. 아르노에게는 더더욱 숨기고만 싶었다. 예쁘지 않은 모습을 굳이 보일 필요는 없다고 생각하니까.

대화를 하는 사이 줄이 줄어들었다. 거리가 줄어들수록 가슴이 두근두근 설레었다.

"귀여울 것 같은데."

"아냐. 하나도 안 귀여워."

"보여 달라고 하면 화낼 거지?"

"알면 묻지 마."

애원하는 듯한 눈빛에 아르노는 못 이기는 척 넘어가 주기로 했다. 사소한 이야기를 나누다 보니 어느새 차례가 왔다. 미론은 아르노의 손을 잡아끌며 얼른 창가로 붙었다. 곧 사람들이 밀려 들어와 널찍했던 케이블카를 채웠다.

"사람들이 이렇게 많이 타는데 안 떨어지나?"

"그러고 보니 그러네."

"참 신기해."

"응. 와, 출발한다!"

케이블카가 움직이기 시작했다. 미론은 높은 곳을 좋아하는 편은 아니었다. 놀이기구를 잘 타는 편도 아니었다. 그런데 공중을 가르는 케이블카는 하나도 무섭지 않았다.

"우와!"

아이 같이 순수한 감탄사를 연발했다. 아르노는 환희에 찬 미론의 얼굴을 보느라 야경은 뒷전이었다.

"아르노, 저것 봐. 야경 진짜 예뻐!"

흥분한 듯 목소리가 한껏 올라가 있었다. 미론은 아름다운 야경을 혼자만 보기 아까웠는지 자꾸만 아르노의 손을 꽉 잡아 오며 저기 좀 보라 다그쳤다.

지금 시야를 가득 채운 그녀만으로도 충분히 벅찼기에 굳이 야경을 보지 않아도 괜찮았지만 그래도 남산까지 왔는데 안 볼 수는 없기도 하고, 그녀가 같이 보기를 원하는데 무시할 이유는 없었다.

그의 시선이 유리창으로 옮겨졌다. 왜 그녀가 이토록 기뻐하는지 알겠다.

까만 밤, 그 아래 도시가 만들어 낸 별빛이 흐르고 있었다. 공중에서 그 광경을 내려다보는 기분은 감히 말로 표현할 수 없을 정도로 굉장했다.

서울의 야경은 아름다움이 지나쳐서 보고 있으면 온몸이 전율했다. 케이블카 이용료로 지불한 돈이 아깝지 않았다. 낭만이 넘쳐흐르는 이곳에서 그녀와 짜릿하게 키스를 하고 싶었지만 보는 눈이 많아 꾹 인내했다.

케이블카가 목적지에 도착하면서 더 이상 야경을 볼 수 없게 되자 미론은 상당히 아쉬워했다.

"계속 볼 수 있다면 가치가 떨어지잖아. 볼 수 있는 시간이 정해져 있기 때문에, 또 그 시간이 짧기 때문에 더 짜릿하게 느껴지는 거 아니겠어?"

"맞아."

"그리고 이따 내려가면서 또 탈 거니까 조금만 아쉬워해."

"응."

아르노의 손을 잡고 걸었다. 봉수대를 지나 팔각정에 다다랐다. 팔각정 주변으로 많은 사람들이 몰려 있었다.

둘은 전망대로 이동했다. 그곳에는 셀 수 없이 많은 사랑과 약속이 자물쇠에 잠겨 주렁주렁 매달려 있었다. 보는 이의 관점에 따라, 낭만의 장소로 여겨질 수 있겠지만 얼기설기 엮인 자물쇠들이 난잡하게 보일 수도 있을 것이다.

"이 사람들은 전부 어떻게 됐을까?"

자물쇠들을 보자 궁금증이 생겼는지 미론이 말을 걸어왔다.

"지금까지 잘 사귀는 이들도 있을 거고, 결혼한 이들도 있겠지. 그리고 헤어진 이들도 있겠고."

"이걸 보니까 누구나 미래를 불안해한다는 생각이 드네."

"왜?"

미론의 눈동자에 애석한 감정이 얼핏 스쳐 지나갔다.

"세상에 영원한 사랑이 없다는 것을 아니까 자물쇠를 걸어서라도 불안함을 해소하고 싶었던 거겠지."

사랑이라는 게 변치 않는다면 사람들은 이런 행위를 하지도 않았을 것이다.

시간이 흐르면 감정도 흐르는 법, 늘 똑같은 무게와 두께의 감정을 유지할 수는 없는 게 사람이었다. 사람은 변화하는 환경과 눈앞에 드리운 유혹에 취약하니까.

"그래도 이 자물쇠를 걸 때만큼은 행복하지 않은 건 아니었을 거야."

"……."

"불안하다고 해서 행복하지 않은 건 아니니까. 많이 사랑하니까, 그래서 행복하니까 불안하기도 했던 거겠지."

아르노의 말이 묵직하게 가슴을 울렸다. 미론은 동요하는 눈으로 그를 물끄러미 응시했다. 그의 말을 듣고 나니 자신이 파리에서 왜 그토록 불안했는지 깨달았다. 그를 많이 사랑하기 때문이었다.

"이제 불안할 때마다 나한테 와서 안겨."

아르노의 다정한 목소리, 따뜻하게 보듬는 손길. 그래서 두방망이질을 쳐 대는 심장.

"그러면 아, 날 사랑하고 있구나. 그렇게 생각할게."

우렁찬 심장 박동에 가슴이 얼얼했으며, 밤공기는 페퍼민트를 머금은 듯 청량했다.

8. 장마

아르노와 함께 지낸 지도 벌써 보름이 지났다. 평소에 시간이 느리게 간다는 생각은 안 들었는데 삶에 그가 들어온 순간부터는 초고속 열차를 탄 것처럼 시간이 유난히 더 빠르게 지나갔다.

퇴근 후나 학원에 나가지 않는 날에는 무조건 데이트를 해야 한다는 아르노의 강요에 못 이기는 척 따라 주었다.

쉬는 날이 일정하지 않은 데다 길지도 않아 멀리 놀러 갈 수 없어 아쉬웠지만 서울 안에서도 충분히 알차게 보낼 수 있었다. 말이 데이트지, 사실 한국에 관광 온 외국인을 위해 가이드가 된 기분이었다.

그래도 재밌었다. 아르노에게 유익하고 즐거운 시간이었던 만큼 미론에게도 행복한 시간이었으니까.

오늘은 쉬는 날이지만 안타깝게도 나갈 수 없었다. 그칠 기미 없는 비가 내리고 있기 때문이었다. 가랑비 정도면 무리 없이 돌아다닐 수 있을 테지만 호우가 쏟아지니 꼼짝없이 집에 있어야 했다.

아르노는 아쉬운지 창밖을 멀거니 보고 있었다.

"한동안 장마래."

안심시켜 줄 수 있는 말을 건네면 좋으련만 사실이 그런 것을 어쩌랴. 일기 예보는 매년 그랬듯 장마가 시작됨을 알려 주었다. 일기 예보가 모두 맞아떨어지는 것은 아니었지만 예보대로 억수 같은 비가 쏟아지는 것을 보면 흘려들을 수가 없었다.

오늘 하루도 아니고 며칠 동안이나 데이트를 할 수 없을지도 모른다는 생각에 아르노는 암담한 표정으로 한숨을 쉬었다. 그는 미련스런 눈길로 낮인지 밤인지 뚜렷한 경계가 없는 하늘을 쳐다보다가 한참이 지나서야 돌아섰다.

"밖에 안 나가도 집에서 재미있게 놀 수 있어."

아무래도 아르노의 기분을 풀어 줘야 할 것 같아 미론이 적극적으로 나섰다.

"어떻게?"

그는 별 기대는 하지 않는다는 투로 물었다. 기운이 없는지 오늘따라 어깨가 축 처진 모습이 측은해서 못 견디겠다.

"영화 보자."

미론은 먼저 소파에 엉덩이를 붙이고 앉아 리모컨을 쥐고 브라운관에 뜬 영화 목록들을 살폈다.

영화를 고르는 그녀의 모습이 굉장히 신중하다. 1분, 10분도 아니고 한 시간이 넘는 시간을 할애하는 일이니만큼 만족스러운 영화를 고르고 싶은 마음이었다.

그사이 아르노는 냉장고에서 병맥주 하나와 컵 두 개, 병따개를 가져왔다.

"아르노, 찬장에 보면 엊그제 사 놓은 나쵸도 있어."

"좋아."

미론의 말이 끝나자마자 아르노는 재빠르게 움직였다. 그녀가 알려 준 곳에서 나쵸를 꺼내 봉지를 뜯어 볼에 쏟은 후 소파로 가져왔다. 그것을 테이블에 내려 두면서 그녀의 옆에 털썩 앉았다.

"뭐 보게?"

아르노는 병따개로 맥주병을 따며 브라운관으로 시선을 슬쩍 옮겼다.

외출하는 것보다는 덜하지만 집에서 영화를 보며 조용히 보내는 것도 나쁘지 않았다. 미론과 둘이 함께 있다는 사실만으로도 집 안 풍경이 은밀하게 다가왔다.

"이거 봐야지."

고심 끝에 결정한 영화는 미드나잇 인 파리였다.

"이거 봤어?"

"아니."

아르노가 이미 봤다고 하면 다른 영화를 골라야 했지만 보지 않았다니 다른 걸 뒤적거려야 하는 수고를 덜어 다행이었다. 즉시 영화를 재생시켰다.

"좋았어!"

아르노가 미론에게 맥주를 따른 컵을 건넸다.

"무슨 내용인데?"

"몰라."

미간을 좁혀 가며 열심히 고민하기에 결국은 정말 보고 싶은 영화를 골랐으리라 짐작했는데 무슨 내용인지도 모르고 선택을 했다니 당황스러웠다.

"응?"

어이없어 하는 아르노를 보며 미론이 샐쭉 웃었다.

"제목 보고 고른 건데? 미드나잇 인 파리니까 파리가 배경이지 않을까? 그리움을 이렇게 달래는 거지."

아주 이해가 안 가는 이유는 아니다.

파리는 그리움을 낳았다. 그곳에 있는 동안 분에 넘치는 사랑을 받았다. 미론의 인생에서 가장 아름답고 찬란했던 순간, 다시 돌아가고 싶다는 마음이 들면서도 현실을 버텨야 했기에 하는 수 없이 외면해야 했다.

너무 슬프지만, 정말 아프지만, 타임머신을 타지 않는 한 이제는 다시 그 순간으로 돌아갈 수 없다.

각자 쥐고 있는 컵으로 건배를 했다. 습하고 더운 날씨를 시원한 맥주로 달랬다. 에어컨이 있긴 하지만 절약을 하기 위해 웬만해서는 틀지 않고 있었다. 때문에 선풍기 한 대가 방

안의 온도를 낮추느라 애쓰고 있었다.

영화는 아련하고 따뜻한 색감과 감미로운 음악이 어우러져 파리의 아름다움을 배가시키고 있었다.

금방 영화에 집중하기 시작한 미론이 신기해 아르노가 그녀를 빤히 쳐다보았다. 그러다 그도 어느새 서서히 영화에 빠져들었다.

단순히 파리라는 두 글자만 보고 선택한 영화인데 두 사람에게 깊게 와 닿는 내용이라 어느 순간부터는 맥주와 나쵸에 손도 대지 않은 채 영화에 몰두했다.

"스콧 제럴드, 헤밍웨이, 게다가 피카소까지. 내가 길이어도 엄청 흥분했을 거야."

영화를 보고 난 뒤 감상에 대해 살짝 들뜬 목소리로 말하는 미론이 귀여웠다.

특별히 웃음을 자아내거나 눈물을 빼내지는 않지만 충분히 재미있었다. 자극적이지는 않지만 진한 여운을 남겼다.

과거에 대한 동경을 통해 스스로가 살고 있는 현실을 성찰할 기회를 주는 영화였다. 혼자만의 사색에 잠겨 있던 미론이 아르노를 향해 물었다.

"아르노는 현재가 불만스럽지 않아?"

"아니."

"……."

"불만스러울 리 없지 않나?"

아르노는 숨도 쉬지 않고 즉각 대답해 미론을 놀라게 했다.

"네가 있으면 그걸로 충분해."

진득한 눈길로 마주쳐 오면서 전하는 아르노의 고백에 가슴이 크게 요동쳤다.

그의 농도 짙은 애정이 혈관을 타고 온몸에 달라붙었다. 긴 시간 동안 축적된 사랑의 무게가 심장을 짓눌렀다.

통증을 동반한 떨림. 호흡이 조금씩 가빠지고 있었다.

"너와 함께하는 시간들은 전부 나에게 있어 황금시대니까."

아르노의 눈빛과 목소리에 압도당했다. 가슴이 벅차서 제대로 숨이 쉬어지지 않아 괴로웠다. 미론은 크게 숨을 들이마셨다가 내쉬며 컵을 그러쥐었다.

그 순간, 얼굴로 그림자가 드리워지더니 순식간에 입술이 한 움큼 먹혔다. 그가 살짝 벌어져 있던 입술을 가르며 안으로 침범해 들어왔다.

머릿속에서 적색 신호가 요란하게 깜빡였다. 이 키스는 위험하다. 어쩌면 키스로 끝나지 않을 수도 있다는 예감이 척추를 강타했다. 그러나 불쾌하지 않았다. 오히려 짜릿했다.

아르노는 미론의 입술 안에서 거칠게 헤엄쳤다. 입술을 부딪쳐 올 때부터 이미 꽤 흥분한 상태였다. 무엇이 그를 자극한 건지는 모르겠다. 그저 그가 뜨겁게 달아올랐다는 사실만 깨달을 뿐.

혀가 질척하게 비벼지는 야릇한 소리가 귓가에 퍼졌다. 맥주 맛이 나는 키스라 그런지 취한 기분이 들었다. 거품이 없어 부드러움은 덜하지만 알싸하고 시원한 느낌이 여전히 입안을 맴돌고 있었다. 같은 맥주를 마셨는데 다른 온도를 띠었던 혀가 어느새 용광로처럼 뜨거워졌다.

미론이 살며시 눈꺼풀을 들어 올려 아르노를 봤다. 그는 그녀의 입술에 완전히 심취해 있었다. 그의 지독한 섹시함에 두피가 찌릿찌릿했다. 그녀의 눈이 한층 더 나른하게 풀어졌다.

허리 부근을 더듬는 손길이 느껴졌다. 미론은 아르노의 손을 밀어내지 않았다. 이상야릇한 감각이 점점 정신을 잠식해 가더니, 이내 기운이 빠져나간 탓에 몸의 균형이 흐트러져 버렸다. 때문에 그녀의 상체가 점점 뒤로 넘어갔다.

무게를 이기지 못해 소파에 등을 대고 눕자 그가 자연스레 그녀에게 상체를 밀착하며 목덜미를 깨물었다. 피를 빨아먹을 것처럼 집요하게 구는 그의 모습에 꼭 뱀파이어에게 목덜미를 내어 준 기분이었다.

“아, 아앗!”

입술 사이로 기이한 소리들이 튀어나왔다. 제정신이 아니었다. 몸을 지배하는 존재가 이성이 아니었다. 미론은 눈덩이처럼 삽시간에 불어난 감각에 어쩔 줄을 몰라 했다.

유리창을 두드리는 빗소리가 흥분으로 인해 먹먹해진 귀에 어렴풋이 들려왔다. 그 소리와 이곳의 분위기가 어우러져 낭만이 흐르는 듯했다. 건전하다고 할 수는 없지만.

티셔츠 안으로 아르노의 얼굴이 들어왔다. 그게 너무 웃겨서 참지 못하고 웃음을 터뜨려 버렸다. 그러나 피부에 닿는 뜨겁고 축축한 숨에 웃음기가 사라졌다.

"아르노……."

아르노의 입술이, 혀가, 손이 몸 위를 은밀하게 기어 다녔다. 분명 예전해도 겪었던 상황인데 헤어져 있던 몇 달 사이 기억 속에서 완전히 잊힌 것처럼 생소하게만 느껴졌다.

이 지독한 자극을 견뎌 낼 재간이 없다. 그의 아래에서 속절없이 무너졌다.

"내가 이러는 거 싫지 않아?"

아르노가 고개를 들고 어딘지 모르게 슬퍼 보이는 눈을 마주하며 물어왔다. 그의 거친 숨소리와 상반되게 눈빛은 축축했다. 금방이라도 울 것처럼.

"싫지 않아."

"하……."

거부할까 봐, 싫어할까 봐 마음을 졸였나 보다. 아르노는 탄식하며 얼굴을 쓸어내렸다.

"싫었다면 키스도 거절했겠지."

"정말 안 싫어?"

"그래, 바보야. 안 싫어."

"그럼 좋아?"

질문의 의미는 비슷했지만 질문하는 이의 의도가 달라진 게 뻔히 보여 선뜻 대답하지 못했다.

"짓궂어."

아르노가 여전히 촉촉한 눈으로 입매를 느슨히 풀었다. 미끈하게 웃는 그가 미치게 아름다웠다. 미론은 손을 뻗어 그의 얼굴을 감쌌다. 단단한 이마를 만지고 높은 콧대를 쓸어 보고, 뺨을 어루만지다가 손가락 끝으로 입술을 더듬었다. 입체적인 얼굴이었다.

"신이 모든 아름다움을 아르노에게 쏟아부었나 봐."

"그게 뭐야."

"태어나서 아르노처럼 아름다운 남자는 본 적이 없어."

"조금 간지럽지만 그래도 기분 좋다. 네가 날 사랑스럽게 바라봐 주니까."

손이 근질거렸다. 눈앞에서 아름답게 빛나는 이 남자를 그리고 싶어서.

"아르노를 그리고 싶어."

이런 기분, 처음이 아니었다. 아르노와 사귀면서 늘 작품으로 남겨 두고 싶었다.

하지만 부족한 실력으로는 그의 아름다움을 오롯이 그림에 담아낼 수 없어서 계속 미뤄 왔다.

"지금?"

"응."

"지금은 곤란한데."

아르노가 제 하체를 슬쩍 내려다보더니 난처한 얼굴로 미론을 봤다. 그의 행동만으로도 상황을 이해했다.

"아……."

"30분만. 아니, 한 시간만 참아 줘."

미론의 대답을 들을 여유가 없다는 듯, 아르노가 말을 끝내

자마자 그녀의 바지를 벗겼다.

"으앗!"

갑작스레 훤히 드러난 다리에 미론이 화들짝 놀랐다. 차가운 공기가 피부에 닿아 생경한 느낌이 돋아났다. 곧 복사뼈에 풍부한 입술이 뭉근하게 닿아 와 저항하려던 의지를 잠재웠다.

"발목이 한 손에 다 잡혀. 좀만 힘주면 부러질까 봐 겁나."

아르노는 그러쥔 미론의 발목을 신기한 눈으로 쳐다봤다. 그저 발목을 볼 뿐인데도 이상하게 상당히 쑥스럽다.

지금까지와는 비교도 안 되는 감각이 성난 파도처럼 미론의 몸을 덮쳤다. 아르노가 뿜어내는 열기가 방 안의 공기를 농밀하게 채웠고, 그녀는 몸을 휘감는 열기에 정신을 잃을 것 같았다.

샤워를 하고 개운한 마음으로 이젤 앞에 앉았다. 아르노는 긴장한 얼굴로 침대에 걸터앉아 있었다.

"아르노, 편하게 있어도 돼."

미동도 없이 굳어 있는 아르노의 자세가 불편해 보였다.

"모델을 하려니 영 어색하네."

"화보 촬영은 종종하잖아."

"느낌이 많이 달라. 난 모델 체질은 아닌가 봐."

"체질은 아닐지 모르지만 보이는 것만으로는 충분히 모델 감이야."

아르노가 기분 좋은 미소를 머금었다.

“지금 그 표정 좋다.”

미론은 하얀 도화지에 검은 선들을 채우기 시작했다. 객관성을 잃고 싶지 않지만 사사로운 감정이 들어가지 않을 수가 없다. 그녀는 차분한 마음으로 그의 얼굴을 그려 나갔다.

선을 하나씩 그릴 때마다 심장이 사랑한다며 울부짖었다. 설레고 두근거리는 마음에 가슴이 소란스럽다. 자꾸만 손이 떨렸다. 여태까지 그림을 그리면서 이렇게까지 가슴이 벅찬 적이 없었다.

“난 이제 편안한데, 네가 떠네.”

“…….”

“너무 못생겨서 그리기 싫어? 왜 그렇게 긴장해?”

“벅차서 그래. 아르노를 그릴 수 있어서.”

작게 떨리는 미론의 목소리에 아르노까지 가슴이 떨렸다. 그가 부드럽게 웃으며 그녀를 다독였다.

“예쁘게 그려 줘.”

“응. 최선을 다할게.”

아르노의 부탁이니 그를 만족시킬 것이다. 미론은 깊게 심호흡을 하며 들뜬 마음을 가다듬고 손끝에 집중력을 모았다.

두 시간 정도의 시간이 흘렀다. 중간에 잠깐씩 쉬기는 했지만 그래 봐야 총 20분도 안 된다. 아르노가 조금씩 흐트러지기 시작했다.

“배 좀 채우고 하면 안 될까?”

작업에 몰두한 미론을 방해하기 조심스러웠다.

“배고프지?”

“넌 괜찮아?”

“나는 견딜 만한데. 그래도 아르노 배고프니까 먹고 하자.”

미론이 의자에서 일어서서 냉장고 앞으로 갔다. 무엇을 먹을지 고민하는 그녀의 뒤로 아르노가 다가왔다.

“떡볶이 먹자.”

아르노와 전혀 어울리지 않는 메뉴 선정에 미론이 휘둥그레 뜬 눈으로 그를 올려다봤다.

“떡볶이? 매운 거 못 먹잖아.”

아르노는 매운 음식을 못 먹는다. 저번에 김치를 먹고 눈물을 쏙 뺐었더랬다. 그런 사람이 떡볶이를 먹자니 놀라지 않을 수 없었다.

“너 며칠 전부터 먹고 싶다고 노래 불렀잖아.”

아르노와 지내면서 매운 음식은 웬만해서는 먹지 않았다. 그가 강요한 건 아니었다.

다만, 식사 때마다 각자의 취향에 맞춰 음식을 준비하기 번거로워서였다. 그래서 둘 다 잘 먹는 음식 위주로 식사하곤 했다.

“나중에 수진이랑 먹으면 돼.”

먹기 힘든 음식을 굳이 먹게 할 생각은 없었다. 예전에는 이런 사소한 것들에 불만을 가졌었지만 지금은 그저 같이 있는 것만으로도 감사했다.

"아니, 나랑 먹자. 떡볶이 잘한다며. 그거 해 줘. 응?"

"괜찮겠어?"

"괜찮다니까."

걱정됐지만 이렇게까지 먹자고 하니 계속 거절할 수도 없는 노릇이었다.

미론은 냉동실을 열어 먹다 남아 얼려 놓은 떡을 꺼냈다.

"음, 저번에 먹다 남은 떡 있으니까 그걸로 해야겠다. 어묵은 없으니까 빼고, 또 뭐 넣지?"

될 수 있으면 집에 있는 재료로 요리를 하고 싶었다.

"우리 라면도 넣어서 라볶이 해 먹을까?"

"라볶이?"

떡볶이는 알아도 라볶이는 생소했다. 아르노가 고개를 갸웃거렸다.

"아, 떡볶이에 라면 넣으면 라볶이가 되거든. 쫄면 알지? 그거 넣으면 쫄볶이."

"재밌네. 개인적으로 쫄면은 별로였어. 고무줄 씹는 기분이어서."

파리에서 같이 살 때 미론이 쫄면이 먹고 싶다고 해, 한인마트에서 재료들을 사 만들어 먹은 적이 있었다. 그때 아르노를 배려해 일부러 고추장을 적게 넣어 매운맛을 줄여서 만들었었는데 그것마저도 그에게는 고통이었다.

"풋. 맞아, 전에도 그런 얘기했었어. 근데 그보다는 매워서 두 입 먹고 울었잖아."

"창피하게 왜 그런 얘기를 해."

아르노의 얼굴이 붉게 상기됐다.

"여기 사람이라고는 우리 둘뿐이거든. 그래서 라면 넣어, 말아?"

"넣자."

쫄면의 식감은 별로지만 라면은 훨씬 부드러운 느낌이라 괜찮을 것 같았다. 아르노의 결정에 따라 떡볶이에 넣을 재료로 라면을 추가했다.

미론은 제법 능숙한 솜씨로 떡볶이를 만들어 나갔다. 파리에 있을 때는 요리하는 모습을 자주 보지 못해서 지금 이 모습이 신선했다.

"혼자 사는 거 외롭지 않아?"

"아르노가 있잖아."

"아니. 나 오기 전에 말이야."

"무섭지는 않았는데, 외롭기는 했었던 것 같아."

미론은 떡볶이를 만들며 아르노의 얘기에 경청했다. 그와 대화를 하며 요리를 하니 지루할 틈이 없었다.

"어떨 때가 제일 외로운데?"

"잠잘 때, 자고 일어났을 때, 그리고 밥 먹을 때."

적어도 지금 이 순간은 외롭지 않았다. 아르노가 있어서.

"그 정도면 하루의 대부분이 외로운 거 아냐?"

반박할 수 없는 상황에 미론은 그저 빙그레 웃었다.

"부모님 안 보고 싶어?"

"파리에 있을 때도 떨어져 있었는데, 뭐. 엄마가 해 주는 밥이 먹고 싶거나 갑자기 너무 아플 때. 그럴 때 빼고는 크게 생각은 안 나."

"씩씩하네."

"씩씩한 게 아니라 효녀가 아닌 거지."

미론은 아르노와 이야기를 나누면서도 떡볶이를 금세 뚝딱 만들었다. 삶은 달걀, 만두, 라면까지 넣어 양이 푸짐했다. 아르노가 떡볶이가 담긴 팬을 식탁에 옮겼고, 미론은 덜어 먹을 그릇 두 개를 가져와 식탁에 앉았다.

"너무 매우면 먹지 마. 알았지?"

매운맛에 크게 혼쭐이 났으면서도 호기롭게 덤비려는 아르노가 걱정되었다.

그는 미론의 근심을 해소해 주고자 포크로 떡을 하나 푹 찍어 올렸다. 빨간 양념이 범벅된 떡을 보는 것만으로도 목구멍이 화끈거렸다.

아르노가 용기를 내어 떡을 입속으로 밀어 넣었다. 그녀는 걱정되는 마음에 포크를 들지도 못한 채 그를 지켜봤다. 떡을 씹는 속도가 느린 것으로 보아 매운가 보다. 마침내 그가 떡을 꿀꺽 삼켰다.

"아르노."

그의 이름을 부르다가 웃음이 터져 버렸다.

"아르노 얼굴 지금 불나."

아르노의 얼굴이 시뻘겋다. 이내 켁켁거리며 기침을 해대는 그에게 얼른 물을 건넸다.

"얼굴이 떡볶이 색이 됐어."

아르노는 화재가 난 속을 진압하기 위해 연거푸 물을 부었다.

"괜찮아?"

"아니."

아르노의 주변으로 우울한 기운이 휘몰아쳤다. 매운 음식을 잘 먹는 모습을 보여 주고 싶었는데 계획대로 되지 않자 속상한가 보다. 시무룩해하는 그의 모습이 엄청 귀여웠다.

"푸훗! 내가 이럴 줄 알았어."

"대체 이런 걸 왜 먹는 거야? 아니, 어떻게 먹는 거지? 이건 벌칙이라고."

"맛있는데. 그리고 아르노 생각해서 덜 맵게 한 거라고."

이것도 매운데 더 맵게 하면 그건 진짜 벌칙이지 않을까? 상상만으로도 위가 아팠다.

"어후."

"아르노, 뭐 다른 거 해 줄까? 파스타 먹을래? 재료 있는데."

아르노는 일어나려는 미론을 앉게 했다.

"아냐. 떡볶이 먹고 있어. 파스타는 내가 해 먹을게."

"응."

솔직히 미론보다 아르노가 더 요리에 능했다. 특히나 양식에 있어서는 아르노의 실력이 월등하니 해 먹겠다는 그를 말리지 않으련다.

그는 알아서 재료들을 척척 꺼냈다. 무언가를 써는 소리, 프라이팬이 달그락거리는 소리, 음식들이 볶아지는 소리. 거기에 빗소리까지 더해져 마치 현악 4중주를 듣는 것처럼 입가에 미소가 번졌다.

곧 맛있는 냄새가 후각을 자극했다. 떡볶이를 먹고 있는데도 침샘이 고였다. 아르노가 요리를 마치고 프라이팬 통째로 식탁에 가져왔다.

“이대로 먹자.”

“나도 주는 거야?”

“그러려고 2인분 했는걸.”

섬세한 배려에 미론은 기뻐서 빙그레 웃었다. 베이컨을 넣어서 간단하게 만든 크림 파스타와 매콤달콤한 떡볶이의 조화가 제법 잘 어울렸다.

“역시 아르노 표 파스타는 최고야!”

“맛있어?”

“응!”

미론은 엄지까지 들어 보이며 극찬을 아끼지 않았다. 복스럽게 먹는 그녀를 구경하다가 뒤늦게 아르노도 포크를 들었다.

그는 파스타를 먹다가 입안이 잠잠해졌을 때 다시 떡볶이를 집어 먹었다. 그러다 매워진 입을 파스타로 달래기를 반복하는 모습은 보는 이에게는 코미디, 그 자체였다.

유리창을 뚫는 우악스러운 빗소리에 그녀의 웃음소리가 뒤섞였다.

✡ ✡ ✡

오늘은 오전부터 강의가 있어 일찍 출근했다. 학원은 여름방학을 맞이한 학생들의 즐거운 수다로 가득했다. 덕분에 비 오는 우중충한 날씨에도 학원 분위기가 밝았다.

미론의 컨디션은 요즘 최고조였다. 그녀의 얼굴에는 환한 미소가 가득했다. 같이 일하는 강사들이나 학원 수강생들에게 연애하느냐는 소리를 자주 들었다.

아르노와는 굳이 말을 하지 않았지만 스킨십이라던가, 행동으로 다시 시작하자는 신호를 주고받았다. 이젠 연애가 아니라고 부정할 수 없게 어느새 마음을 활짝 열어 버린 상태였다.

비가 오는 날이라 다른 강사들은 점심 식사로 배달 음식을 시켜 먹었다. 미론은 수진과 약속이 있어 밖으로 나와 그녀와 점심을 먹었다.

배를 채운 뒤 카페로 자리를 옮겼다. 억수같이 퍼붓는 비에 거리를 활보하는 사람들을 찾기가 힘들었다. 그래도 건물 안에서 바라보는 비 오는 날의 풍경은 기가 막혔다. 괜히 감수성이 풍부해졌다. 뭐라도 그리고 싶은 욕구가 몸을 뚫고 튀어나오려는 것을 간신히 억눌렀다.

"장미론."

턱을 괴고 멍하니 창밖을 구경하고 있는데 먹먹했던 귀로 익숙한 목소리가 침투했다.

미론이 유리창에 고정됐던 시선을 거두고 저의 이름을 부른 이를 쳐다봤다.

“화백님.”

오랜만에 보는 은우였다. 아르노가 집에 오고 나서 은우의 작업실에 한 번도 찾아가지 못했다. 연락할 정신도 없었다. 온 정신을 아르노에게 빼앗겼으니.

“사색 중에 방해한 건 아니지?”

“아니에요.”

“앉아도 돼?”

“네, 그럼요.”

흔쾌한 승낙에 은우가 냉큼 맞은편 자리에 앉았다.

“혼자야?”

“아뇨. 친구랑 왔는데 주문하러 갔어요. 아, 수진이 아시죠? 이삿날에 보셨던.”

은우가 안다는 뜻으로 고개를 끄덕였다.

“응. 알아. 근데 카운터에 안 보이던데? 나 지금 카운터에서 커피 받아 오는 길이거든. 있었다면 알아봤을 텐데.”

“화장실도 들린다고 했어요.”

“아…….”

“화백님은 혼자 오신 거예요?”

“용헌이 형 좀 보고 가던 중이었어. 커피가 마시고 싶어서 들어왔는데 네가 있네. 어쨌든 만나서 반갑다.”

은우의 건조한 입술에 아련한 미소가 번졌다. 어딘지 모르게 쓸쓸해 보였다.

“살이 좀 빠지신 것 같아요.”

“체중이 줄긴 했더라.”

“무슨 일 있으신 건 아니고요?”

“아니. 없어.”

대답에 기운이 하나도 없었다. 존경하는 화가이자 여러 가지로 도움을 준 스승이다 보니 핼쑥해 보이는 은우의 모습을 보고 걱정스러운 마음이 드는 건 당연했다.

“요즘 바쁜가 봐. 작업실도 안 오고, 연락도 안 하던데.”

“아, 그동안 제가 정신이 없었어요. 연락 못 드려서 죄송해요.”

“아냐. 죄송할 일은 아니고. 무슨 일 있나 궁금했는데 얼굴에 생기가 가득한 것을 보니 좋은 일인 것 같아 안심이다.”

“아…….”

은우에게도 이런 얘기를 듣는 것을 보면 얼굴에 활기가 돌기는 한가 보다.

미론은 쑥스러운지 발그레해진 뺨을 손등으로 비비적거렸다.

“어? 안녕하세요.”

행방이 묘연해 은우의 궁금증을 샀던 수진이 나타났다.

그녀가 테이블에 쟁반을 내려놓으며 그를 향해 반갑게 인사했다.

"아, 반가워요."

"미론이랑 얘기 나누시는 거면 자리 비켜드릴까요?"

"그럴 필요 없어요. 줄 것만 주고 일어날 거니까."

은우가 서류 가방에서 봉투 네 개를 꺼내 수진과 미론에게 두 개씩 나눠 주었다.

"이게 뭐예요?"

미론이 봉투에 시선을 주며 물었다.

"전시회 초대권."

"맞다. 전시회 여신다고 했었죠."

"이거 섭섭한데? 한동안 작업실에 안 오기는 했지만 그래도 내 작업 많이 도와준 장미론이 전시회도 잊고 있다니."

"진짜 죄송해요."

장난을 치려고 꺼낸 말인데 본의 아니게 잔뜩 미안해하는 미론의 모습을 보고야 말았다.

"죄송하면, 전시회 잊지 말고 와."

"그럼요! 당연히 가야죠."

"근데 이 초대권 저도 주시는 거예요?"

가만히 미론과 은우의 대화를 듣고 있던 수진이 이제야 기쁜 마음을 꺼내 보였다.

"아무도 안 와서 썰렁하면 면이 안 서니 수진 씨도 꼭 와요."

"저까지 생각해 주시고 미론이에게 듣던 대로 매너가 좋으시네요."

"장미론이 그런 소리를 했단 말이죠?"

미론이 뭐 그런 얘기를 하냐며 수진을 작게 나무랐다.

"두 장씩 준 건 혹시 둘이서 같이 못 오면 다른 사람이랑 오라는 거니까 꼭 둘이 오지 않아도 돼."

"역시 매너 짱!"

미론은 가만히 있는데 오히려 수진이 양쪽으로 엄지를 세우며 호들갑을 떨었다. 은우가 점잖게 웃어 보이며 아직 다 마시지 않은 커피를 그러쥐고 일어섰다.

"가시게요?"

"응. 둘이 즐거운 시간 보내."

"안녕히 가세요."

은우가 자리를 벗어나 카페 밖으로 나갔다. 우산을 쓴 채 빗속을 걸어가는 그의 모습이 유리창 너머로 보였다. 불편할까 봐 피해 준 것 같은데 우산을 쓰며 커피를 들고 가는 것이 더 불편할 것 같았다.

전시회 초대권을 쥐고 이게 웬 횡재냐며 잔뜩 신나서 떠드는 수진이 웃겨 유리창에서 시선을 거두고 크게 한바탕 웃었다.

❁ ❁ ❁

며칠째 지겹게 내리는 비에 이골이 날 지경이었다. 미론은 그래도 견딜 만했지만 데이트를 하며 한국의 곳곳을 돌아다니고 싶어 하는 아르노에게는 장마가 야속할 따름이었다.

우울해하는 그를 위해 잠깐이나마 바람을 쐬기 위해 밖에 나왔다. 이틀 전에 같이 쓰려고 산 큰 우산을 쓰고 동네를 돌아다녔다. 빗물이 튀어 바지를 더럽혔지만 집 안에 틀어박혀 있는 것보다 차라리 나은지 아르노의 표정이 밝았다.

옷에 이물질이 묻는 것을 탐탁지 않아 하는 그가 이런 반응인 걸 보면 집에만 있는 것이 고문이었겠구나 싶었다.

"빗소리 듣기 좋다."

"집에서도 들을 수 있는데."

"집에서 듣는 소리랑 다르잖아. 우산을 두드리는 빗소리. 이건 방 안에서 들을 수 없으니까."

아르노의 말을 듣고 나서야 귀를 귀울여 보았다.

톡, 토독, 톡.

빗줄기의 굵기나 세기에 따라 소리가 미묘하게 달라졌다.

"진짜 그러네."

잠시 걸음을 멈추고 빗소리를 듣는 것에 집중했다. 청각을 장악한 빗소리에 주위가 고요해짐을 느꼈다.

"무슨 음악 같아."

"아름답지?"

"응, 진짜. 그림 그리고 싶어. 아르노는 옷 만들고 싶지 않아? 막 영감이 샘솟지, 응?"

"아니. 그보다는 다른 부분이 자극되는데?"

"다른 부분? 그게 뭐야?"

해맑게 물어 오는 미론을 지그시 내려다보던 아르노의 입가에 슬며시 미소가 걸렸다.

곧 그녀의 얼굴에 그늘이 지더니 입술이 맞물렸다. 거리를 확 좁혀 온 그에게서 비 냄새가 났다. 시원하고 촉촉한 냄새가 심장을 풀썩이게 했다. 그는 입술을 짧게 부딪치고는 이내 금방 멀어졌다. 아쉬운 마음에 그의 열기가 남아 있는 입술을 혀로 핥았다.

"밖이니까 자제해야지."

"밖이 아니었으면 어디까지 가려고 그랬는데?"

"궁금해?"

"응."

"이따 집에 가서 직접 보여 줄게."

순간 머릿속으로 야한 장면이 재생됐다. 미론은 스스로의 상상력에 소스라치게 놀랐다.

"이제 집에 갈까?"

방금 집에 가서 직접 보여 준다고 했는데, 설마 정말 그러려고 집에 가자는 걸까? 미론의 머릿속에 야릇한 상상이 부풀었다.

"집에?"

"왜 그렇게 놀라?"

"아, 아니. 안 놀랐어. 마트 들렀다가 가자. 저녁 재료 사야 돼."

발걸음을 마트 방향으로 내디뎠다. 집에서 15분 거리에 있는 대형 마트에 들려 이것저것 필요한 것들을 샀다.

저녁으로는 토마토 해물 스튜를 먹기로 했다. 디저트로 먹을 통 아이스크림까지 사서 집으로 왔다. 저녁 준비는 아르노가 했다. 미론은 그가 정성껏 만든 토마토 해물 스튜를 맛있게 먹어 주었나. 오붓하게 식사를 마치고 소파에 앉아 TV를 보면서 아이스크림을 수저로 퍼먹었다.

그새 빗줄기가 굵어져 내리는 양이 외출했을 때보다 훨씬 많았다.

“아르노, 일요일에 뭐해?”

“나? 너랑 놀 건데.”

아르노는 고민도 없이 곧바로 대답했다. 요즘 그의 일정은 늘 똑같았다. 퇴근하는 미론을 기다리거나 그녀와 시간을 보내는 것.

“전시회 가자.”

데이트 신청처럼 들려 아르노의 기대가 한껏 부풀었다.

“전시회? 누구?”

“아, 전에 한 번 말한 적 있던 김은우 화백님.”

아르노의 표정이 변했다. 김은우라는 이름이 그다지 유쾌하게 다가오지 않았다.

“그 미술 학원 원장 소개로 알게 됐다는?”

자세히 들은 적은 없지만 대충 듣기로는 미론이 한국에 와서 가까이 지낸 화가라는 점. 미술 학원 원장의 소개로 알게 된 그녀가 존경해 마다하지 않는, 무엇보다 남자라는 점이 거슬렸다.

"응. 그분이 이번에 전시회 여셨대. 내가 엄청 존경하는 분이야. 그분이 누구 키워 주고 그러는 분이 아닌데 내 그림도 봐주시고 이런저런 코치도 해 주셨거든."

미론의 목소리가 들떠 있다. 그녀에게 김은우는 우상이자, 연예인을 좋아하는 팬의 마음과 얼추 비슷한 그런 마음일 뿐이었다.

"음, 그래?"

아르노는 미론이 은우를 어떤 존재로 생각하는지 알고 있지만 그래도 웃으며 그 사람 얘기를 하니 기분이 썩 좋지는 않았다.

"표정이 왜 그래?"

"남자잖아. 나한테는 경계의 대상이니까."

미론이 고개를 가로저었다.

"그럴 필요 없어."

"그럴 필요 있는지, 없는지는 봐야 알고."

아르노는 차갑게 말했다. 아이스크림보다도 더 시린 그의 태도에 미론이 못마땅한지 입술을 삐죽였다.

"아이, 참. 그럴 거면 나 혼자 갈래."

"안 돼. 같이 가."

"……."

"혼자 가지 마. 알았지?"

어쩔 수 없이 고개를 끄덕이기는 하지만 어쩐지 불안했다. 별일 없겠지. 미론은 초조한 마음을 애써 지웠다.

일요일이 되었다. 느지막이 일어나 집을 청소한 두 사람은 오후 2시쯤 외출 준비를 하고 전시회에 가기 위해 집을 나섰다. 어제 잠깐 그쳤던 비는 오늘 오선부터 다시 내리기 시작했다.

아르노와 미론은 우산 하나를 같이 쓰고 지하철로 향했다. 비가 오는 주말이라 도로 교통이 녹록하지 않으리라 예상했다.

“주말이라 그런지 사람 많다.”

“그러게. 복잡하다.”

몸서리날 정도로 긴 장마에 집에만 있기 답답했던 모양인지 비가 많이 오는데도 밖에는 사람들이 넘쳐났다. 평소에도 유동 인구가 많은 역이기는 했지만 주말이라 더 심했다. 플랫폼에는 발 디딜 틈조차 없었다.

“아르노, 나 잃어버리지 마.”

“나 잃어버릴까 봐 겁나?”

“내가 겁나는 게 아니라 아르노가 겁낼까 봐 그런 거거든?”

“내가 겁을 낸다고?”

대체 무슨 근거로 이런 황당한 생각을 한 건지, 미론의 머릿속이 궁금한 아르노였다.

“아직 길이 익숙하지 않잖아. 혹시라도 길 잃어서 집에 못 찾아오면 어떡해?"

뭐 나름대로 이유가 있기는 했구나. 그래도 그렇지 나이가 몇인데 아무리 낯선 곳이라고 해도 집도 못 찾아갈까.

"걱정하지 마. 그 정도로 바보는 아니니까. 게다가 널 잃어버릴 일도 없을 거고."

"사람 많아서 휩쓸릴 수도 있는데?"

아르노가 미론의 손에 깍지를 꼈다. 작은 바람도 새지 못하게 빈틈없이 맞물린 손이 그녀의 불안을 한 방에 날려 버렸다.

"무슨 일이 있어도 이 손 안 놔. 너 안 놓쳐."

"치."

쑥스러워서 새침한 소리를 냈다.

"그나저나 이번에 탈 수 있을까?"

아르노와 미론은 인파에 뒤섞여 있었다. 앞, 뒤, 옆을 가리지 않고 많은 사람들이 빽빽이 서 있었다.

"어차피 시간 맞춰 가야 하는 것도 아니고 여유를 갖자. 급하게 움직이다가 다치는 수가 있어."

"응."

아르노 덕에 미론은 초조해하던 마음을 내려 두고 여유를 가질 수 있었다.

그러나 여유는 금방 깨지고 말았다. 지하철이 도착하자 사람들이 막 밀어 대기 시작했다. 좀비 떼처럼 지하철을 향해 밀고 들어가는 사람들에 휩쓸려 의도치 않게 지하철에 탑승하고 말았다.

"윽."

"숨 막혀, 아르노."

두 사람은 얼떨결에 만원 지하철에 합류해 지옥을 경험하는 중이었다.

이미 개미 한 마리가 들어올 틈도 없는데 꾸역꾸역 밀고 들어오려는 사람 때문에 여기저기서 곡소리가 났다. 날씨가 습하고 더워서 안 그래도 짜증나 있는 사람들의 불쾌지수가 극한으로 치달아 큰소리가 오고 가기도 했다.

"택시 탈 걸 그랬나 봐."

덩치 큰 남자들 사이에 끼어 숨쉬기도 버거운 미론이 낑낑거리며 투덜거렸다.

아르노는 그녀의 허리를 팔로 끌어안아 주변에 둘러싸고 있는 남자들과 최대한 붙지 않도록 했다. 때문에 둘의 몸이 찰싹 붙었다.

"아르노한테서 비 냄새난다."

"너한테서도 나."

미론이 숨을 크게 들이마시더니 수줍게 웃었다.

"좋다."

"나도."

비록 불쾌감을 마구 상승시키는 환경 속에 파묻혀 있었지만 그 안에서 사랑하는 사람의 심장 소리를 선연히 들을 수 있어 기분은 나쁘지 않았다.

쿵쿵, 쿵쿵. 일정한 것 같으면서도 불규칙한 것 같은, 크고 건강한 심장 소리가 들렸다.

이후로 몇 개의 역을 거쳤지만 상황은 나아지지 않았다. 내리는 사람과 타는 사람이 비례했기 때문이었다.

인고의 시간을 견디고 마침내 산소가 부족했던 비좁은 지하철에서 해방되니 숨쉬기가 훨씬 편했다. 밖으로 나왔을 때는 빗줄기가 약해져 집에서 나왔을 때보다 한결 걷기가 수월했다.

아르노가 우산을 미론 쪽으로 기울였다. 그는 자신의 어깨가 우산 밖으로 삐져나와 빗물에 젖어도 개의치 않았다. 미론을 위해서라면 그가 그토록 소중히 여기는 옷이 다 찢어져도 상관없었다. 그녀는 옷에 비교할 수 없을 정도로 특별하니까.

미리 검색해 둔 지도를 보며 미술관을 찾아갔다. 휴대폰 화면과 건물들을 번갈아 보느라 정신없는 그녀가 혹시라도 무언가에 걸려 넘어지지는 않을까, 아르노는 조마조마한 마음으로 주변을 살폈다.

다행히 아무 사고 없이 미술관에 도착해 우산을 접고 건물 안으로 들어갔다. 일반 관람객도 많았지만 취재진도 적잖게 몰려 있었다. 워낙 독창적이고 강렬한 작품을 탄생시키는 화가라 국내에서는 그리 좋은 평가를 받지 못하지만 세계적으로 꽤 인지도가 있어 은우를 취재하기 위한 기자들의 경쟁이 굉장했다.

미론과 아르노는 초대권을 내고 전시회장 안으로 들어갔다. 은우의 모습은 보이지 않았다. 입장할 때 받은 오디오 가이드를 들으며 한 작품씩 자유롭게 감상했다. 미론은 한 작품, 한 작품을 꼼꼼히 살펴보았다. 아르노는 그녀를 두고 자신의 호흡대로 작품을 감상했다.

아직 얼굴을 보지 못한 은우를 그의 작품으로 먼저 만나 보게 되다니. 그림만 봐서는 어떤 사람인지 감을 못 잡겠다. 하나 확실한 건, 평범한 사상을 가진 사람이 아니라는 점. 사물이나 풍경을 보는 관점이 굉장히 독특했다. 쓰는 색채 역시 화려하고, 그것을 쓰는 데 거침이 없었다.

작품들을 가벼운 마음으로 훑어보며 어떤 사람일지 짐작해 보다가 어느새 가장 안쪽으로 들어오게 됐다. 그러다 정면에 보이는 그림을 보는 순간 어쩐지 기분이 이상했다.

지금까지 본 그림들과는 전혀 다른 방식으로 그려진 작품. 여태까지의 작품들이 복잡했다면 지금 눈앞에 보이는 작품은 단순했다.

그림 속에는 한 여자가 있었다. 아르노가 궁금한 건 이 여자가 누구냐는 것이다. 어쩐지 미론일 것만 같은 불길한 예감이 휘몰아쳤다.

9. 질투의 화신

어제 학원 강사들과 회식을 하고 새벽 2시가 다 돼서 들어온 미론은 오전 10시가 넘은 지금까지 늦잠을 자고 있었다. 집에 와서 곧바로 잔 것도 아니고 화장을 지우고 씻고 하다 보니 새벽 4시가 넘어서야 잠자리에 들었다.

두 시간 전에 일어난 아르노는 피곤할 그녀를 깨우지 않았다. 혹시라도 소음에 그녀가 깰까 봐 숨도 최대한 조용히 쉬었다.

미론이 깨면 금방 먹을 수 있도록 버섯 수프도 끓여 놓았다. 움직임 하나에 신중을 가하며 큰 소리가 나지 않도록 주의했다.

아르노는 배가 고파 먼저 수프를 아침으로 한 그릇 먹고 나서 양치질로 입안을 개운하게 한 뒤 집을 나왔다. 비가 그친

하늘을 얼마 만에 보는지 모르겠다. 창문 밖으로 보이는 새파란 하늘이 반가워 솟구치는 흥분을 참지 못하고 뛰쳐나오고 만 것이다. 화창한 날씨에 기분이 무척 좋았다.

"미미도 함께 나왔으면 좋았을걸."

늦잠만 안 잤더라도 같이 나왔을 텐데. 혼자 걸으려니 옆이 허전하다.

하지만 이내 맞은편에서 씩씩하게 걸어오는 리트리버가 보여 저절로 웃음이 났다. 리트리버의 늠름한 자태에 주변을 지나가던 사람들의 이목이 집중됐다.

"어? 외국인이다!"

리트리버를 넋 놓고 쳐다보고 있는데 어린아이의 것으로 추정되는 카랑카랑한 목소리가 귀에 꽂혀 왔다. 소리가 난 곳으로 시선을 돌리니 자신의 다리 길이 정도 되는 여자아이가 고개를 잔뜩 젖혀 저를 올려다보고 있었다.

"Hi!"

"안녕, 꼬마 아가씨."

"어? 한국말한다!"

서양인처럼 보이는 남자가 한국말을 하니 신기한가 보다. 아이의 눈이 커다래졌다.

"미국에서 왔어요?"

"아니. 프랑스."

"프랑스?"

아이에게 금발을 한 외국인은 모두 미국 사람인가 보다.

그게 귀여워 저절로 웃음이 났다.

"좋은 나라야. 나중에 크면 놀러 오렴."

"네!"

아이의 뒤편에서 그녀의 엄마로 추정되는 여자가 얼른 오라며 소리쳤다.

"프랑스 아저씨, 안녕히 계세요."

아이가 공손히 인사를 하고는 뒤에서 저의 이름을 부르는 여자에게로 뛰어갔다. 아르노의 입가에 흐뭇한 미소가 번졌다.

문득 미론의 어린 시절은 어땠을지 궁금해졌다. 저 아이보다 더 귀엽지 않았을까, 그녀를 닮은 딸을 낳으면 얼마나 예쁠까. 눈에 넣어도 아프지 않겠다.

산책을 끝내고 집으로 가는 길에 제과점에 들러 식빵을 산 그가 집으로 돌아와 현관에 들어선 그때, 기지개를 켜며 침대를 벗어나고 있는 미론과 눈이 마주쳤다.

"어디 갔다 와?"

"산책."

"비 그쳤다고 신났구나."

"응. 날씨 좋아."

"으……."

미론은 뭉친 근육이 안 풀리는지 기괴한 소리를 내며 스트레칭을 했다.

아르노가 사 온 식빵을 식탁에 올려 두며 말했다.

"방금 어떤 꼬마 아이를 봤거든?"

"꼬마 아이?"

미론은 스트레칭을 멈추지 않으며 아르노의 얘기를 경청했다.

"응. 여자애인데 엄청 귀엽더라. 나보고 'Hi' 라고 인사하던데?"

"귀여웠겠다."

"날 미국 사람이라고 생각했나 봐."

"금발에 눈동자 색깔도 특이하니까."

"그래서 내가 프랑스에서 왔다고 하면서 나중에 놀러 오라 그랬어."

미론이 고개를 끄덕이며 잘했다고 호응했다. 아르노가 어느새 그녀의 뒤로 성큼 다가오더니 가슴 윗부분으로 팔을 둘렀다. 스트레칭을 하다가 잠시 쉬고 있는 사이를 용케 알아채고 포옹을 해 온 것이다. 등 뒤로 그의 판판한 가슴이 밀착해 왔다.

"나 딸 낳고 싶어."

"응?"

아르노가 귀에 속삭인 말이 너무 뜬금없어 화들짝 놀랐다. 미론이 눈을 휘둥그레 떴다.

"딸?"

"응. 너 닮은 딸."

순간 얼굴이 화끈거렸다. 자신을 닮은 딸을 낳고 싶다는 아르노의 말 하나에 순간 온갖 상상을 다 했다.

"예쁠 거야."

"뭐야, 갑자기."

"물론 너보다는 덜 예쁘겠지만."

미론이 자신의 몸에 둘러진 아르노의 팔을 떼어 내고 그의 품에서 달아났다.

"아, 더워! 씻어야겠다!"

미론은 얼굴이 홍당무가 된 채 화장실로 쏙 들어가 버렸다. 아르노가 황당해하며 허탈한 숨을 터뜨렸다.

그는 침대 위 흐트러진 이부자리를 정돈하고 소파로 갔다. 그녀가 나올 때까지 무료함을 달랠 요량으로 TV를 틀었다. 소파에 다리를 꼬고 편히 앉아 리모컨으로 채널을 돌렸다.

딱히 흥미를 끌 만한 프로그램이 없어 한숨만 나오던 그때였다. 시선을 잡아끈 인물이 있어 기계적으로 채널 버튼을 누르던 그의 손이 멈췄다.

화면에는 은우의 얼굴이 클로즈업된 상태였다. 한 연예 정보 프로그램에서 은우의 인터뷰가 진행 중이었다.

—작품을 탄생시킬 때 어떤 생각을 하시는지 궁금합니다.

리포터의 질문에 은우는 무표정한 얼굴로 느긋하게 입술을 열었다.

—특별히 하는 생각은 없습니다. 누군가에게 인정받기 위해 그리는 그림이 아니니까요. 그냥 그때그때 제가 느끼는 감정을 작품에 표현할 뿐입니다.

전시회 때 미론은 아르노와 은우를 인사시키고 싶어 했지만 취재 열기에 휩싸여 정신없는 은우를 귀찮게 하면 안 될 것 같아 결국 관람만 하고 귀가했다. 그래서 실제 얼굴은 보지 못했다.

화면으로 만난 은우는 상상했던 이미지와는 조금 달랐다. 거침없고 강렬한 그의 작품과는 다르게 굉장히 정적이었다. 인터뷰 내내 옅은 미소조차 품지 않는 모습에 무미건조하다는 생각마저 들 정도였다.

문득 여자의 뒷모습을 담았던 그림이 떠올랐다. 전시되어 있던 작품 중 그 작품만이 화면을 통해 본 그와 가장 많이 닮아있었다. 어쩌면 그가 자신의 감정을 숨김없이 오롯이 드러낸 유일한 작품이 아닐까 하는 찝찝한 생각이 깃들었다.

—전시회를 찾은 관람객뿐 아니라 기자들이 가지는 의문점이 하나 있습니다. 전시되어 있던 작품 중 여자 뒷모습을 그린 그림 있지 않습니까.

—아, 'She'를 말씀하시는 건가 봅니다.

—네. 그 그림은 전시되어 있던 것들과는 다른 방식으로 그려져 가장 눈에 띄었습니다. 혹시 전달하고 싶은 메시지가 있었던 건 아

닌지요? 여자 친구에게 은밀하게 보내는 고백이라던가.

질문을 하는 리포터의 얼굴이 한껏 상기되어 있었다.

은우는 눈에 띄는 것을 싫어해 최대한 매체에 노출되지 않으며 살아왔다. 그래서 그에 대해 알려진 것은 거의 없었다. 전시회를 열 때나 인터뷰를 하는 편이지만 사생활에 대해서는 일말의 언급도 하지 않았다.

비밀에 파묻힌 그의 사생활, 그중에서도 간질간질한 로맨스를 캐내기 위해 리포터는 안달이 나 보였다.

—그런 거 없습니다. 고백할 목적은 더더욱 아니고.

은우는 딱 잘라 부정했다. 단호한 그의 태도에 리포터는 무안한 표정이었다.

곧 화면 속 은우의 표정이 조금 바뀌었다. 건조하던 눈동자가 미약한 바람이 분 것처럼 작게 떨렸다.

—다만 그 당시 제 감정을 표현한 것뿐이죠. 앞서 말했다시피.

리포터는 원하던 대답이 아니라 그런지 실망한 얼굴로 그러냐며 건성으로 호응했다.

반면 TV를 통해 인터뷰 장면을 보고 있던 아르노의 표정은 딱딱하게 굳어 있었다. 은우의 인터뷰가 끝나고 화면 안에서는 바뀐 화제에 대해 나오고 있었다.

"흠, 이상하게 거슬려."

"뭐가?"

불쑥 들려온 미론의 목소리에 은우에 대한 생각으로 정신이 팔렸던 아르노의 관심이 즉시 그녀에게로 쏠렸다.

씻고 나온 연인에게서 상쾌한 향기가 났다. 그녀는 수건으로 감아서 축축한 머리를 말리고 있었다.

"뭐가 거슬려?"

"아냐. 아무것도."

아르노는 리모컨의 전원 버튼을 눌렀다.

"수프 끓여 놨어."

"나 못 먹어."

"왜?"

수건으로는 도저히 다 말릴 수 없다 판단한 미론이 짜증스러운 숨을 내뱉으며 화장대로 갔다. 곧 드라이기 소리가 집 안 소음을 다 잡아먹었다.

머리를 다 말린 미론이 화장을 시작했다.

"어디 가?"

"아, 약속이 있어서."

"무슨 약속인데?"

"김은우 화백님이 보자고 하셔서."

아르노의 눈썹 한쪽이 꿈틀거렸다. 미론은 화장을 하느라 정신이 없었다. 화장이라고 해 봤자 기초화장과 눈썹, 립글로

스만 바른 게 전부였다.

"왜 보자는데?"

"전시회 때 못 보고 보냈다고 미안하다고 하셔서. 오늘 밥 사 주신대."

이제야 아르노의 시큰둥한 표정을 봤다.

"데이트 못 해서 서운해?"

"그래서 이런 거 아냐."

"아냐?"

"그 남자랑 단둘이 식사하는 거야?"

약간의 화가 서린 아르노의 목소리에 미론은 어리둥절했다. 그가 언짢은 까닭을 못 찾겠다.

"왜 그래, 아르노?"

"그 남자."

"응, 화백님 성별이 남자이기는 하지. 근데 나한테는 그냥 존경하는 화백님 그 이상도 이하도 아닌데."

"네가 아니래도 상대방은 다를 수도 있잖아."

문득 수진이 했던 말이 떠올랐다.

"나도 긴가민가했어. 워낙 티가 안 나서. 네가 모를 수도 있긴 한데, 이삿날 선뜻 와서 도와주는 것도 그렇고 여러모로 널 좋아할 가능성이 커."

그때는 그럴 수도 있겠다고 의심해 봤지만 아무리 생각해도 은우가 저를 좋아한다는 느낌은 받은 적이 없었다. 저에게 친절하고 잘해 주는 것은 알겠지만 그 외에 특별히 좋아한다는 신호를 보낸 적이 없기 때문이었다.

더구나 아르노가 오고 나서 은우와 만난 건 카페에 초대권을 받았을 때밖에 없었다. 그러니 의심할 만한 무언가가 없을 만도 했다.

"화백님을 보지도 않았잖아. 그런데 어째서 그런 생각을 하는 거야?"

"……."

"내가 그분을 존경한다고 하니까 질투 나?"

"그런 게 아니야."

"아니면 뭔데?"

물증은 없고 온통 심증뿐이라 말을 해 봤자 미론을 설득시키기도 힘들었다. 지금 상황에서는 그냥 남자랑 같이 있는 게 싫어서 질투를 한다고 생각할 수도 있을 것이다. 유치해 보이기는 싫어서 선뜻 입을 열 수 없었다.

아무 말도 못 하고 서 있는 아르노를 두고 미론은 장롱으로 가 티셔츠와 반바지를 꺼냈다. 화장실에 들어가 옷을 갈아입고 나왔다.

"나 다녀올게."

미론은 조금 화가 났는지 찬바람이 쌩 불었다. 아르노는 답답함에 한숨을 내뱉으며 머리를 헝클였다.

샌들을 신는 그녀를 멀거니 쳐다보다 다급히 현관으로 가 그녀의 팔을 붙잡았다. 현관문 손잡이를 잡으려던 미론이 주춤했다.

"같이 가."

"……."

"행패 안 부려. 얌전히 숨만 쉬고 있을게."

일단 김은우를 만나 봐야겠다. 자신의 예감이 맞는지, 아니면 섣부른 판단인지 직접 보고 따져 봐야겠다.

❁ ❁ ❁

"안녕하세요."

"어? 어, 안녕."

은우는 미론과 함께 등장한 인물에 많이 놀란 모습으로 그녀의 인사에 응했다.

결국 아르노를 떼어 놓지 못하고 은우와 만나기로 한 패밀리 레스토랑에 오게 됐다. 둘이 만나는 줄 알고 있었을 은우에게 미안해 일단은 사과부터 하기로 했다.

"죄송해요. 둘이 보기로 했는데 화백님이 모르는 사람을 데리고 왔네요."

은우의 시선은 줄곧 아르노에게 고정되어 있었다. 모르는 사람의 등장에 기분이 나빠서 그런 줄 알아 긴장한 미론의 마음과는 달리 은우는 다른 이유로 놀라는 중이었다.

"모르는 사람은 아닌 것 같은데."

은우는 아르노를 알아본 것이다.

"네? 아르노를 아세요?"

"아르노 에드몬드 강을 모르는 사람도 있나?"

은우는 EDMUND의 수석 디자이너로서의 아르노 에드몬드 강을 얘기하고 있었다. 은우라면 알 수도 있을 거라 짐작했었는데, 역시나. 미론은 이제야 그가 아르노를 보고 놀란 이유를 이해했다.

"아."

"실물은 처음 봐서 긴가민가했는데 네가 아르노라고 말해서 확신했어. 그런데 어떻게……?"

"실은……."

"사랑합니다."

아르노가 미론의 말을 가로챘다. 그런데 뜬금없는 고백이라니. 게다가 주어도 없었다. 미론을 사랑한다는 것인지, 은우를 사랑한다는 것인지 알 수 없는 고백이었다.

그의 시선은 여전히 은우에게 향하고 있었다. 이게 대체 뭔 상황인지. 난데없이 아르노에게 고백을 받은 기분이 들어 은우는 황당하기 짝이 없었다.

"저를요?"

너무 터무니없는 상황에 은우는 정신이 얼얼했다. 때문에 사고를 제대로 하지도 못하고 나오는 말을 그대로 꺼내고 말았다.

이 상황이 우스워 미론은 참지 못하고 웃음소리를 크게 내고 말았다. 예상했던 것과는 다른 분위기가 형성되자 아르노가 당황했다.

"아니, 김은우 씨 말고 미론이를 사랑한다는 말입니다."

"아, 그러시겠죠. 주어도 없이 저를 뜨겁게 쳐다보며 사랑한다고 하기에 순간적으로 오해를 했습니다."

은우가 빙그레 웃으며 가벼운 농담을 던졌다.

"이럴 의도는 아니었는데……."

아르노는 멋쩍은 태도로 뒷머리를 긁적였다.

"어쨌든 신기하네요. 세계적으로 각광받는 디자이너, 아르노 에드몬드 강이 미론이를 사랑하고 계신다니."

은우에게서 악한 마음은 보이지 않았다. 기본적으로 선한 사람이었다. 무표정이 조금 차갑고 쓸쓸해 보였지만.

"아르노 강이라고 불러도 됩니다."

"저만큼이나 사생활에 관해서는 신비로운 사람으로 알고 있었는데, 어쩌다 보니 아르노 강의 비밀을 알게 됐네요. 어쨌든 만나게 돼서 반갑습니다. 영광이기도 하고."

은우가 악수를 청했다. 생각보다 훨씬 괜찮은 사람인 듯했다. 그를 만나기 전 갖고 있던 선입견이 뿌리째 흔들렸다. 질투심 때문에 이런 사람을 나쁘게 생각한 것 같아 미안한 마음이 들었다.

아르노는 긴장감을 내려 두고 은우의 손을 잡았다.

"전시회 때문에 정신없으셨죠?"

아르노와 은우의 통성명이 끝나고 미론은 자연스레 은우에게 말을 걸었다.

"정신없었지. 차라리 온종일 그림만 그리라면 그럴 수 있는데, 이것저것 신경 쓸 게 많다 보니 스트레스가 이만저만이 아니야. 그나마 지금은 숨통이 좀 트여 다행이지."

"그거 말고 뭐 다른 일은 없으신 거죠?"

"뭐, 없어."

다른 일이 없냐는 물음에 선뜻 뭐라 대답하기가 어려웠다. 다른 일이 없는 건 아니었지만 지극히 사적인 문제라 입을 열기가 쉽지 않았다. 미론의 옆에 아르노도 있고, 무엇보다 식사하는 자리에서 괜히 무거운 이야기를 꺼내 분위기를 망칠 마음은 없었다.

"오늘은 내가 살 테니 마음껏 먹어."

"아르노까지 왔는데 제가 살게요."

"됐어. 작업하는 동안 여러모로 많이 도와줬잖아. 전시회도 와 줬고, 고마워서 밥 한 번 사려고 했다. 부담 갖지 마."

메인 메뉴로 스테이크와 파스타를 주문하고 세 사람은 샐러드 바로 이동했다. 각자 접시를 하나 들고 다양하게 준비된 음식들을 담았다.

패밀리 레스토랑은 캐주얼한 느낌이 강해서 젊은 남녀가 데이트하기 좋은 분위기였다. 그걸 증명이라도 하듯 주변에는 연인들이 많았다. 아르노는 그들을 부러운 시선으로 쳐다봤다. 어쩌다 보니 넋을 놓게 돼 음식을 담는 것이 뒷전이 되어버렸다.

"아르노, 뭐해?"

이미 접시 위에 욕심껏 음식을 담은 미론이 어딘가를 멀거니 보고 있는 아르노를 불렀다. 그제야 그가 시선을 접어 그녀를 봤다.

"어딜 그렇게 봐? 아는 사람이라도 있어?"

"내가 아는 사람이 어디 있어."

대답하는 아르노의 목소리가 시무룩했다. 그는 음식을 담기 위해 다른 곳으로 이동했고, 그런 그를 미론은 고개를 갸웃거리며 의아하게 보다가 이내 자리로 돌아왔다.

먼저 와 있었던 은우는 식사를 하지 않고 아르노와 미론을 기다리고 있었다.

"먼저 드시지, 왜 기다리셨어요."

미론의 얼굴을 보자 지난번 공항으로 누군가와 작별하러 간다던 그녀의 모습이 떠올랐다.

"작업실에서 지갑을 안 갖고 나와서요. 공항을 가야 하는데, 아르노…… 흡! 가는 날이라, 끄읍!"

"그 아르노가 이 아르노였구나."

아르노라는 이름만 듣고는 아르노 에드몬드 강일 줄은 상상도 못 했다.

"네?"

사실 은우는 아르노와 미론이 함께 나타난 순간부터 지금까지의 상황이 너무 놀랍고 웃겨서 줄곧 얼이 빠져 있는 상태였다.

"추하게 작별하고 싶지 않다던 그 사람이 아르노 강이었니?"

"아……."

은우가 공항에 가면서 했던 말을 아직도 기억하고 있다니 창피함에 절로 고개가 숙여졌다.

"그날 저 엄청 추했어요. 창피하니까 잊어 주세요."

"추했나? 난 모르겠는데. 그때까지만 해도 난 네가 감정을 꾹꾹 누르고 있다고 생각했거든."

은우가 생각하기에 그날의 미론은 추하지 않았다.

"원래는 밝고 자기감정에 솔직한 사람이지만, 어떤 이유에서인지 진심을 가둬 두려고 애쓰는 것 같아서. 그래서 웃음을 잃었다고 느꼈어."

오히려 제 감정을 숨긴 채 애써 웃어 보이는 미론의 모습이 안타까웠다.

"그런데 그땐 네가 네 감정에 가장 솔직했던 날이었던 것 같아. 전시회 전에 카페에서 널 봤을 때, 얼굴이 확 폈더라. 지금도 그래. 행복해 보여. 이게 진짜 너인 거야."

저번에도 느꼈지만 은우는 사람의 심리를 꿰뚫어 보는 능력이 있는 것 같았다. 화가라서 그런지, 아니면 그의 성격인 건지 깊은 통찰력을 갖고 있는 것처럼 보였다.

"저를 되게 잘 아시는 것 같아요."

아니면 혹시 은우의 마음이 저에게 기울어서 그런 건 아닐까. 아주 찰나 동안 그런 의혹이 미론의 머릿속을 설핏 스쳐 지나갔다.

"긴 시간은 아니지만 가까이에서 널 봐 왔으니까."

"화백님이 그런 말씀하셨잖아요. 가장 중요한 건 나 자신이라고. 저 그 말이 계속 생각났어요. 그래서 다른 사람 신경 쓸 필요 없이 그냥 제 마음 가는 대로 행동하려고요. 저 지금 행복해요. 아주 많이."

은우의 마음은 정말 알다가도 모르겠다. 보일 듯 말 듯 안개가 잔뜩 낀 그의 진심은 아마 어느 누구도 제대로 간파하지 못할 것이다.

그러나 미론은 지금 그의 마음이 어떻든 그런 건 신경 쓸 겨를이 없었다. 아르노에게 푹 빠져 있으므로.

은우가 무심코 샐러드 바 쪽을 봤다가 저를 사납게 쏘아보는 아르노의 눈과 마주쳐 웃음을 터뜨렸다.

"아르노 강이 너랑 날 보고 있어. 아주 강렬한 눈빛으로."

은우의 말에 시선을 옮기니 아르노가 정말 이쪽을 보고 있었다.

"어머."

"질투하나 봐."

"아르노가 좀 질투가 심해요. 화백님이 이해해 주세요."

은우가 알았다며 고개를 끄덕였다. 곧 아르노도 자리로 돌아왔다.

식사가 마냥 불편할 줄 알았는데 예상외로 제법 잘 어울렸다. 미론은 식사를 하며 자기 작품에 대한 고민을 털어놓았고, 은우는 그녀의 말을 진지하게 경청해 도움이 될 만한 조언을 해 주었다.

"화백님은 좋은 말 화수분이세요."

"그건 또 뭐야."

"고민을 잘 해결해 준다는 뜻이에요. 난관에 닥칠 때마다 상담하면 고민이 해소돼요. 해결사 같아요."

"내가 누군가를 상담해 줄 만한 사람은 아니지만 그래도 도움이 된다니 다행이다."

미론과 대화를 나누는 은우는 지나치게 차분했다. 아르노는 줄곧 은우를 지켜봤다. 마치 용의자를 수사하기 위한 형사처럼 그의 눈동자에 비친 감정을 어떻게든 파헤치려 눈에 불을 켜고 관찰했지만 손톱만큼의 감정도 발견하지 못했다. 은우는 모든 것을 초월해 어떤 바람에도 쉽게 흔들리지 않는 사람처럼 초연한 모습이었다.

"화백님도 어디 풀 데 없는 고민 있으면 혼자 끙끙거리지 마시고 저한테 얘기하세요. 저는 화백님처럼 해결사 역할은 하지 못하겠지만 열심히 들어 줄 준비는 되어 있으니까요."

"음, 좀 못 미더운데."

"그 마음이야 충분히 이해하지만요. 그래도 고민이란 게 누군가에게 털어놓으면 좀 마음이 한결 가벼워지는 거거든요. 가만 보면 화백님은 자기 얘기를 너무 심하다 싶을 정도로 안

하세요."

"내 삶이 워낙 재미가 없어서 들어 봤자 지루하기만 할 걸."

"그래도요. 아, 너무 많이 먹었나 봐. 배가 엄청 불러."

메인 요리인 스테이크와 파스타도 먹고 샐러드 바도 여섯 번이나 왔다 갔다 했다. 평소에 비해 많은 양을 먹었다.

"간만에 뷔페 왔다고 신나서 고삐 풀린 망아지처럼 폭주했네요."

미론은 의자 등받이에 등을 깊숙이 기대앉아 배를 문질렀다. 두 남자 앞에서 스스럼없이 행동하는 그녀로 인해 분위기가 유쾌해졌다.

"더 폭주해도 되는데."

은우가 더 폭주해도 된다고 말하자 미론이 손사래를 치며 거부했다.

"더 이상은 무리예요."

아르노와 은우는 이미 식사를 끝낸 뒤였다. 미론이 녹다운되자 그제야 자리를 파했다.

은우가 계산을 하는 동안 아르노와 미론은 레스토랑 밖에 나와 있었다. 아르노는 흩날리는 바람에 헝클어진 그녀의 머리를 다정히 정리해 주었다.

레스토랑에서 나온 은우의 동공에 그 장면이 비췄다.

"두 사람은 어떻게 가나?"

아르노가 손을 거두었고, 미론은 은우를 마주 보고 섰다.

"저희는 걸어서 가려고요. 많이 먹어서 운동 좀 해야겠어요. 화백님은요?"

"난 근처에 볼일이 있어서 거기 들렀다 가려고."

못내 아쉬웠지만 여기서 헤어져야 했다.

"아, 오늘 정말 감사했습니다. 덕분에 전시회도 잘 봤고요."

"다음에 작업실로 그림 한 번 가져와. 봐 줄게."

"네, 감사합니다."

은우가 미론에게서 시선을 떼고 아르노를 쳐다봤다. 저에게 향한 눈길에 아르노가 흠칫 놀랐다. 은우는 특유의 차분한 태도로 인사했다.

"아르노 강, 만나서 반가웠습니다."

"네, 저도."

사실은 그다지 반갑지는 않았지만 생각보다 나쁘지 않은 만남이었다. 은우가 먼저 등을 돌려 제 갈 길을 가고 아르노와 미론도 집 방향으로 걸음을 옮겼다.

"어때, 화백님."

"점잖네."

대답 한 번 간단명료했다.

"그게 다야?"

은우에 대한 얘기를 딱히 하고 싶지 않은 아르노는 울며 겨자 먹기로 입을 열었다.

"차가울 줄 알았는데 그렇지는 않더라."

"차가울 줄 알았어? 왜?"

은우의 어디를 보고 차갑게 여겼는지 궁금했다.

"아까 나오기 전에 TV에서 인터뷰 장면이 나왔거든. 그때는 냉정해 보였어."

"아, 화백님이 별로 안 좋아하시거든. 인터뷰하고 그런 거."

아르노의 대답을 듣고 나서야 차갑다 생각한 이유가 납득됐다.

"왜?"

"그냥 성격이지, 뭐. 어쨌든 전시회를 홍보는 해야 하니까 어쩔 수 없이 인터뷰에 응하는데, 시큰둥한 편이라 화백님에 대한 이미지가 좋은 편은 아니야. 그래도 곁에서 지켜보면 냉정하고 그런 분은 아니더라고."

은우가 좋은 사람이든 아니든 어쨌든 거슬린다는 것에는 변함이 없었다. 오히려 좋은 사람이라는 사실을 알았기에 더 신경 쓰였다.

"김은우 얘기 그만해."

"……."

"질투 나니까."

질투할 필요가 없는 사람이지만, 어쨌든 아르노가 싫어하는 티를 내는데 그의 심기를 불편하게 할 이유는 없었다.

미론은 더 이상 은우에 대한 얘기를 꺼내지 않았다.

❁ ❁ ❁

여느 때와 다름없이 학원에서 수강생들을 가르치고 있었다.

특별할 게 없는 하루라 여겼다.

적어도 강의실 문이 벌컥 열리기 전까지는.

"야!"

번개처럼 날카롭게 내리치는 고함이 교실 안을 쩌렁쩌렁 울렸다. 미론의 코치를 받으며 그림을 그리던 수강생들의 손끝이 불안하게 흔들렸다.

미론이 한 수강생의 그림을 유심히 관찰하고 있다가 살짝 숙이고 있던 상체를 세워 출입구를 봤다.

"장미론!"

평화를 파괴한 주범은 다른 아닌 홍윤이었다.

홍윤이 왜? 미론의 머릿속을 가장 먼저 침투한 생각이었다.

지난번 아르노가 파리로 떠나기 전 호텔에서 만난 이후로 얼굴도 보지 못했다. 수진을 만날 때도 홍윤 없이 둘이서만 만나거나 다른 친구들을 껴서 만났었다.

수진도 어느 순간부터인가 홍윤과 만나는 횟수가 적어졌다. 그 영향이 미론에게 있기는 할 터였다. 두 사람이 급격히 친해지면서 수진이 미론에게 시간과 마음을 투자하는 만큼 홍윤에게는 소홀했을 테니까.

혹시 그래서? 수진이를 빼앗긴 기분이 든 건가?

그렇지만 그것 때문에 일하는 곳까지 찾아와서 예의에 어긋난 행동을 한다는 것이 도무지 미론의 머리로는 이해가 되지 않았다.

"최홍윤, 네가 왜……."

홍윤이 찾아온 이유를 전혀 알 수 없어 갸웃거리며 서 있는데 그녀가 전투적으로 강의실 안으로 들어왔다. 성큼성큼 거리를 좁혀 오는 모양새가 심상치 않아 피할까 고민을 하던 중이었다.

짜악! 일순간 뺨을 내리친 매운 손. 알싸한 통증이 뺨을 지나 얼굴 전체로 퍼지는 동안에도 자신이 맞았다는 현실이 와닿지 않았다.

"너 때문에 내 인생이 꼬였어!"

대체 어떤 근거로 내뱉는 말인지, 홍윤의 속내를 알지 못해 답답했다.

그녀는 왜 만나기만 하면 저를 못 잡아먹어서 안달이며, 이토록 악을 쓰는 것일까. 미론은 답답하고 억울한 얼굴로 그녀를 쳐다봤다.

정말이지 고등학생 때부터 이어진 홍윤의 악행을 이해할 수 없었다. 단지 가을 전시회 때, 홍윤을 제치고 대상을 받았다는 이유로 지금까지 증오의 울타리를 벗어날 수 없다는 사실이 미론을 고달프게 했다.

이유라도 알면 조금이라도 홍윤의 입장을 헤아릴 수 있지 않을까.

"나는 장미론, 네가 싫어. 진짜 너무 싫어!"

"내가 도대체 너한테 뭘 잘못했니?"

이 악연의 끈을 끊는다면 모두가 편해지지 않을까.

미론은 영문도 모른 채 뺨을 맞아 답답하면서도 화를 내느라 용쓰는 홍윤이 안쓰럽기도 했다.

"몰라서 묻니? 나보다 실력도 좋지 않으면서 운 좋게 대상을 받았고, 그저 착한 짓을 한다는 이유로 선생님들은 너만 예뻐했어!"

누구나 기를 써도 잊히지 않는 기억을 달고 산다. 아무리 긴 시간을 달려와도 떨어지지 않는 미련스러운 기억. 홍윤에게 자신이 그런 기억을 심어 준 사람이라니 유감이었다.

"그게 날 미워하는 이유야?"

"언제부턴가 너 때문에 내가 가려졌어. 너만 없었다면 내가 가려질 일은 없었어!"

미론은 모든 화살을 제게 꽂는 홍윤의 태도에 점차 화가 났고, 그녀가 놓치고 있는 부분을 짚어 줘야 한다고 생각했다.

"내가 아니라 너에게 문제가 있다고는 생각 안 해 봤니?"

문제가 발생하거나 일이 엉망이 됐을 때, 책임을 저에게 돌리는 미론과 달리 홍윤은 모든 원인을 남의 탓으로 돌리려 했다.

"뭐?"

"실력보다 중요한 건 인성이야. 예전부터 너는 남을 험담하거나 깎아내리는 행위를 밥 먹듯 일삼았어. 그리고 네 그림을 인정하지 못하는 사람에게 참지 못하고 화를 냈지. 넌 스스로 사람들을 네게서 멀어지게 만든 거야. 그런 너를 선생님들이 어떻게 예뻐할 수 있겠어?"

홍윤은 제게 잘못이 있으리라는 생각을 조금도 하지 않는 것 같았다.

"네가 뭔데 나에 대해 다 안다는 듯이 떠들어? 네가 그렇게 잘났어?"

홍윤은 불쾌한 심기를 적나라하게 표출하며 미론의 어깨를 힘껏 밀쳤다. 갑작스럽게 일어난 공격이라 미처 방어를 하지 못해서 몸이 비틀거리기는 했지만 금방 중심을 잡았다.

"그러는 넌 얼마나 떳떳하니? 아르노 강과 내 사이를 이간질했으면서!"

그러나 홍윤의 공격은 끝이 아니었다. 몸은 더 이상 건들지 않았지만 말로써 난폭하게 몰아붙였다.

"무슨 소리야? 내가 무슨 이간질을 했다고?"

홍윤은 알 수 없는 말들을 늘어놓았고, 미론은 그녀를 도무지 이해할 수 없었다. 혹시라도 홍윤과 아르노가 이성적인 관계일까 불안에 떨었던 적은 있지만 그렇다고 해서 둘 사이를 훼방 놓은 적은 없었다.

고등학생 때 홍윤과 있었던 껄끄러웠던 사건에 대해서도, 그 일을 알게 되면 아르노의 판단력을 흐려 놓지는 않을까 염려되는 마음에 일체 발설하지 않았다.

"너만 아니었다면, 아르노 강이 나를 내치지 않았을 거야!"

홍윤은 화를 주체하지 못했다.

"EDMUND에 무리 없이 입사할 수 있었을 거고, 그와 연인이 됐을 수도 있었어! 그런 기회를 네가 박살 냈다고."

이런 식으로 모든 책임을 저에게 돌리는 홍윤에게 화가 났고, 무척이나 억울했다.

"정말 그게 나 때문이라고 생각해?"

"그래. 모든 게 너 때문이야. 너만 나타나면 모든 게 엉망진창이 돼!"

한편, 용헌을 만나기 위해 학원에 들른 은우는 본의 아니게 홍윤과 미론의 말다툼 현장을 목격하고 말았다. 잠자코 지켜보던 은우가 더 이상은 가만두면 안 되겠다는 판단을 내리고 둘에게 다가갔다.

"무슨 일인지 모르겠지만 그만하시죠."

엄연히 학원 강사인데 가르치는 학생들에게 이런 모습을 보이는 미론이 안타까워 은우는 상황을 일단락시키려고 했다.

"당신은 뭔데 남의 일에 끼어들어?"

상관도 없는 사람이 자기 속도 모르고 상황을 정리하려 들자 반발심이 생긴 홍윤이 은우에게 화를 냈다.

"이야기를 하려거든 좀 더 조용한 곳에서 차분하게 했으면 하는데."

"그러니까 당신이 무슨 자격으로 참견하냐고!"

"최홍윤, 일단 나가자."

미론은 지금이 아니면 학원을 빠져나갈 수 없겠다고 생각했다. 자신의 일도 아닌데 귀찮아하지 않고 나서 준 은우에게 고마웠다.

홍윤의 말을 끊고 미론이 먼저 강의실을 빠져나왔다. 등 뒤로 씩씩거리며 따라오는 그녀의 발걸음 소리가 들렸다.

홍윤은 미론을 따라 학원 옆 카페로 자리로 옮기는 동안 흥분을 조금 가라앉힌 듯 보였다. 은우는 두 사람에게 주문한 차를 각각 놓아주었다.

"난 용헌이 형 만나야 돼서 학원에 다시 갈 테니까, 두 사람 편하게 얘기 나눠요."

"화백님, 이것 좀 제 자리에 가져다주세요."

경황이 없어 그대로 입고 나와 거추장스러운 앞치마를 은우에게 건네주었다.

은우는 앞치마를 건네받고 먼저 카페를 나갔다. 미론은 놀란 속을 달래기 위해 따뜻한 홍차를 마셨다.

"다시 한번 느끼는 건데, 너 진짜 대단하다."

누가 봐도 칭찬하려는 의도가 아닌 홍윤의 말투에 어렵사리 안정을 찾은 속이 다시 울렁거렸다. 아무리 불쾌하고 화가 나도 홍윤과 똑같이 행동하고 싶지는 않았다.

애써 침착함을 유지하며 미론은 그녀의 날 선 공격을 응수했다.

"무슨 말이 하고 싶은 건데?"

미론은 차분하게 물었다.

"김은우는 또 어떻게 꼬셨니?"

겨우 진정했던 울렁거림이 더 심해졌다. 잔잔해진 호수에 제멋대로 돌을 던져 대는 홍윤의 행동을 도저히 예쁘게 받아줄 수가 없었다.

"뭐?"

"김은우 뿐만이 아니야. 수진이도 그래. 수진이한테 내 얘기를 얼마나 나쁘게 했으면 걔가 날 피해?"

수진이 홍윤을 피한다니, 처음 듣는 이야기에 미론이 놀란 얼굴을 했다.

"수진이가 널 피한다고?"

"모르는 척 좀 하지 마."

수진과 홍윤은 고등학생 때부터 줄곧 친하게 지내왔고, 그 사실을 미론도 알고 있었다.

"모르는 척이 아니라 진짜 몰라서 묻는 거거든."

"너보다 내가 수진이랑 더 친했어. 솔직히 넌 졸업 후에 수진이랑 연락도 안 했잖아."

"유학 중이라서 누구와도 자주 연락하기가 어려웠어."

"그럼 계속 그렇게 지내면 되지, 왜 이제 와서 수진이한테 친한 척인데?"

홍윤은 언제부턴가 수진이 자신을 피한다는 느낌을 받았다. 언제든 연락 한 번만 하면 볼 수 있었던 사이였는데 최근 들어 수진의 얼굴을 본 적이 없었다. 전화를 해도 부재중으로 넘어가는 경우가 허다하고 메시지를 보내도 답이 없었다.

마지막으로 수진을 봤을 때, 그녀는 저와 있는 시간이 지루한 사람처럼 계속 휴대폰을 만지작거리고 있었다.

홍윤은 제 얘기에 집중하지 않는 수진의 태도에 마음이 상했다. 누군가와 메시지를 주고받느라 정신없는 수진을 물끄러미 보다가 그녀의 휴대폰 화면을 슬쩍 봤는데 대화창에서 미론의 이름을 확인한 것이다.

그래서 수진에게 미론에 대해 추궁을 하듯 꼬치꼬치 물었다. 수진은 미론에 대해 나쁜 소리 하지 말라며 정색을 하곤 자리를 떠났다.

그 후로 연락이 없었다. 수진과 사이가 소원해진 데에는 분명 미론의 영향이 있다고 판단했다.

"친한 척한 적 없어. 그냥 수진이랑 있으면 재밌고 좋아서 그래."

"수진이는 내 친구야!"

이야기를 하면 할수록 홍윤의 유치한 속내가 보였다.

"내 친구, 네 친구가 어디 있어? 수진이는 물건이 아니야. 괜한 것에 소유를 부릴 필요가 뭐 있어? 수진이의 인간관계에 대해 너와 내가 왈가왈부할 권리는 없어. 모르겠니? 그건 수진이가 선택할 몫이야."

"가르치듯 말하지 마!"

듣기 싫다는 듯 악다구니를 쓰는 홍윤을 보면서도 미론은 침착하게 대응했다.

"네가 너무 네 멋대로 생각하니까 그렇지. 내가 정말 네 일에 피해를 줬다면 그건 사과할 일이기는 하지만 지금은 아니야. 나는 너한테 잘못한 게 없고, 네가 나한테 이렇게 무례하게 굴 이유도 없어."

어떤 언행에도 쉽게 동요하지 않는 미론의 태도에 홍윤은 더더욱 짜증이 났다.

"이게 진짜!"

말로는 도저히 이길 수 없다고 느낀 홍윤이 분노를 참지 못하고 얼음이 듬뿍 든 커피의 글라스를 움켜쥐었다. 미론을 향해 쏟아부으려던 그때, 누군가의 손이 행동을 저지해 왔다. 손목을 붙잡은 사나운 악력에 고통이 잇따라 홍윤은 인상을 찡그렸다.

대체 누구의 짓인지 궁금해 시선을 들었는데 아르노가 손아귀에 실은 힘보다 더 사나운 눈빛으로 내려다보고 있었다. 숨통을 조일 듯 그의 포악한 기운에 손목이 부러질 것처럼 아픈데도 찍소리를 하지 못했다.

"손목 부러지기 싫으면 내 연인의 얼굴 더럽히지 마."

고압적인 명령을 던져 놓고 손을 떼자 홍윤은 겁을 잔뜩 먹은 표정으로 손을 덜덜 떨었고, 떨림을 따라 컵까지 진동했다.

아르노는 갑작스레 나타난 저를 놀란 눈으로 올려다보는 미론의 손을 잡아 일으켜 세웠다.

"어떤 이유로든 또다시 미론이를 괴롭힌다면 더 이상 참지 않겠어."

아르노는 냉기를 뿜으며 홍윤에게 경고했다.

"내가 최홍윤 씨의 앞길을 막을 수 있는 사람이라는 것을 명심해."

공포가 느껴지는 말에 홍윤의 얼굴이 하얗게 질렸다.

"가자."

미론은 저를 이끄는 아르노의 힘에 저항하지 않았다.

지금 잡은 이 손은 세상에서 가장 단단한 손. 어떤 상황에서도 저를 이끌어 주리라는 강한 믿음이 뿌리를 내렸다.

카페를 나와 학원 앞에서 걸음을 멈춘 아르노가 덩달아 멈춰 선 미론을 마주봤다.

"괜찮아?"

궁금한 것이 한두 가지가 아닐 텐데도 아르노는 아무것도 묻지 않았다. 그저 괜찮냐며 그녀를 걱정할 따름이었다.

미론은 아무 대답 없이 그의 허리를 끌어안은 채 품에 안겼다. 그는 조용히 팔을 접어 그녀의 작은 몸을 안아 주었다.

"어떻게 왔어?"

아르노가 어떻게 갑자기 나타났는지 궁금했다. 난처한 상황에 처한 자신을 구하러 온 그가 영웅처럼 느껴졌다.

"너 보려고 학원 갔다가 김은우 씨 만났어. 그 사람이 네 상황 대충 얘기해 줬어. 카페에 있다고 가 보라고."

"아."

아르노가 미론의 어깨에 턱을 괴고 한숨을 내쉬었다.

"질투 나."

"뭐가?"

"김은우가 너무 좋은 사람이라서."

보면 볼수록 좋은 사람이라 자꾸 자기 자신과 비교하게 된다. 김은우와 달리 자신은 욕심이 많았다.

미론을 다른 사람에게 양보하고 싶지 않았다. 그녀를 오롯하게 제 곁에 두고 싶다.

"바보야, 그런 말이 어딨어? 나한테 아르노보다 좋은 사람은 없어."

그래도 다행이다.

아직 미론의 사랑을 독차지할 수 있어서.

10. 가을 수채화

잠결에 어깨가 흔들렸다. 풀을 바른 것처럼 눈꺼풀이 딱 붙어 떠지지 않았다.

그러는 와중에 또다시 어깨가 진동했다. 잠을 방해하는 손길에 짜증을 내며 겨우 실눈을 떴다.

"안 일어날 거야?"

흐린 의식 사이로 비집고 들려온 따뜻한 음성에 좁혔던 미간을 느슨히 풀었다.

"아르노……."

이마를 더듬는 손길, 그리고 머리카락을 만져 주는 손길.

"만져 주니까 또 잠 와."

"음, 그럼 안 되는데."

어렴풋한 시야로 곤란해하는 아르노의 얼굴이 보인다.

그는 무언가를 골똘히 고민하는 듯했다.

"어떻게 하면 깨려나?"

"깼어, 이미."

"아냐. 눈도 게슴츠레하고, 목소리도 잔뜩 가라앉아 있잖아."

"반박할 수가 없네."

분명 눈을 뜨기는 했지만 잠을 완전히 쫓아냈다고는 할 수 없어 더 이상의 변명은 하지 않기로 했다.

불현듯 입술에 느껴지는 푹신한 감촉에 까무룩 잠이 도로 오려다 확 달아나고 말았다. 배를 어루만지는 손과 입술에 비벼지는 푸딩 같은 입술에 놀랍게도 정신이 맑아졌다.

아르노가 입술을 맞댄 채 흡족한 미소를 띠었다. 임무를 마친 그가 상체를 세웠다.

"기차 타려면 이제 일어나야 해."

"지금 몇 시인데?"

"7시."

"헉!"

시간을 듣고 나서야 현실을 제대로 깨달았는지 계속 늦장을 부리던 미론이 냉큼 일어나 부산을 떨었다.

"왜 이제 깨웠어?"

더 일찍 깨워 주지 그랬냐며, 미론이 원망을 쏟았다.

"기절한 사람처럼 곤히 자기에 깨우기가 좀 안쓰러워서."

허둥대며 불평하는 그녀에게 아르노가 차분히 설명했다.

"뜨거운 물을 뿌려서라도 깨웠어야지!"

"아무리 그래도 그렇지 어떻게 너한테 뜨거운 물을 뿌려? 익혀서 먹을 것도 아니고."

순간적으로 미론의 몸에 뜨거운 물을 붓는 상상을 하다가 너무 잔인해 인상을 구겼다.

그런데 귀를 푹 찔러 오는 웃음소리에 아르노의 눈썹이 씰룩였다.

"풋!"

미론이 손으로 입을 가리며 웃고 있었다.

"지금 준비하고 나가도 늦지는 않으니 차분히 씻고 나와도 돼."

"아, 웃겨! 익혀서 먹을 것도 아니래."

"그게 그렇게 웃겨?"

"엄청 웃겨!"

말로만 웃기다고 하는 게 아닌지 미론은 배를 잡고 까르르 웃었다.

아르노는 진지하게 한 말인데, 본의 아니게 웃음을 준 꼴이 돼서 괜히 머쓱했다. 그러다 곧 그도 허파에 바람 든 사람처럼 따라 웃었다.

"나 씻고 올게."

웃고 있으니 미론이 허리에 팔을 두르며 안겨 오기에 잠자코 있었다. 그녀가 까치발을 들어 입을 쪽 맞춰 왔다.

"조금만 기다려. 알았지?"

"강아지가 된 기분인걸."

"엄밀히 따지자면 강아지는 아니지. 아르노는 대형견 느낌이야. 키도 엄청 크고, 체격도 있으니까."

"넌 강아지."

"아니, 나는 대형견 주인."

본인이 말해 놓고도 웃긴지 미론의 입술에서 흐흐, 하는 소리가 삐져나왔다.

"진짜 늦겠다. 얼른 씻고 와야지!"

미론이 서둘러 욕실로 들어갔다. 그녀는 어제부터 기분이 한껏 고조되어 있었다.

그 이유인즉슨 오늘 둘이서 여행을 떠나는 날이기 때문이었다. 2주 전부터 어디를 갈까 고민을 거듭하다 전주로 여행을 가기로 결정했다.

부산도 가고 싶기는 했지만 한국의 전통이 살아 숨 쉬는 전주가 아르노의 구미를 더 자극했다. 인터넷을 검색해 코스를 짠 뒤 게스트하우스까지 예약했다. 마지막으로 기차표까지 예매해 여행을 위한 완벽한 준비를 마쳤다. 이제 기차를 타고 전주에 가기만 하면 된다.

원래 소풍이든 여행이든 전날이 가장 설레는 법. 때문에 미론은 밤잠까지 설쳤다. 그녀만큼 아르노도 여행을 앞두고 무척 설레었다.

씻고 나온 미론은 활동하기 편한 옷으로 입었다. 아침 식사는 시간이 없어 생략하고 어제 미리 싸 놓은 가방을 하나씩 메고 집을 나왔다.

택시를 타고 용산역에 도착했더니 기차 출발 시각까지 여유가 있어 두 사람은 제과점에 들러 빵과 우유를 사서 플랫폼으로 향했다.

의자에 앉아 있던 두 사람은 기차가 도착하자 얼른 올라탔다. 미론은 여행이 시작됐다는 사실에 무척 흥분했고 아르노도 상기된 얼굴로 창밖을 구경했다.

잠시 뒤 그가 살며시 손을 잡아 왔다. 자연스럽게 낀 깍지에 미론은 가슴이 콩닥콩닥 뛰었다. 평화로운 이 느낌이 더없이 만족스러웠다.

허기가 져 제과점에서 산 빵과 우유로 대충 때우고 잠깐 눈을 붙이고 깼더니 어느새 기차는 전주역을 얼마 안 남기고 있었다.

화창한 날씨, 가을바람이 선선히 불어와 마음에 안정을 주었다. 계획했던 대로 먼저 풍남동으로 이동해 오목대로 향했다. 올라가는 돌계단이 생각보다 가팔랐다.

그래도 확실히 서울보다 공기가 좋았다. 숨을 들이쉴 때마다 속이 뻥 뚫리는 기분이었다. 돌계단을 모두 올라 평평한 정상에 다다랐다.

"이게 오목대구나."

"응. 1380년에 이성계가 황산에서 왜구를 토벌하고 돌아가다 승전 연회를 열었던 곳이래. 그니까 쉽게 말하자면 싸움에서 이기고 나서 잔치를 했던 곳이라는 거지."

아르노가 알아들을 수 있도록 미론은 쉽게 설명해 주었다. 조금 걸음을 내딛자 한옥 마을이 펼쳐졌다.

"와, 멋있다!"

예스러운 한옥의 기와지붕들이 시선을 확 잡아끌었다.

9월 초라 아직 나무들이 초록색 옷을 입고 있었다. 단풍이 들면 훨씬 아름다운 정경을 만날 수 있었을 텐데, 그 점이 아쉬웠다. 그래도 시야를 꽉 채운 풍경은 이루 말할 수 없이 훌륭했다.

"한 폭의 수채화 같아. 당장 그리고 싶을 정도로."

"진짜 아름답다."

촘촘한 빌딩과 자동차의 매연으로 탁해진 서울과 확연히 달랐다. 사이좋게 모여 있는 한옥 뒤로 흐릿하게 보이는 현대식 건물들. 과거와 현재를 잇는 푸른 하늘이 가슴을 벅차게 했다.

한참 동안 경치에 매료되어 걸음을 떼지 못했다. 언덕에서 내려다보는 풍경이 이루 말할 수 없이 아름다웠다.

자만 벽화 마을을 가야 했기에 더 지체하지 않고 서둘러 걸음을 옮겼다.

마을은 한국 전쟁 때 피난민들이 정착하면서 형성된 평범한 달동네였지만, 2012년부터 골목길 곳곳에 벽화가 그려지면서 유명해졌다. 한옥 마을과 도로 하나를 사이에 두고 있을 정도로 가까웠으나 이전까지는 발길이 닿지 않는 조용한 곳이었다.

하지만 이제는 전주에 오면 꼭 들려야 하는 코스로 알려지면서 많은 이들이 찾았다. 요새는 동네에 벽화가 그려져 있는 것을 심심치 않게 볼 수 있지만, 자만벽화마을은 문화재도 함께 볼 수 있어 꼭 와 보고 싶었다.

"되게 평범한 골목길인데, 이렇게 그림을 그려 놓으니까 분위기가 확 달라 보여."

벽에 그려진 그림들을 보며 미론은 연신 감탄했다. 그녀의 말에 아르노는 깊게 공감했다.

"아기자기해. 그렇지?"

"그러게. 좋은 아이디어야."

"나도 많은 이들에게 활력을 불어넣어 주는 그런 그림 그리고 싶다."

"충분히 가능한 얘기야. 네가 사랑스럽고 선하기 때문에 네 그림을 보는 이들에게도 그 에너지가 그대로 전달될 테니까."

미론은 감동한 얼굴로 빙그레 웃었다. 졸업 후 한국으로 돌아와 삶의 방향에 대해 진지하게 고민했다.

처음에는 그저 막막했는데 조금씩 윤곽이 잡혀 갔다. 이곳에 와서 더욱 뚜렷해졌다. 따뜻한 그림을 그리고 싶다. 자신이 완성시킨 작품을 통해 다른 사람들이 행복해졌으면 좋겠다.

"우리 뭐 좀 먹을까?"

"그러자. 우리 기차에서 빵 먹은 뒤로 아무것도 안 먹었잖아."

"그러니까."

"여기 비빔밥 와플 유명하대. 그거 먹자."

미론은 휴대폰으로 비빔밥 와플이 유명한 곳을 검색해 위치를 알아낸 뒤 아르노와 찾아갔다.

실내로 들어와 주문을 하고 자리에 앉았다. 오래 걸었더니 다리가 좀 아팠다. 미론은 다리를 쭉 펴서 종아리를 주물렀다.

"운동화 신고 오길 잘했지. 로퍼 신고 왔다가는 못 버틸 뻔했어."

"내일도 많이 걸어야 하는데."

내일은 한옥 마을을 구경하기로 했다. 오늘만큼이나 만만치 않을 것을 떠올리니 벌써부터 걱정이 됐다.

"그러니까."

풀 죽은 미론을 보니 아르노의 마음이 편치 않았다. 말을 하면서도 계속 다리를 주무르는 그녀의 손을 내려다봤다.

"다리 많이 아파?"

"조금. 평소에 운동을 안 해서 그런가 봐."

"이제라도 하면 되지."

"매번 말만 이러지, 또 좀 지나면 운동하기 귀찮아서 안 할걸?"

건강을 위해서는 꾸준히 운동을 해야 한다는 것을 인지하면서도 막상 하려고 마음먹는 일이 어렵기만 했다. 학원에 출근할 때를 제외하고 앉아서 작업하는 시간이 대부분이기에 운동은 필수였다.

"나랑 같이 운동하자."

아르노가 해결책을 제시했다.

"아르노랑?"

"응."

미론의 눈이 일순간 반짝였다. 그녀가 턱을 괴고 초롱초롱한 눈으로 아르노를 주시했다. 그의 제안이 마음에 드는 모양이었다.

"무슨 운동?"

"하루에 한 시간씩 조깅하기. 어때?"

미론이 손뼉을 치며 좋아했다.

"좋아. 집에 가면 당장 시작하자."

"귀찮아한다더니 적극적이네?"

싫다고 할 줄 알았는데 기다렸다는 듯이 흔쾌히 승낙하는 미론의 반응에 아르노가 얼떨떨해했다.

"혼자 하면 재미없는데 아르노랑 하는 건 안 그럴 것 같아서."

대화를 하고 있는 도중, 비빔밥 와플과 음료가 나왔다.

"와, 특이하게 생겼다."

"겉이 쌀로 되어 있네?"

"그니까. 신기하면서도 예뻐. 들고 다니면서 먹기에도 좋겠다, 그렇지?"

"응."

"근데 이거 하나로는 양이 부족할 것 같아. 아르노는?"

"나도."

아르노가 키도 크고 몸무게도 더 나가지만 평소에 보면 미론이 더 잘 먹었다. 어떨 때는 작은 몸에 다 들어가기에는 너무 많은 양을 먹어 그를 놀라게 할 때도 있었다.

"하나, 아니 세 개는 더 먹어야 되겠어. 오늘 소모한 에너지도로 채우려면."

"일단 이걸로 대충 채우고 게스트하우스 들렀다가 나와서 제대로 식사하러 가자."

"응, 좋아. 일단 잘 먹겠습니다!"

입을 크게 벌려 햄버거를 먹듯 크게 한 입 베어 물었다. 미론의 먹는 모습을 재미있는 듯 즐거운 눈으로 보던 아르노도 그녀를 따라 먹기 시작했다.

"맛있어!"

얼마나 맛있으면 말끝에 애교가 그렁그렁 맺혔을까. 미론은 세상에서 가장 행복한 여자 같았다.

배가 많이 고팠던 만큼 먹기 시작하면서부터는 둘 다 말이 없어졌다. 처음에는 한 손에 쥘 수 있어 양이 적어 보였던 비빔밥 와플은 탄수화물과 단백질이 함께 있어 포만감이 상당했다. 허기를 달랜 뒤 가게를 나와 천천히 걸으며 다 보지 못한 벽화들을 마저 구경하기 시작했다.

벽화는 다양했다. 꽃 그림부터 시작해서 애니메이션의 캐릭터까지. 특히 담장들이 정형화되어 있지 않고 저마다 다른 모습들을 하고 있다는 점이 좋았다.

그뿐인가. 마을의 깊숙한 곳에 들어와 그곳의 정취를 고스란히 느낄 수 있어 남달랐다. 벽화 마을을 벗어날 때쯤엔 마음이 차분해지고 입가에는 따듯한 미소가 번져 있었다.

이곳의 풍경은 어느 계절이냐에 따라 변할 것이다. 꽃이 필 때, 비가 올 때, 단풍이 들었을 때, 눈이 올 때. 그때마다 다른 옷을 입겠지.

나중에 다시 오기를 기약하며 게스트하우스로 이동했다.

각자 메고 있는 가방과 카메라가 짐의 전부라 돌아다니면서 특별히 거슬리지는 않았지만 그래도 묵직한 무게감이 어깨를 짓눌러 버겁기는 했다.

숙소에 도착해 가방을 내려놓고 한숨을 돌렸다. 아르노와 차례로 씻고 나와 방바닥에 널브러졌는데, 약속이나 한 것처럼 두 사람은 나란히 잠이 들고 말았다.

한 시간 정도 자고 일어났는데도 몇 시간 잔 것처럼 개운했다. 저녁 식사를 하러 가기 위해 게스트하우스를 나섰다.

미리 알아 둔 식당으로 가기 위해 택시를 탔다. 벽화 마을을 나설 때까지만 해도 밝던 하늘이 자고 일어나니 노을이 져 있었다. 택시를 타고 가는 얼마 되지 않은 시간 동안 금세 하늘이 어두워졌다. 도시만큼 빛이 무수히 많지 않았지만 어두운 대로 운치가 있었다.

택시에서 내려 음식점으로 가니 입소문이 난 탓도 있었지만 저녁 식사 시간까지 맞물려 많은 손님들로 가게가 북적거렸다. 할 수 없이 자리가 날 때까지 기다렸다.

"아, 배고파."

미론이 입술이 부루퉁하게 내밀고 배를 문질렀다.

"좀 일찍 올 걸 그랬나?"

"둘 다 자 버렸으니 어째."

"나라도 안 잤어야 했는데."

이제 와서 후회해 봤자 어쩔 도리가 없었다. 자책하는 아르노를 보니 마음이 좋지 않아 두 손을 뻗어 그의 얼굴을 감싸 저의 눈을 똑바로 마주 보게 하고 활짝 웃었다.

"에이, 그래도 자고 일어나니까 개운하지 않아? 우리 많이 잔 것도 아냐. 한 시간? 아르노도 씻고 나와서 바로 잔 거지?"

눈을 마주친 채로 애정을 마구 쏴 주니 금세 아르노의 얼굴이 환해졌다. 역시 사랑의 힘은 대단했다.

"응. 씻고 나왔는데 너 자고 있더라? 그거 보니까 나도 잠이 오던데. 자고 일어나기까지는 잠든 지도 몰랐어."

"맞아. 잠든 지도 몰랐다가 일어나고 나서야 '아, 잠들었구나' 했어."

그렇게 사소한 대화를 나누고 있는데 직원이 다가와 자리가 났다며 안내해 주었다. 자리에 앉아 소고기 샤브샤브와 보쌈을 주문했다.

주문한 음식이 나와 식사를 하다 보니 술이 당겨서 맥주를 추가로 주문했다. 매운 음식이 없어 아르노도 곧잘 먹었다. 특히나 보쌈을 제일 좋아했다.

양이 많았지만 기필코 다 먹겠다는 의지를 불태우며 미론은 전투적으로 식사에 임했다. 그 모습에 아르노가 이따금씩 웃음을 터뜨리곤 했다. 음식을 먹을 뿐인데 마치 전쟁을 나가는 전사처럼 용맹스러움이 느껴졌다.

아르노는 진작 젓가락을 내려놓았으나 미론은 여전히 폭풍 식사 중이었다.

그녀는 페이스 조절을 하느라 급히 먹지 않았다. 일정한 속도로 꾸준하게 음식을 섭취했다. 그러다 목이 막히면 맥주로 뭉친 속을 풀어 주며 꽤 계획적으로 식사했다.

"체하는 거 아냐?"

한도를 초과해서 혹시나 체하지는 않을까, 염려됐으나 미론은 끄떡없다는 듯 어깨를 으쓱했다.

"태어나서 체한 적이 손에 꼽힌다고. 날 뭐로 보고."

"무시해서 미안."

"다른 건 몰라도 먹는 것 하나는 날 무시하지 말아 줘, 아르노."

아르노는 좋은 구경거리를 앞에 둔 사람처럼 턱을 괴고 복어처럼 볼이 볼록한 미론을 관찰했다. 그녀는 일주일은 굶은 사람 같았다.

"진짜 신기해."

"응? 뭐가?"

"체구는 작은데 음식이 끝도 없이 들어가는 거. 어떻게 그렇게 잘 먹어?"

소처럼 되새김질을 한다면 덜 신기할 텐데.

"타고 나서 그래. 내가 어릴 때부터 식탐이 많았거든."

미론은 놀라울 일도 아니라는 듯 담담하게 대답했다.

"파리에서도 맛있는 식당은 나보다도 더 잘 알았잖아."

"난 스트레스를 먹는 거로 풀거든. 그림 그릴 때 다음으로 먹는 게 행복한 사람이야, 내가."

뭔가 마뜩치 않은지 아르노의 표정이 살짝 굳었다. 실망한 것 같기도 하고. 하지만 이유를 몰라 미론이 고개를 가웃거렸다.

"음, 나는?"

"응?"

"1번이 그림, 2번이 먹는 거. 그러면 3번이 나야?"

미론을 행복하게 하는 존재에 제가 속하지 않는다면 속상할 것 같았다. 만약 속한다 하더라도 첫 번째 순서가 아니라니 서운했다.

"아……."

"이거 서운한데. 내가 세 번째라니. 아니다, 그것도 아닌 거 아냐? 막 열 한 번째 이런 거 아닌가?"

혹시 세 번째도 아닌 거 아닐까?

아르노가 침울한 표정을 했다. 그가 왜 실망했는지 원인을 파악한 미론이 설명에 나섰다.

"우울해할 것도, 서운해할 것도 없어. 그런 것들이랑 아르노는 카테고리가 다르다고."

"카테고리?"

"그래. 아르노를 어떻게 그런 것들이랑 비교해. 아르노는 아르노대로 좋은 거구, 그림이나 먹는 것은 그것대로 좋은 건데."

아르노는 미론의 말을 수긍하지 못했다. 그녀와 다른 입장이었기 때문이다.

그녀는 일과 사랑을 다른 범주로 놓고 있지만 그는 그렇지 않았다.

"난 디자인보다 네가 우선이거든."

"……."

"널 위해서면 다 포기할 수 있어."

일순간 미론의 표정이 심각해졌다.

"빈말이라도 그런 말은 하지 마."

"빈말이 아닌데."

엇갈리는 견해에 분위기가 어두워졌다. 미론은 그 즐겁던 젓가락질을 중단하기까지 했다. 이 상황에서는 아무리 식탐 많은 그녀라도 입맛이 돌지는 않았다.

"진심이면 더 곤란해. 그건 절대로 날 위한 것이 아니라고. 아르노, 난 나 때문에 당신 인생을 망치는 일 따위 원하지 않아."

파리를 떠나 한국에 온 이유 중의 하나는 아르노의 인생을 망치고 싶지 않았던 것이었다.

"네가 왜 나를 망쳐? 여태까지 그런 적 없었던 뿐더러 앞으로도 그럴 일 없어."

아르노는 미론이 자신을 망치는 사람이라 생각해 본 적이 없었다. 오히려 힘든 세상에서 저를 숨 쉬게 하는 유일한 구원이었다.

"내가 왜 파리를 떠났는데."

"……."

"아르노는 나 같은 사람이 독차지할 수 없는 사람이야."

지독할 만큼 사랑해서 독차지하고 싶은 순간들이 있었지만, 아르노는 그럴 수 없는 사람이었으며 동시에 소유하려는 것은 올바른 사랑이 아님을 알기에 단념해야 했다.

"세계 곳곳에서 아르노를 원하니까. 당신은 뛰어난 디자이너니까. 그 사실을 알면서도 나에게 소홀한 당신에게 서운함을 느꼈어. 이해한다고 거짓말을 하면서 실은 이 가슴 속에 다 담아 뒀던 거야."

미론은 성숙하지 못했던 제 사랑을 뒤늦게야 반성하게 됐다.

"은근히 당신을 졸랐고, 어느 순간부터는 당신의 일에 지장을 줄 정도로 크게 토로했지. 내가 원한 건 그런 게 아닌데."

미성숙한 제가 품기에는 아르노는 너무 거대한 남자였다. 그를 완벽히 이해하고 사랑해 주기에 자신은 더없이 부족했다.

그래서 떠났다. 그에게 방해가 되는 존재로 남고 싶지 않았으니까.

"나는 당신을 온전히 받아들일 수 없는 사람이라서, 그래서 이별을 선택한 거야."

아르노가 디자인이든 뭐든 저 때문에 포기하지 않기를 바란다. 그를 진심으로 사랑하기에 갖는 생각이었다.

"그러니까 나 때문에 디자인을 그만두지는 마. 그러겠다는 말조차 하지 마. 난 그런 거 싫어."

"……."

"알았지?"

감정이 격해져 말투가 날카로워졌다. 제 생각과 마음을 정확히 전달하고 싶었다.

아무리 아르노를 사랑하고 그와 함께하는 시간이 좋아도 망각하지 말아야 할 것이 있었다. 자신 때문에 재능을 썩히는 그를 용납할 수 없다.

"다 먹었으면 일어나자."

끝내 아르노는 대답하지 않았다. 미론의 마음은 묵직해지는 체증에 그저 답답했다.

✿ ✿ ✿

게스트하우스에서 하룻밤을 보냈다. 잠깐 자는 거면 모를까, 긴 시간을 자야 하는데 침대 생활이 익숙한 아르노가 방바닥에서 자는 것이 불편하지는 않을지 걱정이 들었다.

하지만 그것 때문에 잠을 못 자는 것 같지는 않았다. 음식점에서 나눈 대화 때문에 고뇌에 시달리는지 내내 한숨을 쉬긴 했지만.

미론은 피곤했던 탓에 먼저 잠이 들어 그가 언제 잠들었는지, 잠을 자기는 했는지 알 수 없었다. 깨고 나서 허전한 옆을 보며 죄책감이 들었다.

"괜한 소리를 한 건가."

여행을 와서까지 그런 말을 할 필요는 없었는데. 하필이면 어제 감정이 폭발하고 말았다.

"어디 간 거지?"

묘연한 아르노의 행방을 찾아 나서기로 했다. 미론은 급한 마음에 어질어진 이불을 정리하지도 못하고 숙소를 나왔다. 나오자마자 마당 한 귀퉁이에 쭈그려 앉아 있는 그의 뒷모습을 발견했다.

"뭐야, 멀리 안 갔네."

생각보다 금방 찾아 다행이었다. 근데 쭈그려 앉아서 뭘 하는 걸까. 궁금한 마음에 서둘러 그의 곁으로 갔다.

"뭐해? 어, 강아지네?"

아르노가 강아지의 털을 쓰다듬고 있었다. 강아지는 아르노의 팔뚝보다 조금 작은 크기였다. 덩치가 조그매서 그런지 귀여움이 배가됐다.

"귀엽지?"

"응, 귀여워! 근데 웬 강아지야?"

미론도 어느새 아르노의 옆에 쭈그려 앉아 강아지에 정신이 쏙 빼앗겼다.

강아지가 빨간 혀를 내밀어 아르노의 손등을 핥았다.

"주인이 키우는 강아지래."

"어제는 못 봤는데?"

"원래는 방 안에서 키우는데 낮에는 풀어 둬서 이렇게 돌아다니나 봐."

"어쩜! 진짜 귀엽다!"

강아지는 시골에서 흔히 볼 수 있는 녀석이었다. 생김새를 봐서는 진돗개의 피가 섞인 것 같았고, 베이지 색 털과 동글동글한 눈이 매력적이었다.

무엇보다 잠시도 가만두지 못하고 흔들어 대는 꼬리가 인상적이었다.

"나도 만져 봐도 돼?"

"응."

미론은 손끝으로 털을 조심스레 만졌다. 곧 강아지가 미론의 손을 핥아 왔다.

"으, 간지러워."

느낌이 이상했다. 피부를 핥는 혀가 말랑말랑하고 촉촉했다. 간질간질한 느낌에 저절로 웃음이 새어 나왔다.

강아지는 주인이 이름을 부르자 앙앙대며 품을 벗어나 쏜살같이 달려갔다. 강아지가 사라지자 아르노가 아쉬운 얼굴로 일어섰다. 옆을 보니 미론도 일어서려고 하기에 손을 뻗었다.

"나도 강아지 키우고 싶다."

"강아지?"

"응. 어릴 때부터 키우고 싶었어. 근데 강아지를 키운다는 게 마음만 먹는다고 되는 일이 아니잖아. 난 워낙 바빠서 데려와도 돌봐 줄 여유가 없으니 엄두를 못 냈지. 근데 가끔 이렇게 밖에서 만나면 좋아서 어쩔 줄을 모르겠어."

아르노는 강아지 얘기에 무척이나 즐거워했다. 신나서 강아지에 대해 막 떠들었다.

어제 일로 착잡해 하고 있을 거라고 생각했는데 표정을 보니 그런 것 같지는 않았다.

"아르노가 강아지를 좋아하는 줄은 몰랐네."

"나중에 나이 먹고 시간 많아지면 대형견 한 마리 입양해야지."

"대형견?"

"응. 난 덩치 큰 녀석들을 좋아해서."

대형견과 아르노가 함께 있는 그림을 상상하니 웃음이 터졌다.

"풋. 아르노랑 잘 어울려."

아르노와 방으로 돌아왔다. 미론은 미처 정리하지 못한 이불을 개었다.

"더 자도 되는데."

"아냐. 피곤해서 그런지 푹 잤어."

아르노가 이불을 개는 것을 도왔다.

"방바닥에서 자는 거 불편하지 않았어?"

"오랜만이라 어색하긴 했는데 나쁘지 않았어."

"오랜만? 처음이 아니야?"

"할머니 댁에 침대가 없어서 방바닥에서 잤거든."

"아……."

이불을 한쪽에 밀어 두니 방이 깔끔해졌다. 계획보다 이르기는 하지만 여행을 왔는데 실내에만 있기는 싫었다.

"일찍 일어난 김에 나가서 커피 한 잔씩 하고 슬슬 한옥 마을 갈까?"

"그러자."

아르노가 흔쾌히 수락했다. 짐을 모두 챙겨 나가기 전 빠진 것이 없는지 꼼꼼히 확인 후 주인과 그녀의 강아지에게 인사를 하고 게스트하우스를 나섰다.

"날씨 좋다. 하늘 봐. 엄청 파래."

새파란 하늘이 미론을 기쁘게 했다. 그녀를 따라 아르노가 하늘을 보기 위해 고개를 살짝 젖혔다.

"진짜 그러네."

미론이 고개를 바로 하고 아르노에게 팔짱을 꼈다. 아무래도 어젯밤 했던 얘기가 그를 고단하게 한 것 같아 미안했다. 오늘은 사죄하는 뜻에서 최대한 그의 기분을 맞춰 줄 생각이었다.

걷다 보니 개인이 운영하는 곳 같아 보이는 아담한 크기의 카페가 보였다. 인테리어가 마음에 들어 안으로 들어가 각자 마시고 싶은 커피를 주문했다.

시간이 여유로우니 앉아서 마시고 가기로 하고 햇볕이 잘 드는 창가 자리에 앉아 커피를 마셨다.

"어제 몇 시에 잤어?"

"글쎄. 몇 시인지 기억이 안 나네."

"혹시 내가 어제 했던 말 때문에 신경 쓰여서 못 잔 건 아니고?"

"아냐. 너 자고 조금 있다가 잤어."

"그래? 그렇다면 다행이고."

미론은 마음이 100% 놓이지 않는지 시무룩한 표정으로 고개를 수그렸다. 머그잔을 그러쥔 그녀의 작은 손을 물끄러미 보다 손을 뻗어 한 손을 잡았다. 그러자 그녀가 시선을 들었다.

"네 마음이 어떤 건지 잘 알겠어. 내가 네 꿈을 응원하는 것처럼 너도 같은 마음인 거라 생각해. 그렇지?"

미론은 고개를 끄덕였다.

"근데 이거 하나는 알아줬으면 좋겠어. 내가 만약 디자인을 그만둔다고 해도 그게 네 탓은 아니라는 거."

"……."

"너는 결코 나를 망치는 사람이 아니야. 나를 존재하게 하는 사람이지."

눈물이 왈칵 쏟아질 것 같아 아르노의 손을 꽉 잡았다. 그는 말하지 않아도 다 알고 있다는 듯 부드럽게 웃어 주었다.

그를 존재하게 하는 사람.

마침내 미론의 입가에 환희의 미소가 번졌다.

한옥 마을을 구경하기 전, 먼저 한복을 대여했다. 이곳저곳 돌아다니고 길거리 음식들을 사 먹을 때 불편할 수도 있었지만 장소가 장소이니만큼 특별히 한복을 입었다.

한복을 입게 된 데에는 아르노의 적극적인 주장이 큰 역할을 했다.

디자이너로서 다양한 옷들을 입어 봐야 한다나 뭐라나. 옷은 보는 것만으로는 완벽히 파악할 수 없단다. 직접 입어 보고 착용감을 느껴 보고 싶단다.

열정적인 태도로 설득을 하는 아르노를 보며 한국적인 패턴의 옷을 디자인해 찬사를 받은 그에게 이번 한복 체험이 좋은 발상을 줄 수도 있겠다는 판단을 내렸다. 그를 위해서라면 기꺼이 한복을 입어 주겠노라 고개를 끄덕였다.

한복을 입고 한옥 마을 입구에 있는 경기전으로 발걸음을 옮겼다. 매표소에서 표를 발권하고 안으로 들어갔다. 한복을 입은 사람들이 많아서 두 사람이 튀는 것도 아니었다.

"아르노, 그거 알아?"

"뭐?"

"여기 원래는 규모가 더 컸대. 근데 일제 강점기 때 일본인 소학교 세운다고 절반 정도를 허물었다고 하더라."

미론은 심각한 얼굴로 말했다.

"일제 강점기가 뭔지 알지? 1910년도부터 1945년도까지 짧지 않은 기간 동안 일본이 우리나라의 국권을 강탈한, 그러니까 빼앗은 시기야. 우리나라 사람들에게는 치욕스러운……."

아르노가 미론이 하는 이야기를 경청하며 고개를 끄덕였다. 그녀를 따라 그의 얼굴이 진지해졌다.

"이건 뭐야?"

문득 궁금한 게 생겨 참지 못하고 물었다. 미론은 아르노를 따라 걸음을 멈추고 그가 가리킨 것을 봤다.

"아, 홍살문."

"홍살문?"

그게 뭐냐는 얼굴의 아르노를 보며 미론은 국사 선생님이 된 기분으로 설명을 시작했다.

"옛날에는 이런 건축물을 많이 지었어. 출입문 역할을 했다고 생각하면 돼."

"그냥 문 같은 건가?"

"응."

"이런 문이라면 아무나 들어갈 수 있을 것 같은데? 도둑도 들어가고 옆집 강아지도 들어가고."

아르노의 상상이 귀여워서 심각했던 미론의 얼굴에 웃음기가 돌았다.

"이건 출입의 목적보다는 상징성에 더 의미를 뒀다는데?"

"상징성?"

"불어로 하자면, symbolisme."

아르노가 이해가 된다는 표정으로 고개를 끄덕였다.

"문을 한자로 하면 이 홍살문이랑 비슷해. 그러니까 문의 한자를 형상화한 거지."

미론은 휴대폰으로 문의 한자를 검색해 아르노에게 보여 줬다.

“이것 봐.”

“오, 비슷하다. 하나의 예술이네.”

“그런 셈이지.”

“근데 왜 이름이 홍살문이야?”

아르노의 궁금증이 폭발했다. 설명해 줄 것이 많지만 하나도 귀찮지 않았다. 오히려 즐거웠다.

“이게 붉은색이잖아? 붉은색을 한자로 하면 홍이고, 위가 화살처럼 생겨서 홍살문이래. 붉은색은 귀신같은 것을 물리치고 화살은 나쁜 액운을 화살이나 창으로 공격한다는 의미를 가졌어.”

미론의 설명 덕분에 궁금증이 해소됐다.

“귀에 쏙쏙 들어온다.”

“정말?”

아르노의 칭찬에 미론이 기쁘게 웃었다.

“학원 애들이 네 덕분에 실력이 엄청 늘겠는데?”

“에이, 미술이 뭐 가르쳐 준다고 막 느는 것도 아니고. 그리고 내가 가르쳐 줄 게 많지도 않은걸.”

솜사탕처럼 달콤하고 부드러운 칭찬에 마음이 사르르 녹는 와중에도 한편으로는 쑥스러워서 몸을 배배 꼬았다.

“너 실력 좋잖아.”

“내가? 비행기 태우려고 괜히 그러는 거지?”

아르노가 단호히 고개를 가로저었다.

"아닌데. 나는 네가 미술적 재능이 엄청나다고 생각해. 너만의 독특한 감각이 있어. 그게 그림으로 잘 표출되고 있고. 나는 네가 반드시 유명해질 수 있을 거라 장담해."

"아르노……."

누구보다 아르노에게 인정받았다는 사실에 가슴이 찡했다.

"시간이 오래 걸린다고 해도 낙심하지 마. 어차피 예술은 그런 거잖아. 유작일 때 더 높게 평가되는 것처럼."

"그럼 나 죽어서나 유명해지는 거야?"

"아니. 그전에 분명 유명해질 거야. 네 그림은 부드럽고 따뜻해. 근데 네가 엄청 우울하거나 슬플 때는 또 그게 그림에 명확히 표현돼. 그것을 장점으로 살려 봐."

은우도 비슷한 말을 했던 적이 있다. 기분에 따라 그림이 달라진다고.

아르노도 이런 말을 하는 거 보면 정말 제 그림에 감정이나 기분 따위가 숨겨지지 않는가 보다. 상념에 빠졌던 미론의 어깨에 아르노가 손을 얹어 왔다.

"자신감을 가져도 돼."

"응."

용기를 북돋아 주는 아르노가 고마워 힘차게 고개를 주억거렸다. 제대로 자신감이 충전됐다.

안으로 쭉 들어가니 정전이 있었다. 그곳에는 태조 이성계의 영정이 봉안되어 있었다. 그 앞에는 많은 사람들이 구경 중이었다. 조용히 감상하는 사람들도 있지만 시끄럽게 떠드는 사람들도 있어 분위기가 어수선했다.

아르노와 미론은 경기전의 부속 건물들을 차근차근 둘러보고 어진 박물관으로 갔다. 한옥 마을도 돌아봐야 했기에 시간이 많지 않아 어진 박물관에 오래 머물지 못한 게 아쉬웠다.

경기전을 나와 본격적으로 한옥 마을을 돌아봤다. 곳곳에서 심심치 않게 외국인들을 볼 수 있었다. 그럼에도 아르노는 미남이어서 그런지 많은 여성들의 시선이 닿았다. 미론이 있어 접근하지 못하지만 그녀만 없었어도 작업을 걸어올 여자가 분명 있으리라 추측했다.

아침을 먹지도 않고 일찍부터 부지런히 돌아다녔더니 배가 무지 고팠다. 식사는 조금 더 돌아보고 하기로 하고 길거리 음식들을 하나씩 섭렵했다. 마치 게임의 미션을 클리어 하듯 길거리 음식들을 먹었다.

전주 한옥 마을 코스를 돌아다니며 가볍게 체험도 하고, 함께 사진도 찍으며 즐거운 시간을 보냈다.

다 돌고 나서야 전주를 제대로 여행하기에 1박 2일은 터무니없이 짧다는 것을 깨달았다. 적어도 4일 정도는 넉넉히 잡고 와서 천천히 돌아봐야 했다. 한 하늘 아래 과거와 현재가 함께 공존하는 이곳만의 독특한 매력이 있었다.

기차 시간이 있어 더 보고 싶지만 아쉽게도 발길을 돌려야 했다. 지금 가면 아슬아슬하게 탈 수 있을 것이다. 서둘러 기차역으로 이동해 플랫폼까지 아르노의 손을 잡고 뛰었다.

이틀 동안 거의 쉬지 않고 돌아다녔더니 다리가 제 다리가 아닌 것처럼 뻐근했다. 뛰다가 중간에 너무 힘들어서 멈추자 아르노가 그녀를 번쩍 안은 채로 달렸다. 기차를 무사히 타고 나서야 숨을 고를 수 있었다.

"먹는 거랑 체력은 비례하는 게 아닌가 봐."

미론을 안고 달리는 게 버거웠는지 아르노는 물을 꿀꺽꿀꺽 마셨다. 미론이 말을 하자 물병을 내리며 그녀를 봤다.

"먹기는 내가 훨씬 더 잘 먹는데 체력이 저질이잖아."

저질이라는 표현이 웃긴지 아르노가 푸훗, 하고 웃느라 물을 뿜을 뻔했다. 다행히 참사는 일어나지 않았다.

"그러니까 내일부터 운동하자."

"웅. 일단 지금은 좀 자야겠어. 무지 피곤해."

"그건 나도."

다정히 손을 잡고 등받이에 깊숙이 기댔다.

"아르노, 이번 여행 어땠어?"

아르노를 위해서 온 여행이니만큼 그의 소감이 궁금했다.

"엄청 좋았어. 좋은 영감이 막 떠오를 만큼. 미미는?"

아르노가 손등을 부드럽게 어루만지며 나른한 목소리로 대답했다. 이어 미론의 소감도 물었다.

"나도. 당장 가서 그림 그리고 싶어."

"무엇보다 너와 함께했다는 사실에 기뻐."

"나도."

"사랑해."

아르노가 관자놀이에 입을 살며시 부딪쳐 왔다. 간지러운 숨결에 미론의 입매가 부드럽게 올라갔다.

"나도 사랑해, 아르노."

공항에서 아르노를 떠나보낼 때는 미처 하지 못한 말. 그때는 참아야만 했던 말.

그렇지만 지금은 이전보다 훨씬 거대해진 사랑을 도저히 참을 수가 없었다.

11. 면역되지 않는 고통

미론은 요즘 새로운 취미에 빠졌다. 그건 바로 아르노를 모델로 세워 그림을 그리는 것. 그전까지 인물화는 거의 그리지 않았었다.

학교에 다닐 때야 수도 없이 많이 그렸지만 졸업 후에는 거의 손을 뗀 상태였다. 딱히 그리고 싶은 인물이 없었던 것도 한몫했다.

그런데 요즘은 그리고 싶은 모델이 생겼다. 본인은 모델 체질이 아니라고 하지만 사실 그녀에게 그보다 훌륭한 모델은 이 세상 어디에도 없었다.

아르노는 조금 툴툴대기는 하지만 그래도 나름 성심성의껏 모델을 서 주었다.

"네가 원하면 누드모델이 돼 줄 수도 있는데."

아르노는 호기롭게 말했다.

"됐네요."

그러나 미론은 시큰둥한 반응이었다.

별안간 날카로운 초인종 소리가 오후의 평화를 갈랐다. 쉼 없이 움직이던 미론의 손이 우뚝 멈췄다.

"내가 나가 볼까?"

"아냐. 내가 나갈게."

집을 방문한 손님이 누군지는 모르겠지만 그래도 집주인이 맞이하는 것이 나을 거라 판단한 미론이 조금은 귀찮은 듯 꾸물거리며 스툴에서 엉덩이를 뗐다. 현관문을 열며 점차 벌어지는 틈 사이로 넌지시 물었다.

"누구세……."

대답을 듣기 전에 얼굴을 먼저 확인하고 말았다. 크리스토프를 보자 미론은 그대로 얼음처럼 얼어붙어 버렸다.

아르노를 다시 만나게 되면서 언젠가 그를 대면하게 될 거라는 예상은 했지만 이렇게 갑자기 벌어질 줄은 미처 몰랐다. 무엇보다 한국에서, 그리고 자신의 집에서 이런 식으로 맞닥뜨릴 줄은 전혀 예상하지 못했기에 대단히 당혹스러웠다.

『안녕.』

한국에서 아르노와 가끔 불어로 대화를 했고 불어 번역 아르바이트를 하기도 했다.

그래서 프랑스에서 지낼 때만큼은 아니지만 종종 불어를 사용하는데도 크리스토프의 입에서 나온 소리는 어쩐지 낯설기만 하다.

『네 표정을 보니 내가 꼭 유령이라도 된 것 같구나.』

높낮이가 없고 딱딱한 말투, 그리고 냉랭한 분위기는 여전했다. 하지만 어딘지 모르게 예전과 달라졌다.

가장 눈에 띄는 변화는 그의 체중이 몰라보게 줄었다는 것. 깊게 팬 볼이 눈에 박혀 왔다. 그리고 늘 깔끔하게 면도를 하던 사람이 턱 주변에 샤프심 같은 수염들이 삐죽삐죽 튀어나온 채로 있다는 것. 푸석푸석해지고 홀쭉해진 외관이 그동안 그가 어떻게 살았는지 단편적으로 보여 주었다.

크리스토프의 목소리가 들리자 아르노가 현관으로 왔다. 그가 굳어 있는 미론을 저의 뒤로 숨겼다.

『여긴 어떻게 찾았어?』

『유능한 비서 덕분이지.』

크리스토프가 뒤쪽을 보며 말했다. 그곳에는 익숙한 얼굴이 있었다. 크리스토프와 동행한 이는 불과 몇 달 전까지 아르노의 비서였던 사람이었다. 프랑스를 떠나며 자연스레 연락이 끊겼었다.

『쟤는 내 비서였어.』

『과거에는 그랬겠지.』

『…….』

『이런 얘기나 하자고 열다섯 시간이 넘도록 좁아터진 비행기에 앉아 있었던 것 아니다.』

크리스토프는 장시간의 비행으로 누적된 피로 탓에 많이 예민한 상태였다.

『아무도 초대한 사람 없어.』

삐딱하게 받아치는 아르노를 마주한 크리스토프는 낮은 숨을 내쉬며 얼굴을 쓸어내렸다.

『싸우자고 꺼낸 말 아니야. 다리도 아프고 좀 피곤해서 어디 앉았으면 좋겠는데.』

『여기 말고.』

크리스토프와 대면하는 것만으로도 하얗게 질린 미론에게 더한 공포를 감당하게 둘 수는 없었다. 아무리 보고 싶지 않았던 삼촌이지만, 그래도 여기까지 오느라 고생한 것을 생각하면 그냥 돌려보낼 수도 없어 대화를 하려면 나가는 게 나을 거라 여겼다.

『왜? 네 사랑하는 연인 때문이니?』

크리스토프는 고저 없는 목소리로 물었고, 아르노는 질문의 의도를 몰라 대답을 주저했다.

"아르노, 난 괜찮아. 들어오시라고 해."

미론이 아르노의 옷깃을 그러쥐며 말했다. 크리스토프가 아르노의 옆으로 빼꼼 고개를 내민 그녀를 봤다.

『한국말은 못 알아듣지만 분위기로 봐서는 내쫓는 것 같지는 않군.』

『들어오세요.』

미론이 한국어가 아닌 불어로 말했다. 크리스토프는 냉큼 현관으로 발을 들여놓았다. 아무리 미론이 허락을 했다지만 아르노는 내키지 않아 버티고 섰다.

『네 연인이 들어와도 된다잖니.』

아르노가 한숨을 내쉬더니 이내 옆으로 비키며 공간을 마련해 주었다. 크리스토프가 신발을 신고 안으로 들어왔다.

『예의 없긴, 쯧. 들어오려거든 신발부터 벗어.』

『아, 미안. 습관이 안 돼서.』

크리스토프는 의외로 사과를 하며 뒤로 몇 걸음 걸어가 신발을 벗었다.

"비서님도 들어오세요."

들어가도 되는 건지 어쩐지 판단이 서지 않아 멀뚱멀뚱 있는 비서를 미론이 구원해 주었다. 그녀는 비서가 한국인이라는 것을 이미 알고 있었다.

『여기 앉으세요.』

미론이 식탁 의자를 꺼내며 크리스토프를 쳐다봤다. 그는 집 안을 둘러보며 의자에 앉았다. 비서도 그의 옆에 앉았다.

『커피 괜찮으세요?』

크리스토프가 고개를 끄덕였다. 미론은 차를 준비하러 싱크대 앞으로 갔다. 그녀의 뒤를 쫓는 아르노를 보며 크리스토프가 고개를 절레절레 저었다.

『넌 이리 와서 앉아.』

크리스토프가 아르노의 발목을 붙잡았다. 미론이 가 보라고 아르노의 등을 떠밀었다.

마지못해 식탁으로 와 의자에 앉기는 했지만 그를 마주 볼 기분은 안 나서 시선을 피했다.

『못 본 사이 얼굴이 활짝 폈구나.』

『비꼬는 거지?』

『나에 대한 불신이 너무 깊어 무슨 말을 못 하겠다.』

『그러는 삼촌은 상태가 왜 그 모양인데?』

아르노는 여전히 비스듬한 자세로 허공 어딘가를 보며 대꾸했다. 건방져 보이는 태도였지만 둘의 관계를 생각하면 그의 행동이 지나치다는 생각은 들지 않아 크리스토프는 불쾌함을 느끼지 못했다. 그가 사랑해 마다하지 않는 연인을 건드렸으니 구겨졌던 감정이 금방 펴지지는 않으리라 예상하며 이곳에 왔다.

『EDMUND가 엉망이다.』

크리스토프가 전한 소식에 아르노는 물론 미론까지 놀랐다. 커피 잔에 원두커피를 따르던 그녀의 손이 가늘게 떨렸다. 간신히 정신을 차리고 세 잔의 커피를 남자들의 앞에 하나씩 놓아주었다.

자리가 어색해 고장 난 로봇처럼 삐거덕거리고 있는데 크리스토프의 시선이 느껴졌다. 순간 미론이 흠칫 몸을 떨었다.

『저 나갈까요?』

미론이 크리스토프를 보며 떨리는 목소리로 물었다.

『집주인인데 내쫓을 수는 없지. 같이 앉아서 커피 마시던가, 아니면 하고 싶은 것을 해도 좋고.』

『아, 네.』

『안 잡아먹으니까 걱정하지 마.』

진지하게 받아들이며 고개를 끄덕이는 미론의 모습에 세 남자가 동시에 웃음을 터뜨렸다.

본의 아니게 주목을 받자 창피해진 그녀는 이젤 앞으로 도망을 가 버렸다. 이 기분으로 작업을 할 수 없는 노릇이지만 좁은 집구석에서 마땅히 도망갈 수 있는 공간이 없었다. 그렇다고 저 불편해 보이는 세 남자 사이에 끼고 싶지는 않았다. 불편해서 커피를 마시다가도 체할 것 같으니까.

『뭐하며 지낸 거냐?』

너무나도 일상적인 질문에 조금 허탈하면서도 싸우려는 의지가 없는 크리스토프의 태도에 아르노는 굳이 발톱을 세울 필요는 없다고 판단했다.

『그냥 쉬었어.』

『쉬니까 어때?』

크리스토프를 향해 치밀던 감정들이 하나둘 가라앉았다. 아르노는 차분한 상태로 그와 대면했다.

『좋아.』

간단명료한 대답은 크리스토프에게 허탈감을 안겼다.

『디자인을 다시 하고 싶지는 않고?』

아르노의 입술이 갑자기 자물쇠를 건 듯 굳게 다물어졌다. 허나 오묘한 빛깔의 눈동자가 가늘게 떨리고 있었다.

『내가 널 처음 봤을 때 어땠는지 아니?』

크리스토프는 그가 미처 숨기지 못하는 감정을 캐치했다.

『어린 녀석 주제에 대단한 열정을 가지고 있었지. 게다가 내가 갖지 못한 천부적인 재능까지 갖췄어. 그래서 그냥 지나칠 수 없었단다. 잘 키워서 세계적인 디자이너로 성공시켜야지. 오로지 그 생각뿐이었다.』

크리스토프는 회상에 잠긴 얼굴로 말했다. 하지만 곧 과거의 추억을 지우고 현재의 기분과 감정을 오롯이 표출했다.

늘 냉정하고 이성적이라 울퉁불퉁한 기분이나 감정은 웬만해서는 드러내지 않는 사람이 복잡한 심경을 보인다는 사실에 아르노는 적잖이 충격을 받았다.

『그런데 네가 떠난 뒤에야 그런 생각이 들더라. 내 욕심이 너무 과했던 건 아닐까 하는.』

크리스토프의 눈동자에 여러 가지 감정들이 교차했다. 그 감정들은 모두 회한으로 귀결되었다.

『내가 널 기계처럼 대했다면…… 사과하고 싶구나.』

늘 꼿꼿하던 크리스토프가 먼저 자신을 접고 들어오는 이 상황이 믿기지 않았다. 아르노의 눈동자가 크게 일렁였다.

『네 말이 옳았어.』

크리스토프는 무척 힘겨워 보였다. 그것이 아르노의 마음을 측은하게 했다.

아무리 미워도, 아무리 실망을 했어도, 사업적 파트너이기 이전에 외삼촌이니 수척해진 모습으로 진심 어린 사과를 해 오는 그를 냉대하기가 어려웠다.

『세상에 디자이너는 많지만, 넌 하나뿐이라는 말.』

『…….』

『네 빈자리가 너무 커. 지금 회사 사정이 많이 안 좋아. 네가 나간 이후로 독특했던 감각이 사라졌다는 소문이 퍼지면서 매출이 급감됐고, 직원들도 불안함을 못 이겨 줄줄이 퇴사를 했다.』

수석 디자이너인 자신이 떠난 뒤 어느 정도 타격이 있을 거라 예상은 했지만 상황이 이렇게까지 악화될 줄은 몰랐다.

아르노가 심각해진 얼굴로 크리스토프를 마주 봤다. 그의 얼굴에 근심이 가득했다. 아무리 미워도 걱정되는 걸 보니 완벽한 타인이 될 수는 없는 모양이었다. 그 사실을 이제야 깨달았다.

『네가 필요하단다, 아르노.』

크리스토프의 간절한 마음이 온전히 전해져 가슴이 먹먹했다. 직면한 감정이 당혹스러우면서도 인정할 수밖에 없었다.

『돌아온다면 네가 원하는 방향으로 최대한 맞춰 주마. 저 여자애도 반대하지 않고.』

그동안의 크리스토프를 돌이켜 보면 파격적인 제안이었다. 그가 많은 것을 양보하겠다는 의사를 보이자 견고했던 아르노의 결심이 흔들렸다.

『아르노…….』

『알았어.』

크리스토프의 간곡한 부탁을 거절할 수 없었다. 사실 쉬는 동안 디자인을 하고 싶어 미치는 줄 알았다. 이제는 그의 도움이 아니어도 얼마든지 디자인을 할 수 있지만 지금 이 상황에서 굳이 그런 선택을 하고 싶지는 않았다.

EDMUND에 대한 애착이 아직 남아 있으니까.

『대신 조건이 있어.』

『조건? 저 여자애 말고?』

『관련된 조건이야.』

『말해 봐.』

크리스토프는 평온한 표정으로 팔짱을 낀 채 아르노의 말을 기다렸다.

『내 연인을 위한 문화 재단을 설립하고 싶어.』

이것은 한국에 있으면서 줄곧 계획하고 있던 것이었다. 어쨌든 한국에 계속 체류할 수 있는 입장도 아니니 언젠가는 파리로 돌아가야 했고, 돌아가면 자신의 돈을 투자해 미론을 위한 재단을 설립하고 싶었다.

그러면 자연스레 미론을 파리로 오게 할 수 있으니.

『문화 재단? 그러니까 서포트를 하자는 거지?』

『응. 어려운 거 아니잖아.』

『그래.』

조금 골치는 아프지만 그렇다고 못 들어줄 조건은 아니니 고개를 끄덕였다.

『그리고 또 하나.』

『또 있다고?』

『우리 매장에 미론의 작품을 걸고 싶어.』

매장을 찾는 고객들에게 그녀의 작품을 보여 주고 싶었다.

그러다 보면 저절로 그녀의 작품이 대중에게도 알려지지 않을까, 하는 생각이었다.

『매장이 한두 개가 아닌데?』

『새롭게 열게 될 플래그십 스토어도 상관없어. 당장은 아니더라도…….』

『알았어. 또 뭐가 있는지 말해 봐.』

줄줄이 소시지처럼 계속 조건을 제시할 줄 알고 아예 마음을 내려놓았다.

『끝이야.』

『그럼 파리로 돌아오는 거지?』

『응. 조금만 시간을 줘. 당장은 좀 그래.』

아르노가 미론을 흘깃 봤다. 파리로 떠나게 되려니 그녀가 걸리는 모양이었다.

크리스토프는 단번에 아르노의 심리를 파악했다.

『어차피 같이 올 거 아니니? 재단까지 설립하겠다는 거 보면 파리로 데려올 계획으로 말한 줄 알았는데.』

『내 계획은. 근데 내 연인은 뭐라고 대답할지 모르겠어.』

『콩알만 한 게 까다롭구나.』

그사이 미론은 두 남자의 얘기를 듣고 있었다. 듣지 않으려고 해도 들렸고, 무슨 대화를 하나 궁금해 신경을 곤두세우기도 했다.

크리스토프의 마지막 말에 미론이 새침한 표정으로 그를 봤다. 그러다 그만 눈이 마주쳤다. 그녀가 흠칫 놀라며 얼른 시선을 피했다.

『그럼 돌아오는 걸로 알고 갈게.』

크리스토프가 찻잔을 내려 두고 일어났다. 아르노도 그를 따라 일어섰다.

『호텔로 가는 거야?』

『응. 피곤해서 일단 좀 쉬어야겠다.』

크리스토프는 미간을 꼬집으며 밭은 숨을 내쉬었다.

『파리 오기 전에 연락 주고.』

『응.』

『간다.』

크리스토프와 비서가 현관에서 신발을 신자 미론이 배웅하기 위해 현관으로 왔다.

『차 잘 마시고 간다, 꼬마 아가씨.』

크리스토프가 미론을 보며 말했다.

『조심해서 가세요.』

크리스토프와 이런 대화를 하는 것이 낯설어 말하는 목소리가 조금 떨렸다. 그런 미론을 보며 크리스토프가 살며시 미소를 지었다. 그도 웃을 줄 안다는 사실이 내심 놀라웠다.

두 사람이 나가자 북적북적하던 집이 불현듯 썰렁해졌다. 아르노는 슬며시 미론의 눈치를 봤다. 크리스토프와 나눈 대화를 분명 들었을 것이다.

그녀와 상의도 없이 멋대로 문화 재단을 설립하겠다느니,

작품을 매장에 걸겠다느니, 그런 조건을 걸어 혹시라도 마음이 상하지는 않았을지 조마조마했다. 미론은 달그락거리며 찻잔들을 설거지했다. 아르노는 그녀의 옆을 괜히 어슬렁거렸다.

"할 얘기 있어?"

미론이 주방 세제로 거품을 낸 찻잔들을 물로 헹구며 아르노를 힐끔거렸다.

"아까 내가 한 얘기, 들었지?"

아르노가 조심스럽게 물었다. 미론은 조금 뜸을 들이다 이내 고개를 끄덕였다. 그는 긴장을 삼키고 그녀의 표정을 살폈다. 표정을 봐서는 어떤 기분인지 짐작이 되지 않았다.

"불쾌해?"

짐작이 안 되니 직접 물어야 했다.

"아니."

미론은 곧바로 아니라고 대답했다. 하지만 아르노는 그녀의 대답을 신뢰하지 못했다.

아르노의 기분이 상하지 않게 선의의 거짓말을 했을 수도 있으니. 그녀의 진짜 마음을 알고 싶었다. 그런데 톡, 하고 미론의 눈에서 눈물이 떨어졌다.

"왜 울어?"

"고마워서."

"어?"

"저번에 공항에서 했던 말들도 정말 고마웠거든. 나를 그렇게까지 깊게 생각해 주는 사람은 아르노밖에 없어."

툭, 투둑.

눈물이 짧은 간격을 두고 계속 떨어졌다. 소득 없이 흐르기만 하는 물이 아까워 아르노는 수도꼭지를 잠그고 미론의 손에서 고무장갑을 빼냈다.

그리고 그녀의 몸을 제 쪽으로 돌려 양어깨를 잡았다.

"정말 날 위해 그렇게까지 해 주는 거야?"

분명 귀로 들은 말인데도 한 번 더 확인을 하게 된다. 아무리 재력이 튼튼하고 훌륭한 디자이너라고 해도 타인을 위해 문화 재단을 설립한다는 것은 결코 쉬운 일이 아니었다.

희생해야 할 부분이 적지 않을 텐데도 저를 위한 결정을 내린 그에게, 미론은 진심으로 고마웠다.

"응. 오래전부터 생각은 하고 있었어. 너한테 어떻게 말을 꺼내야 할지 몰라서 망설였지만. 네가 워낙 내 도움은 안 받으려고 하니."

미론이 그림 외에 다른 부분에는 신경 쓰지 않았으면 하는 마음에서 지원을 하고 싶었다. 하지만 도움을 받기보다는 혼자서 해결해 나가고 싶어 하는 그녀의 성향을 익히 알고 있기에 말을 꺼내기가 조심스러웠다.

"나, 그럼 아르노를 이용해도 돼?"

미론은 예전과는 달라져 있었다. 혼자 모든 것들을 헤쳐 나가기에는 세상이 각박하다는 현실을 경험했기 때문이리라.

그래서 그녀의 심리적 변화가 반갑기보다는 안쓰러운 마음이 더 컸다.

"그럼. 얼마든지."

"고마워. 아르노, 정말 고마워."

저를 소중히 아껴 주는 아르노의 마음이 여실히 느껴져 가슴이 벅차올랐다. 그것이 눈물이 되어 흘러 금세 눈앞이 눈물로 여울져 시야가 뿌예졌다. 그가 그녀의 눈물을 엄지로 부드럽게 닦아 주었다.

"널 위해서라면 난 뭐든지 할 수 있어."

"아르노……."

"외삼촌도 우리를 인정하기로 했고. 아까 봤지?"

미론이 고개를 주억거렸다.

"이제 널 괴롭힐 사람, 우리 사랑을 위협할 사람. 그런 사람은 없어. 있다고 해도 내가 다 막아 줄게."

아르노는 그녀의 눈가에 맺혀 있는 투명한 눈물을 닦아 주며 말했다.

"나랑 같이 가자, 파리."

✽ ✽ ✽

미론은 수업이 없어 빈 실습실에서 그림을 그리다가 집중이 안 돼 창가로 와 바람을 쐬었다.

크리스토프가 한국을 다녀간 뒤로 미론은 생각이 많아졌다. 정확히는 아르노의 제안이 그녀를 고뇌의 늪 속으로 인도했다. 지난번 공항에서 그는 이미 생각할 시간을 주었다.

그녀 또한 충분히 생각했지만 쉽게 결정을 내리지 못했다. 하지만 제안을 거부하거나 또 대답을 미루면 좋은 기회를 놓치는 거라는 불안한 생각이 들었다.

이제는 그의 손을 잡아도 괜찮지 않을까.

“장 선생.”

깊은 고민에 빠져 인기척을 듣지 못해 용헌이 다가온 줄도 몰랐다.

그가 종이컵을 내밀었다. 컵 안에서는 김이 모락모락 피어오르고 있었다. 자판기에서 막 뽑아 온 듯한 따끈따끈한 밀크커피를 받아 들었다.

“고맙습니다.”

인사를 하고 종이컵을 그러쥐었다. 밀크 커피 특유의 달달한 설탕과 고소한 프림이 뒤섞인 냄새가 후각을 뒤덮었다.

“뭘 그렇게 진지하게 고민하고 있어? 보는 내가 다 심란해지려고 한다.”

“아…….”

인상을 쓰고 있었나. 생각에 잠겨 있는 동안 어떤 표정을 짓고 있었는지 모르겠다.

용헌의 말을 들어 봐서는 밝은 표정은 아니었겠구나, 추측만 할 뿐이었다.

“누가 장 선생 괴롭히나? 저번 그 성난 들소?”

성난 들소로 말할 것 같으면 느닷없이 학원을 찾아와 소란을 일으켰던 홍윤을 뜻한다.

성난 들소는 은우의 입에서 파생된 것으로 두 남자는 홍윤의 이야기를 꺼낼 때마다 성난 들소라고 칭했다.

"홍윤이는 그날 이후로 본 적 없어요."

"흠, 그래? 그럼 뭔데?"

"누가 프랑스에 같이 가재요."

"프랑스? 누가?"

미론은 대답을 회피하는 듯 커피를 호로록 넘겼다. 프랑스에 가자고 한 사람이 누군지 듣기는 어렵겠다고 판단한 용헌이 질문을 바꿨다.

"프랑스는 왜?"

어떤 연유로 미론에게 프랑스에 같이 가자는 제안을 했을지 궁금했다.

"저를 서포트 해 주겠대요."

심각한 표정을 하고 있기에 좋지 않은 일일 거라 짐작했는데, 대답을 듣고 보니 예상과는 달라서 놀랐다.

"정말? 그럼 좋은 기회 아니야?"

용헌의 목소리가 한 톤 높아졌다.

"좋은 기회죠. 아무 걱정 없이 그림 그리게 해 주겠다는데."

미론도 아르노의 제안이 좋은 기회라는 것을 알고 있고 적지 않은 시간 동안 고민을 거듭했다. 마지막으로 결정만을 남겨 두고 있는 이 시점에서 자꾸만 복잡해지는 심경의 원인을 알 수가 없어 조금 답답했다.

"당장 가겠다고 해. 뭐가 문젠데?"

"이미 마음의 결정은 내렸어요."

미론은 종이컵을 만지작거리며 차분히 대답했다. 어느 방향이든 이미 끝난 결정이라면 왜 계속 고민하는 얼굴인 걸까. 용헌은 의아했다.

"그런데?"

"대답을 하기 전에 내 결정이 옳은 건지 계속 생각하는 중이에요."

미론의 심정을 이해할 수 있을 것 같아 용헌은 고개를 끄덕끄덕 움직였다.

"가기로 결정한 건가?"

미론은 숨을 깊게 들이마시더니 이내 입을 벌렸다.

"네."

아르노의 손을 잡고 싶었다. 성공을 위해서도 그렇고, 파리에 다시 가고 싶기도 하고, 무엇보다 그를 미치게 사랑하기 때문에.

한 번 이별을 경험하고 또다시 그를 만나면서 깨달은 건, 그에 대한 사랑은 쉽게 식지 않는다는 것.

아무리 멀리 있어도 사랑의 색이 옅어지지 않았다. 오히려 그립고, 보고 싶어 미칠 것 같았다. 그와 한국에서 함께 지내면서 무척 행복했다. 이 행복이 끝나지 않기를 바랄 정도로. 더 이상 그와 헤어져서 살 수는 없었다.

"그럼 강사 일도 그만두겠구나."

"죄송해요."

생각보다 일찍 그만두게 될 것 같아 용헌에게 미안했다. 가르치고 있는 수강생들에게도 미안했고.

"아니, 죄송할 일은 아니지. 장 선생은 미술 학원에서 강사로 있기에 재능이 너무 넘쳐. 이런 곳에 있기 아깝다고. 다만 장 선생이 멀리 떠난다고 하니 내가 좀 섭섭해서 그렇지."

"당장 가지는 않을 거예요. 부모님께 허락도 받아야 하고, 한국에서 정리해야 할 것도 있고. 또 프랑스로 가려면 준비해야 할 것도 많아요."

"엄청 바쁘겠다."

용헌이 걱정하지 말라는 듯 미론의 어깨를 다독였다. 섭섭하기는 하겠지만 그렇다고 미론을 못 가게 할 정도는 아니니 괜찮았다.

사람과 사람이 만나고 이별하는 것은 너무나도 당연하니까. 더구나 좋은 일로 떠나는 거라면 더 붙잡을 이유는 없었다. 오히려 박수 치며 축하해 줘야지.

"나야, 뭐. 걱정 안 해도 돼. 근데 김은우가 엄청 서운해하겠다."

"아……."

은우에게 전할 생각을 하니 조금 머리가 아팠다. 긴 시간을 알고 지낸 사람은 아니지만 그래도 그는 미론에게 특별한 사람이었다. 아르노와는 다른 의미로.

"은우한테는 아직 얘기 안 한 거지?"

"네."

은우는 존경하는 화가이자 스승으로 도움을 많이 받아 그에게는 늘 고맙고 미안했다.

"내가 말하는 것보다는 장 선생이 하는 게 좋겠다."

"네. 제가 화백님 만나서 따로 말씀드릴게요."

대화를 하는 동안 남아 있는 커피가 딱 먹기 좋게 식었다. 그것을 모두 입에 넣어 꿀꺽 넘겼다.

"저 퇴근할게요."

"그래. 내일 보자고."

미론이 실습실을 나와 강사실에서 백을 챙겨 학원을 나왔다.

밤 10시가 넘은 시간이라 어둠이 내려앉아 있었다. 입이 텁텁해 집 앞 편의점에서 박하사탕을 하나 사 입에 넣었다. 사탕을 혀로 굴리며 걷는데 집 앞에 나와 서성이는 아르노가 보였다. 아마도 귀가하는 그녀를 기다리고 있는 것 같았다.

그가 그녀를 발견하고 손을 흔들어 보였다. 그녀는 걸음을 재촉해 그의 앞으로 다가갔다.

"사탕 먹을래?"

사탕을 한 봉지나 사서 양이 꽤 많았다. 봉지 안에서 사탕 하나를 꺼냈다.

"줘."

손수 껍데기를 벗겨 사탕을 그의 입으로 쏙 넣어 주었다. 그가 그것을 입안에서 데굴데굴 굴리며 살포시 웃었다.

"들어가자."

"응."

귀가할 때 집 앞에 나와 기다려 주는 사람이 있다는 게 참 기뻤다. 매일 이랬으면 좋겠다.

다정하게 손을 잡고 계단을 올라 집으로 들어왔다. 그런데 현관 앞에 놓여 있는 캐리어 가방을 보고 그만 우뚝 멈춰 서고 말았다. 아르노는 얼어붙은 미론을 보며 설명했다.

"급하게 구하는 티켓이라 자리가 없을 줄 알았는데 마침 하나 생겼더라."

"……."

"나도 더 머물고 싶지만, 회사 사정이 너무 안 좋대. 그래서……."

미론에게 너무 큰 상처를 주고 싶지 않아 최대한 조심스럽게 사정을 설명하는데 목이 메 미처 말을 매듭짓지 못했다.

아르노는 모래알을 씹은 듯 꺼칠한 목구멍으로 마른침을 삼키며 미론의 표정을 살폈다.

"내일 가는 거야?"

의외로 침착한 미론의 태도가 오히려 아르노의 마음을 더 불안하게 했다. 차라리 원망을 하거나 소리치는 것이 더 낫겠다는 생각을 했다.

"응."

"하, 너무 빠르다."

가슴 깊숙한 곳에서 찰랑거리던 슬픔이 서서히 차오르기 시작했다. 미론은 묵직해지는 마음을 견디지 못하겠는지 한숨을 내쉬었다.

"미안."

미론이 고개를 가로저었다.

"회사 사정이 어렵다는데 어쩔 수 없잖아."

이해해 줘야지. 그런데 마음이 자꾸만 서운했다.

크리스토프가 아르노를 찾아왔을 때부터, 아니 실은 그전부터 그가 언제까지 한국에 머물 수는 없을 거라는 걸 알고 있었다.

하지만 그와 함께하는 시간이 너무 달콤해서 헤어짐을 생각하지 않으려 애를 썼다. 어김없이 시간은 흘러 외면하고 있던, 피하고만 싶던 그 순간이 닥쳐왔다.

지난번 아르노를 보낼 때도 무척이나 힘들었는데, 이번에는 그때보다 훨씬 더 아팠다. 가슴을 칼로 난도질당한 것처럼 고통스럽다. 참으려고 했지만 참을 수가 없는 슬픔이 치밀었다.

"흐윽……."

울어 버리면 떠나는 아르노의 마음이 좋지 않을 텐데. 하지만 눈물을 참을 수 없어 미칠 노릇이었다. 감정이 제멋대로 그녀의 가슴을 할퀴어 댔다.

"미안해."

작게 떨리는 어깨를 보는 아르노의 눈동자에 커다란 파도가 일렁였다. 그녀를 가득 끌어안았다. 품에 쏙 들어오는 그녀의 작은 몸이 못 견디게 사랑스러웠다.

"널 두고 가는 게 나도 너무 힘들어."

프랑스와 한국은 가까운 거리가 아니었다. 자주 올 수 있는 곳도 아니고 돌아가면 당분간은 회사 일에 몰두해야 할 것이다. 때문에 내일 떠나면 언제 볼 수 있을지 기약할 수 없었다. 사랑하는 연인을 이곳에 두고 떠나려니 마음이 먹먹했다.

미론의 눈을 마주 봤다. 글썽거리는 눈물 때문에 예쁜 눈동자가 잘 보이지 않아 속상했다. 그녀의 볼을 어루만졌다. 부드럽고 말랑말랑한 볼살. 그녀를 처음 봤을 때는 훨씬 더 살이 올라있어 귀여웠다.

"헤어지는 순간이 올 때마다 너무 버거워. 너 없는 날들을 또 어떻게 견뎌야 할까?"

"아르노……."

"그래도 이번에 온 건 잘한 것 같아. 너와 그동안 하지 못했던 데이트도 실컷 하고, 또 네 마음도 변하지 않았다는 것을 확인할 수 있어서."

"흐윽."

잠시 멎었던 울음이 다시 터지고 말았다. 작별은 항상 마주하기 버거웠다.

만나고 헤어지고, 그 과정을 아무리 여러 번 반복해도 이별 앞에서 아무렇지 않을 수는 없을 것 같았다. 평생 이러겠지.

"다만 마음에 걸리는 게 있어."

"뭐?"

"그 김은우라는 사람."

"화백님?"

"나 없는 동안 그 사람하고 너무 가깝게 지내지 마. 지금 당장은 욕심이 없다지만 언제 마음이 바뀔지 모르는 거거든."

아르노가 괜히 이런 당부를 하는 건 아니라고 생각했다. 자신이 보지 못한 은우의 감정을 아르노는 본 것이 아닐까. 그저 남자라서 질투하는 마음 때문에 이러는 건 아닐 거라는 생각이 들었다.

"내가 계속 옆에 있으면 열심히 막을 텐데 그러지 못하게 돼서 신경 쓰여."

"알았어. 아르노가 싫어하거나, 신경 쓰이는 일이 없도록 나도 조심할게."

아르노는 안도의 숨을 내쉬었다.

"아, 줄 거 있는데."

"줄 거?"

미론이 갑자기 우는 바람에 정신이 없어 줘야 할 것도 잊고 있었다. 아르노가 침대 옆에 있는 서랍에서 무언가를 꺼내 왔다. 그것은 작은 케이스였다. 안에 무엇이 들어있는지, 미론은 어렵지 않게 짐작할 수 있었다.

아르노가 케이스를 열어 안에 있는 내용물을 보여 주자 예상대로 반지가 있었다.

너무도 아름다운 다이아몬드 반지였다.

알고 있었음에도 직접 보게 되자 가슴이 크게 술렁였다.

"너와 결혼하고 싶어."

해일 같은 감동이 밀려와 심장이 덜컹 흔들렸다. 미론의 눈동자가 크게 요동쳤다.

"네 조력자로, 그리고 남편으로…… 그렇게 살고 싶어."

눈앞에 반짝이는 다이아몬드보다 더 값진 그의 진심.

"지금 대답하지 않아도 괜찮아. 나는 얼마든지 기다릴 거니까. 마음의 결정을 내리면, 그때 말해 줘. 데리러 올게."

아르노는 열었던 케이스를 닫아 그것을 미론의 손바닥 위에 올려놓았다.

"내가 다시 한국에 왔을 때, 이 반지를 끼고 있었으면 좋겠다."

미론의 마음을 의심하지 않지만, 그녀의 대답에 대해서는 확신이 서지 않았다. 조금 불안했지만 혹시라도 그녀가 지난번 제안과 프러포즈를 모두 거절한다고 해도 화내지 않을 것이다. 그녀의 뜻을 존중해 줄 준비가 되어 있었다.

그래도 될 수 있으면 그가 바라던 긍정의 답이 오기를 바랐다.

12. 너를 가득 안고서

아르노가 떠났다. 그의 빈자리가 너무 컸다.

그가 떠나고 나서 더욱 커진 미련. 아르노도 이런 마음이었을까. 말도 없이 파리를 떠났을 때, 그가 느낄 고통을 배려하지 못했다. 남겨진 입장이 되어서야 그가 겪었을 아픔을 비로소 모두 깨달았다.

떠난 사람보다 남아 있는 사람이 훨씬 아프구나. 떠난 이의 흔적을 고스란히 피부로 느껴야 한다니.

이것은 실로 엄청난 고문이었다. 집 안 어디를 돌아다녀도 그와 나누었던 시간들이 떠올랐다. 밥을 먹고, 잠을 자고, 같이 씻기도 하고, 웃고 떠들었던. 그 모든 시간들은 사랑이었구나.

"하아."

사무치는 그리움에 가슴이 저며 온다. 미론은 화장대 앞 스툴에 앉아 한숨을 내쉬었다. 시선을 내려 반지 케이스를 봤다. 아르노가 두고 간 마음.

끼익.

반지 케이스를 열어 보았다.

청혼을 받았다. 기분이 참 묘했다. 프러포즈를 받는 여자들의 기분은 다 이런 걸까.

저를 두고 결혼을 결심한 아르노에게 고마우면서 한편으로는 그와 결혼을 해도 괜찮은지 고민하게 된다. 그를 사랑하지만, 현재 자신의 삶을 뒤로하고 그의 아내로 살아도 괜찮을까. 그런 생각을 몇 날 며칠 동안 거듭했다.

대답을 기다리는 아르노의 속은 타들어 가겠지. 본의 아니게 또 그에게 걱정을 짊어지게 했다.

미론은 반지를 빼내 손가락에 끼워 보았다. 아르노와 가정을 꾸리고 알콩달콩 살아갈 생각을 하니 가슴이 설레었다.

"내가 너무 깊게 고민하는 건가?"

다른 사람들은 프러포즈를 받으면 바로 그 자리에서 대답을 할까. 자신이 너무 뜸을 들이는 건 아닌지 걱정이 된다.

"뭐 생전 청혼을 받아 봤어야지."

미론은 슬며시 웃더니 반지를 조심히 빼내 제자리에 꽂아 두었다. 부모님께 이 사실을 알리면 어떤 반응일까.

다시 프랑스로 떠난다고 하면 섭섭해하겠지? 그래도 반대하지는 않을 거라는 걸 안다.

지이잉.

느닷없이 진동하는 휴대폰이 미론의 시선을 빼앗았다. 용헌에게서 온 전화다. 그녀는 바로 전화를 받았다.

"여보세요?"

—어, 장 선생. 바쁜가?

"아뇨. 무슨 일이세요?"

—안 바쁘면 잠깐 나올래?

"네. 나갈게요. 어디신데요?"

장소를 전달받고 통화를 종료했다. 미론은 대충 립글로스만 바르고 집을 나와 약속 장소로 향했다. 용헌이 있는 곳은 학원 근처의 한 이자카야였다. 그곳에 도착해 용헌을 찾아 두리번거렸다. 한참 저녁 식사 후 술을 마실 시간이라 그런지 가게가 사람들로 붐볐다.

"장 선생, 여기!"

여러 사람들이 떠드는 소리가 혼합돼 어수선한 분위기 사이로 우렁찬 목소리가 들려왔다. 목소리를 따라 시선을 옮기니 용헌이 손을 번쩍 들고 있었다. 덕분에 더 헤매지 않고 용헌이 있는 자리를 찾아갔다.

그곳에는 그만 있는 것이 아니었다. 은우도 함께였다.

두 사람이 마주 앉아 있어 어디에 앉아야 할지 고민을 하다가 은우를 조심하라는 아르노의 말이 생각나 용헌 쪽으로 움직였다.

"화백님도 계셨네요."

"응. 애가 오늘 우울해 보여서 같이 한잔하고 있었지."

"왜요? 무슨 일 있으세요?"

"그냥 집안일도 그렇고 여러 가지로 힘든가 봐."

은우는 미론을 한 번 힐끔 보더니 금세 시선을 거두고 마시던 술을 계속 마셨다.

"장 선생도 한잔할래?"

"네, 주세요."

용헌이 미론의 앞에 빈 잔을 놔주고 사케를 따라 주었다. 그의 잔에는 이미 사케가 찰랑거리고 있었다.

"건배."

둘이서 잔을 부딪치고 술을 마셨다. 미론은 가볍게 한 잔을 넘기고 빈 잔을 내려놓았다. 젓가락을 들어 안주를 집어 입에 넣었다.

은우는 완전히 혼자만의 세상에 갇혀 있었다. 혼자 술을 따르고 마시기를 기계적으로 반복했다. 아마도 용헌은 심심해서 저를 부르지 않았을까, 하는 추측을 했다.

"장 선생, 언제까지 한국에 있나?"

"아직 언제 갈지 날짜는 안 정했어요. 부모님도 한 번 찾아뵈어야 하고……."

"그래도 가긴 가나 보네."

"네. 가려고요. 가기 전까지 학원은 계속 나갈 테니까 걱정 마세요."

아직 아르노에게는 대답을 하지는 않았지만 스스로는 결정을 내렸다. 파리로 가는 것으로.

"그런 걱정은 안 해. 파리 가서도 연락할 거지?"

"그럼요."

"저 녀석은 아직 모르는 것 같던데."

"네. 요즘 준비할 게 많기도 하고 생각할 것도 많아서 말할 틈이 없었어요."

파리로 간다는 것은 아르노의 청혼을 받아들이겠다는 의미로도 해석이 되겠지. 이러면서도 비행기를 타기 전까지 계속 고민을 거듭할 것 같았다. 뭐 하나 간단한 것이 없어 속상했다.

본인의 행복만을 손에 쥐고 결정을 내릴 수만 있다면 참 좋겠는데.

"근데 화백님 말려야 하는 거 아니에요? 너무 심하게 달리시는데."

안주는 손도 대지 않고 술만 들이붓는 은우가 걱정된다. 저러다 위장 다 망가질 것 같은데.

"됐어. 아무 생각도 안 날 정도로 취하고 싶은가 보지. 말려 봤자 원망만 듣지, 말은 곧 죽어도 안 듣는다."

용헌의 말도 일리는 있어 굳이 제가 나서서 말리기는 싫기에 잠자코 있었다. 브레이크 없는 자동차처럼 미친 듯이 술을 마시던 은우가 마침내 테이블로 쓰러졌다.

"저런, 전사했네."

용헌이 술잔을 내려놓고 자리에서 일어났다.

"얘 좀 집까지 데려다주자."

용헌은 체념한 얼굴로 쓰러진 은우를 일으켜 세워 어깨에 그의 팔을 걸치며 말했다. 힘들어 보이는 그를 도와야겠다는 생각에 미론은 선뜻 그러겠노라 대답했다.

"네."

은우를 부축하고 있는 용헌을 대신해 그의 카드로 술값을 계산하고 가게를 나왔다.

이자카야에서 은우의 집까지는 걸어서 15분 정도. 미론은 용헌을 도와 은우의 한쪽 팔을 어깨에 짊어졌다.

"갑자기 나오라 해서 이런 일까지 시키고, 미안."

"아니에요. 근데 화백님 진짜 무슨 일 있으신 거예요? 기분 엄청 안 좋으신가 봐요."

이런 식으로 흐트러진 은우의 모습을 본 기억이 없어 걱정됐다.

"얘가 사연이 좀 있지."

"사연이요?"

"내 일이 아니라 자세히는 말해 주기 어렵고, 얘 아버지가 화가로 활동하는 것을 반대하는 모양이야. 처음 진로 선택했을 때도 극심한 반대가 있었다네."

용헌은 술에 취해 정신없는 은우를 챙기며 말까지 하는 일이 꽤 힘든지 잠시 숨을 고른 뒤 다시 말을 이었다.

"은우가 되게 외롭게 자랐어. 부모님 사랑도 못 받고. 그런 녀석에게 미술은 아무도 들어 주지 않는 제 이야기와 감정, 기분 등을 쏟아 낼 수 있는 유일한 돌파구였던 것 같아."

용헌은 은우를 측은한 눈길로 쳐다봤다.

"그래서 은우는 미술을 포기하지 못했고, 결국 아버지와 관계가 틀어졌지. 최근에 그 문제로 어머니와 또 한바탕 싸웠나 보더라고."

취해서 정신을 못 차리는 은우를 봤다. 그런 심난한 사연을 갖고 있었구나.

이제야 처음 봤을 때의 고독을 이해했다. 그의 삶도 참 고달팠겠구나. 그에 비하면 자신은 평범한 가정에서 부모님의 사랑을 받으며 순탄하게 산 거구나, 그런 생각을 했다.

그리고 은우가 자신을 진심으로 사랑해 줄 누군가를 꼭 만났으면 좋겠다는 바람을 가졌다.

은우의 집에 도착해 침대에 그를 눕혔다.

"나 숙취 해소 음료 좀 사 올 테니까 잠깐만 여기 있어 줘. 갔다 와서 집까지 바래다줄 테니까."

"아직 12시도 안 넘었는데요? 저 혼자 가도 되는데."

"그래도 늦었잖아. 얼른 다녀올게."

용헌은 너무 늦게까지 미론을 붙잡고 있으면 안 될 것 같아 서둘러 집을 나섰다.

얼떨결에 은우와 둘이 남게 되자 마음이 불편해졌다. 술에 취해 잠든 은우를 내려다보다 조금 답답해져서 방을 나왔다. 목이 말라 물을 마시려고 주방으로 향하던 발걸음이 멈췄다.

은우의 서재 문이 열려 있었기 때문이다. 아무도 없는데 불이 켜져 있어 꺼야 할 것 같아 그곳으로 발길을 옮겼다. 스위치를 찾아 방 안으로 들어온 순간이었다.

이젤에 세워져 있던 그림을 가리고 있던 하얀 천이 스르륵 아래로 떨어졌다. 드러난 그림을 본 미론의 눈동자가 놀라움에 커졌다.

그림에 그려진 여자, 그 사람은 바로 자신이있다.

은우가 그렸을 그림. 그곳에 왜 자신이 있는 것일까. 은우는 왜 저를 그린 걸까, 정말 좋아해서? 어쩐지 그의 비밀스러운 마음을 훔쳐본 느낌이 들었다.

"장미론."

등 뒤에서 들리는 목소리에 어깨가 움찔 떨렸다. 은우가 깬 것이다. 자는 줄 알았는데 깼나 보다.

미론이 천천히 뒤를 돌아 그를 봤다. 그는 꼭꼭 숨겨 놓았던 자신의 진심을 들켜 당황한 상태였다. 둘 사이에 밀도 높은 침묵이 깔렸다.

"……혹시 저 좋아하세요?"

침묵을 먼저 깬 건 미론이었다. 그녀의 달싹이는 입술을 보고, 시선을 들어 의심의 눈을 보자 가슴이 따끔거렸다.

그녀의 눈동자는 늘 존경을 담고 있었다. 그게 참 예쁘고 아름다웠다. 그런 그녀의 눈동자에 지금은 존경이라는 감정이 보이지 않았다.

뿌옇게 낀 안개. 그 위로 선연히 드러난 불쾌감.

그녀는 제발 아니라고 대답하라는 눈으로 저를 보고 있었다. 은우는 뭐라고 대답을 해야 할지 고민했다. 사실대로 말을 해야 할지, 아니면 그녀가 원하는 대로 아니라고 거짓을 말해야 하는지.

"전 사랑하는 사람이 있어요."

미론은 은우의 입술이 열리기를 기다리지 않았다. 어떤 대답이든 그녀의 마음은 이미 확고하니까.

"아르노 에드몬드 강. 그 남자를 사랑해요."

미론은 은우의 눈을 똑바로 마주하며 또박또박 말했다.

그녀의 마음이 어디를 향해 있는지 알고 있었는데도 막상 직접 전해 듣자 마치 심장을 총알로 관통당한 느낌이 들었다. 뚫린 구멍으로 그동안 체할 만큼 꽉 채워 놓았던 감정들이 콸콸 쏟아져 나왔다. 정신이 하나도 없었다.

"한 사람을 좋아하고, 잊는 것. 뭐 하나 쉬운 게 없다는 거 알아요. 그렇지만 전 화백님과 불편해지고 싶지 않아요."

안 그래도 사적인 일로 힘든 은우에게 이런 상처를 주게 되어 마음이 좋지 않았다.

하지만 자신의 마음은 확실하게 전해야 했다. 어차피 그를 받아 주지 않을 거라면 조금의 여지도 보이면 안 되니까.

"너에게 들킬 거라 생각 못 했어. 그만큼 잘 숨겨 왔다 생각했는데……."

세상에 완벽한 비밀은 없나 보다. 은우는 착잡했다.

"미안하다."

"미안해할 필요는 없어요. 사람 좋아하는 게 죄는 아니니까요. 다만.”

“알아. 네가 뭘 염려하는지. 어차피 고백할 마음 없었어. 욕심 같은 것도 애초부터 없었어. 그냥 혼자서 조용히 간직하려 했던 것뿐이거든. 근데 이렇게 들켜 버린 이상 이제 그조차도 어렵겠지. 네가 하라는 대로 할게. 떠나라면 떠나고, 죽으라면 죽을게.”

“그건 제가 바라는 바가 절대 아니에요. 저는 화백님이 행복하게 사셨으면 좋겠어요. 저랑 있는 동안은 그래도 웃으셨잖아요. 그렇죠?”

“응. 그랬지.”

난생 처음 찬란하다 여긴 날들이었지. 찰나였지만.

미론과 함께했던 시간들을 회상했다. 남자와 여자가 아닌 스승과 제자의 관계로 보낸 시간들이지만 그래도 참 소중했다. 은우는 그 기억만으로도 평생을 살아갈 수 있을 것 같았다.

“그렇게 웃으세요. 행복해지세요.”

“넌 참…….”

시도 때도 없이 심장을 들쑤시는구나. 은우는 가슴에 맴도는 마음을 결코 꺼내지 않았다.

“떠나는 건 제가 할게요.”

“굳이 그럴 필요까지는 없어. 차라리 내가 떠나는 게…….”

“어차피 떠날 계획이었어요.”

“그래?”

"네."

은우에게 일부러 모질게 굴었다. 모든 상황을 초연하게 수용하는 그를 보고 있으니 죄책감이 설핏 고개를 들었기 때문이었다.

"언제 떠나는데? 어디로……. 아, 이런 거 물으면 안 되는 건가?"

"아직 날은 정해진 게 없지만 곧 떠날 거고, 장소는…… 아르노가 있는 곳이요."

"그렇구나."

"어디든 아르노가 있는 곳이라면 쫓아가려고요. 이제 더는 도망치지 않을 거예요. 그게 얼마나 바보 같은 짓인지 깨달았거든요."

은우가 고개를 끄덕였다. 그의 얼굴에 체념이라는 감정이 드리웠다.

"원장님 곧 오실 거예요. 그러면 저 먼저 갔다고 전해 주세요."

"그래."

미론이 은우의 옆을 지나쳤다.

"……행복해라."

"네."

바닥을 보며 말하는 은우의 뒷모습을 보며 미론이 짧게 대답한 뒤 서재를 빠져나왔다.

✽ ✽ ✽

당일치기로 부모님이 계신 곳을 다녀오기 위해 새벽부터 부산을 떨었다.

오랜만에 만나는 만큼, 그리고 앞으로 언제 볼 수 있을지 모르는 만큼 하룻밤 자면 좋겠지만 앞으로의 일정이 빠듯해 여유를 부릴 수가 없었다.

부족한 잠은 기차에서 해결했다. 피곤했던 탓에 배고픈 줄도 모르고 죽은 듯이 잤다. 눈을 뜨자 창밖으로 논들이 보였다. 평화로운 풍경을 보고 있자니 다시 졸음이 쏟아졌다.

—우리 열차는 잠시 후 홍성역에 도착합니다.

잠결에 들리는 안내 방송에 퍼뜩 눈이 떠졌다. 내려야 할 기차역이었다.

미론은 헐레벌떡 일어나 짐을 챙겼다. 하마터면 지나칠 뻔해 가슴이 철렁 내려앉았다. 무사히 내려 심호흡을 하며 안정을 취한 뒤 기차역을 빠져나왔다.

엄마가 알려 준 버스 정류장에서 버스를 탔다. 제법 번화한 역 근처와는 달리 버스가 달릴수록 한적한 시골 동네가 창밖으로 펼쳐졌다.

버스 정류장에 내려 주변을 둘러보았다. 도시도 나름대로의 멋이 있지만 시골은 그와 다른 정취가 있었다.

"엄마!"

부모님 집 마당에 들어서자 닭장 앞에 있는 엄마가 보였다. 반가운 마음에 목청껏 부르자 엄마가 뒤를 돌아보더니 냉큼 뛰어왔다.

"아이고, 우리 딸 왔네! 어서 와라! 서둘러 오느라 피곤하지 않니?"

"괜찮아요. 아빠는?"

"네 아빠는 할아버지 댁에 가셨어. 보일러가 고장이 났다 하더라고. 그거 손봐 주시러 가셨어."

"할아버지, 할머니는 잘 지내시죠?"

"그럼, 건강하시지. 춥지? 들어가자."

12월 초답게 공기가 제법 차다. 답답할까 봐 얇은 피코트만 입고 왔더니 생각보다 추웠다.

엄마를 따라 집으로 들어갔다. 단층으로 지어진 주택은 부부가 살기 딱 좋은 규모였다. 방바닥이 따뜻했다.

"너 온다고 아침부터 보일러 돌렸잖니. 따뜻하지?"

"응."

"배고프지? 아침 차려 줄게."

"아빠 오면 같이 먹어도 되는데."

"오려면 멀었어. 일단 너부터 먹어."

엄마는 주방으로 가 부지런히 식사 준비를 했다. 거실에 있으니 요리하는 소리가 들렸다. 얼마 만에 들어 보는 소리인지 모르겠다. 참 정겹다.

미론은 주방으로 가 살그머니 엄마의 뒤로 다가가 허리를 안았다. 불현듯 뒤에서 안아 오는 딸 때문에 엄마의 행동에 제동이 걸렸다.

"아빠도 안 해 주는 백허그를 우리 딸이 해 주네."

"엄마, 사랑해."

"웬 애교야? 뭐 부탁할 거라도 있는 거야?"

"그런 거 아냐. 엄마는 나 안 사랑해?"

"당연한 걸 뭘 묻고 그러니. 엄마도 우리 딸 사랑하지."

엄마가 흐뭇하게 웃으며 대답했다. 미론은 괜히 가슴이 뭉클했다.

뭐 도와줄 것이 없나 기웃거렸으나 가만히 앉아 있는 게 도와주는 거라며 주방에서 쫓겨났다.

엄마는 금세 아침상을 차렸다. 혼자 살면 잘 해 먹게 되지 않는 음식들이 식탁 위에 올랐다.

"너 동태찌개랑 갈치조림 좋아하지? 아빠랑 어제 시장가서 좋은 녀석으로 사 왔어."

"맛있겠다!"

다양한 음식들과 엄마의 정성이 고스란히 느껴지는 밑반찬들이 군침을 자아냈다. 미론은 손을 씻고 와서 식탁 앞에 앉아 냉큼 수저를 들었다. 엄마는 맞은편에 앉아 갈치를 발라 주었다.

"엄마도 드세요."

"괜찮아. 딸 많이 먹어."

"와, 동태찌개 끝내준다. 오랜만에 엄마가 해 준 밥 먹으니까 되게 좋네."

"엄마 없어도 잘 챙겨 먹어야 돼."

"응. 나 잘 챙겨 먹으니까 걱정하지 마, 엄마."

혼자서 파리로 공부하러 다녀오고, 또 서울에서도 홀로 씩씩하게 생활을 해 나가는 딸이 몹시 기특했다. 그녀는 흐뭇한 얼굴로 미론을 응시했다.

식사를 마치고 거실로 자리를 옮겼다. 방석을 깔고 앉아서 좀 쉬고 있으니 엄마가 수정과를 내왔다.

"수정과네?"

"응. 지난주에 담갔어. 갈 때 한 병 가져가."

미론이 흔쾌히 그러겠노라 대답했다.

곶감말이와 잣이 떠 있는 수정과를 한 모금 꿀꺽 넘겼다. 생강과 계피의 깊은 맛이 입안을 알싸하면서도 개운하게 해 주었다.

"엄마."

미론이 수정과가 담긴 대접을 만지작거렸다.

"나 프랑스 다시 가려고."

과도로 사과를 깎고 있던 엄마가 손길을 주춤하며 미론을 쳐다봤다.

"거긴 왜?"

"누가 나를 지원해 주겠다고 해서. 그 사람이 프랑스에 있어."

"그 사람이 누군데? 이상한 사람 아니야? 믿을 만한 사람이니?"

혹시라도 사기를 당하는 건 아닌지, 엄마는 염려되는 마음에 선뜻 반가워하지 않았다.

"아르노 에드몬드 강이라고, EDMUND라는 브랜드 수석 디자이너야. 사기 치고 그런 사람 아니야."

"그런 사람이 널 왜 도와주겠대?"

"……청혼받았어."

"응? 딸, 엄마는 이해가 잘 안 된다. 그 아르노 에드, 뭐시기 그 사람이 청혼을 했다는 거니? 이름도 참 길다."

아르노의 긴 이름을 낯설어하는 엄마를 보니, 그의 국적과 외모도 생소해할 거라 예상해 본다.

"프랑스에서 공부할 때 만난 사람이야. 좋은 감정으로 사귀었고. 중간에 한 번 헤어지기는 했지만 그 사람도, 나도 서로 많이 좋아해. 엄마, 나 이 사람 아니면 안 될 것 같아. 또다시 누군가를 이토록 깊게 사랑하지는 못할 거야. 나, 아르노랑 결혼하고 싶어요."

엄마는 들고 있던 사과와 과도를 내려놓았다. 그러더니 다정하게 미론의 손을 잡아 왔다.

"그래서 그 사람이랑 결혼하기로 한 거야?"

미론이 고개를 가로저었다.

"아직 대답 안 했어."

"왜?"

이미 결혼하기로 결정이 난 뒤 소식을 알리러 왔을 거라 짐작했는데 그건 아니었다. 엄마가 고개를 갸웃거렸다.

"조금 생각할 시간이 필요했어. 그 사람을 많이 사랑하는데도 이상하게…… 바로 대답이 나오지 않았어요."

"그 마음 엄마는 알지. 이해해."

딸의 말을 듣고서야 그녀가 왜 아직 청혼에 대한 답을 하지 않았는지 깨달았다.

"엄마도 그랬어? 아빠가 청혼했을 때?"

"응. 그랬었지. 그럼 이제 네가 대답만 하면 되는 거니?"

"응. 나 결혼해도 돼?"

엄마의 대답을 기다리는 일분일초가 긴장감으로 인해 속이 타들어 갔다.

"그럼."

"그 사람을 보지도 않고 이렇게 허락해도 되는 거야?"

"어떤 사람인지 모르겠지만 네가 좋아하는 사람이라면 반대할 마음 없어. 그리고 우리 딸 안목을 믿기도 하고."

엄마의 인자한 미소에 긴장감으로 뻣뻣했던 마음이 사르르 녹아내렸다. 미론은 안도의 숨을 내쉬었다.

"프랑스는 언제 가는데?"

"곧."

"곧?"

"기왕이면 올해가 다 가기 전에 가고 싶어."

그와 크리스마스를 함께 보내고 싶으니까.

❁ ❁ ❁

요란한 알람 소리가 아르노의 수면을 깨트렸다.

크리스마스이브라 출근하지 않지만 어제 늦게까지 일을 하고 들어오는 바람에 씻자마자 잠을 청했었다. 때문에 미처 알람을 끄지 못해 깨 버렸다. 다시 잠을 자려고 시도를 해 보다가 금세 포기하고 상체를 일으켰다.

습관적으로 휴대폰을 확인했지만, 안타깝게도 미론의 연락은 와 있지 않았다.

"바쁜가?"

요즘 들어 연락이 뜸했다. 무슨 일이 생긴 건 아닌지, 또 혹시 이별을 염두에 두고 있는 건 아닌지 조마조마했다.

그래도 재촉은 하지 말아야지. 1개월이 됐든, 1년이 됐든, 그녀의 대답을 기다릴 생각이니까.

침대를 벗어나 기지개를 켰다. 밤새 근육이 뭉친 느낌이라 씻고 나서 운동을 할 생각이었다. 그리고 저녁엔 크리스마스 마켓에 들러 볼 계획이었다.

비록 옆에 연인은 없지만 그래도 이런 날 집에만 박혀 있는 건 어쩐지 슬프고 쓸쓸하니까. 혼자서라도 크리스마스이브를 마음껏 누려야지.

샤워기를 틀자 세찬 물줄기가 쏟아졌다. 체력이 부족하면 반복되는 야근을 버티기 힘들었다. 일을 위해서라도 운동만큼은 빼놓지 않고 해 왔다.

노력과 땀의 결실인 근육질 몸 위로 여러 갈래의 물줄기가 흘러내렸다. 아르노는 쏟아지는 물줄기에 젖은 금발을 뒤로 쓸어 넘기며 나른한 숨을 흘렸다.

파리로 온 뒤 쭉 바쁜 일상을 보냈다.

역풍을 맞은 EDMUND를 다시 일으켜 세우느라 많은 열정과 시간을 투자해야만 했다. 다행히도 그가 돌아온 뒤로 차츰 상황은 좋아져 갔다.

불안함을 못 이겨 회사를 뛰쳐나간 사람들도 대부분 다시 돌아왔으며 공석인 자리는 다른 인력으로 채워 현재는 제자리를 찾은 상태였다.

샤워를 마치자 꿉꿉하게 남아 있던 피곤함도 싹 가셨다. 몸에 묻은 물기들을 깨끗이 닦아 내고 실내복을 입은 아르노가 모닝커피를 마시기 위해 주방으로 이동했다. 원두를 내리는 동안 조금 배가 고픈 것도 같아 끼니를 해결할 거리를 찾아 찬장과 냉장고의 곳곳을 뒤졌다.

딩동.

그때였다. 별안간 울린 초인종 소리에 아르노의 손이 주춤했다.

딩동.

곧이어 다시 한번 초인종 소리가 들리자 그제야 냉장고 문을 닫고 현관으로 갔다.

잠금장치를 풀고 육중한 현관문을 열었다. 점점 벌어지는 문틈으로 보이는 너무나도 익숙한 얼굴에 놀란 아르노가 반쯤 벌어진 문을 단번에 확 젖혀 버렸다.

"미미!"

그녀가 이 시간, 이 자리에 서 있다는 사실이 무척이나 놀랍다. 사무치는 그리움이 낳은 환각이 아닐까 눈을 비볐지만, 그녀는 여전히 그 자리에 서 있었다.

"나 왔어."

미론이 해맑게 웃으며 말했다.

"내가 너무 늦었지?"

파리로 다시 돌아오는 데 너무 많은 시간과 감정들이 소모됐다. 그렇지만 흘려보낸 그 시간들이, 쏟아 버린 그 감정들이 하나도 아깝지 않았다.

그 과정들을 통해 스스로가 무엇을 원하는지 확실하게 깨달을 수 있었기에.

"오래 기다리게 해서 미안해."

이번에는 도망가지 않고 직접 잡으러 왔어.

"아르노, 우리 결혼하자."

아르노가 감격스러운 표정으로 미론의 얼굴을 감쌌다.

"넌 크리스마스이브에 찾아온 선물 같아. 그리고 세상에서 가장 소중한 내 사랑이야. 사랑해, 장미론."

"나도…… 사랑해."

아르노가 미론을 와락 끌어안았다. 품에 안고서도 그리워 그녀를 더 가득 안았다.

"메리 크리스마스, 아르노."

"메리 크리스마스."

평생 잊지 못할 크리스마스였다.

에필로그

온종일 창 없는 작업실에 처박혀 있었더니 해가 떴는지, 졌는지조차 알아차리지 못했다.

새로운 디자인을 고안해 내느라 열을 내던 아르노가 버석한 숨을 입술 사이로 밀어내며 셔츠 단추를 풀었다. 세 개를 연달아 풀고는 머그잔에 손을 가져갔다. 입술에 댄 머그잔을 기울이는데 커피 향만이 미미하게 날 뿐 아무 맛도 느껴지지 않았다. 서운한 기분에 머그잔을 들여다보니 커피가 그새 동나있었다.

똑똑.

한 잔 더 마실까 말까 나름대로 신중히 고민을 하고 있는데 노크 소리가 나더니 문을 열고 웬 아리따운 여인이 작업실 안으로 쏙 들어왔다.

그녀는 옆구리에 한 손을 올리더니 아르노를 향해 윙크를 했다. 그리고는 빙그르르 한 바퀴 돌았다. 앞으로는 가슴이 파이고 뒤로는 등이 파인 미니 원피스를 입은 미론의 모습에 순간 정신이 아찔했다.

"옷을 입다 말았네."

아르노는 인상을 찡그리며 불만스럽게 말했다. 한 바퀴 돌고 나서 다시 그를 보고 선 미론의 볼이 심술로 불룩 부풀었다.

"치, 예쁘다고 해 줘."

서른을 넘어 중반을 향해 가는 나이를 먹고도 미론은 심각할 정도로 귀여웠다. 나이를 먹어서 그런지 더 뻔뻔해진 것도 같고.

"예뻐."

완전히 엎드려 절 받기다. 미론은 원하던 말을 들었지만 기분이 썩 유쾌하지는 않았다.

그녀가 책상으로 다가와 그곳에 엉덩이를 걸치고 앉아 아르노의 얼굴을 어루만지며 슬쩍 시선을 내렸다.

"자기도 입다 말았는데?"

조금 전 더워서 단추를 푸는 바람에 셔츠가 벌어진 모습을 미론이 본 것이다.

"더워서."

"이런 곳에서는 좀 여미고 있어."

"이런 곳?"

“직원들이 불쑥불쑥 들어올 수도 있잖아. 여보는 가만히 있어도 섹시한데 이렇게 단추까지 풀고 있으면 매력이 넘치다 못해 흘러서 큰일 난다고!”

인상을 찡그린 채 진지하게 주의를 주는 미론의 모습이 귀엽기도 하고 재미있어 아르노가 풋, 하고 웃었다.

“너무 진지하게 말하니까 웃겨.”

“진지해!”

“걱정 마. 나 유부남인 거 세상 사람들이 다 알 테니. 나보다는 미미가 더 여미고 다녀야겠어. 지금 좀 심하게 섹시해.”

아르노가 노출된 미론의 어깨를 매만지며 은근하게 말했다.

“나 섹시해?”

“그래. 숨 막힐 정도로.”

대답이 만족스러운 듯 미론이 빙그레 웃었다. 그녀의 모든 면이 사랑스럽다. 그렇지만 가린 부분보다 가리지 않은 부분이 많은 것 같아 신경이 쓰였다. 이런 모습은 혼자만 보고 싶은데.

“옷 갈아입고 가면 안 돼?”

“당신이 선물해 준 옷이잖아. 오늘 같은 날에 입어 줘야지.”

“갈아입자. 이 옷은 내 앞에서만 입고.”

“뭐? 이 예쁜 옷을 집에서만 입으란 소리야? EDMUND의 수석 디자이너님께서 할 말씀은 아닌 것 같은데. 디자이너님! T.P.O 몰라요, T.P.O?”

말문을 틀어막는 요령 좋은 아내의 말솜씨에 아르노는 백기를 들었다.

그가 자리에서 일어나 여전히 책상에 걸터앉아 있는 그녀의 이마에 입을 맞췄다. 바닥난 기력이 조금이나마 충전된다. 에너지를 완벽하게 채우기 위해서는 진한 키스가 필요했지만 그랬다간 약속 시각에 늦을 수 있으니 안타깝게도 여기에서 만족해야 했다.

외출 준비를 마친 그에게 그녀가 냉큼 팔짱을 껴 왔다. 두 사람은 다정히 작업실을 나왔다. 밖에서 대기 중이던 기사가 차 뒷문을 열어 주었다.

운전을 못 하는 그녀를 위해 그가 특별히 선물한 차와 기사였다. 유능한 남자를 만나 팔자에도 없던 호강을 누리며 살고 있다.

운전을 기사에게 맡긴 덕분에 아르노도 목적지까지 편히 갈 수 있었다. 기사가 있든 말든 둘은 찰싹 붙어서 달콤하게 애정을 나눴다.

"오늘 커피 많이 마셨어?"

손등을 부드럽게 쓰다듬는 손길을 느끼며 아르노가 혹시 카페인을 과하게 섭취하지는 않았는지 걱정을 쏟아 냈다.

유부녀가 된 미론의 최대 관심사는 남편과 아들의 건강이었다. 가족들이 조금이라도 아프면 꼭 자신이 부족해서 그런 것 같아 죄책감이 들곤 했다.

이것이 아내의, 그리고 엄마의 마음이겠지.

"많이는 아니고."

"몇 잔 마셨는데?"

"세 잔."

예전에 비하면 확실히 양이 줄었다. 미론의 잔소리가 불러온 효과였다. 아르노는 아내의 말을 제법 잘 듣는 남편이다.

"작업하면서 아예 안 마시는 건 불가능하지만, 최대한 자제했으면 좋겠어."

"안 그래도 연하게 마셨어. 걱정하지 마."

"카페인을 너무 많이 섭취하면 건강에 안 좋대. 당신도 알지?"

"알지, 그럼."

매번 듣는 잔소리지만 지겹지 않았다. 미론이 어떤 마음으로 꺼내는 당부인지 알기 때문에.

"내일 마트에서 라임 좀 사야겠다."

"라임은 왜?"

"라임청 만들게. 당신 그거 좋아하잖아. 나도 좋아하고. 요즘 전시회 때문에 바빠서 당신이랑 디디에 건강을 제대로 못 챙긴 것 같아."

디디에는 아르노와 미론의 사랑스러운 아들이었다.

"전시회도 끝났으니 이제 우리 두 남자의 건강을 위해 힘써야지."

디디에는 프랑스 나이로는 5살, 한국 나이로는 6살로 한창 장난기도 많고 호기심도 많을 때였다.

디디에는 지금 할아버지, 현호의 게스트하우스에 가 있었다. 워낙 할아버지와의 사이가 돈독해 자주 그의 집에 놀러 가는 편이었다.

늘 바쁜 아르노와 전시회 때문에 요즘 정신없었던 미론은 아들에게 신경을 써 주지 못할 것 같아 한동안 현호에게 맡겼던 터라 오늘 저녁 식사 후에 데려오기로 했다.

기사가 음악을 틀었다. 애절하면서도 감미로운 샹송이 귀를 즐겁게 한다. 'Sous Le Ciel De Paris(파리의 하늘 아래)'를 들으며 파리의 야경을 구경하는 이 순간이 무척이나 낭만적이다.

미론은 아르노의 어깨에 기대었다. 다정히 잡은 손에 더 힘을 실었다. 손가락들이 처음부터 하나였던 것처럼 빈틈없이 맞물렸다. 두 사람 사이에 달콤한 침묵이 흘렀다.

아르노는 마르지 않는 샘처럼 끊임없이 영감을 준다. 그와 함께 있을 때 감성이 충만해지는 순간들이 찾아오는데, 그 순간이 바로 지금이었다. 미론은 그림을 그리고 싶어 손이 근질거리지만 오늘만큼은 꾹 참을 생각이었다. 전시회 때문에 신경을 너무 많이 썼더니 녹초가 되어 당장 휴식이 필요했다.

좀 더 드라이브를 하고 싶은 욕심이 설핏 고개를 들었지만 아쉽게도 차가 목적지에 도착했다. 아르노가 먼저 내려 미론에게 손을 내밀었다. 그녀는 그의 손 위에 살포시 손을 올린 채 다소곳이 차에서 내렸다.

유명한 디자이너와 그의 아내의 등장에 사람들의 이목이 집중됐다. 연애 시절에는 이런 관심을 받는 것에 대해 막연한 두려움이 있었다.

그런데 막상 스포트라이트와 함께 어디를 가나 부러움의 시선을 받다 보니, 처음에는 낯설었지만 금세 적응이 되어 갔다. 게다가 아르노를 독차지한 여자가 자신이라는 사실을 온 세상에 떳떳이 밝힐 수 있다는 것이 무엇보다 뿌듯했다.

도착한 장소는 루브르 박물관 근처에 있는 'LE EUMOIR(르 퓌므아르)' 라는 레스토랑이었다. 저녁 시간과 맞물려 이미 많은 사람들이 식당 안을 차지하고 있었다.

미리 예약을 해 둔 덕분에 오래 기다리지 않고 자리를 안내받았다. 야외 테이블에 앉아 메뉴판을 보고 있는데 크리스토프와 그의 연인인 리나가 도착했다.

미론이 벌떡 일어나 리나와 부둥켜안았다.

"리나!"

"미론!"

"꺄! 반가워요!"

"나도 반가워요!"

두 여자의 수다에 분위기가 한껏 명랑해졌다. 자주 만나는데도 항상 반갑게 인사하는 두 여자가 크리스토프와 아르노는 매번 신기할 따름이었다.

리나는 한국에서 태어나 부모님과 함께 프랑스로 이민 온 사람이었다. 그녀는 미론의 아뜰리에에 다니며 취미로 미술을 배웠다.

비록 나이는 미론보다 열한 살 위였지만 한국에서 태어났다는 공통점 덕분에 쉽게 친해졌고 남들보다 끈끈한 정을 느꼈다.

미론은 마흔이 넘은 나이에도 아직 싱글이었던 리나에게 크리스토프를 소개해 주었다. 크리스토프는 처음에 리나와의 소개팅을 완강히 거절했다. 하지만 그녀의 적극적인 대시로 결국 두 사람은 깊은 관계로 발전해 결혼을 앞둔 상황이었다.

수다를 떠느라 바쁜 그녀들을 대신해 두 남자가 주문을 마쳤다. 크리스토프는 한국말로 대화하는 미론과 리나를 빤히 봤다. 그도 리나를 만나면서 한국말을 아주 조금 배워 둔 상태였다.

그러나 아직 회화 수준에는 못 미쳐 두 여자가 무슨 이야기를 나누는지 알 수 없었다.

『무슨 얘기를 하는 거지?』

잠자코 있던 크리스토프가 궁금증을 표출했다.

『아, 전시회 축하한다는 말을 하고 있었어요.』

리나는 한국말을 못 하는 크리스토프에게 친절히 설명했다. 그가 이제야 이해하겠다며 고개를 끄덕였다. 그리고는 미론을 향해 말했다.

『나도 축하해.』

『고마워요, 크리스토프.』

크리스토프의 축하에 미론이 빙그레 웃었다. 한때 그녀에게 있어 크리스토프는 웬만하면 마주치고 싶지 않은 인물이었는데, 리나를 계기로 많이 가까워졌다.

특히나 요즘은 크리스토프가 리나를 만나게 해 준 것에 대해 깊은 감사를 표하고는 했다.

『인터뷰 많이 들어온다며?』

크리스토프는 계속해서 전시회에 관해 이야기를 이어 갔다. 미론이 고개를 한 번 주억거리고는 쑥스럽게 웃었다.

『덕분이에요. 저를 위해 문화 재단도 설립해 주고 아낌없이 지원해 줬기 때문이죠. 늘 고맙게 생각하고 있어요.』

『미론이 실력이 좋아서 이만큼 성공한 거지. 우리가 지원해 주는 것만으로는 여기까지 올 수 없었어.』

『칭찬 감사해요. 몸 둘 바를 모르겠네요.』

『해 줄 때 받아. 아무 때나 하는 칭찬이 아니니.』

크리스토프는 특유의 세련되면서도 다소 까칠한 말투로 말했다. 아르노가 맞는 말이라며 거들었다. 이어 크리스토프가 얼마나 칭찬에 인색한 사람인지에 대해 하소연했다.

가만히 들어 주다 더 이상은 안 되겠는지 크리스토프가 아르노의 말을 싹둑 끊었다.

『쟤는 아직도 이렇게 애 같다니까.』

두 남자가 서로를 바라보며 허허, 웃었다.

이제는 크리스토프의 핀잔을 아르노가 가볍게 웃어넘기는 수준에 다다를 정도로 관계가 좋아진 두 사람이었다.

화기애애한 분위기 속에서 소중한 이들과 식사를 했다.

추억의 책갈피에 고이 간직하고 싶을 정도로 즐겁고 행복한

이 순간. 아마 인생의 가장 화려한 한 페이지를 장식해 가고 있는 것이 아닐까. 미론은 언제부턴가 그런 생각을 하곤 했다.

샴페인과 함께 즐기는 식사를 마친 후 더 함께 있고 싶은 미련이 남지만 시간이 늦기도 했고 디디에도 데리러 가야 했기에 이쯤에서 헤어지기로 했다.

다음 만남을 기약하며 크리스토프, 리나 커플과 작별 인사를 나누고 차에 몸을 실었다.

✡ ✡ ✡

기사가 운전하는 차를 편하게 타고 디디에가 머무는 현호의 집으로 향했다. 기분이 좋아 샴페인을 많이 마셨더니 미론은 약간 알딸딸했다.

"취했어?"

"조금."

"어쩐지 많이 마시더라."

"그렇지만 즐거워서 주체할 수가 없었어."

미론은 아련한 미소를 띠며 말했다. 아르노는 그녀의 얼굴을 물끄러미 바라봤다.

"행복해?"

"응, 행복해. 아르노는?"

"나도."

깍지 낀 손에 애정이 흘러넘쳤다.

"가끔은 이게 꿈인 것 같다는 생각을 해. 미치도록 행복해서."

"꿈은 아니야. 나한테 너는 현실이거든."

아르노의 말에 미론은 안도의 숨을 내쉬었다. 부드럽게 웃으며 그를 마주 봤다.

"미래에도 내 인생에 있어 줄 거지?"

"그럼."

"나도 아르노의 인생에 있어 줄게."

한껏 가슴이 부풀어 있었다. 감성이 충만한 밤이다. 둘은 짧게 입을 부딪쳤다. 더 긴 키스를 원했지만 안타깝게도 벌써 현호의 집 앞이었다.

아쉬움을 뒤로하고 차에서 내렸다. 늦은 밤이라 더 이상 찾아오는 손님이 없어 게스트하우스는 한산했다. 1층 로비를 지키고 있는 직원과 인사를 나누고 현호가 지내고 있는 방으로 갔다.

디디에가 자고 있을까 봐 초인종을 누르는 대신 노크를 한 뒤 기척이 들리기를 기다렸다. 얼마 지나지 않아 문이 열리며 현호가 모습을 드러냈다.

"어서 와라."

현호는 아들과 며느리를 반갑게 맞이했다.

그는 아르노의 친어머니와 이혼을 하기 전부터 오랫동안 별거 생활을 했었고, 하나 있는 아들마저 한국에 보낸 뒤 혈혈단신으로 긴 세월을 보냈다.

외롭고 힘든 날들의 연속이었지만 그 누구에게도 내색할 수 없었다.

특히나 아르노에게만큼은 나약한 모습을 보여 주고 싶지 않았다. 아르노가 다시 프랑스로 돌아온 뒤로 함께 살았지만 곧 크리스토프가 아르노를 데려가는 바람에 긴 시간을 공유하지 못한 것에 대해 무척이나 아쉬워했었다.

하지만 아르노의 미래를 위해서 그깟 아쉬움은 기꺼이 인내할 수 있었다. 누구에게도 말하지 못하는 쓸쓸함이 가슴 한편에 차곡차곡 쌓여 가는 것을 알면서도 애써 외면했다.

그러던 어느 날, 현호에게도 가족이 하나 더 생겼다. 아르노가 결혼을 하면서 며느리가 생긴 것이다. 말이 며느리지 그에게 미론은 딸이나 진배없었다.

원래도 잘 알던 사이였을 뿐더러 아르노와 연애하는 과정을 가장 가까이에서 지켜보며 미론을 응원했었기에 둘의 결혼을 어느 누구보다 가장 기쁘게 받아들였다.

게다가 그녀는 눈에 넣어도 안 아픈 손자를 선물해 주었다. 성별은 상관없이 그저 소중한 식구가 한 명 더 늘었다는 사실에 무척이나 기뻤다.

"주무시는데 깨운 거 아니에요?"

미론은 혹시나 현호가 자다 깼을까 봐 미안했다.

"아니다. 너희 온다고 해서 기다리고 있었단다."

"매번 아버님께 폐를 끼쳐서 죄송한 마음이에요."

아이를 돌보는 일이 꽤 귀찮게 여겨질 수 있는데도 디디에를 부탁할 때마다 흔쾌히 허락해 주는 현호에게 정말 감사했다.

"그런 소리 마라. 가족끼리 그런 말이 어디 있니. 나는 오히려 이렇게라도 디디에와 너희를 볼 수 있어 좋구나."

현호는 언제나 그렇듯 바다 같은 포용력으로 아르노와 미론을 감싸 주었다.

"디디에는 잠들었나요?"

"조금 전까지 깨어 있었는데."

현호의 방은 아담한 거실과 침실이 분리되어 있었다.

그는 방금까지 디디에와 함께 머무르고 있었던 침실로 향했다. 그런데 초인종을 듣고 거실로 가기 전까지 분명 침대에 엎드려 있었던 디디에가 보이지 않았다.

곧 거실로 들어온 아르노와 미론이 문턱을 넘지 않은 채 침실을 기웃거렸다.

"없어요?"

"동화책을 읽어 주고 있었는데, 그새 어디를 간 거지?"

"화장실 갔나?"

아르노가 거실에 달린 화장실을 확인하더니 다시 침실로 와 디디에를 찾을 수 없다는 소식을 전했다.

그때 미론의 눈에 제대로 닫히지 않은 장롱 문 사이로 삐져나온 옷자락이 보였다. 그녀는 말없이 두 사람을 톡톡 건드리고 장롱을 손으로 가리켰다.

디디에가 장롱 안에 숨어 있다는 것을 눈치챈 어른들의 입가에 똑같은 감정의 미소가 흘렀다.

이내 현호가 장롱으로 천천히 다가가 망설임 없이 문을 열어젖혔다.

"히익!"

들킬 줄 몰랐는지 디디에가 눈을 휘둥그레 뜨며 기겁했다.

『디디에, 왜 여기 숨었니?』

의중을 묻는 현호의 목을 디디에가 두 팔로 끌어안더니 동시에 허리에는 다리를 감아 엄마의 품을 파고드는 아기 원숭이처럼 매달렸다.

"할부지!"

한국어보다 불어를 더 편하게 구사하는 디디에가 가장 친근하게 여기는 한국어는 바로 '할부지' 였다. '할아버지' 도 아닌 '할부지' 를 디디에는 가장 자주 쓰고 또 제일 좋아했다.

『나 집에 안 갈래.』

『디디에, 응석 부리지 마.』

현호의 어깨에 얼굴을 비비적거리며 칭얼대는 디디에를 아르노가 따끔하게 꾸짖었다.

『아빠 무서워.』

겁에 질린 디디에의 등을 현호는 다정하게 토닥여 주었다.

『디디에.』

아르노가 엄한 목소리로 디디에를 불렀다.

『싫어. 나 여기 살 거야.』

『할아버지 귀찮게 하지 말고 어서 가자.』

디디에가 겁을 먹은 것 같아 목소리에 실린 화를 누그러뜨리고 설득에 나섰다.

『할아버지, 디디에가 귀찮아?』

『귀찮긴. 하나도 안 귀찮지.』

『들었지? 나 안 가.』

믿는 구석이 있으니 배짱이 더욱 두둑해졌다. 이를 두고 똥배짱이라고 하던가. 고집스러운 아들의 앞에서 아르노는 이러지도 저러지도 못했다.

『정말 안 갈 거야?』

미론이 나서자 디디에의 눈동자가 전에 없이 요동쳤다.

『엄마…….』

미론이 온화하게 웃으며 디디에를 향해 두 팔을 벌렸다.

『엄마 팔 아픈데. 안 올 거야?』

두 사람의 아들임에도 아르노에게는 종종 고집을 부렸지만 미론에게는 약했다. 아이는 마음이 흔들리는 듯 입술을 깨물며 고민에 빠졌다.

『자, 어서.』

미론의 재촉을 결국 이기지 못한 디디에가 그녀의 품으로 넘어왔다. 그녀는 디디에를 가득 안고서 머리를 부드럽게 쓰다듬었다.

『아이, 예쁘다.』

『엄마가 더 예뻐.』

서로를 예쁘다고 칭찬하는 모자를 바라보는 현호와 아르노의 눈동자에 애정이 찰랑거렸다.

『할아버지한테 인사해.』

미론의 지시에 디디에가 현호를 물끄러미 바라봤다.

"할부지, 안녕……."

인사를 건네는 디디에의 목소리가 가늘게 떨렸다. 금방이라도 울 것 같은 아이의 모습이 너무나도 순수했다.

"그래, 아가. 다음에 또 오렴."

한국말이었지만 알아듣기가 어렵지 않았고, 무엇보다 현호의 눈빛과 목소리를 통해 그가 전달하려는 마음이 느껴졌다. 인자하게 웃어 보이는 현호의 눈시울도 어느새 붉어져 있었다.

"아버지, 저희 갑니다."

"그래. 어서 가."

디디에가 고집을 부리는 통에 시간이 너무 지체돼 아르노와 미론이 피곤할 것 같아 얼른 가라며 재촉했다.

"아버님, 끼니 거르지 마시고 따듯하게 하고 주무세요. 또 들릴게요."

"오냐."

살뜰히 챙겨 주는 미론에게 고마운 마음을 담아 선하게 웃어 보였다. 현호는 1층 로비까지 나와 세 사람을 배웅했다.

차에 올라탄 단란한 세 식구는 뒷좌석에 앉았다. 출발하자마자 곯아떨어진 디디에는 한 번도 깨지 않고 내리 잤다. 집에 돌아와 작은 침대에 디디에를 내려놓았다. 이불을 덮어 주고 아르노와 미미가 차례로 아이의 이마에 입을 맞췄다.

방에서 나온 두 사람은 피곤함에 씻자마자 침실로 향했다. 아르노의 팔을 베고 침대에 누운 미론은 금세 까무룩 잠이 들었다.

그는 그녀의 잠든 얼굴을 찬찬히 살폈다. 이윽고 그녀의 입술에 입을 맞췄다.

"잘 자, 미미."

한 침대에 나란히 누워 잠들 수 있고, 함께 아침을 맞이할 수 있다는 현실에 늘 감사하며 매일을 살고 있었다.

내 사랑을 빈틈없이 꽉 안고 있어야지. 달콤하고 평화로운 이 행복을 놓치지 않도록.

—fin

작가 후기

〈너를 가득 안고서〉의 초고는 원래 좀 더 밝고 섹시했습니다. 분량도 상당히 많았었죠. 종이책으로 치자면 두 권 정도의 분량을 썼었습니다.

연재하던 사이트들에서 완결을 낸 뒤 천천히 원고를 읽어 보았습니다. 처음 이야기를 기획했을 때와는 다른 방향으로 이야기가 흘러가는 것 같아 마음에 들지 않았습니다. 유난히 애착을 가진 소설이어서 그런지 아쉬움이 많더라고요.

이대로 출판사에 투고를 할 수는 없다고 판단하고 완전히 뜯어 고치기로 마음을 먹었습니다. 대공사가 시작된 것이지요. 다시 시작하려니 막막하기만 했습니다. 그러나 금방 몰입을 해서 생각보다 짧은 시간 안에 종이책 한 권 분량의 글을 써 버렸습니다.

원고를 완성 후 초고와 비교를 해 봤는데, 확실히 수정한 글이 더 마음에 들더라고요. 어떤 글이든 완벽히 마음에 들 수는 없지만 그래도 이 정도면 제가 담고 싶은 이야기를 잘 담았다고 생각했습니다.

〈너를 가득 안고서〉는 프랑스에 사는 남자와 한국에 사는 여자의 연애 사정을 담고 싶었습니다. 뿐만 아니라 타고난 천재의 남자와 노력형 여자가 각자 갖고 있는 생각의 차이 때문에 다투는 장면을 담고 싶었습니다.

가진 거라고는 자존심 밖에 없는 미론이. 그녀는 겉으로 유약해 보이지만 사실 뭐든지 혼자서 헤쳐 나가고 싶어 하는 인물입니다. 은근히 고집이 세죠. 하지만 맨몸으로 부딪치기에는 세상은 그리 만만하지 않죠.

더구나 그녀가 몸담고 있는 예술계는 더더욱 혼자서 일어나기에는 무리가 있는 게 사실입니다. 그녀에게 아르노는 가장 큰 백그라운드가 되어 줄 수 있는 사람인데도 불구하고 혼자서 이겨 내고 싶다는 마음에 기대려 하지 않았습니다.

그런 그녀의 마음을 알기에 아르노는 오래 전부터 조력자가 되어 주겠다는 결심을 했지만 계속 말하지 못하고 있었습니다. 그녀의 자존심을 건드릴 수는 없었으니까요. 그만큼 아르노는 그녀를 많이 사랑하고 있습니다. 비록 바쁘다는 이유로 소홀했던 건 사실이지만요.

프랑스, 그리고 한국. 꽤 먼 거리를 두고 떨어져 있으면서도 아르노와 미론은 서로를 잊지 못했습니다. 크리스토프도, 국경도, 그 어떤 것도 둘의 사랑을 방해할 수는 없었던 거죠. 두 사람이 다시 행복해지는 모습을 담을 수 있어서 다행입니다.

그리고 은우는 제게 아픈 손가락 같은 인물입니다.

사실 처음에는 은우의 이야기를 좀 더 깊게 담으려고 했습니다. 이 남자에게 사연이 좀 많거든요. 하지만 〈너를 가득 안고서〉는 아르노와 미론이 중심인 소설이기 때문에 은우의 이야기를 많이 담을 수 없었죠. 기회가 되면 은우를 주인공으로 한 소설을 하나 써 보고 싶습니다.

저는 집필을 할 때 세상모르게 몰입을 하곤 합니다. 주인공들과 그 주변 인물들을 제 마음대로 배치하고 에피소드를 만들어가는 일이 무척 즐겁습니다. 하지만 때때로 힘든 순간들이 찾아옵니다. 대체로 글을 쓰고 있지 않을 때 그렇습니다.

그럴 때마다 응원과 격려의 댓글을 남겨 주시는 독자님들이 계셔서 다시 힘을 낼 수 있었어요. 지금도 그렇고요. 늘 감사합니다.

그리고 제가 고민이 있을 때마다 잘 들어 주는 소중한 친구들. 고맙고 사랑해.

소극적인 저를 작가로서 활발하게 활동할 수 있도록 이끌어 주시고, 부족한 글을 보다 더 나은 글로 다듬어 주신 김민지 팀장님. 진심으로 감사합니다.

어머니, 아버지, 존경하고 사랑합니다. 늘 고마운 오빠, 착한 올케 언니, 예쁜 조카. 모두 사랑합니다. 우리 가족 모두 항상 건강하고 좋은 일만 가득했으면 좋겠어요.

마지막으로 내 복덩어리! 나의 반려견, 구름이. 행복하게 오래오래 같이 살자.

이 글을 읽어 주신 모든 분들에게 건강과 행복이 함께하실 바랍니다. 고맙습니다.

—2017년 7월,

권초이 올림.